Mit Anlauf ins Ungewisse

Roman

Peter Stacher

Dieser Titel ist auch als E-Book erschienen

Grafische Umschlaggestaltung: Joanna Sumyk

Autorenfoto: Bernhard Stacher

Printed in Germany

ISBN: 979-8-8188-3674-4

WIDMUNG

Meiner Mutter.
Die immer für ihre vier Buben da ist.

ERSTER TEIL

Das Geschrei ließ Marcus Auen in die Höhe fahren. Die Nacht war zu Ende bevor sie richtig begonnen hatte. Die roten Ziffern des Radioweckers schrien es ihm förmlich entgegen: Sieben Uhr Früh! Aufstehen! Die Rockmusik – Warum Hardrock?? - tat ihren Teil, ihn auf keinen Fall im Bett zu halten. Die kreischenden Saitenanschläge der E-Gitarren in Kombination mit dem dröhnenden Klang von Kirchenglocken – sehr schräg - drangen in die Eingeweide des noch verschlafenen Körpers. Dazu kam der Leadsänger, der sich derart verausgabte, dass man Angst um ihn haben konnte. Ich muss endlich einen anderen Sender einstellen, dachte Marcus und tastete nach dem Ausschaltknopf. Gleichzeitig streckte er all seine Gliedmaßen, Sehnen, Bänder und Muskeln gegen die Decke. Dabei gähnte er so laut, dass sogar die Drums und E-Gitarren aus dem Radio als ruhiges Schlaflied gelten konnten.

Marcus war pünktlich wach. Obwohl er kaum geschlafen hatte. Wann waren seine Freunde gegangen? Es war sicher nicht vor drei. Eher vier Uhr. Beim Computerspielen raste die Zeit jedes Mal dahin. Sie trafen sich gleich nach der Arbeit, damit sie ihre Levels und Missionen vollständig durchspielen konnten. Alleine für den Namenlosen König in Dark Souls III brauchten sie drei Stunden, um den Boss endlich zu besiegen. Eine Nacht war daher nichts, um in den Games entscheidend vorwärts zu kommen und alle Aufgaben zu bewältigen. Der viele Alkohol half entscheidend mit, jedes Zeitgefühl zunichte zu machen... und auch jedes Verantwortungsgefühl. Für die Arbeit zum Beispiel. Daher zockten die Freunde normalerweise am Freitag. Vorsorglich. Denn den Vorsatz, um Mitternacht die Game Station abzudrehen, hatten sie noch nie eingehalten. Diesmal fand der regelmäßige Spieleabend allerdings schon am Donnerstag statt. Ein Risiko. Denn fast alle die mitmachten, mussten am nächsten Tag schon bald nach Tagesanbruch wieder in ihre Firmen fahren. Außer Raphael. Der konnte sich als Fachmann für IT-Solutions nach Belieben aussuchen, wann er sich vor den Computer setzte. Außer eine Deadline rückte näher. Für die anderen wäre aber der übliche Freitag besser gewesen. Marcus selbst war es, der diesmal auf den Donnerstag drängte. Er konnte daher niemandem einen Vorwurf machen, als er sich wie ein massiger Stein, der in einem seichten Bach Zentimeter für Zentimeter weitergeschoben wird, aus dem Bett plumpsen ließ. Noch brummte sein Schädel und er musste sich stark konzentrieren, um sich klar zu machen, dass er selbst auf den Donnerstag beharrte. Das war zu viel Anforderung für sein Gehirn gleich nach dem Aufstehen. Marcus drückte sich beide Handflächen an die Augen und schnaufte hörbar. Ach ja: Seine Eltern feierten Ihren 30. Hochzeitstag und wollten diesen Tag mit ihrem Sohn gemeinsam im Badehäuschen am See verbringen. Nicht, dass das etwas Besonderes wäre. Sie verbrachten jedes Wochenende dort. Und im Sommer die meisten Urlaube.

Das Besondere reizte Marcus Eltern nicht. Die gewohnte Umgebung mit den üblichen Aktivitäten war ihnen am Liebsten. Marcus stieß sich beim Aufstehen von der Matratzenkante ab. Aufgerichtet hielt er kurz inne, um die kreisenden Bewegungen vor seinen Augen in den Griff zu bekommen. Sein Kopf ließ ihn schon jetzt deutlich spüren, dass der vor ihm liegende Tag beschwerlich werden würde. Noch beschwerlicher als sonst. Warum musste man aufstehen? Warum musste man das Haus verlassen? Marcus wurde gleich noch einmal schwindlig als er in das kleine Wohnzimmer ging. Nicht nur wegen der abgestandenen Luft dort sondern auch weil die Überreste der Spielenacht ihn daran erinnerten, dass sie keine Lust mehr zum Aufräumen hatten und das alles an ihm hängenblieb.

Seine Stimmung hellte sich erst wieder auf, als er das verführerische Rot entdeckte, das einen, wenn auch kurzfristigen Energieschub versprach. Eine Dose Cola war übrig geblieben. Halb voll auf dem Couchtisch stehend, wartete sie auf ihr endgültiges Ende. In einem Zug leerte Marcus die längst lauwarme Flüssigkeit und fühlte jetzt genug Kraft in sich, eine Kapsel in die

Kaffeemaschine zu stecken und eine Taste zu drücken. Das Brummen, das entsteht, wenn Wasser durch die Röstung rinnt, setzte nach der Aufwärmphase ein. Es dauerte nur kurz. Marcus wartete nicht, bis der gesamte Durchgang fertig war, sondern schaltete vorzeitig ab und schüttete den kleinen Schwarzen in sich hinein. Jetzt nahm er auch die Sonnenstrahlen war, die sich durch das Grau der Jalousien zwängten.

Er machte das Fenster hinter der Couch einen Spalt weit auf. Auf dem Mauervorsprung davor stand noch der Teller, den Marcus jeden Abend für die Katze rausstellte. Natürlich war er leer. Wie jeden Morgen. Es war nicht seine Katze. Marcus hatte keine Ahnung wem sie gehörte oder ob sie überhaupt ein Zuhause hatte und als Streunerin über den Vorsprung des Hauses von Wohnung zu Wohnung kletterte. Er konnte sich gut vorstellen, dass sie so ihre kulinarischen Lieblingsplätzchen abklapperte. Ihm sollte es recht sein. Bei sich zu Hause wollte er ohnehin kein Tier, um das er sich ständig kümmern müsste. Die Katzenhaare würden ihn fertig machen. Er hatte auch ohne sie schon seine liebe Mühe die Wohnung sauber zu halten, jeden Krümel vom Boden zu entfernen und den Staub, der Marcus den Krieg erklärt hatte, zu bekämpfen. Auch wenn sie ein weiches gepflegtes Fell mit kurzen Haaren hatte. Silbergrau bis auf einen weißen Fleck an der Brust. Daher nannte er sie Silberfell. Heute Morgen hatte sie wohl noch nicht genug gegessen. Plötzlich stand sie hinter dem gekippten Fenster, als hätte sie mitbekommen, dass Marcus wach war und maunzte in die Wohnküche. Sie konnte sich auf prompte Bedienung verlassen. Marcus brachte ihr Lieblings-Menü: Zwei Esslöffel aus der Konserve. Dann kraulte er ihren Kopf und den Hals. Am Anfang hatte er sie eher zufällig entdeckt, weil sie in dem Moment über die Regenrinne balancierte, als er das Fenster zum Lüften aufmachte. Da war sie noch misstrauisch. Aber auch neugierig. Und hungrig. Seit dem Tag war sie zur regelmäßigen Besucherin geworden.

Als Silberfell ihr Mahl beendet hatte, stellte Marcus den Teller in den Geschirrspüler. Dann kramte er die Fernbedienung unter den übriggebliebenen Pizzakartons hervor. Am Abend musste hier alles wieder sauber gemacht werden. Marcus hielt solch ein Durcheinander nicht aus. Doch jetzt war keine Zeit dafür. Er musste seinen Zeitplan einhalten. Sonst würde er sich auch noch beeilen müssen, um nicht zu spät in die Arbeit zu kommen. Und Marcus hasste es, wenn er hetzen musste.

Er schaltete den Fernseher ein, um zu sehen, ob das Programm für Berieselung neben der Morgenroutine taugte. Als Marcus einen auf-und abhüpfenden Sportfreak sah, der auch noch mit Motivationssprüchen nervte, drückte er sofort wieder die rote Taste. Sport hatte ihn schon bald nach der Schule nicht mehr interessiert. Viel zu mühsam. Anstrengend. Schweißtreibend. Und wofür das alles? Ihn störte sein fülliger Bauch nicht. Und er fühlte sich fit genug. Für seinen Bedarf reichte es. Warum sollte er also sein gemütliches Leben zerstören? Vor einem Säbelzahntiger musste er mit hoher Wahrscheinlichkeit nicht flüchten. Heutzutage war es nicht mehr notwendig sein Fluchtvermögen zu trainieren. Für das äußerliche Erscheinungsbild? Marcs Selbstbewusstsein war stark genug und musste nicht mit Turnübungen aufgewertet werden. Er war mit einem Alter von 27 in den besten Jahren, hatte zwar ein paar Kilos zu viel drauf, ja, ok zu viele zu viel - bei einer Größe von 1,84 Metern knapp an der Hundertermarke zu schrammen konnte man schon als leichtes Übergewicht bezeichnen - aber er nahm sich nicht als übergewichtig wahr. Und so lange er sich wohl fühlte in seiner Haut, konnte ja nichts falsch sein. Einzig in der Früh, wenn er in den Spiegel schaute und nicht vermeiden konnte, diese leichte Wölbung am unteren Kopfende anzusehen, die ein beginnendes Doppelkinn ankündigte, gab es ihm einen Stich in der Brust. Er vermied daher, so gut es ging, hinzuschauen. Sollte er wirklich eines Tages mehr als hundert Kilo wiegen, konnte er immer noch Gegenmaßnahmen einleiten. Auch wenn er zum jetzigen Zeitpunkt keine Ahnung hatte, worin die bestehen konnten.

Nach einer Dusche, einem zweiten Kaffee und der üblichen Morgenprozedur mit Anziehen, einem Blick auf die Wetteraussichten ein paar Tropfen für die einzige Zimmerpflanze, eine Efeutute, stand er fertig angezogen vor der bereits halb offenen Wohnungstür. Kurz überlegte er, sich einen dritten schnellen Kaffee zu gönnen und einen Rest der Salamipizza von gestern Abend auf den Weg mitzunehmen. Er ließ den Kaffee aber bleiben, begnügte sich mit der Pizza und stieg in den Fahrstuhl.

2

Hätte Marcus nur die Pizza noch im Lift gegessen. So aber fiel sie zu Boden, als er beim Aussteigen beinahe mit einer weiteren Hausbewohnerin zusammengestoßen wäre, die gerade die Treppe runterkam. Sie schien seinen Schreck kaum wahrzunehmen. Auch seinen nur kümmerlich unterdrückten Fluch nicht.

Ihr kurzer abwesender Blick in Marcus Richtung zeigte, dass sie nur nebenbei bemerkte, dass da noch ein weiteres menschliches Wesen ihren Weg kreuzte. Marcus hatte eben noch den Geruch von Knoblauch und Tomatensauce in der Nase. Der tauschte nun Platz mit dem zartherben und gleichzeitig zitronenhaften Duft des Deodorants seiner Nachbarin.

Er hatte die junge Frau, sie mochte etwa 23 Jahre alt sein, noch nie in etwas anderem als ihrem Trainingsoutfit gesehen. Nur die Farben wechselten. Heute war es eine petrolfarbene, kurze, eng anliegende Hose und ein weißes Sport-Top mit schwarzen Rändern. Sie dürfte ihr brünettes Haar mit hellen breiten Strähnen eben erst gewaschen haben. Die Locken glänzten und hingen wellig über das Top. Sie hinterließen dabei feuchte Schlieren auf dem Stoff und ihrer Haut. Die war bereits von einer leichten Bräune überzogen, obwohl es erst Anfang Mai war und die Sonne sich bisher eher in jungfräulicher Schüchternheit zeigte, statt mit dem Selbstbewusstsein der reifen Weiblichkeit.

So überraschend die Begegnung war, so schnell war sie auch wieder vorbei. In dem Tempo, mit dem die Nachbarin aus dem dritten Stock die Treppe herabgelaufen war, war sie bei der Haustür draußen. In Marcus wirkte die unfreiwillige Nähe mit der Fremden länger nach, als bei ihr selbst. Er nahm es zumindest an, da er sich von seinem, durch sie ausgelösten Tagtraum erst losreißen musste, während sie schon nicht mehr zu sehen war. Mit einem Taschentuch hob er, der um sein Frühstück gekommen war, die Reste des Teig-Tomaten-Haufens auf und warf sie in den Mülleimer neben den Briefkästen.

3

„Das war wieder sensationell, Herr Jonas! Wirklich sensationell!“, überschlug sich Mario, der Regieassistent, förmlich, als noch der Abspann über den Bildschirm hunderttausender Haushalte lief.

„Klar, klar.“, antwortete Richard Jonas und nahm sein Handy aus der Sporttasche, die er vor der Liveübertragung neben der Krankamera abgestellt hatte. Er wollte Elisa anrufen. Überlegte es sich dann aber anders. Eine Frau sollte ihn zu erreichen versuchen, nicht umgekehrt. Sie müsste eigentlich schon hier sein. Er hatte ihr doch gesagt, dass die Sendung diesen Freitag nur 20 Minuten statt der üblichen 25 dauerte, weil danach mehr Werbespots als sonst verkauft werden konnten. Auf dem Weg zur Dusche beschloss Richard daher mit dem Produktionsleiter über eine höhere Gage zu sprechen. Schließlich stiegen die Zuschauerzahlen kontinuierlich. Das musste sich auch in seiner Brieftasche bemerkbar machen. Wozu machte er das alles sonst? Abgesehen natürlich von dem angenehmen Effekt, dass in seinem Fitnessstudio die Monats- und Jahresmitgliedschaften in luftige Höhen schossen. Wenn das so weiterging, konnte er endlich beginnen zu expandieren.

Geplant hatte er das schon lange, aber bis vor einigen Monaten noch ließen es die Umsatzzahlen nicht zu. Auch fehlte das nötige Kapital. Die Wasserstrahlen aus dem Duschkopf prasselten über sein Gesicht und seinen durchtrainierten Körper wie ein warmer Guss im Regenwald, nur dass er hier zwischen kleinen, weißen Kacheln stand, statt inmitten von Mangroven und

Elefantenbäumen. Richard war nicht allzu groß, aber besonders stämmig. Bei ihm waren Muskeln sichtbar, von denen viele gar nicht wissen, dass es sie gibt.

Er hob den Kopf und strich unter dem Wasserlauf mit beiden Händen seine breite Haarsträhne vom Stirnansatz nach hinten. Der einzige Teil seiner Frisur, der lang sein durfte, alles andere war militant kurz. Die Nackenhaare wurden jeden Morgen gemeinsam mit der Bartrasur abgehobelt. Plötzlich spürte er kühle lange Finger, die sich um seinen Brustkorb schlossen und von dort über den Bauch nach unten fuhren. Richard legte den Kopf in den Nacken, machte den Mund auf und stieß ein kehliges Lachen hervor.

Der Dampf des heißen Wassers füllte die Dusche. „Wo warst du so lange?“, fragte Richard, den Blick noch immer nach oben gerichtet. „Du weißt doch gar nicht, dass ich es bin. Ich könnte doch auch irgendeines deiner jungen Groupies sein, die schon feucht werden, wenn du nur einmal deinen Bizeps anspannst.“ „Das bist du ja auch!“, antwortete Richard und lachte laut auf. Elisa packte fest zu, wo sich ihre Hände gerade befanden und drohte spielerisch: „Du! Du bist gerade nicht in der Lage blöde Witze zu machen!“ Sie spannte den Griff der Hand an seinen Hoden an und zeigte damit, dass sie in dieser Situation eindeutig überlegen war. Dann lockerte sie den Griff wieder. Richard drehte sich zu ihr um, sah sie mit einem begierigen Blick an, der in der Tierwelt jedes Weibchen vor Angst in die Flucht geschlagen hätte und errang mit unnachgiebigen Küssen die Oberhand in diesem Spiel um Stärke und Macht.

Elisa ergab sich und ließ die Arme hängen. Bis Energie ihren Körper durchfuhr und aus der Ohnmacht der Ergebenheit neue Leidenschaft wurde. Sie sprang mit einem Satz auf Richard, schlang ihre Beine um seine Hüften. Wild drang Richard in seine neue Freundin ein. Vor einem halben Jahr war sie in seinem Studio aufgetaucht. Sie hatte eines der Schnupperangebote in Anspruch genommen. Zwei Monate bezahlen, vier trainieren. Seit Richard im Fernsehen auftrat hatte er alle lockenden Verbilligungen aus dem Programm genommen. Die Leute kamen auch so. Vor allem die weibliche Kundschaft. Richard fühlte sich wie im Paradies. Er war in dem Glauben, er könnte jeden Tag aus einem reichhaltigen weiblichen Angebot wählen. Und er nahm es oft in Anspruch. Dass sich Elisa zu einer Art fixen Freundin entwickelte störte ihn dabei nicht. Es gab genügend Gelegenheiten im Studio oder außerhalb, ohne dass sie etwas davon mitbekommen musste.

Aber er mochte Elisa. Sie war anders als die anderen. Ihr Reiz ging für ihn von der Mischung aus ihrer selbstbestimmten Art und ihrer gleichzeitig scheinbaren hilflosen Anhänglichkeit aus. Sie war ihm ergeben aber nicht auf eine naive Weise. Sie war sich ihrer Ergebenheit bewusst.

Die heftigen Bewegungen in der Dusche wurden mehr und mehr von Wasserdampf umhüllt. Heraus drang nur noch akustisch der schnelle Atem beider, stoßweise vorgetragen in tiefer und in hoher Tonart.

4

Als Marcus Auen auf den Parkplatz seines Dienstgebers fuhr, sah er, dass die Parkplätze neben dem Seiteneingang besetzt waren. Der Lift bei diesem Zugang würde Marcus in nächste Nähe seines Büros führen. Vom Aufzug beim Haupteingang aus müsste er die langen Gänge bis zu seiner Abteilung zu Fuß durchwandern.

Marcus hasste diese Anstrengung in aller Früh. Er hasste sie auch am Rest des Tages. Aber in der Früh besonders. Und ausgerechnet heute, wo er ohnehin Mühe hatte seine Augen offen und seine Sinne beisammenzuhalten. War er später dran als sonst und war deshalb schon alles zugeparkt? Das wäre ungewöhnlich. Er hatte seinen Zeitplan eingehalten. Der Verkehr war auch nicht schlimmer als üblich. Als Marcus sich durch das offene Seitenfenster, dann die Heckscheibe, die anderen Seitenfester, die Windschutzscheibe und wieder angelangt beim Fenster auf seiner Seite ratlos umsah und es nicht wahrhaben wollte, dass bei seinem Stammplatz tatsächlich nichts mehr frei war, durchbrachen rutschende Reifen am Asphalt seine Orientierungslosigkeit.

Es war Mister Miller, der eigentlich Michael Müller hieß. Den Spitznamen hatte er seit den ersten Englischstunden in der Schule, wo in den Beispieldialogen der Lektionen wiederkehrend ein Mister Miller vorkam. Seitdem wurde er ihn nicht mehr los. Er bremste sein Fahrrad, von dem Marcus sicher war, dass es annähernd so viel kostete, wie sein Honda Civic, neben genau diesem ab. Mister Miller war so gut wie nie ohne sein Fahrrad anzutreffen. Er scherzte oft selbst, wozu er eine Frau brauchte, wenn er ja seine Milli hatte. So nannte er sein, mit ihm verwachsen zu scheinendes Gefährt.

Miller war wie Milli: Dünn, leicht, auf Schnelligkeit gebaut. Aus dem aerodynamisch designten Gesicht ragte eine lange und spitze Nase hervor. Der Rest schien sich dem Wind gegenüber unauffällig verhalten zu wollen. Die Ohren waren dicht angelegt, so dass sich Marcus oft fragte, ob Mr. Miller mit Nadel und Faden nachgeholfen hatte. Er stützte sich lässig am Autodach ab und beugte sich zu Marcus hinunter: „Hi Marc! Suchst du einen Weg mit deinem Benzinfresser direkt auf deinen Bürostuhl zu kommen?".

Marc, dachte Marcus, so hatte ihn schon lange keiner mehr genannt. Miller war sicher noch der Einzige, der Marc zu ihm sagte. In der Schule war das sein gängiger Spitzname. Aber irgendwann ist er verloren gegangen. Selbst Raphael, sein bester Freund, war dazu übergegangen, Marcus wieder bei seinem vollen Namen anzusprechen. V

Vermutlich ist er zu oft mit meiner Mutter zusammengesessen, die Namensabkürzungen nicht mochte, dachte Marcus. Marc war eigentlich gar nicht schlecht. Lockerer, dynamischer. „Klar!", antwortete er Miller nach diesen Überlegungen, „Pass auf den Kran über dir auf, Mister! Könnte sein, dass er mit seinem Haken dein hübsches Drahtgestell demoliert." „Dazu bin ich zu schnell. Mich erwischt so ein schwerfälliger Gegner nicht. Aber du scheinst sogar in deinem PKW vor Anstrengung zu schwitzen. Was ist los?"

Marcus fuhr sich zur Prüfung über die Stirn. Sie war tatsächlich von einer feuchten Schicht benetzt.

„Ich strenge mich nicht an. Doch ich bin maximal verwirrt. Was ist denn heute los?" Mister Miller blickte sich um: „Schaut so aus, als würde es diesmal nichts werden, mit deinem Platz in der ersten Reihe. Du hättest besser mit dem Rad kommen sollen." Miller sah Marcus belustigt an

"Besitzt du so etwas überhaupt? Du weißt schon. Solch ein Ding hier. Ohne Motor."

Marcus legte den ersten Gang ein: „Was soll ich damit? Mich auf der Bundesstraße von einem LKW über den Haufen fahren lassen? Nein, danke!". „Du wirst es nicht glauben, aber es gibt genug Wege abseits der Hauptstraßen. Die lernt man schnell kennen, wenn man auf Erkundungstour geht." Marcus hatte genug von dem Gespräch: „Jaja, schon gut. Ich muss mir jetzt einen Parkplatz suchen." Er drückte aufs Gaspedal.". Mister Miller lachte und rief ihm hinterher: „Du solltest dich echt mehr bewegen! Mehr als ein Donut auf einem Pappteller!“

Beim Gedanken an einen Donut bekam Marcus Hunger. Doch so schnell kam er aus dem Auto nicht raus. Beim Haupteingang des Logistikunternehmens dasselbe Bild. Abstellplätze, die sonst immer frei waren: besetzt. Nur am, vom Firmengebäude entferntesten Teil, dort wo die LKW-Fahrer, wenn sie frei haben, ihre übergewichtigen Brummer über mehrere Tage stehen lassen, konnte Marcus sich heute noch dazwischen quetschen. Das bedeutete gut 200 Meter Entfernung bis zum Haupteingang überwinden. Und danach... die Gänge vom Hauptgebäude in den Nebentrakt.

Marcus wurde schon beim Gedanken daran heiß. Aber wollte er nicht zu spät kommen, musste er jetzt los. Es gab keine andere Möglichkeit. Marc spielte mit dem Gedanken sich einen Elektroroller für den Kofferraum zu besorgen. Dann konnte ihm das nicht mehr passieren, dass er so lange Strecken zu Fuß überwinden musste. Seine Schritte über den Asphalt kamen ihm schwer vor. Und nicht effektiv. Er hatte das Gefühl, als würde er auf der Stelle treten. Das Firmengebäude kam nicht näher. Eine derart lange Strecke hatte Marcus schon lange nicht mehr zurückgelegt.

Eine Woche in Marcus Leben hatte klare Routinen. In der Früh mit dem Auto zur täglichen Pflichterfüllung in die Firma. Am Montag nach der Arbeit musste der Kühlschrank wieder aufgefüllt werden. Daher ab in die Tiefgarage des Supermarkts und mit vollen Einkaufstüten nach Hause. Die besten Leckereien wurden noch am gleichen Abend probegekostet oder gleich zusammengegessen.

Ein gemütlicher Abend, der meist in einem ersten Schlummer vor dem Fernseher endete, bis sich Marcus irgendwann ins Bett schleppte.

Am Dienstag war ein gepflegtes Bier im Pub angesagt. Raphael war so gut wie immer mit dabei. Alex nur, wenn seine Frau nicht darauf bestand, dass er mit ihr auf ein Konzert, ein Musical, oder wenigstens einen Musikabend einer der örtlichen Musikvereine gehen sollte.

Oliver wartete meistens schon an der Bar auf sie. Denn wenn er früher kam, war die Chance größer, dass der Kellner für ihn einen von den alten Songs spielte. Sinatra, Presley, Beatles. Er hörte sie zwar ohnehin den ganzen Tag aber in der Pub-Kulisse klangen sie für ihn noch echter, voller und gingen noch eindringlicher ans Gemüt. Das liebte Oliver.

Am Mittwoch trainierte Marcus auf der Playstation. Für den Spieleabend mit seinen Freunden, der normalerweise am Freitag fix ausgemacht war. Wenn der Termin nicht gerade auf Donnerstag verschoben wurde, wie diese Woche, gingen sich noch ein zweiter Abend im Pub oder einige Levels auf der Spielekonsole oder ein ruhiger Abend vor dem Fernseher aus. Das ließ Marcus dann auf sich zukommen und entschied spontan. Dabei kam es darauf an, ob er sehr erschöpft von der Arbeit war, weil wieder ein schwieriges Logistik-Konzept zu entwickeln war. Denn Marcus war in einem Team von 5 Mitarbeitern. Das war viel zu klein, verglichen mit der Größe seines Logistikunternehmens „Unmatched Solutions" und den Dimensionen der Aufträge. Sie entwickelten maßgeschneiderte effiziente und dadurch zeit- und geldsparende Abläufe für jedes Unternehmen, das Unmatched Solutions für die Konzeption und meist auch für die Umsetzung seiner Transporte und Zustellungen beauftragte.

Viele Schweißtropfen rannen nun über Marcus Schläfe, seine Schienbeine schmerzten von dem ungewohnten schnellen Schritt.

Endlich erreichte er die Glastür mit der Firmenaufschrift aus Milchglasfolie. Er zog an dem runden, langen Edelstahlgriff, der die halbe Scheibe einnahm. Hinter ihm starteten laute Motoren. Marcus blickte sich noch einmal um, ob sein Auto im Weg oder sogar in Gefahr war. Doch die beiden LKW, die sich eben auf den Weg in irgendein Land in Europa machten, hatten an einer anderen Stelle geparkt.

Als Marcus sich wieder umdrehte und ins Foyer ging stand er plötzlich inmitten einer Menschenmenge. Das war ungewöhnlich für diese Firma und für diese Uhrzeit. Daher also auch der zugeparkte Parkplatz. Aber was wollten die Leute hier? Eigentlich wäre es Marcus egal, wenn sie nicht schuld gewesen wären an seiner unfreiwilligen Überanstrengung schon zu Tagesbeginn und er sich zwischen all den Körpern hindurchdrücken hätte müssen. Marcus dachte unwillkürlich an die Corona-Zeit zurück. Damals wäre so ein Auflauf unmöglich gewesen. Immer noch fand er es unnatürlich sich so knapp an anderen Personen vorbeizuzwängen. Er schaffte es immer noch nicht, das Bild von Viren, die auf ihre Opfer lauerten, auszuschalten. Seit der Pandemie konnte er in keinen Zoo mehr gehen, ohne an den in Österreich von der Regierung als Metapher verbreiteten Babyelefanten zu denken. Er stand für den Abstand zu anderen Personen, den man zur Infektionsvermeidung einhalten sollte. Marcus ging aber ohnehin so gut wie nie in den Zoo.

Im Firmenlift angekommen, lehnte Marcus sich an die Rückwand und schnaufte tief durch. Er schloss die Augen und klammerte sich an den Gedanken, dass der Tag nur besser werden konnte. Er dachte daran, dass er heute einen kurzen Arbeitstag hatte und entspannte sich. Freitags versuchte er regelmäßig etwas früher nach Hause zu fahren, um sich das Wochenende zu verlängern. Für heute war es sogar unerlässlich. Schließlich wartete der Hochzeitstag seiner Eltern auf ihn. Und mit ihm die gepflegte Hausmannskost seiner Mutter, die in der Küche des Häuschens seiner Eltern zubereitet wurde, während er selbst sich auf der Terrasse niederlassen konnte, aufs Wasser sah und einfach nichts tat, bis das Essen serviert wurde.

Früher machte sein Vater immer vorher noch eine Flasche Wein auf. Das verstärkte das behagliche Gefühl zusätzlich und Marcus ließ sich in völlige Entspannung gleiten. Doch der Part mit dem Wein fiel seit dem Jahr zuvor weg. Als sein Vater plötzlich sportlich wurde. Er, der sich sein Leben lang nur so viel bewegte, wie es für das Überleben, das heißt arbeiten, die wichtigsten Besorgungen und gesellschaftliche Anlässe, notwendig war.

Heute trank er höchstens ein Glas und das auch nur, wenn sein Sohn eine Flasche aufmachte.

Marcus war es ein Rätsel, wie das überhaupt funktionieren konnte, und er fand es höchst bedenklich: Muskeln, denen niemals eine Regung zu viel abverlangt wurde, plötzlich zum Laufen, Radfahren, Schwimmen und Expander in die Länge ziehen, zu bringen. Jedes Mal, wenn sein Vater verschwitzt den Garten betrat, während er selbst schon tief in den Liegestuhl gesunken war, rätselte er, wie es bei dem Gebietsleiter eines Generalimporteurs einer bekannten Automarke, der Sport immer abschätzig als Zeitvertreib für Schwachsinnige bezeichnete, zu diesem Sinneswandel kommen konnte.

Marcus war den firmeneigenen Irrgarten schon lange nicht mehr durchschritten. Wer sich diesen Wirrwarr an Gängen einfallen ließ, sollte eigentlich im Gefängnis sitzen, dachte Marcus, der vor lauter Konzentration, welcher Weg zu seinem Büro führte, nicht merkte, wie laut er keuchte. Hinter ihm wurden einige Köpfe aus den Bürozimmern gestreckt. Kollegen, die sehen wollten, wer da draußen beinahe kollabierte. Tatsächlich musste Marcus einen Augenblick stehen bleiben und nach Luft ringen. Er streckte seine Hand aus, um sich an der Wand abzustützen.

Was war heute nur für ein Tag? So hoch oben war sein Puls

schon lange nicht mehr. Dort, wo Marcus Hand die Wand berühren wollte, war keine Wand. Da war eine Tür. Eine nicht geschlossene, sondern lediglich angelehnte Tür, die nach innen aufging. Sie schwang durch den Druck sofort auf und Marcus stolperte unfreiwillig in den Raum. Er hatte alle Mühe einen Sturz abzufangen. Mit der Erringung seines Gleichgewichts voll beschäftigt, nahm er doch den holzig-ledrigen Geruch wahr. Das Parfüm kannte er.

Marcus stand im Büro seiner Chefin. Die Abteilungsleiterin für Prozesskonzeption war nicht alleine. Bevor sie durch den Überfall unterbrochen wurde, unterhielt sie sich übertrieben freundlich mit einer Frau und zwei Männern, die Marcus unbekannt waren.

Natascha Grabhofer blickte den unerwarteten Besuch überrascht an. Ihre Mimik änderte sich, von der eben noch gespielten Verbindlichkeit ihren Gästen gegenüber, in diesen starren Blick, der Marcus so bekannt war und dazu diente Haltung zu bewahren, wo sie innerlich explodierte. Ihr breiter kantiger Schädel, bei dem Marcus sich oft vorstellte, er könne auch als Würfel in einem Pokerbrett exzellent dienen, wurde blass und bildete einen herrlichen Kontrast zu der in dunklem Rot gefärbten Mähne, die in großen Locken auf die breiten Schultern fiel. Ihre stattliche Figur, die korpulent aber nicht dick wirkte und zu ihrem Auftreten passte, schien zu wachsen.

In diesen Augenblicken, die Marcus nicht zum ersten Mal erlebte, fühlte er sich, trotz seiner eigenen Leibesfülle mickrig, wenn sie vor ihm stand. Das unbeabsichtigte Hineinplatzen in eine Besprechung machte dieses Gefühl nicht leichter.

„Auen! Wir haben Sie zwar nicht erwartet aber kommen Sie nur rein!“, nutzte Marcus Vorgesetzte die Gelegenheit, vor ihren Besuchern als beste Chefin der Welt dazustehen. Sie verlieh daher der Strenge ihrer Worte einen heiteren Unterton. Mit Erfolg. Die Gäste lächelten verhalten, um einerseits ihre Gastgeberin zu bestärken, andererseits aber nicht den Anschein zu erwecken, den Untergebenen auszulachen. Marcus, der immer noch außer Atem war und gleichzeitig verwirrt von der Szenerie, in die er da hineingestolpert war, brachte kein Wort heraus.

Vor Fremden zu reden hatte er schon zuvor so gut es ging vermieden. Natürlich gab er sich rechte Mühe, wenn es die Situation doch einmal verlangte. Das fiel dann kurz und knapp aus. Eine allzu lange Lücke, die den peinlichen Moment vor den Anwesenden noch verstärken würde, wusste Frau Magistra Grabhofer geschickt zu vermeiden.

„Gut, dass Sie da sind Auen. Meine Damen und Herren, dies ist Herr Marcus Auen. Er ist einer meiner wichtigsten Mitarbeiter wenn es um Prozesskonzeption geht. Herr Auen findet Optimierungslücken wo für andere kein Blatt mehr dazwischen passt."

Solche Worte hörte der Angesprochene von seiner Chefin zum ersten Mal. Er streckte seinen Kopf um zwei Zentimeter und zwang sich ein unsicheres Lächeln heraus. Sagen konnte er immer noch nichts außer: „Äh, ja."

Der Reihe nach stellten sich die Unbekannten bei ihm vor. Herr Walderaff schoss aus der Gruppe heraus und streckte Marcus die Hand entgegen. Bei seiner Körpergröße mit den langen Gliedern konnte er leicht der Erste sein. Eine blonde Haarsträhne fiel ihm dabei ins Gesicht, die er mit einer reflexartigen Kopfbewegung wieder an ihren Platz beförderte. Frau Grubheimer folgte ihm und versuchte sich dabei ihren Unwillen, einen der gewöhnlichen Angestellten außerhalb der Chefetage begrüßen zu müssen, nicht anmerken zu lassen. Herr Ballus grinste Marcus aus seinem rundlichen Gesicht mit den roten Backen freundlich an und zwinkerte ihm zu.

Marcus fragte sich, was dieses Zwinkern zu bedeuten hatte. Eine Verbrüderung? Ein Trost? Ein Heute-darfst-du-mal-einer-von-uns-sein, aber-nur-ausnahmsweise? „Herr Auen, dies sind Abteilungsleiter der Firma Multi Supply Chains."

„Aha." Marcus kannte das Unternehmen natürlich. Doch er hatte bisher nie Berührungspunkte mit ihm. Einerseits weil es sich um ein Konkurrenzunternehmen handelte und andererseits weil es hauptsächlich im medizinischen Bereich agierte. Die Firma Unmatched Solutions hatte seine Kunden vor allem in der Lebensmittelbranche.

„Es sollte erst am Montag offiziell verkündet werden, aber innerbetrieblich wird man es nach dem großen Firmenbesuch heute ohnehin nicht mehr geheim halten können." Miss Natascha, wie sie von Marcus und seinen Kollegen genannt wird, weil sie mit 48 Jahren nicht verheiratet war und niemand in der Firma je von einer Beziehung, oder wenigstens einem Flirt von ihr gehört hatte, lachte kurz laut auf

„Unmatched Solutions und Multi Supply Chains werden miteinander verschmelzen. Die Fusion wird das Börsenereignis des Jahres. Davon können wir ausgehen. In erster Linie aber werden unsere beiden Unternehmen davon profitieren."

Miss Natascha war im Begriff ihre Rede fortzusetzen, die sie sich für verschiedene Anlässe vorbereitet hatte, sollte einmal nicht das oberste Management über die wirtschaftliche Neuausrichtung sprechen sondern sie selbst zum Zug kommen. Doch sie bremste ab. Dies war nicht der richtige Rahmen dafür und der zuverlässige aber für ihre Karriere nicht relevante Prozessentwickler musste nicht überzeugt werden.

„Gut. Also Auen, Sie werden in der nächsten Stunde die Neuigkeit ohnehin erfahren. Denn Sie sollen ihren künftigen neuen Kollegen einen Einblick in das Hirn des Betriebes geben. Nach unserer Besprechung kommen die Mitarbeiter der Ablaufplanung von Multi Supply Chains zu ihnen. Sie erklären ihnen dann die Grundzüge unserer Work Flows."

Marcus begann es vor den Augen zu flimmern. Er musste noch ein wichtiges Projekt abschließen und ein zweites aus der Startbox lassen. Außerdem wollte er früh genug bei seinen Eltern sein. „Das kommt jetzt sehr überraschend. Ich kann nicht..."

„Herr Auen, ich weiß, das war nicht von langer Hand geplant. Aber Sie wissen, Geheimhaltung ist in solchen Dingen wichtig. Wir können Querschüsse vor dem Platzen der Bombe nicht brauchen. Ich freue mich, dass Sie das verstehen und den Kollegen einen wertvollen Einblick in unsere Arbeit geben. Es werden etwa zehn Personen sein. Bereiten Sie sich am besten gleich darauf vor! Danke, Herr Auen!"

Jedes weitere Wort war sinnlos, das wusste Marcus. In seinem Büro ließ er sich auf seinen Stuhl fallen, so dass dessen Federung ein herzhaftes Quietschen von sich gab. Ihm brummte der Kopf. Es hatte jetzt keinen Sinn mit der Arbeit zu beginnen. Wenn er mittendrin unterbrochen wurde, musste er sich danach ein zweites Mal in das Projekt hineindenken und den Ablauf Schritt für Schritt durchgehen. Da konnte er gleich warten. Und wenn er in einer Stunde vor 10 Leuten sprechen musste, konnte er sich davor auf keinen Fall auf etwas anderes konzentrieren.

Er brauchte jetzt ganz dringend eine Stärkung. Einen Kaffee und eine Zimtschnecke aus der Kantine. Das war jetzt genau das Richtige.

5

Give me a sign Tell me how you wanna roll. Elisa stützte die Langhantel auf einer Seite gerade noch ab, bevor das Übergewicht ihren Schüler umriss. Sie hatte ihn gewarnt und empfohlen zuerst mit der leeren Stange den Bewegungsablauf zu üben.

Doch der etwa 50-Jährige hatte darauf bestanden auf jede Seite 25 Kilo-Scheiben zu stecken. Als er die, an der Halterung aufliegende Hantel auch noch zu weit rechts auf die Schultern legte, wusste Elisa, dass es an ihr lag einen Unfall zu verhindern.

Uh, well, don't waste time. „*4 Minutes*" von Madonna und Justin Timberlake tönte aus den Lautsprecherboxen durch den Raum und vermischte sich mit Elisas Stopp-Ruf. Doch der wurde ignoriert. Der große, hagere Mann mit schütterem Haar stemmte seinen Oberkörper hoch und verlor das Gleichgewicht.

Solche von sich eingenommenen und unbelehrbaren Kunden würde Elisa sofort rauswerfen, wenn es nach ihr ginge. Doch Richard hatte ihr zu verstehen gegeben, dass es an den Trainern lag, wenn etwas schief ging. Und jedes zahlende Mitglied des Fitnessclubs musste bei Laune gehalten werden, um es nicht zu verlieren.

Well, I can handle that – you just gotta show me where it's at.

Das war bei den meisten nicht schwer. Sie waren schon zufrieden, wenn sie mit hochrotem Kopf vor dem Spiegel ihre Muskeln betrachten konnten. Doch es gab auch die, die es am liebsten hätten, wenn man ihnen jede Hantel und jede Kuhglocke frisch poliert in die Hände legte. Elisa arbeitete in Richards erstem

Fitnesstempel.

Noch war es sein einziger. Doch seit seine Popularität durch die Sendung „Stark mit Richard“ zulegte, konnte es nicht lange dauern, bis er zusätzliche Filialen eröffnen würde. Andeutungen in die Richtung hatte er schon gemacht. Dann sollte er aber auch diesen Laden hier wieder in Schuss bringen, dachte Elisa, während sie ihren Schützling mittig unter die Stange positionierte und ihm half sich gerade aufzurichten.

You only got four minutes to save the world. Richard hatte einen ehemaligen Mini-Supermarkt komplett ausgehöhlt und die Fitnessgeräte in dem nun einzelnen, viereckigen Raum mit Schaufenstern an der Front dicht aneinander gestellt. *No hesitating.* Gegliedert in den Kardiobereich mit Laufbändern, Fahrrädern und Crosstrainern, das Muskeleck mit Hanteln, Glocken, Tauen und was so dazugehört und die Kraftmaschinen mit einfachen Übungsanleitungen für die breite Masse. Die Klimaanlage lief auf Hochtouren, dennoch hatte sich der Geruch nach Buttersäure durch schwitzende Körper in dem hell angestrichenen Raum für immer hier eingenistet. *Tick tock tick tock, tick tock.*

In der Zeit nach der Eröffnung konnten sich die Sportler aussuchen, was sie als nächstes machen wollten und leicht von einer Station zur nächsten wechseln. Mittlerweile war es vor allem am Abend nicht mehr selbstverständlich, dass das Gerät oder die Maschine, an der man trainieren wollte, auch frei waren. Zu lange Wartezeiten ließen allerdings die Muskeln auskühlen, Flexibilität im Training war daher notwendig. Der freie Platz war also auch der beste.

Sogar jetzt, im späten Frühling, als die Temperaturen bereits ein angenehmes Niveau erreichten und die Sonnenstrahlen auf der Haut die Überwindung, in leichter Sportbekleidung raus in die Natur zu gehen, einfach machte.

Nichtsdestotrotz, sich in dem prominentesten Fitnessclub in Velden sehen zu lassen und dabei Blicke auf den Star der Branche zu erhaschen, lockte viele dennoch hierher. Einige von ihnen ließen es sich überdies einiges kosten, Richard Linus Jonas persönlich als Trainer zu buchen. *The road to hell is paved with good intentions, yeah.* Die Einheiten mit dem Besitzer vom „Perfect Fit“ waren auf 20 Minuten beschränkt und kosteten so viel wie sonst 3 Stunden. Das war es wert, meinte vor allem die weibliche Kundschaft und gönnte sich die Zeit mit dem 43-jährigen, gut gebauten Promi-Trainer.

Zurzeit war die Tochter eines Leiterplatten-Herstellers bei ihm. Von allen nur Sherry genannt. Ein It-Girl, das keinen Szene-Treff ausließ. Sei es am Abend in den Klubs oder beim Bodyshaping am Tag. *If you want it, you already got it.* Elisa war es mittlerweile gewohnt, dass hübsche Frauen sich um ihren Freund scharrten. Außerdem, ganz genau betrachtet: War sie überhaupt seine Freundin?

If you thought it, it better be what you want. Als Elisa neben ihrem Sportwissenschaftsstudium bei Richard zu jobben begonnen hatte und sie sich näher kamen, führte er sie oft zum Abendessen aus. Jetzt trafen sie sich meistens nur noch bei ihm zuhause. In der Hölle, wie Richard seinen Laden gerne nannte, durfte niemand von der Beziehung wissen. Darauf legte der Chef wert und behandelte Elisa noch mehr von oben herab, als die anderen. Für Elisa war das eine Art Spiel. Am Tag die unterwürfige Angestellte spielen und in der Nacht das Kommando haben. Doch fragte sie sich, wie lange er dieses Spiel treiben wollte. *No hesitating. We only got 4 minutes, 4 minutes.*

„Laut Ihrem Plan kommen als nächstes Grundübungen für den Latissimus dran. Ich will aber lieber Bankdrücken! Meine Brustmuckis wollen liebkost werden.“, entschied Elisas Kunde, lachte und machte sich auf den Weg zur Flachbank.

„In Ordnung.“, antwortete Elisa in stiller Resignation, folgte ihm und sah auf die Uhr. 10 Minuten noch, dann hatte sie schon den nächsten Termin. Auch die Zeit von Sherry war um. Sie bedankte sich überschwänglich bei Richard für die Betreuung und drückte ihm einen Zettel mit ihrer Handynummer in die Hand.

Richard kannte diese Geste bereits. So mancher Zettel ist schon von einer zarten Frauenhand in seine gewandert. Nach den letzten Einheiten mit Sherry hatte er es ebenso erwartet und wurde nicht enttäuscht. Er ließ den Zettel lächelnd in die Tasche seiner Trainingshose gleiten. *You gotta get in line, hop. Tick tock, tick tock, tick tock.*

6

Es war sechs Uhr abends als Marcus Auen endlich das Firmengebäude verließ. Der Arbeitstag war schrecklich. Die Leute von Multi Supply Chains mussten denken einen knüppelschwingenden Troll vor sich zu haben, anstatt eines langjährigen Prozesskonzeptionisten. Marcus Schweißausbrüche in dem klimatisierten Büro waren dabei noch das geringste Problem. Er wusste nicht, wo er anfangen sollte mit seinen Einführungen. Das Programm, an dem er täglich komplizierte Berechnungen durchführte, war ihm auf einmal wie fremd. Er vergaß die einfachsten Shortcuts und hatte Mühe über den Kern seiner Arbeit zu sprechen.

Bis seine Kollegin Adrienne Stegmann die Situation erkannte und die Aufmerksamkeit der Gruppe auf sich lenkte, war es Marc, als würde er ewig lange mit Füßen im Treibsand, unzusammenhängende Worte brabbeln und dabei kleiner und kleiner werden. Seine Computertastatur war bereits so riesig wie ein Haus. Ausgerechnet Adrienne holte ihn aus dieser Not heraus. Adrienne, die zwei Jahre jünger war als er und für ihr empathisches Verhalten keine Preise gewinnen würde.

Ausgestanden war es damit aber noch nicht. Marcus konnte sich nicht einfach so abseilen. Das gab ihm Adrienne zu verstehen, indem sie ihm auffordernd zunickte und nach jedem thematischen Absatz seine Zustimmung zu ihren Ausführungen einholte.

Es war ein elends langer Tag. Schon vor drei Stunden wollte er zu seinen Eltern fahren. Nichts war es geworden mit einem gemütlichen Nachmittag am Liegestuhl nach einem heißen

Häferlkaffee und einem leckeren Apfelstrudel seiner Mutter. Die Mehlspeise konnte er wenigstens noch nachholen, wenn es auch schon Abend war. Zuerst Apfelstrudel, dann Abendessen und dann noch Nachtisch. Das war eine Reihenfolge ganz nach seinem Geschmack.

Der Weg zum Auto war nicht kürzer geworden. Insgeheim hatte Marcus gehofft, sein Gefährt wäre von selbst näher gerückt. Nun musste er auch noch außen um den Firmenkomplex herumgehen. Weil er seinen üblichen Weg mit dem Lift zum Seiteneingang genommen hatte. Aus Gewohnheit. Und auch mit Absicht: Zweimal an einem Tag wollte er auf keinen Fall die unheimlichen Gänge durchwandern, die ihm vorkamen, wie das Tunnelsystem in einem Ameisenbau, in das er immer tiefer drang und in dem er irgendwann ganz gefangen sein würde. Und dann war da ja noch die Gefahr seiner Chefin beim Passieren ihres Büros ein weiteres Mal über den Weg zu laufen.

Marcus versuchte den Rückweg zu seinem PKW so direkt wie möglich zu halten. Nur keine zusätzlichen Meter! Sein inneres Lineal zeichnete ihm den kürzesten Weg und den ging er schnurstracks entlang. Dabei grummelte er unzufrieden vor sich hin, wenn er wegen parkender Autos diese Ideallinie unterbrechen musste.

Das durchgeschwitzte Hemd presste sich kalt auf Marcus Rücken, als er sich in den Fahrersitz drückte. An einem normalen Tag und wenn nicht die Aussicht auf ein Abendessen bei seiner Mutter mit gezuckertem Apfelstrudel alles andere nebensächlich erschienen ließ, wäre er ohne Umwege nach Hause gefahren, hätte sich auf die Couch geknallt und wäre bis Sonntag nicht mehr aufgestanden.

Er verwarf diesen Frustgedanken aber schnell, als er die Gartentür des Häuschens seiner Eltern öffnete. Sein Herz schlug schneller. Wie auf Kommando lief ihm das Wasser im Mund zusammen.

Er kannte das Häuschen am See jetzt schon sein Leben lang. Es war klein und gemütlich. Helles Pastellrosa, ebenerdig mit ausgebautem Dachboden, in dem gerade mal das Schlafzimmer seiner Eltern Platz hatte. Keller gab es keinen. Die Gartengeräte waren in einem Werkzeugschuppen untergebracht. Der Rasen war kurz getrimmt, Beete mit allen erdenklichen Blumen, von denen es Samen im Gartenmarkt zu kaufen gab, umrahmten das Grundstück entlang des Zaunes. Die Parzelle war eine von etwa 40

Gartenparzellen an einem Strandabschnitt des Wörthersees. Die Großeltern von Marcus Mutter hatten sie gepachtet als sie jung waren. Später gab es die Möglichkeit, den Grund von der Gemeinde ins Eigentum zu übernehmen. Heute gibt es so etwas gar nicht mehr zu kaufen. Und wenn, wäre es sehr, sehr teuer. Hermine Auen stand in der Küche. Das Essen war schon lange fertig. Sie hatte es noch einmal aufgewärmt als sie Marcus Auto einparken hörte und richtete nun einen großen Teller für ihn an. „Du musst schon riesigen Hunger haben, mein Schatz! Komm, setz dich raus auf die Terrasse! Ich bring dir dein Essen gleich." Marcus machte einen Blick durch die Glastür nach draußen und drehte sich dann zu seiner Mutter: „Wo ist Papa? Verbringt er euren Hochzeitstag bei seiner Freundin?"

Seine Mutter setzte ein mitleidiges Gesicht auf: „Welche Frau von Verstand würde sich deinen Vater schon antun? Die Arme!", sagte sie und Mutter und Sohn lachten über den Scherz wie Kinder, die sich beim Versteckenspielen nicht mehr halten konnten, weil der Suchende schon dreimal an ihnen vorbeigegangen war.

„Aber wo ist er denn wirklich?", hakte Marcus nach. „Ach du weißt doch, seit er unter die Sportler gegangen ist, treibt er sich oft stundenlang irgendwo in der Gegend herum. Hast du draußen sein Fahrrad gesehen?". „Nein." „Dann kurvt er damit vermutlich durch den Wald. Wieder einmal. Dabei hatte er fest versprochen, rechtzeitig wieder zurück zu sein. " „Es ist unglaublich", sagte Marcus und schüttelte den Kopf mehrmals hin und her, „Der meint das echt ernst, oder? Ich dachte die Midlife Krise wäre nicht von so langer Dauer."

„Ich glaube, ich hätte ihn am Anfang nicht so oft damit aufziehen sollen. Das hat ihn nur noch mehr motiviert. Jetzt sag ich gar nichts mehr zu ihm, aber es ist zu spät. Dein Vater ist wie besessen. Wenn er nach drei Stunden am Nachmittag mit dem Rad zurückkommt, stellt er sich schon den Wecker, damit er am nächsten Tag zeitig in der Früh noch eine Runde laufen gehen kann, bevor er mit seiner Arbeit beginnt."

Marcus versuchte sich zu erinnern wie diese, in der Familie unübliche Verhaltensweise, angefangen hatte.

Es war noch nicht lange her. Im Frühjahr, vor maximal drei Monaten, erzählte ihm seine Mutter, sie hätten oft Streit. Sein Vater würde sich beschweren, dass sie beide nur herumsitzen, nicht auf sich achten, ständig nur essen und nach und nach verfallen würden. Muskelschwund, Herzverfettung,

Bandscheibenprobleme, so würde ihre Zukunft aussehen, sagte er dann. Marcus Mutter nahm das am Anfang nicht ernst, grämte sich aber doch, dass er ihr gemeinsames Leben von einem Tag auf den anderen schlecht machte und in Frage stellte. Natürlich dachte sie anfangs an eine andere Frau als Auslöser. Doch als er tatsächlich verschwitzt, mit rotem Kopf und außer Atem vom Radfahren und Joggen heimkam und noch dazu an Gewicht verlor, musste sie einsehen, dass er seine neue Überzeugung ernst nahm.

Marcus war mehr als satt, um nicht zu sagen randvoll. Doch bei einem Essen seiner Mutter auf den Apfelstrudel zu verzichten wäre ihm vorgekommen wie im Finale eines Tennismatchs vor dem Aufschlag zum Matchball den Fernseher abzudrehen.

Er steckte ein großes Stück Apfelstrudel in den Mund, als sein Vater von seiner Radtour zurückkam. Er sah besser aus als früher, das konnte Marcus nicht leugnen. Die Linie von Brust zu Becken hinab war gerader geworden. Einige Wulste, die sich vor kurzem noch aufdringlich in den Vordergrund drängten waren nun nur noch als leichte Ausbeulungen unter dem Fahrradtrikot zu erkennen. Die Haut war straffer geworden, aus seinem Gesicht sah Leopold Auen seinen Sohn immer noch mit dem treuherzigen Schlafzimmerblick durch hängende Lieder an, aber es war kantiger, die Haut wirkte reiner.

„So, da bin ich! Ich sehe, du lässt es dir schon schmecken, Marcus. Bist du schon lange da?".

„Hallo Papa! Länger als du, obwohl es nicht mein Hochzeitstag ist". Marcus zwinkerte seinem Vater zu und schenkte ihm ein Glas Wein aus der Flasche ein, die er selbst in der Zwischenzeit schon halb geleert hatte.

„Deine Mutter weiß auch so, dass ich sie liebe", sagte Leopold absichtlich laut, damit seine Frau es hören konnte. Sie kam daraufhin mit einem schelmischen Blick aus der Küche, der zeigte, dass sie ihrem Mann nach 30 Jahren Ehe immer noch alles verzeihen würde. „Jaja", antwortete sie, "aber irgendwann kommst du von einem tagelangen Sporttrip nach Hause und ich liege schon lange mit einem gut gebräunten Spanier an einem Pool auf Mallorca. Einen, der nicht immer wieder verschwindet und mich alleine lässt."

Da musste Marcus protestieren: "Hola mama", sagte er mit einem leidlich nachgemachten spanischen Akzent, „Wer soll dann für mich Apfelstrudel backen?! Das kannst du deinem kleinen Chico doch nicht antun!" „Das macht ihr Männer miteinander", antwortete sie, „ich lasse euch das Rezept da!", sagte Hermine und kicherte über ihre Schlagfertigkeit.

Es klingelte. „Das wird Martha sein. Ich wollte ihr und Benjamin auch einen Strudel vorbeibringen. Sie kann es wohl nicht mehr erwarten." Frau Auen schnitt etwas von der Mehlspeise ab, legte es auf einen ihrer Teller mit grünem Muster den Rand entlang, das an Schlingpflanzen erinnerte und ging zur Gartentür.

„Deine Mutter ist einfach die Beste", sagte Leopold Auen und sah ihr kurz nach, bevor er sich zu Marcus setzte.

„Warum lässt du sie dann so oft allein?", fragte der Sohn und nahm das Weinglas in die Hand.

„Das mache ich doch nicht, weil ich nicht mit ihr beisammen sein will. Ich muss einfach raus! Ich kann nicht den ganzen Tag im Auto und im Büro sitzen und daheim mich wieder nicht vom Stuhl wegbewegen."

„Bisher hast du das doch auch ganz gut geschafft. Wenn man einen fordernden Job hat, muss man sich nun mal ausruhen. Das ist doch ganz normal."

„Ach Sohn", sagte der Vater und sah Marcus mit einem Blick an, der zwischen Reue und Erkenntnis lag, „ich weiß, du musst diesen Eindruck von uns bekommen haben. Wir haben ja auch nie etwas anderes gemacht, als... nichts. Aber wir haben uns geirrt."

„Wie meinst du das? Ja, man sagt Sport ist gesund und so. Aber das kann nicht jeder. Ich habe gelesen, ob du Ausdauersport betreiben kannst oder nicht kommt sogar darauf an, wie deine Muskelfasern beschaffen sind und wie dein Blutbild aussieht."

Leopold lachte laut auf. Dabei spritzten einige Schweißtropfen, die immer noch sein Gesicht entlangrannen, auf den Terrassentisch. Marcus wurde rot und ärgerte sich, weil er sich wie ein Junge vorkam, der für eine irreale Aussage ausgelacht wurde. Sein Vater bemerkte das sofort und versuchte seine Stimme zu mäßigen. Er räusperte sich: „Wo hast du das denn her!? Das mag vielleicht für Spitzensportler gelten, bei denen es darauf ankommt, ob sie zwei Hundertstel schneller oder langsamer sind. Aber Sport kann jeder machen. Er ist für jeden gesund. Nur durch Sport kommt dein Körper in Schwung!"

„Ach was!", Marcus war immer noch beleidigt. Er wollte etwas darauf erwidern, als seine Mutter wieder zurückkam: „Martha hat heute ihre neue Küche bekommen. Ich gehe einen Sprung zu ihr rüber, um sie mir anzusehen. Kommt ihr mit?"

„Geh nur!", antwortete Leopold, während Marcus weiterhin grimmig vor sich hinsah, „wir sehen sie noch früh genug." Als Hermine gegangen war, ergriff Marcus wieder das Wort. Das wollte er nicht auf sich sitzen lassen: „Ich fühle mich sehr gut in Schwung. Hatte zumindest bisher keine Probleme. Diese Sportbesessenen, die schon in der Früh ihre Runden drehen und am Abend immer noch nicht still sitzen können haben doch alle einen Schaden. Sorry, Papa. Das ist nichts gegen dich. Aber wenn du dir die mal genau ansiehst: Entweder strotzen sie vor Minderwertigkeitskomplexen, weil sie glauben nicht gut genug zu sein und sich nicht toll genug finden, wenn sie nicht 100 Kilo stemmen können oder es sind Freaks, die sich abreagieren müssen, weil sie sonst durchdrehen und was weiß ich was anstellen würden."

Leopold sah seinen Sohn lange an. Er war nicht verärgert darüber, dass sein Sohn ihm indirekt fehlendes Selbstbewusstsein oder psychische Anomalitäten an den Kopf geworfen hatte. Im Gegenteil. Es war nicht lange her, da dachte er genauso. Er sah sich selbst wie ihm Zauber Spiegel Tor in der „Unendlichen Geschichte".

Vor 30 Jahren. Als er in einem kleinen Autosalon begonnen hatte und es für ihn nur das eine Ziel gab: Schnell erfolgreich zu sein, flotte Autos zahlreich zu verkaufen und selbst darin lässig mit einer Hand am Lenkrad und den Ellbogen bei offenem Fenster auf die Tür gelegt durch den Bezirk zu cruisen, wo ihn die Nachbarn und Bekannten sehen konnten. Zu Fuß gingen nur die anderen. Die mit den normalen Jobs und die keine Ahnung hatten, wie man das Leben genießt. Die Stunden Büroarbeit gehörten zum Erfolg. Und die Belohnung dafür waren ausgiebige Restaurantbesuche, Kinoabende, gemütliche Runden im Wirtshaus, wo die anderen staunten, was man für ein Wissen im Automobilbereich vorweisen konnte.

Doch irgendwann war das nicht mehr genug. Nachdem Leopold, nach vielen Jahren in der Branche, die Arbeit zur Routine geworden war, nachdem er einst stolze Karossen als alte rostige Vehikels vor sich stehen sah, fing er an sich Gedanken darüber zu machen, was nun eigentlich beständig war im Leben. Was wichtig war und wertvoll. Wodurch ein nachhaltiges Glücksgefühl entstehen konnte... ja, und dann war da noch die Frage nach dem Sinn. Eine Daseinsrunde auf dem Erdball wofür? Einfach so zum Hallo sagen und wieder gehen? Zum Nehmen was geht und heimlich abhauen? Zum Schlafen, Essen, Schlafen und dann froh sein, wenn man es noch selbst ins Krankenhaus schafft?

„Man darf sein Leben nicht einfach wegwerfen, Sohn! Wer seinen Körper verkommen lässt, begeht langsamen Selbstmord, weil er das Wertvollste, das er besitzt, einfach kaputt gehen lässt: Die eigene Stärke und Funktionstüchtigkeit. Wie ein Auto in Schuss gehalten werden muss, damit es verlässlich fährt, so müssen wir uns auch in Schuss halten. Sonst landen wir viel zu früh am Schrottplatz."

„Ich kann mich nicht beklagen", antwortete Marcus und lehnte sich betont zurück, die Hände hinter dem Kopf verschränkt, „Ich fühle mich funktionstüchtig genug. So schnell kippt man nicht um."

„Wenn es dann aber so weit ist, ist es zu spät! Sind erst einmal die Arterien verstopft, die Muskeln geschwächt, die Bandscheiben nicht mehr vorhanden, leiden Entzündungen im Körper unter Platzmangel, dann ist es schwer das alles wieder instand zu setzen. Ich weiß wovon ich rede. Mein Arzt warnt mich ständig, dass mein Körper diese sportliche Belastung, mit der ich so spät begonnen habe, gar nicht mehr aushält. Er ist sie nicht gewohnt, hat alles runtergefahren auf Minimalbelastung. Er ist, und das muss man sich dann auch eingestehen, schon so in Mitleidenschaft gezogen, dass ich sehr klein anfangen musste, mit wenig Anstrengung, um ihn nicht zu überfordern. Aber...", jetzt lehnte sich Leopold zufrieden zurück, „es geht noch. Der Körper dankt es einem, wenn man sich endlich um ihn kümmert."

Marcus schüttelte den Kopf: „Von klein anfangen kann bei dir keine Rede sein. Du steigst vom Rad ja nicht mehr herunter. Und was hat Mama mir erzählt? Du hast dich nächstes Jahr für einen Marathon angemeldet? Papa, du bist die letzten 30 Jahre schon ins Auto gestiegen, wenn du die Nachbarn besucht hast!"

„Ja, schrecklich, oder? Aber im letzten Jahr habe ich viel aufgeholt. Und es geht mir so gut, wie schon ewig nicht mehr. Plötzlich kriege ich wieder Luft, wenn ich es eilig habe, plötzlich schlafe ich wieder die Nacht durch! Und meine Manneskraft... ich sage dir mein Junge, Mama hat keinen Grund sich zu beschweren."

„Papa! Das muss ich nicht wissen! Keinesfalls! Bitte lass die Details aus." Marcus schüttelte sich, worüber sein Vater noch mehr lachte: „Und der Apfelstrudel deiner Mutter war immer schon der beste! Aber seit ich ausgepowert nach Hause komme, ich sage dir, der Genuss ist unvergleichlich!"

Da bemerkte Marcus, dass sein Vater sich noch kein Stück abgeschnitten hatte. „Soll ich dir eins geben?", fragte er und griff nach dem Messer. „Danke, aber nein. Ich nehme später eines.", antwortete Leopold, nahm einen Schluck von seinem Wein und stand auf.

„Der Abend wäre nicht perfekt ohne eine kurze Schwimmrunde".

Marcus glaubte sich verhört zu haben und wusste nicht, ob sein Vater das ernst meinte und in Wirklichkeit nur aufstand, um eine neue Flasche Wein zu holen

„Was meinst du mit Schwimmrunde? Es dämmert schon, Mama wird bald wieder zurück sein."

Der Himmel hatte sein Antlitz vom strahlenden Tagesblau in ein ruhiges, schläfriges Aussehen verwandelt. Die Sonne stand noch über dem Horizont, aber so niedrig, dass es wirkte, als hätte man sie vom Hügel auf der anderen Seite des Sees aus mit dem Schmetterlingsnetz einfangen können. „Ich werde auch bald zurück sein", antwortete sein Vater und zog sein atmungsaktives Multifunktions-T-Shirt aus, „100 Meter hin und wieder retour. Vielleicht 200. Das geht ganz schnell."

Marcus hatte immer noch den Mund offen. Er sah seinem Vater nach, wie der auf den Steg zuging. Er konnte ihm nur nachrufen: „Nicht sag, du willst Ironman auch noch werden!" Sein Vater drehte sich noch einmal um und antwortete: „Das ist eigentlich keine schlechte Idee!", hängte sich eine Schwimmboje an einem dünnen Seil um und sprang mit einem Kopfsprung in den Wörthersee. Das vorher friedliche Wasser wirkte wie aufgebracht durch die Störung.

Marcus saß alleine an dem Gartentisch auf der Terrasse des kleinen Häuschens seiner Eltern. Die weiß-schwarz gesprenkelten Fliesen waren längst ausgekühlt obwohl es ein lauer Abend war. Doch die scheidende Sonne konnte das Feinsteinzeug nicht mehr ausreichend aufheizen.

Der rote Farbtupfen der Boje auf der Wasseroberfläche schaukelte in den Wellen, die Leopold kraulend verursachte, auf und ab. Die Weinflasche war leer, Marcus rang kurz mit sich, ob er gleich eine neue holen sollte oder sie dann gemeinsam mit seinem Vater aufmachen. An der Schwere seiner Augen merkte er, dass jetzt ein geeigneter Zeitpunkt war, sie für einige Minuten zu schließen. Seine Mutter würde wohl nicht in nächster Zeit von dem Tratsch mit den Nachbarn zurückkommen. Und sein Vater, der war draußen in seinem neuen Element. Ehrgeizig war er ja schon immer. Wenn auch der sportliche Ehrgeiz erst neu erwacht ist. Der rote Tupfen entfernte sich weiter. Unruhig auf- und abhüpfend.

Zwei Schwalben kreisten über dem Garten umeinander und

verloren sich spielerisch in der Weite. Jetzt wäre es an der Zeit für einen Rotwein, kam Marcus zum Entschluss während er sich mit geschlossenen Augen Gedanken über den weiteren Verlauf des Abends machte.

Mit hängenden Gliedern war die Idee, den Wein gleich zu holen und ihn bis zur Rückkehr des Vaters zu öffnen, damit er Luft bekam schon einem Traum gleich, der sich im Dunkel der Illusion mit Bildern seiner Chefin Frau Grabhofer im Bikini, hinter ihr die Abteilungsleiter der neuen Partnerfirma Multi Suply Chains, ebenfalls in Badehosen und Bikinis, mit tadelndem Zeigefinger und einer Flasche Rotwein in der anderen Hand mischte. Sie schickte ihn, den kleinen Angestellten, mit einem Papierstapel an Konzeptvorschlägen die Treppe eines Hochhauses hinauf. Die Abteilungsleiter lachten sich krumm. Noch mehr, als Frau Grabhofer Marcus dabei auch noch mit einer Peitsche antrieb. Sie lachten und lachten und lachten.

Plötzlich zwang Marcus eine innere Unruhe dazu, seine Augen aufzuschlagen. Der rote Farbtupfen war noch zu sehen. Aber er sprang nicht mehr auf und ab. Mit zusammengekniffenen Augen, noch nicht in der Lage den Blick zu schärfen, wie er es gerne wollte, nahm Marcus keine gleichmäßige Schwimmbewegung seines Vaters mehr wahr.

Marcus presste die Innenseiten seiner Handwurzeln auf die Augen, um den Schlaf wegzubekommen und die Sehleistung zu normalisieren. Nun schaute er noch einmal konzentriert aufs Wasser. Sein Vater bewegte die Arme, doch nicht, wie ein Schwimmender sondern wie ein Ertrinkender. Marcus hatte keinen Zweifel mehr. Er nahm sein Handy und wählte den Notruf. Mit dem Telefon zwischen Kopf und Schulter eingeklemmt lief er zum Steg und probierte gleichzeitig aus seiner Hose rauszukommen. Ihm blieb nicht viel Zeit, das war Marcus bewusst. Daher schrie er, als sich am anderen Ende der Leitung eine Frauenstimme meldete, nur ins Telefon

„Mein Vater ertrinkt! Wörthersee, Seeufersiedlung Nr. 21!“. Das Handy legte er auf den Steg ohne aufzulegen und sprang mit einem weiten Satz kopfüber ins Wasser.

Als er wieder auftauchte, musste Marcus sich orientieren, in welcher Richtung sein Vater war. Dabei hatte er auch damit zu tun, seine Panik unter Kontrolle zu bekommen.

Das Wasser kam ihm jetzt nicht mehr friedlich vor. Er schwamm so schnell er konnte, immer wieder aufschauend, ob er in die richtige Richtung unterwegs war. Auf den roten Punkt zu. Er war noch so klein. Wie weit war es noch? Marcus konnte die Entfernung nicht einschätzen. Er konnte überhaupt nichts einschätzen. Er konnte nicht einmal klar denken. Er musste schwimmen. So schnell wie möglich.

Sein Atem ging unregelmäßig. Wasser geriet in seinen Mund und seinen Rachen. Immer wieder fuhr er sich mit der Hand über seine Augen, um sie öffnen und nach seinem Vater schauen zu können. Dieses viele Wasser!

Die Dämmerung war weit fortgeschritten. Die Sicht verfinsterte sich. Irrte Marcus sich oder kam die Stelle, an der sein Vater um sein Leben kämpfte, kaum näher? Er versuchte die Kreisbewegungen seiner Arme regelmäßiger werden zu lassen. Und schneller. Dabei wollte er die Erkenntnis nicht wahrhaben, dass ihn die Kraft verließ. Er verdrängte jeden Gedanken es nicht zu schaffen. Nicht weiterschwimmen zu können. Das konnte nicht sein. Das durfte nicht sein. Sein Vater hatte jetzt nur ihn. Er atmete nun so stark, dass er die Luft begleitet von lautem Keuchen ausstieß. Er spürte seine Glieder kaum mehr. Wie taub waren die Fingerspitzen. Der Rhythmus der Beine wollte nicht mehr gelingen. Auf, zu, auf, zu. Wie ein Frosch. Das hatte sein Vater ihm gesagt, als er ihm in diesem See schwimmen beibrachte. Der See, der jetzt so unbarmherzig war. Konnte er ihn nicht hintragen? Konnte nicht eine Welle kommen, die ihn in einer Sekunde zu seinem Vater brachte? Der See war doch immer gut zu ihnen. Sie hatten so viel Zeit an ihm und mit ihm verbracht. Wie konnte er jetzt nur so grausam sein?

Mit ganzer Kraft zwang Marcus sich weiterzumachen. Nun war er doch schon ein gutes Stück an seinen Vater herangekommen. Doch immer noch viel zu weit entfernt. Dass sein Magen schmerzte bemerkte er kaum. Es hätte alles Mögliche sein können. Ihn zu lokalisieren war im Moment unmöglich. Er hätte ihn auch als Schmerz seiner Unzulänglichkeit und des drohenden Verlustes wahrnehmen können. Auch sein Kopf drohte zu explodieren, wie ein Vulkan, der eine Lavafontäne gegen den Himmel spie. Es ging nicht mehr. Das konnte nicht sein! Es ging nicht mehr. Marcus Gliedmaßen gehorchten ihm nicht mehr. Gut, kurz, ganz kurz bekommst du eine Pause. Er drehte sich auf den Rücken, saugte lebensnotwendigen Sauerstoff tief in seine brennenden Lungen. Nur zweimal Luft holen. Diese Qual. Jetzt einfach loslassen. Auf den Grund des Sees sinken und nichts mehr bewegen. Ruhen und alles sein lassen. Für immer.

Ein paar Schläge mit den Füßen noch. Dann fasste Marcus sein

Ziel wieder ins Auge. Kraulen war jedoch nicht mehr möglich. Als er sich wieder auf den Bauch drehte tapste er unbeholfen wie ein Kleinkind ins Wasser. Wieder musste er sich orientieren. Er schwamm. Mittels Brusttempi machte er weiter. Er war entschlossen, er würde schwimmen. Und nichts anderes. Es war so schwer. Seine Augen hatten das Ziel im Visier. Die Schwimmboje lag unbewegt im Wasser. Von seinem Vater war nichts zu sehen.

Marcus versuchte wieder schneller zu werden. Er wollte, die letzten fehlenden Meter wären nicht vorhanden. Seine Finger ließen sich nicht mehr durchstrecken, um dem Wasser genügend Widerstand zu bieten. Die Schultern wollten keine Kreisbewegungen mehr erlauben. Da hob sich die Spitze der Boje. Sie wurde nach unten gezogen. Marcus schrie laut auf. Tränen rannen über sein Gesicht und wurden sogleich vom klaren See fortgespült. Der See kannte kein Mitleid. Er erlaubte keine Tränen. Wie ein Hund strampelte Marcus sich an die Stelle, wo sein Vater sein musste. Unter der Boje. Er fasste sie mit beiden Händen und zog daran. Dabei ging er selbst unter. Nun mobilisierte er noch einmal alle Kraft, nahm das Seil und tauchte sich mitsamt der Last wieder über die Wasseroberfläche. Sein Vater hatte sich die Schlinge schräg um die Brust gebunden. Sein Kopf baumelte kraftlos in seinem Nacken. Marcus verzweifelte Beinschläge in halbkreisförmigen Bewegungen, um sich oben zu halten, wurden schwächer. Er konnte das Gewicht nicht mehr halten. Geschweige denn, irgendetwas zur Erhaltung des Lebens seines Vaters unternehmen. Keine Beatmung, keine Herzmassage. Er konnte ihn nur über Wasser halten und sah dabei selbst nur noch mit dem Gesicht heraus. Die Augen zugepresst. Alle Kraft in den Händen, am Körper seines Vaters.

Er würde ihn nicht auslassen, das war das einzige, woran Marcus denken konnte. Das einzige, was er noch zu tun imstande war. Er schlug noch einmal die Augen auf. Er wollte noch einmal den Himmel sehen. Einen Sternenhimmel zu betrachten oder sonstige Naturphänomene war Marcus nie wichtig. Es war selbstverständlich da. Doch jetzt hatte er plötzlich das Verlangen danach, es zu betrachten. Warum jetzt? Es war bereits dunkel.

Marcus drehte den Kopf zur Seite. Da war ein Stern. Ein Lichtpunkt, der größer wurde. Und heller. Er blendete ihn. Marcus schloss seine Augen wieder. Seine Beine versagten. Wasser floss über seinem Gesicht zusammen. Licht und Dunkelheit zankten um den 27-Jährigen. Dann floss das Licht über ihn.

7

Das Telefon klingelte jetzt schon seit Minuten. Seit zehn oder zwanzig, oder auch seit einer Stunde – wie lange hätte Marcus nicht sagen können. Dazwischen machte der nervige Klingelton auch Pause. So lange, dass Marcus schon dachte, der Anrufer hätte aufgegeben. Doch dann kam es wieder, dieses durchdringende Schrillen. In seine Benommenheit hinein, die nur von den Bildern seines Vaters beherrscht wurde, drangen Gedankenblitze, die ihn daran erinnerten, er hätte sein Handy lautlos gestellt. Auch die Überzeugung, der Akku wäre schon lange leer, machte dieses Schrillen unecht und unglaubwürdig. Der Akku war auch leer. Der Ton, der in Marcus Ohren wie das Kreischen des Teufels klang, kam von der Türklingel.

Marcus wollte aufstehen. Er hatte sich jetzt schon zu lange zu Hause verkrochen. Aber diese Leere in ihm war noch nicht wieder mit Leben gefüllt. Dieses Schwächegefühl hatte noch immer nicht abgenommen. Jede Bewegung war beschwerlich, als würde er unter einem Felsbrocken liegen, der vor zehn Tagen aus 200 Metern Höhe auf ihn draufgefallen war. Er hatte ihn nur weggerollt, um sich zu seinem Vater zu schleppen. Nur um ihn da liegen zu sehen, in seinem Krankenbett. Ohne jede Regung.

Es wären oft Sekunden entscheidend, ob ein Ertrinkender gerettet werden könne oder nicht, sagte ein Arzt zu ihm. Sein Vater war zu lange ohne Sauerstoff, der körpereigene Mechanismus setzte die einzige, ihm mögliche Reaktion in Gang: Runterfahren und den notwendigen Energiebedarf auf ein Minimum drosseln. Keiner konnte sagen, wie lange er in diesem

Zustand verharren werde. Ob er jemals wieder aufwachen würde.

Marcus Mutter glaubte fest daran und verbrachte jeden Tag Stunden am Krankenbett ihres Mannes. Sie forderte ihn jedes Mal auf, ihr zu versprechen, wieder zurückzukommen. Natürlich antwortete er nicht. Keine Regung einer Zustimmung. Und auch wenn sonst die Versprechen, rechtzeitig zu Hause zu sein, so gut wie nie hielten, klammerte sich Hermine daran, ihm diese Zusage, selbst in seinem nicht ansprechbaren Zustand, abzuringen.

Marcus selbst konnte nie lange bleiben. Diese vergebene Hoffnung machte ihn fertig. Er verließ den Ort, an dem er seinen Vater nicht wiederfand, auch wenn er körperlich anwesend war, und legte sich zu Hause wieder unter den Stein. Der noch um viele Tonnen schwerer geworden war.

Doch nun schrillte diese Klingel in seinem Kopf als würden hunderte Vögel gleichzeitig auf ihn einhacken. Marcus wollte sie verscheuchen, doch sie kamen immer wieder. Er stand auf, fuchtelte mit den Armen gegen die Schallwellen, als würden sie dadurch einen Bogen um ihn machen. Mit geschlossenen Augen steuerte er dorthin, wo der Ton seinen Ursprung hatte. Dann riss er Augen und Türe gleichzeitig auf.

„Was ist?“, fragte er hinaus, ohne sofort zu erkennen, wer draußen stand. Erst als das Bild klarer wurde, erkannte er Raphael. Sein bester Freund und Spielgefährte seit ewig.

„Hey Mann!“ sagte er, „Das Gaming ist nicht das Gleiche ohne dich.“ Raphael war einen Kopf kleiner als sein Freund und noch rundlicher als Marcus. Die Höhenzentimeter verlor Raphael vor allem durch seinen kurz geratenen Oberkörper.

Marcus nannte ihn in jungen Jahren Raffi, wechselte aber, seit ihm das kindisch vorkam, auf Raff.

Da Marcus wie betäubt vor ihm stand, kein Wort sagte und sich sogar an der Wand abstützen musste, weil er sich so schwach fühlte, trat Raff an Marcus vorbei ein. Er schloss die Tür und umarmte den Mann, den er noch nie so niedergeschlagen erlebt hatte. Der, überwältigt von der plötzlichen menschlichen Nähe, die unter dem Felsen so viele Tage ausgesperrt gewesen war, fing an zu weinen.

Seine Schultern hebten und senkten sich dabei. Raphael, dessen runde Backen durch die Rötung, die sie annahmen noch deutlicher hervorkamen hob die Fersen wenige Zentimeter vom Boden ab, um eine bessere Stütze zu sein und verharrte in der Position. Als die Waden sich verhärteten und ein Krampf bevorstand, stellte er den gesamten Fuß wieder auf das Laminat des Vorraums.

Das war für Marcus der Impuls seinen Kopf zu heben. Er sah Raff durch seine überschwemmten Augen an, wandte sich dann ab und stapfte langsam ins Wohnzimmer. Dort setzte er sich wieder auf die Stelle der Couch, die sein Hauptaufenthaltsort seit geraumer Zeit war und sank tief in sich zusammen. Auf dem kleinen Beistelltisch vor ihm lag all das Verpackungsmaterial der Nahrung, die man kaufte, um einen Panic Room damit auszustatten. Konserven, Kartons und Gläser. Lebensmittel, die jahrelang halten, ausgelöffelt, rein um die Nahrungsaufnahme aufrecht zu erhalten und nicht zu verhungern. Raphael folgte ihm und setzte sich neben seinen armen Kumpel.

Er ließ seinen Blick durch den Raum schweifen, sog dabei Luft ein, stand wieder auf und öffnete ein Fenster bis zum Anschlag. Dann setzte er sich erneut hin.

„Das ist eine beschissene Zeit, mein Freund. Ich weiß. Ich meine, ich weiß es nicht, weil ich es noch nicht erlebt habe, aber ich kann mir vorstellen, wie du dich fühlen musst... eine beschissene Zeit. Auch das geht vorbei, sollte man glauben..." Pause. „Aber geht das vorbei? Ich glaube schon, irgendwann. Auch wenn das wohl noch dauert. Ich weiß, das kannst du jetzt am wenigsten vertragen Aber sich abschotten? Da geht das Vorbeigehen noch langsamer."

Marcus richtete sich mit einer Halbkreisbewegung des Oberkörpers auf, ließ sich auf die Rückenlehne sinken und legte den Kopf darauf. Seine Augen waren jetzt weit offen und auf Raff gerichtet, doch sie sahen durch ihn durch.

Raphael hatte sich vorgenommen, nicht belehrend zu werden und Marcus seinen Schmerz nicht ausreden zu wollen. Er wollte einfach für seinen Freund da sein. Als Stütze. Doch der Blick von Marcus war so durchdringend und unheimlich, dass Raphael nervös wurde. Er war daher froh, als sich dessen Kopf auf die andere Seite drehte und seine Blicke die Luft in der gegenüberliegenden Richtung durchbohrten. Also machte Raphael erstmal gar nichts mehr. Er ließ sich ebenfalls nach hinten sinken.

Es war Samstag. Er musste heute nichts mehr erledigen. Samstag war ohnehin meistens der Tag, an dem er sich von einer langen Gaming-Nacht erholte. Es kam höchstens vor, dass er eine Mission, die mit seinen Freunden fehlgeschlagen war, am Computer noch einmal durchspielte, weil sie ihm keine Ruhe ließ. Aber zum ersten Mal seit vielen Jahren, eigentlich, seit er seine ersten Schritte mit Super Mario unternahm, hatte selbst Raphael keine Lust auf Computerspielen. Es kam ihm in dieser Situation mit Marcus und seinem Vater richtiggehend sinnlos vor.

„Ich bin schuld.“, sagte Marcus plötzlich in die Stille des Wohnzimmers, in die sich nur gelegentlich das Tapsen der Katze auf dem Fensterbrett draußen einmischte. Der Satz klang durch den Raum, wie ein Bettler, der als Eindringling wahrgenommen, doch nur seinem Hunger Abhilfe schaffen wollte. Es folgte ein Wimmern. Leise und kontinuierlich lauter werdend bis es zu einem Schluchzen wurde. Marcus wiederholte den Satz. Gepresster aber immer noch auf die gleiche bittere Art selbstsicher: „Ich bin schuld!“. Und inmitten des Übergangs in klagendes Weinen schloss er an: „Dass mein Vater so gut wie tot ist!“

Er sank in sich zusammen und weinte, weinte, ließ die Tränen fließen, fasste sich an den Kopf, raufte seine Haare, wand sich unter der Selbstanklage, hielt sich den Bauch und schien kaum mehr Luft zu bekommen.

Raphael war bestürzt von dem Leid seines Freundes. Er war bestürzt von den Vorwürfen, die Marcus sich machte. Er fasste ihn an den Rücken, wollte ihn beruhigen, doch die Klagelaute wurden noch verstärkt. Als würde Marcus Rücken von der unsicher helfenden Hand seines Freundes verbrannt.

„Oh mein Gott.“, sagte Raphael mit zittriger, leiser Stimme, „Du hast doch nicht... du kannst doch nichts... wie hättest du denn...? Marcus! So darfst du doch nicht denken!“

Marcus Erwiderung war Weinen und Schluchzen. Raphael drang nicht zu ihm durch. Er versuchte es energischer: „Wie kommst du auf den Gedanken? Mach dich nicht fertig! Es ist unendlich traurig und eine Tragödie, aber dein Vater ist so cool! Und erst 57... das schafft er schon. Du wirst es sehen! Du kannst doch nichts dafür!“

Die Worte hatten keine Wirkung. Sie schienen an Marcus abzuprallen wie Papierkügelchen an einem Atom-U-Boot. Erst als Marcus die Kraft ausging wurde sein Weinen zu einem Wimmern. Zusammengekrümmt lag er da, die Augen geschlossen. In sich gekehrt. Raphael überlegte, ob er einen Arzt rufen sollte. Doch dann hielt er es für besser hier zu bleiben und zu warten bis Marcus ansprechbar war. Das dauerte bis zum Nachmittag. Denn Marcus schlief ein. Es war ein tiefer Schlaf, den er schon lange Zeit dringend gebraucht hatte. Das laut herausgestoßene Geständnis, das er für Wahrheit hielt und die Nähe seines Freundes brachten etwas Ordnung in seine wirre Welt voller

Schmerz.
Als Marcus erwachte, schenkte Raphael Tee ein, den er am Herd warmgehalten hatte und brachte sie ihm. Dankbar nahm sie Marcus entgegen und setzte den Rand der Tasse vorsichtig an die Lippen.

Es war schon einige Zeit her, seit er etwas Warmes in den Magen bekam. Seine Haut wirkte glatter als am Morgen. Frischer. Die Haare waren ungewaschen und zerzaust, aber die Körperhaltung aufrecht. Wenn auch in seinem traurigen Blick immer noch das Unglück abzulesen war.

8

Marcus nahm sich auch die darauffolgende Woche Urlaub. Er fühlte sich immer noch nicht in der Lage, sich auf Routen, Zeiten und Zahlen zu fokussieren. Stattdessen ging er spazieren. Marcus war das letzte Mal mit seinen Eltern spazieren gewesen, als sie noch die Macht der Erziehungsberechtigten hatten und ihn daher dazu zwingen konnten.

Dieses langsame vor sich hingehen, ohne konkretes Ziel und ohne damit etwas zu bewirken, hatte ihn jedes Mal ungeduldig gemacht. Er fühlte die Minuten verrinnen, die für ihn nutzlos verstrichen. Kurz gesagt, ihm war dabei einfach stinklangweilig. Doch jetzt, wo die Erinnerungen an seinen Vater die einzigen Begleiter waren und Marcus sich bereits viel zu lange in seinen vier Wänden eingesperrt hatte, verspürte er den tiefen Drang hinaus zu gehen. Die frische Luft, die um seine Nase wehte, der klare Himmel, der mit seinem leuchtenden Blau und den weißen Wolkenflecken darin einen Neuanfang versprach.

Der Wald, der mit den dicken knorrigen Stämmen der Bäume Marcus Kontinuität vermittelte und somit etwas Tröstendes in sich hatte. Das war, was er jetzt um sich herum brauchte. Doch all das konnte den Span, der tief in seinem Herzen steckte, nicht lösen: Die Schuldgefühle wegen des Unfalls seines Vaters und seiner eigenen untauglichen Rettungsaktion. Sie wichen nicht. Sie wurden auch nicht schwächer. Sie lähmten Marcus bei allem, was er tat. Daher fühlte er sich auch nicht in der Lage etwas anzupacken. Außer ein Bein vor das andere zu setzen und die

Gedanken kreisen zu lassen. Hineingefallen in sein Inneres trat er aus dem Wald heraus und steuerte das Wohnhaus mit drei Stöcken und 12 Wohnungen an, in dem er wohnte.

Er kannte nicht viele Nachbarn, obwohl er schon 2 Jahre darin lebte. Das war ungewöhnlich. In Rosenbach, wo er aufgewachsen war, kannte jeder jeden. Dort gab es auch keine großen Mehrparteienhäuser, sondern nur Einfamilienhäuser. Ein hübsches, kleines Nest, das aber auch in letzter Zeit viel Zuzug zu verzeichnen hatte. Moderne Schachtelhäuser kamen hinzu. die meisten in Weiß und Dunkelgrau mit Glasgeländern um die Terrassen und Rankgitter an den Seiten, an denen sich meistens nichts hinaufrankte. Um die Fassade nicht in Mitleidenschaft zu ziehen. Für einen Single war solch ein Haus keine Option. Zu groß, zu aufwändig, zu teuer. Diese Wohnung hier in Rosegg war ideal für Marcus. Sie hatte einen Aufzug. Nie wäre er in eine Unterkunft gezogen, in die er jeden Tag zwei Stöcke zu Fuß gehen hätte müssen. Sie war komfortabel, nicht zu groß und nahe des Wörthersees. Über die gute Straßenanbindung, konnte er alle regelmäßigen Ziele wie Arbeit, Freunde und Eltern mit dem Auto in verhältnismäßiger Zeit erreichen.

Dass er einmal Kilometer für Kilometer rund um sein Domizil zu Fuß abgehen würde, daran hätte er nie gedacht. Und auch jetzt bekam er von der Umgebung nur einen Bruchteil mit. Zu sehr war seine Aufmerksamkeit nach innen gekehrt. Daher bemerkte er beim Überqueren der Straße das Fahrrad, das beinahe in ihn reinfuhr, auch erst, als er das Schleifen des Hinterrades auf dem Asphalt hörte und er reflexartig nach hinten wegsprang, damit der Lenker nicht direkt gegen seinen Rumpf prallte.

Es war Mister Miller. Er hätte rechtzeitig stoppen können aber tatsächlich hatte auch er Marcus erst im letzten Moment bemerkt. Er entschuldigte sich daher wortreich und klopfte Marcus sanft auf die Schulter. Beide bemühten sich intensiv, ins Jetzt zu finden und aus ihren Gedankenbildern die Realität um sich wahrzunehmen und adäquat zu reagieren. Wie es sich gehörte.

Mr. Miller geriet beim Radfahren oft in einen Flow, der ihn aus der Wirklichkeit riss und nur noch die Geschwindigkeit wahrnehmen ließ. Und Marcus hatte bis auf Raphael seit zwei Wochen keinen Kontakt mehr zur Außenwelt und seinen Bewohnern. Daher bemerkten sie auch das Auto, das auf sie zukam erst, als es schon hupte. Sie standen immer noch mitten auf der Straße. Was nicht ungewöhnlich war, denn allzu viel

Verkehr gab es in diesem Ort nicht. Vor allem nicht zur Mittagszeit. Mr. Miller schwang sein Carbon-Bike mit Leichtigkeit auf den Gehsteig. Marcus folgte ihm. Die Sonne hatte bereits viel Kraft. Marcus wunderte sich, wie der Mister bei der sich entwickelnden Wärme des Spätfrühlings, sich zusätzlich noch dermaßen anstrengen konnte. Er sah den Schweiß, der über das Gesicht seines alten Schulkameraden lief. Aber er schien kein bisschen erschöpft oder ausgetrocknet zu sein. Es verschaffte Marcus daher in dem Moment auch einen Anflug von Befriedigung, als Miller zu seiner Trinkflasche griff. Als wäre es eine Bestätigung dafür, dass er knapp vor dem Verdursten stehen musste. Marcus stellte sich ein Kamel in der Wüste mit herabhängenden Höckern und heraushängender Zunge vor, das sich auf einem Fahrrad den Weg durch die Sanddünen grub. Beinahe hätte er gelächelt. Es wäre das erste Mal seit damals gewesen. Doch so weit war er noch nicht. In dem Augenblick fragte Mister Miller: „Wie geht's dir?"

Eine Frage, die oft so nebenbei fällt und bei der man als Angesprochener erst erkennen muss, ob sie ernst gemeint ist. Denn dann nur lapidar zu antworten hinterlässt eine drückende Stimmung. Vergleichbar mit dem Moment, in dem die Tür des Autobusses vor einem zugeht und man vergebens auf den Türknopf hämmert. Mister Miller sah in seinem Renntrikot und der eng anliegenden Multifunktionshose noch schmächtiger aus, als in seinem Büro-Outfit.

Die schüchtern geflüsterte Frage nach Marcus Befinden passte in seiner Vorsicht und Zurückhaltung zu seiner Statur, aber nicht zu seinem sonstigen vor Menschenliebe überschäumenden Auftreten, bei dem so Mancher zurückwich, weil er dachte, Miller würde ihn auf der Stelle umarmen.

„Du, ich will ehrlich sein, es ist als würde alles in mir jede Sekunde implodieren und über mich geschüttete Säure mich nach und nach zersetzen."

Mister Miller sah Marcus Auen mit großen Augen aus dem kleinen Gesicht an. Nach einigen Sekunden, in denen alles still zu stehen schien und nur die über ihren Köpfen hinwegfliegenden Vögel bewiesen, dass das Leben weiterging, sagte Miller: „Ich habe meinen Vater nie kennengelernt. Aber wenn ich es hätte, glaube ich, hätte ich ihn auch so sehr geliebt, wie du deinen."

Marcus wandte sich leicht ab und sah die Straße hinunter. Seine Augen wurden feucht. Er steckte die zitternden Hände in die Taschen seiner Jeans. Er wusste, dass er nicht nur aus reiner

Liebe nach dem Unglück seines Vaters durch die Hölle ging. Doch das wollte er Mister Miller nicht offenbaren. Auch wenn er überzeugt war, dass ihn alle, die von dem Unglück wussten - das hatte sich sicher schnell herumgesprochen – als Schuldigen ansahen, war es ihm unmöglich mit jemandem über diese Schuld zu sprechen. Es war eine Erleichterung, es Raphael gegenüber aus sich herauszulassen. Doch es steckte weiterhin tief drinnen und sollte wieder vergraben und zugeschüttet werden. Aus Selbstschutz, dachte Marcus.

„Es ist gut, dass du rausgehst!", durchbrach Mister Miller die schweigsamen Sekunden: „Ich springe auf meine Milli, wenn es mir nicht gut geht. Ich springe auch auf sie wenn es mir gut geht. Aber wenn es mir nicht gut geht, kannst du sicher sein, dass mein Kopf nach 30 Kilometern wie freigeblasen ist. Sicher, die Sorgen bleiben, aber die Energie, die du bekommst, wenn du deinen Körper forderst, geht voll auf die Seele über. Spürst du das auch schon, Marc?"

Da war er wieder, der Kurzname, den keiner mehr verwendete. Marcus musste unwillkürlich tief einatmen.

„Von Energie kann nicht die Rede sein. Es ist eher so, dass ich es zu Hause nicht mehr aushalte. Und hier draußen und im Wald zwischen den Bäumen kann ich zumindest atmen. Hier spüre ich mich. Als Mensch, in dem noch Blut durch die Adern fließt. Und der kaum Luft bekommt, wenn es steiler wird."

Jemand anderer hätte versucht, daraus einen halbseidenen Witz zu machen, damit die Stimmung lockerer wird. Nicht aber Mister Miller, der auf jede Steigung mit einer Lust hinsteuerte als wäre sie eine Himbeer-Sahne-Torte.

„Dann geh wo es steiler wird immer wieder hinauf. Irgendwann empfindest du keine Anstrengung mehr. Sondern Freude an der Bewegung."

Marcus sah Mister Miller mit großen Augen an: „Du redest schon wie mein Vater. Und was hat es ihm gebracht?" Miller ließ den Kopf hängen. Er blickte betroffen zum Boden: „Sorry, Mann. Ich wollte dich nicht... du hast jetzt andere Sorgen. Versteh ich schon. Wenn du was brauchst, melde dich. Ich bin am Handy auch erreichbar, wenn ich am Fahrrad sitze."

Er setzte sich auf seinen Sattel und sagte: „Du bist am richtigen Weg, Marc. Auch wenn du glaubst, in einer Sackgasse gelandet zu sein, hinter der Mauer geht es weiter. Du wirst sehen!" Damit trat Mister Miller in die Pedale. Die kräftige Wadenmuskulatur auf den dünnen Beinen plusterte sich auf und er verschwand hinter der nächsten Kurve. Marcus sah ihm noch einige Sekunden nach und schüttelte langsam den Kopf. Er wusste nicht, ob er jetzt wütend sein sollte oder Millers Eigenwilligkeit als altbekannt hinnehmen sollte. Er rechnete von seinen Bekannten mit allem. Mitleidsbekundungen, gute Tipps, Einladungen, auf die er keine Lust hatte, ja sogar mit Vorwürfen. Doch er sei auf dem richtigen Weg, mit dieser seltsamen Aussage konnte er nichts anfangen.

Marcus hatte für einen Tag genug von Begegnungen. Er machte kehrt und steuerte sein Wohnhaus an. Von links sah er seine Nachbarin auf dasselbe Ziel zurennen. Marcus war näher dran. Die Läuferin aber war schneller. Und so kamen beide zur selben Zeit bei der Haustür an. Marcus schätzte ihre Geschwindigkeit falsch ein und dachte, er hätte noch genügend Zeit einzutreten, bevor die Joggerin den Eingang erreichte. Seine Fehleinschätzung verursachte beinahe einen Zusammenstoß. Hätte Marcus gewusst, dass sie so schnell war, hätte er abgestoppt und ihr den Vortritt lassen. So aber erwartete er einen harten Stoß in die Seite. Doch, sie war noch schneller, als er dachte und huschte an dem verdutzten Nachbarn, den sie ihrer Meinung nach noch nie gesehen hatte, vorbei. Auch jetzt nahm sie Marcus kaum wahr und rannte schnurstracks weiter, die Treppe hinauf. Marcus stand ihm Stiegenhaus und sah ihr nach. Bald starrte er auf die leeren Stufen. Sie war schnell verschwunden. Er hätte sich dem Aufzug zuwenden können und nach oben fahren. Er musste ihn nicht einmal rufen, er stand bereits im Erdgeschoss. Mit einladend offenen Türen. Doch Marcus blickte immer noch nach oben. Wie zum Eingang in eine fantastische Welt, die er noch nie betreten hatte. Dann setzte er einen Fuß auf die erste Stufe. Zögerlich, als wäre dies ein verbotener Weg, der bei der ersten Berührung unter sich zusammenkrachte. Wie es ihn in Marcus Computerspielen so oft gab. Doch es passierte nichts. Die Stufe war fest und stabil. Marcus machte den zweiten Schritt. Er sah nicht auf die hellbraune Musterung der Wand, er achtete nicht auf den Dong, der erklang, als die Aufzugtür zuging. Er fasste mit einer Hand das polierte Holz des Geländers und ging weiter. Schritt für Schritt, als müsste er sich die Kräfte für eine Bergbesteigung einteilen. Bis hinauf zum Gipfel. Das musste er auch. Doch daran dachte er nicht. Er ging zum ersten Mal, seit er hier eingezogen war, die Treppe zu seiner Wohnung hoch. Das war aufregend genug. Ein Aufstieg in ein neues Leben. Marc. Er war nun Marc. Ein anderer als bisher.

9

Als Elisa aus der Dusche kam, konnte sie es nicht erwarten, sich eine ordentliche Portion Pasta zuzubereiten. Sie hatte, nachdem sie mit ihren Kunden fertig war, selbst noch trainiert. Ein Rundumprogramm für alle Muskelgruppen. Sie liebte es, wenn die Muskelfasern in voller Anspannung waren. Daher setzte sie immer noch einen Satz drauf, so dass auch der letzte Strang bis zur Erschöpfung kontrahierte. Die Belohnung war danach eine große Portion Penne oder Fusilli. Heute hatte sie Lust auf Pasta mit Blattspinat und Feta Käse. Ein paar Pinienkerne dazu, Cherrytomaten. Das alles mit Kräutern gewürzt. Elisas Magen grummelte vor Vorfreude. Während sie die Zwiebel schnitt, dachte sie an die Prüfung in drei Tagen. „Bezeichnung, Lage und Funktion der Rumpfmuskulatur". Die Worte ihrer Professorin klangen ihr im Ohr: Irgendwann ergeben die lateinischen Bezeichnungen der Skelettmuskeln für euch einen Sinn. So weit war es bei Elisa noch lange nicht. Sie musste sie Wort für Wort auswendig lernen. Die Funktionen fielen ihr leichter. Eine ganze Menge dient der Stabilisierung der Wirbelsäule. Das war easy. Und ihr Liebling, der Musculus Trapezius ist ein Multitalent. Mit ihm bringt man die Arme in die Höhe, er hebt, senkt und dreht das Schulterblatt, zieht das Schlüsselbein Richtung Rücken, hilft mit den Kopf zu drehen und... ist gut definiert gemeinsam mit dem Latissimus dorsi einfach wunderschön. Zumindest wirkt das Lernen, dachte Elisa während sie die Fusilli in das Sieb leerte. Dachte sie doch sogar beim Kochen an nichts anderes. Auch die Arbeit im Fitnessstudio half ihr dabei. Sie beobachtete die Muskeln ihrer Kunden bei den unterschiedlichen Übungen. Sofern sie zu sehen waren und nicht eine breite Schicht Fettgewebe darüber lag. Während sie laut mitzählte und den Schützling anfeuerte, versuchte sie sich in Erinnerung zu rufen, an welchen Knochen die Muskeln befestigt sind und in welcher Bewegungsrichtung die Kontraktion und in welcher die Entspannung stattfand. Was dann auch beinahe selbsterklärend für die Funktion war. Die Gabel blieb am Weg zum Mund in der Luft stehen. Elisa schaute starr geradeaus und dachte: Hoffentlich schaffe ich es heute Abend abzuschalten und nicht in Gedanken jede Muskelgruppe runterzubeten, während ich mit Richard einen Cocktail schlürfe. Ihr Freund hatte endlich wieder einmal vorgeschlagen gemeinsam auszugehen. Daher hatte Elisa auch zugesagt, obwohl sie derzeit eher die Pflichten zeitlich aneinanderreihte, ohne dazwischen viel Vergnügen zuzulassen. Andererseits, rief sich Elisa Richards Körper in Erinnerung, hätte ich danach in seinem Appartement genügend Möglichkeiten seine ausgeprägten Muskeln in vollem Einsatz zu studieren. Elisas Mund spannte sich zu einem breiten Grinsen, während sie eine große Portion Pasta hineinführte.

Da erklang der Refrain von Shakiras "*My hips don't lie*". Elisas Handyton. Richard rief an. Es täte ihm wahnsinnig leid, aber es ginge sich bei ihm nicht aus. Er hätte noch so viel Administratives zu erledigen. Sie könnten sich ja morgen bei ihm zu Hause treffen und einen gemütlichen Abend verbringen. Elisa behielt sich vor, Richard nur zu besuchen, wenn sie ihr Lernpensum erfüllt hatte. In Wirklichkeit war sie sauer. Und unter der Schicht an Wut lauerte ein Staubkorn Misstrauen. Sie hätte bisher noch nicht erlebt, dass Richard am Freitagabend an Arbeit dachte. An dem Tag feierte er meistens in seinem Stammlokal, einem Szene-Club, die erfolgreiche Woche seiner Fitness-Sendung, ließ sich beglückwünschen und erzählte stolz, wie die Einschaltquote in die Höhe ging und was er nicht wieder für tolle Übungsabfolgen erfunden hätte. Vielleicht ließ er sich davor kurz im Fitnessstudio blicken, um sich auch noch daran zu ergötzen, wie gut sein Geschäft ging. Aber Administration? Das war schon zu üblichen Werkzeiten nicht die Beschäftigung, für die er alles andere stehen ließ. Sie überlegte die In-Lokale rund um den Wörthersee abzuklappern, in denen er wohl seine „freitagabendliche Büroarbeit" erledigen dürfte, seufzte dann aber tief, nahm sich ein Glas Weißwein und schlug die dicke Mappe mit den Beschreibungen der Muskeln des menschlichen Körpers auf.

10

Marc lag bereits seit fünf Uhr wach und starrte an die Decke. Es war ein besonderer Tag, denn so lange hatte er schon seit Wochen nicht mehr geschlafen. Und noch etwas war anders: Fühlte er sich sonst wie flüssige Schmelze, eingegossen in eine Gussform, wenn er aufwachte, waren heute seine Füße regelrecht kribbelig. Er konnte sie wahrnehmen, als wären sie der Mittelpunkt des Körpers und hätten das Kommando. Jedenfalls fühlte er sich nicht mehr als Herr über sich selbst. Noch dazu schmerzten die Oberschenkel. Was Marc beunruhigte. Er beschloss daher liegen zu bleiben, auch wenn seine Füße ihn drängten das Bett zu verlassen. Er war der Boss!

Marc strampelte die Decke von sich herunter. Dann schloss er die Augen und wollte sie nicht mehr öffnen, bis die Sonne die falsche Dunkelheit entblößte und die Scharlatanerie der Lider entlarvte. Doch seine geschlossenen Augen waren seit dem Unfall seines Vaters eine Leinwand, die den Film des, um sein Leben ringenden Mannes zeigten. Und noch schlimmer: Die Sequenzen des hilflosen Sohnes, der so schwach war und seine Arme nicht in der Art benutzen konnte, dass sie ihn rechtzeitig zur Unglücksstelle trugen. Dessen Lunge kein Fassungsvermögen aufwies, das in der Lage war, das Tempo über 200 Meter konstant zu halten. Dessen Beine sich gegenseitig im Weg standen. Marc riss die Augen wieder auf. Seine eigene Unzulänglichkeit lastete am Schwersten auf ihm. Was die Action-Avatare in seinen Spielen mit Leichtigkeit vermochten, stellte Marc selbst vor eine unlösbare Aufgabe. Einen Spielneustart gab es nicht. Keine

Extraleben, mit denen er die Mission wiederholen konnte.

Marc richtete sich auf und stieg aus dem Bett. Er musste doch noch einmal eingeschlafen sein. Ein unruhiger Schlaf mit den Träumen, die man sich am ehesten merkt, weil sie im Halbwachzustand dem Gehirn entfliehen. Doch Marc musste nicht in sich gehen, um sich an sie zu erinnern. Zu sehr gleichten sich Bilder und Abläufe, in die er Nacht für Nacht eintauchte. Ein großer heißer Kaffee an der Küchenbar seiner Wohnküche schob die schwersten Gedanken der Nacht oberflächlich beiseite. Nach einem großen Schluck, der ihm fast die Zunge verbrannte, öffnete er das Fenster und ließ die frische Morgenluft herein. Eine TV-Serie oder zumindest Musikvideos halfen ebenfalls meist bei der Ablenkung. Die Fernbedienung lag schon bereit. Ein Tastendruck und nach einigen Sekunden wurde der dunkle Bildschirm hell. Da bemerkte Marc eine Bewegung hinter sich. Die Hauskatze hielt sich nicht an die Abmachung, die Wohnung nicht zu betreten, spazierte neugierig über die Küchenarbeitsplatte und machte einen Sprung auf die Theke. Marc war erstaunt über das freche Verhalten, das er bisher noch nie bei ihr beobachtet hatte. Doch sein lahmer Wink mit der Hand konnte das Tier nicht beeindrucken. Marc war zu schwach einen Streit mit seiner Besucherin anzufangen und wollte zur Fernbedienung greifen, um einen Kanal mit Berieselungsprogramm zu suchen. Doch Silberfell hatte das Teil, mit den vielen bunten Knöpfen darauf, zur Gegnerin erkoren und stürzte sich darauf.

Die Fernbedienung rutschte von der Theke und landete hart auf dem Boden. Die Katze schaute verdutzt nach und überlegte wohl, ob sie es wert war, ihr aus dieser Höhe am direkten Weg zu folgen. Marc schaute Silberfell entgeistert an, atmete mit einem Stöhnen aus und ließ dann seinen Kopf auf die verschränkten Arme auf die Küchentheke sinken.

Als er aufblickte, hüpfte vor ihm ein Mann in ziemlich engem Outfit, älter als er aber viel besser gebaut, auf und ab. Dabei schwang er die Beine dorthin, wo Marc womöglich nicht einmal mit den Armen hinkam. So sah es für ihn zumindest aus. Ihm wurde schwindlig. Wer will denn so etwas in der Früh sehen, dachte er, wer will denn sowas überhaupt sehen? Wie als provokante Antwort darauf, ließ sich der gebräunte Adonis auf den Boden fallen und bog sich nach oben. So sehr, dass Marc schon beim Zusehen Rückenschmerzen bekam. Er vermutete das Werbevideo eines Zirkus zu sehen, die mit einem Artisten Lust auf die Show machen wollten. Dann fiel ihm ein, dass er diesen

Bodybuilder schon einmal im Fernsehen gesehen hatte. Wusste aber nicht mehr wann. Das kann auch nur kurz gewesen sein und Marc hatte sicher gleich weggeschaltet. Er führte noch einmal seine Tasse zum Mund, wendete dabei seinen Blick aber nicht vom Bildschirm ab.

Der Mann in engen Shorts ließ noch ein paar Mal auf dem Rücken liegend die Arme zu den Fußknöcheln fliegen. Dann dreht er sich auf den Bauch, hob Kopf, Schultern und Beine vom Boden auf und simulierte Schwimmbewegungen mit den Armen. Er ließ sie nach vorne schnellen breitete sie aus und nahm sie ganz zurück. Und dann noch einmal. Dabei drehte er seinen Kopf zur Kamera, grinste und erzählte irgendwas von oben bleiben und bald wäre es geschafft und so. Für Marc hatte es aber den Eindruck, als ginge das noch ewig weiter. Von wegen, bald geschafft. Irgendwann aber, nachdem der übermäßig gut gelaunte Muskelmensch endlich wieder aufrecht stand, seine Fersen an den Po drückte - zuerst die linke, dann die rechte - und seinen Oberkörper zur Seite bog, dass Marc befürchtete er würde umfallen, winkte er mit einem noch breiteren Grinsen als zuvor - physiognomisch eigentlich unmöglich - in die Kamera und weg war er. Während noch Werbung für Müsliriegel und Waschpulver über den Fernseher flimmerte, stand Marc auf, bückte sich nach der von der Katze besiegten Fernbedienung und drückte den Aus-Knopf.

Dann legte er sich auf den Boden. Auf den Bauch mit dem Gesicht nach unten. Langsam hob er seinen Kopf an. Das löste ein marterndes Brennen vom Nacken bis zu den Lenden hinab aus. Dann ließ er die Beine folgen. Er atmete schnell, stöhnte dabei. Zu den Schwimmbewegungen kam er nicht mehr. Er ließ sich kraftlos auf den Boden zurücksinken.

Er selbst hätte danach nicht sagen können, wie lange er die Wange gegen den Untergrund drückte. Doch nach einer Weile hob er ein weiteres Mal den Kopf an. Und dann die Beine. Es brannte wie zuvor. Marc kam noch weniger hoch, als zuvor. Es war, als hätte er all seine Kräfte bereits beim ersten Mal verbraucht. Sein Kopf schwebte nicht mehr als einen Zentimeter über dem Boden. Aber diesen Zentimeter wollte er halten. Also stemmte er sich gegen die Erdanziehung und gegen die Qual dieser für ihn völlig unnatürlichen Haltung.

Warum er sie beibehalten wollte, war ihm in dem Moment nicht klar. Es war, als stemmte er sich gegen all sein Leiden, dass er in den letzten Wochen erfahren hatte. Gegen seinen inneren

Schmerz und gegen seine Unfähigkeit seinen Vater rechtzeitig aus dem Wasser zu ziehen, damit er Luft bekam, damit der Defibrillator auf den Rettungsbooten sein Herz wieder in Gang bringen konnte und er sich mit den normalen Einschränkungen nach einem Infarkt wieder am Leben erfreuen konnte. Er stemmte sich gegen die Wahrheit, dass es anders kam und das Herz zwar wieder schlug doch das aktive Leben aus seinem Vater gewichen war. Als Marc entkräftet auf den Boden sank, atmete er schwer. Er machte jedoch nur solange Pause, bis der gröbste Sauerstoffbedarf erfüllt war.

Er hatte noch nicht genug. Er stand auf, suchte sich etwas, das einer Sporthose am ähnlichsten kam - es wurde eine kurze Baumwollshort, die er sonst als Jogginghosenersatz an heißen Sommertagen zu Hause trug - und ein T-Shirt mit dem Aufdruck des gelben Transformer-Roboters Bumblebee. Seine ausgetretenen Sneakers zog er über weiße Füßlinge.

So verließ er die Wohnung, ohne sich noch einmal im Spiegel anzusehen. Er hätte es sich sonst noch einmal überlegt, sich so im Ort sehen zu lassen und wäre umgekehrt.

Nun aber lief er die zwei Stockwerke über die Treppe nach unten, hinaus auf die Straße, Richtung Wald. Mit erhobenem Kopf, die Sonnenstrahlen im Gesicht und geradem Körper ließ er seine Füße über den Asphaltboden gleiten. Manchmal auch schleifen.

Er musste sich immer wieder daran erinnern, die Füße zu heben. In dem hohen Tempo, dass er von Anfang an anschlug, kam er nicht weit. Sein Inneres wollte immer weiter laufen. Um die ganze Welt herum. Seine Fähigkeiten dazu trugen ihn keine 500 Meter weit. Er ächzte, er keuchte und stützte sich mit den Händen an den Oberschenkeln ab. Doch er gönnte sich keine lange Pause. Ein Ende der Tortur schon gar nicht. Die Gier, über die Anstrengung, den Schweiß und den heißen Atem all die schlechten Gedanken, den Schmerz und den Zorn auf sich selbst loszuwerden, war unbändig. Daher machte er weiter. Doch aus dem sprintähnlichen Vorwärtsgang wurde ein Schleppen. Marc ließ den Kopf hängen und achtete nicht mehr auf die Rotkehlchen, die über seinem Kopf auf Mückenfang waren. Hätte er sie gesehen, wären sie ihm wie Geier vorgekommen, die über ihrer Beute kreisten.

Irgendwann, Marc hätte eine Marathonlänge geschätzt, tatsächlich waren es etwa drei Kilometer, verließ er den Wald und ging auf die angrenzende Almwiese. Dort ließ er sich ins Gras fallen und saugte ein, was er jetzt am dringendsten brauchte:

Sauerstoff. Genau deshalb mache ich das, sagt er sich, weil ich ein absolutes Wrack bin. Hätte er die Worte aussprechen müssen, hätten sie verschriftlicht so geklungen: GenAu... lange Pause ..... deshALB ...3x durchatmen...... MAchE...... Augen zu, Kraft sammeln.... iCh..... ansetzen zum Finish.... DAS! Den zweiten Teil hätte sich der Zuhörer denken müssen. Er wäre ohnehin nicht schwer zu erraten gewesen. Zumindest war er klar ersichtlich.

Eine halbe Stunde lang blieb Marcus liegen. Schon jetzt signalisierten seine Beine ihm deutlich, dass sie ihn am nächsten Tag das Stiegensteigen unmöglich machen werden. Daher hielt Marc ihnen schon jetzt entgegen: „Der Chef bin ich! Und ihr werdet machen, was ich sage!“ Seine Beine erwiderten nichts darauf, ihre Antwort würden Sie ihm entgegenhalten, wenn es so weit war. Marc erhob sich und ging nach Hause. Schritt für Schritt.

11

Drei Tage brauchte Marc, um wieder gerade und aufrecht gehen zu können. Doch diese Zeit lag er nicht am Sofa und bemitleidete sich. Was die Beine nicht konnten, mussten die Arme leisten. Er machte sich an seine ersten Liegestütze seit den Turnstunden mit diesem sadistischen Turnlehrer in der Oberstufe. Damals, vor 11 Jahren, als Friedrich Kernstock seiner Verzweiflung über die angebliche Unsportlichkeit der Jugend mit zweistündigem Zirkeltraining Luft machte. Und das beinahe jede Woche zweimal. Das war der Zeitpunkt, als Marcus endgültig jedes Interesse an sportlicher Betätigung verlor. Jetzt, ein gutes Jahrzehnt später, lag er wieder am Bauch und versuchte sich mit aller Kraft hochzudrücken. Marc selbst hielt es gar nicht für möglich, keinen einzigen Liegestütz zustande zu bringen. So wenig Kraft konnte doch keiner haben. Er fühlte sich immer gesund, fit... naja, fit in dem Sinne, dass er keine groben Beschwerden hatte und normal gehen konnte. Aber er hatte wohl doch nicht das Optimum aus seinen Bewegungsmöglichkeiten herausgeholt. Das musste er jetzt einsehen, so wie er da lag und versuchte seinen Körper über die Ellbogen zu hieven. Einmal hatte er es immerhin nach größter Kraftanstrengung geschafft. Aber beim zweiten Mal wollten die Arme sich nicht und nicht durchdrücken lassen. Das gibt es ja nicht, dachte er. Marcs Kopf wurde rot, er presste die Lippen aneinander, vergaß zu atmen und ließ sich fallen.

So ging das nicht. Ein Liegestütz? Das war eindeutig zu wenig. Marc brauchte professionelle Hilfe. Er stand auf und ging zur

Couch. Nicht, um sich auszuruhen. Nicht, um sich wieder in sein altes Leben zurückfallen zu lassen und all die Mühen hinter sich zu lassen. Er nahm sein Tablet und tippte Fitnessstudio Kärnten Wörthersee ins Suchfeld ein. In den Ergebnissen sprang Marc an erster Stelle, in den bezahlten Anzeigen, ein Name entgegen, der ihm bekannt vorkam: Richard Linus Jonas.

Ein Klick auf den Link und die Startseite der Homepage zeigte warum: Darauf prangte riesengroß ein Bild des Betreibers eines Fitnessstudios in Velden am Wörthersee. Marc erkannte ihn sofort, es war der sehnige, durchtrainierte Mann in engen Hosen, der Marc jetzt schon einige Male aus dem Fernsehbildschirm entgegenhüpfte. Perfect Fit war der Name des Studios. Er klickte sich durch die Bildergalerie und las von geprüften und erprobten Trainingsprogrammen, von perfekter Abstimmung zwischen Muskeln und Bewegungsabläufen, von Effektivität und Effizienz und von Körpern, die man im Spiegel nicht für den eigenen halten würde, und doch könne man solch einen erhalten, würde man erst einmal dieses Fitnesscenter besuchen. Eine Schnupperstunde kann ich ja wagen, dachte Marc und trug online einen Termin für sich ein. Am Freitagnachmittag sollte es losgehen. Marc war bei einem gewissen Bernd angemeldet. Der hatte laut Kurzbiographie schon viermal am Ironman-Wettbewerb teilgenommen. Der musste ja wissen, wie es geht.

Marc ging auf Bernd zu und reichte ihm die Hand. Er hatte den Hünen gleich beim Reinkommen entdeckt, als Bernd sich beim Empfang eine Liste geben ließ, die er jetzt aufmerksam studierte. Bernd, dessen Kopf etwas zu klein für den Körper wirkte, blickte auf, machte einen Kontrollblick auf den Zettel in seiner Hand und sagte dann:

„Marcus Auen, richtig? Du bist ja superpünktlich!". Marc versuchte die Überraschung über die ungewöhnlich hohe Stimme des riesigen Mannes zu verbergen. Ganz gelang es ihm nicht. Doch er vermutete, diese Reaktion war der Trainer schon gewohnt. Denn er fuhr gleich fort: „Mein Name ist Bernd. Ich nehme an, du bist zum ersten Mal in einem Fitnessstudio?" Marc wollte antworten, doch so weit kam er nicht. „Hahaha, nichts für ungut. Ich liebe diese Begrüßung beim Schnuppertraining."

Marc lächelte verlegen. Er ließ den Trainer gewähren und seine Scherze machen. Es war ja tatsächlich alles Neuland für ihn. Er hatte ernsthaft vor, in diese Welt einzudringen. Dabei wollte er sich nicht von anfänglichen Unsicherheiten einschüchtern lassen. Außerdem, Bernd sah nett aus. Er hatte sicher nicht vor, Marc zu verkraulen. Das war wohl seine Art, die anfängliche gegenseitige Fremdheit zu überwinden. Marc, selbst mit 1,84m nicht klein gewachsen, musste seinen Kopf in den Nacken legen, um Bernd in die Augen zu sehen. Dessen kleine, runde Augen glänzten, als würden sie etwas nie Dagewesenes erwarten. Die schmalen Augenbrauen darüber bildeten die letzte nennenswerte Behaarung auf dem hellen Gesicht bevor die stoppelhaarige Kopfdecke wie die Spitze einer Rakete nach oben zeigte. Während Marc auf den Countdown wartete, der den Abschuss ankündigte, führte Bernd ihn zur Bar und lud ihn auf einen Drink ein. Marc, der mit Verwunderung ein Glas Bier erwartete, das einzige Getränk, das er bisher je an einer Bar getrunken hatte, sah sich nach einigen Minuten einem Glas Buttermilch gegenüber. Der junge Mann, der ihm das Getränk hingestellt hatte, wischte mit einem Tuch über die feuchte Außenseite des Glases und wandte sich dann zwei weiblichen Kundinnen zu, die aus ihren Strohhalmen gepressten Mango-Banane-Ingwer-Saft zogen.

„Das ist üblicherweise die Belohnung für hinterher. Aber heute, an deinem ersten Tag, darfst du dich vor dem Training schon mit Proteinen eindecken. Ich muss dich ohnehin erst einmal kennenlernen. „Prost!“ Bernd hob sein Glas und hielt es Marc hin. Der stieß mit seinem dagegen. Während er einen Schluck nahm, sah er sich nach der Beschilderung für die Toiletten um. Wer wusste schon, wie lange es dauern würde, dass diese ungewohnte geballte Milchzufuhr seinen Magen-Darm-Trakt durcheinandergeraten ließ.

„Wie es mit deiner Fitness aussieht, sehe ich dann eh gleich an den Maschinen. Hast du irgendwelche Schmerzen? Im Rücken, in den Gelenken, im Nacken?“. Marc musste nicht lange überlegen: „Seit ich mit Sport angefangen habe, tut mir alles weh. Die ganze Zeit. Überall.“ Bernd legte den Kopf schief, es war, als wäre sein Blick für Sekundenbruchteile erstarrt. Dann lachte er laut und beugte sich nach hinten, so dass Marc Angst hatte, er würde mitsamt seinem Barhocker umkippen: „Ok, wenn du vorher nie was gemacht hast, dann würde ich sagen, das ist medizinisch nicht bedenklich.“

Bernd boxte Marc freundlich gegen die Schulter, „nichtsdestotrotz kann es aber nicht schaden, wenn du dich einmal orthopädisch durchchecken lässt. Nicht, dass wir bei dir was übersehen und dich belasten, wo es dir schaden könnte.“ Marc schüttelte den Kopf: „Ich denke, da gibt es nichts. Sonst müsste ich das schon mein Leben lang übersehen haben.“

Bernd trank seine Buttermilch aus und erhob sich vom Barhocker: „Sehr gut. Dann können wir mit den Basics loslegen. Bist du bereit?“ „Klar! Dafür bin ich ja hier!“, antwortete Marc mit mehr Elan in der Stimme, als ihm zumute war. Jetzt ging es tatsächlich los. Plötzlich war er sich nicht mehr sicher, ob er sich dem gutmütigen Riesen schon voll anvertrauen wollte. Ob er wirklich bereit war, in diese Welt einzutauchen, in der gestöhnt und gekeucht wurde. Wo Schwitzen als Prestigesymbol galt und Schmerzen die Menschen stolz machten. Ja, er hatte erstmals im Leben die Lust am Verausgaben empfunden. Er wollte herausfinden, was sein Körper vermochte. Aber er wusste noch nicht, wie weit er zu gehen bereit war. „Das Wichtigste am Training ist das Aufwärmen!“, riss ihn Bernd aus seinen Gedanken, „Mit kalten Muskeln wird es nicht lange dauern, bis du tatsächlich Probleme bekommst. Daher gewöhne dich an diese Freunde hier.” Bernd ging auf eine Reihe Ergometer zu. An einem stand eine Frau in langen schwarzen Trainingshosen mit eisblauen Streifen an der Seite. Ihr farblich abgestimmter Tank Top schmiegte sich wie eine zweite Haut über den geraden Bauch und die wohlgeformten Brüste. Marc wusste sofort, wer sie war. Und genauso sicher war er, dass sie ihn nicht erkennen würde.

Sie sprach mit einer Frau, die wohl auf die Fünfzig zuging und auf einem der Ergometer sitzend aufmerksam ihren Worten lauschte.

„Hey Elli!“, begrüßte Bernd die hübsche Trainerin, „Habt ihr schon losgelegt!?“. Marc kam sie noch hübscher als im Treppenhaus vor, ihre Ausstrahlung warf ihn beinahe um. Auf dem Weg zu dem Ergometer, auf den Bernd gezeigt hatte, bekam er weiche Knie und glaubte, niemals dort anzukommen.

„Sicherlich, haben ja keine Zeit zu verlieren!“, zwinkerte sie ihrem Kollegen zu. Die Frau am Fahrrad richtete sich auf als Bernd näher kam, streckte ihren Oberkörper nach vorne, und bewegte ihre Schultern im Rhythmus der Tretbewegungen. Dabei grinste sie Bernd an und sagte: „Wir sind schon mittendrin, lieber Bernd! Gesellst du dich noch dazu? Lass uns zu dritt schwitzen!“

„Ich kann mir nichts Schöneres vorstellen!“, sagte Bernd mit einem Lachen, das er wohl auch angewandt hätte, wenn ihm jemand angeboten hätte, sich unter Wasser einen Zahn ziehen zu lassen, „Leider...“, das Leider zog er extralang und zeigte auf Marcus, „...bin ich schon vergeben.“ Er wandte sich seinem Schüler zu: „Hier, besteige den Esel und reite los. 10 Minuten, zuerst mit weniger Widerstand, dann immer mehr und im dritten Drittel will ich dich schwitzen sehen!“ Marc hätte sich unwohl gefühlt, in dieser seltsamen Situation, in der er sich auf einen Heimtrainer kommandieren lassen musste und neben einer östrogengeladenen Dame, deren Locken den Duft von Trockenshampoo verströmten, einer Tätigkeit nachging, die neu und ungewohnt für ihn war.

Aber er war der realen Welt zu sehr entrückt, um sich unwohl zu fühlen. Dieses Wesen vor ihm, das sich jetzt mit seinem Betreuer unterhielt, keine Ahnung worüber, hatte Marc ganz in seinen Bann genommen. Er merkte nicht einmal, dass er schon in der Aufwärmphase beschleunigte, als würde er von einem seiner Computermonster verfolgt und als würde sich dessen Schlund bereits in unmittelbarer Nähe seines Hinterrades befinden. Auch wenn das Ergometer keine Räder hatte.

Das war sie also. Die Frau, die ihn verzauberte. Hier saß er, strampelte sich die Seele aus dem Leib, war trotz seiner erst 27 Jahren so unsportlich, wie ein Fleischlaberl, das sich durch das Kartoffelpüree kämpfen musste, und erfuhr zum ersten Mal wie es war, wenn man seinen Blick vom anderen Geschlecht nicht mehr abwenden konnte und dabei nicht in erster Linie an Sex dachte.

Sie war seine Nachbarin in dem Wohnhaus in Rosegg. Sie war Trainerin in diesem Fitnessschuppen. War sie auch die Frau seines Lebens? Er konnte nichts anderes mehr annehmen. Jedenfalls war sie hier und er auch. Und sie hatte ihn bisher keines Blickes gewürdigt. Dafür bemerkte Bernd jetzt, dass Marc auf Hochtouren war: „Ho ho ho!“, rief er. Aber nicht in Weihnachtsmann-Manier, nicht gemütlich mit einem freundlichen Lächeln inmitten dicker Backen, sondern mit einer Hektik und besorgt, als würde ein 90-Jähriger mit seinem Rollator soeben auf einen Abgrund zusteuern.

„Ich sagte, ich will dich schwitzen sehen, nicht tot! Mann, du musst LANGSAM beginnen, was hast du denn vor? Die Tour de France in 10 Minuten?“ Marc stoppte ab und wäre vor Verlegenheit rot geworden, wenn ihm das Blut wegen der Anstrengung nicht ohnehin literweise in den Kopf geschossen wäre. Aber immerhin sah sie jetzt zu ihm. Wenn auch nicht verliebt, wie Marc sich vielleicht erhofft hätte. Vielmehr, als wäre sie froh, diesen Neuen nicht ausgefasst zu haben.

Auch Marcs Ergometer-Nachbarin hatte aufgehört zu treten und wechselte ihre Blicke belustigt zwischen den drei Anwesenden hin und her. Sie wollte etwas sagen, als Elisa ihr mit einem Kopfnicken zu verstehen gab, dass sie diesmal ihre lustigen Pointen im Sack lassen sollte und sie im Programm weitermachten. Auf den Matten. Sie wusste, dass sie Kunden nicht kompromittieren und dadurch entmutigen durfte. Schon gar nicht, wenn es die Kunden eines Kollegen waren. Jeder machte so seine kleinen Anfängerfehler. Da war ihre Kundin keine Ausnahme, auch wenn sie es vielleicht schon vergessen haben mochte. Und auch sie selbst und Bernd waren keine, als sie ihre ersten Schritte in ihrem späteren Lebensinhalt machten. Wichtig war, dass man dranblieb. Schon nach kurzer Zeit bewegten sich auch die Neulinge im Trainingscenter wie alte Hasen, die mit ihren Fortschritten prahlten und sich stolz im Spiegel betrachteten. Auch wenn es bei diesem, eigentlich recht feschen Neuzugang - dieser Gedanke funkte für Sekundenbruchteile im hintersten Teil von Elisas Gehirn auf - angesichts seines Bierbauchs und der vernachlässigten Grundstruktur wohl noch länger dauern konnte

.

12

Raphael betrat das Wohnzimmer und entdeckte Marc flach ausgestreckt am Bauch liegend auf der Couch: „Hey! Wenn ich mir nicht von deiner Mutter den Schlüssel deiner Wohnung geholt hätte, würde ich dich überhaupt nicht zu Gesicht bekommen. Ich habe schon fünfmal geläut..." Er stupste seinen Freund an. Ein Ächzen war die Antwort. „Ok, zumindest lebst du noch. Marcus, ich weiß, du bist immer noch traurig. Klar. Ist ja auch verständlich. Aber hast du dieses Sofa schon einmal verlassen in den letzten Wochen? Gib dir einen Ruck! Stell dich dem Leben! So kannst du doch nicht weitermachen! Du musst...".

„Mir tut alles weh!!!", schrie Marc, doch er schrie es in das Polstermöbel, so dass die Stimme gedämpft, wie aus 100 Meter Entfernung beim Empfänger ankam. „Ja, so eine Tragödie tut weh. Verstehe ich.", sprach Raphael weiter, „Aber jetzt sind es vier Wochen, dass dein Vater in diesem Zustand ist. Es wird Zeit sich wieder dem Hier und Jetzt zuzuwenden. Es hat so viel Schönes zu bie..."

Marc drehte sich auf den Rücken, wie ein Walross beim Sonnenbaden: „Raff! Ich habe einen Muskelkater. Ich habe nicht nur einen, ich habe hunderte! Ich habe eine ganze Katerpension in mir. Es gibt keine Stelle an meinem Körper, wo ich keinen Muskelkater habe. DAS tut weh!".

„Oh! Verstehe.", Raphael kratzte sich am Kopf, „Das ist ja dann eigentlich eine gute Nachricht, oder?" Marc schaute seinen Freund mit halb geöffneten Augen entgegen, ein Zucken um die Mundwinkel. Raff wirkte plötzlich belustigt: „Ich wusste nicht, dass man vom Herumliegen auf dem Sofa auch Muskelkater bekommen kann."

Marc musste lachen, was die Schmerzen rund um die Bauchmuskulatur nur noch verstärkte: „Weißt du überhaupt wie sich ein Muskelkater anspürt? Denn ich muss dir ein Geheimnis verraten: Vom Herumsitzen bekommt man tatsächlich keinen. Maximal einen Bandscheibenvorfall." Marc wand sich wie ein U-Hakerl und setzte sich unter Anstrengung auf. Raff mimte den Beleidigten: „Das sieht jetzt nicht danach aus, als wärst du das blühende Leben. Wie kommst du überhaupt darauf, dass ich nur herumsitze? Ich gehe zum Kühlschrank, ich gehe spazieren... in den Pub... das oft mit sehr schnellen Schritten, wenn ich es schon nicht mehr erwarten kann, bis ich mein kühles, prickelndes Bier bekomme, um es dann in schnellen, herzhaften Schlucken runterzuleeren." Raff machte dabei ein Gesicht, als würde er eine Geliebte in den Armen halten. (Die er nicht hatte, weil man im Pub und vor dem Computer meistens niemanden kennenlernt, aber das ist eine andere Geschichte.)

„Apropos, wann kreuzt du dort wieder mal auf? Fragen schon alle nach dir. Mindestens einmal pro Abend stoßen wir sogar auf dich an. Ist ja nicht so, dass wir einen von uns vergessen."

Marc blickte an die Wand, als müsste er eine Erinnerung aus sich herauskramen, die schon seit langem verschollen ist. Erst als Raphael dachte, es würde keine Antwort mehr kommen und sich der Küche zuwandte, sagte Marc: „Ach. Unser Bonnie Prince Charly. Stimmt, so eine lange Abstinenz hatte ich das letzte Mal als Dreijähriger." Sein Freund lachte über die Übertreibung. Aber für die letzten Jahre mochte es wohl stimmen.

„Wie es der Zufall will, ist heute...", Raphael leckte sich die Lippen und legte eine Spannungspause ein: „...Dienstag! Und du weißt, was am Dienstag ist?". „Ja, klar. Unser Pub-Abend. Aber Raff, ich weiß nicht. Mir tut alles weh. Ich bin gestern Abend noch ins Fitnesscenter gegangen. 2 Stunden lang. Heute in der Früh wusste ich nicht, wie ich es in die Arbeit schaffen soll. Ich fahre nämlich neuerdings mit dem Rad. Und jetzt bin ich erledigt. Geht ihr am Donnerstag auch?" Raphael schüttelte energisch den Kopf, als würde er eine darauf gelandete Möwe abschütteln wollen: „Nein! Donnerstag geht nicht! Was soll ich denn den anderen sag...", er verstummte.

Marc ahnte nun, warum Raff so unangemeldet bei ihm aufkreuzte: „Wie? Bist du deshalb hergekommen? Mit dem Vorsatz mich in den Pub zu zerren? Habt ihr euch das etwa ausgemacht?"

Raphael sah betreten drein. Er hatte den schönen Plan mit einer voreiligen Bemerkung zunichte gemacht. Doch Marc grinste: „Ihr habt ja recht! Ich war echt keine Gesellschaftskanone in der letzten Zeit. Also gut, ich komme mit. Aber ihr müsst Rücksicht haben. Darts geht auf keinen Fall. Ich bekomme den Arm nicht hoch.“

„Klar, Marcus! Hauptsache endlich wieder ein gepflegtes Bier mit dir!“. „Fahren wir mit dem Rad?“. „Nein!“. „Ok“.

13

Die Live-Band war gerade dabei ihre Instrumente wegzuräumen. Der Koch schabte über die Grillplatte, um die Fett- und Burgerreste zu entfernen. Das Licht im Bonnie Prince Charly wurde heller gedimmt. Für die vier Freunde war jetzt erst Halbzeit. Für das Kellnerpärchen, den bärtigen Johnny und Hailey, von den Gästen, die sich nicht lange mit der richtigen Aussprache aufhalten wollten auch Helly gerufen, aber schon Nachspielzeit. Knapp vor dem Abpfiff.

Alex konnte es immer noch nicht glauben. Auch nach dem fünften Bier noch nicht. Er fing immer wieder neu davon an: „Und du bist jetzt echt unter die Sportler gegangen? Warum, Mann? Da muss doch was dahinterstecken, das du nicht verraten willst. Hast dich in so eine Fitnesslady verguckt? Willst dich zum Adonis modeln? Komm, jetzt sag schon!“

Sie saßen an der rötlichen Vollholz-Theke an ihrer Stammecke. Raff versuchte Johnny und Hailey zum Ausschank einer wirklich allerletzten Runde zu überreden. Marc saß auf seinem Barhocker und starrte durch das Regal an der Wand im Schankbereich mit den zahlreichen, verschieden geformten Flaschen, mit klaren, braunen, rötlichen oder sogar blauen Inhalten hindurch. Er hatte nun vier Pints getrunken. Die Drehbewegungen, die dadurch vor seinem inneren Auge entstanden und ihn vermuten ließen, er säße im Rumpf eines mittelgroßen Fischkutters auf hoher See, hatten ihn früher belustigt. Fasziniert sogar, wie normale Flüssigkeitsaufnahme die eigene Wahrnehmung völlig durcheinanderbringen kann. Jetzt wollte er sich an den Kanten der Theke anhalten.

Er dachte an die festen Schritte beim Laufen. Wie die Sohlen seiner neuen Asics Laufschuhe am Waldboden abrollten und ihm dabei einen Schwung versetzten, der ihn Kilometer weit brachte. Vorbei an den jahrzehntealten Bäumen, manche vielleicht schon über 100 Jahre oder über 200 Jahre alt. Deren Rinden die Anstrengungen des Gedeihens und Bestehens widerspiegelten. Er dachte an die Sonnenstrahlen, die durch die Äste brachen, sich ihren Weg auf seine Haut suchten und dann wieder für Sekunden verborgen waren. Er konnte den Wechsel zwischen der Wärme des Lichts und der Kälte des Schattens deutlich wahrnehmen. Plötzlich vernahm er den Muskelkater, an dem er den ganzen Tag laborierte als Zeichen stärker geworden zu sein. Jeder Schritt mehr, als er vielleicht zu leisten imstande war, verursachte im Nachhinein Schmerzen. Doch genau diese zusätzlichen Schritte brachten ihn seinem Ziel, das er selbst noch nicht kannte, näher.

Damit wollte Marc sich weiter beschäftigen. Er war neugierig, wohin sein neues Leben ihn führen würde. Er wollte nicht hier herumsitzen. Untätig, mit zu viel Alkohol im Blut, der seine körperliche Konstitution zunichtemachte.

Oliver, der gerade von der Toilette zurückkam, legte seinen Arm um ihn: „Der verlorene Sohn! Jetzt bist du wieder bei uns!", und zu Alex gewandt, der immer noch ungläubig versuchte aus Marc dessen Beweggründe für sein neues Hobby herauszuwinden: „Jetzt lass ihn doch! Ich find das grandios, mit dem Sport und so. Vielleicht häng ich mich mal dran. Was sagst du? Rocken wir gemeinsam das Fitnessstudio! Sind sicher eine Menge heiße, dehnbare... Sportgeräte dort!"

Oliver und Alex lachten so laut, dass auch die letzten anwesenden Gäste beschlossen aufzubrechen. Marc grinste seine Freunde mit einem wissenden Blick an: „Leute, wenn du richtig im Training bist, hast du keine Zeit darauf zu achten."

Das belustigte die beiden noch mehr: „Das glaubst du dir jetzt aber selbst nicht!", brachte Alex hervor, während er sich vor Lachen bog: „Ich könnte bis zum Kopf im Treibsand stecken und würde nur darauf achten."

Da mischte sich Johnny in die Unterhaltung ein: „Hey guys, jedem noch ein Lager und einen Beisitzer und das war's dann für heute, ok?". „Na, wie hab ich das gemacht?", brüstete sich Raphael mit seinem Erfolg. Marc hob seinen Kopf: „Ich hab jetzt schon genug. Morgen ruft die Arbeit und ich hab keine Ahnung, wie ich den Tag überstehen soll. Ich bin platt!". Seine Freunde protestierten. Scherzhaft, denn keiner glaubte daran, dass ausgerechnet Marc der Erste sein soll, der nach Hause ging.

Doch Marc hielt nichts mehr. Er wollte raus. Er wollte sich bewegen. Er wollte sich spüren anstatt seine Sinne zuzudecken und sich der Welt unter einem Dunst der Hilflosigkeit geschlagen geben. Das hatte er vor und nach dem Unfall seines Vaters schon zu lange gemacht. Marc legte Geld auf die Bar und verabschiedete sich mit einem kurzen Wink ohne Worte von seinen Freunden. Er riss die Glastür mit dem alten Holzrahmen auf und trat ins Freie.

Er sog die milde Frühsommerluft tief ein. Dann ging er los. Zuerst noch unsicher nach dem langen Sitzen im Bonnie Prince Charly und seinen Pints. Doch er schüttelte diese Unsicherheit ab, atmete noch tiefer und ging rascher. Es war Mitternacht. Nach Hause waren es etwa 12 Kilometer, doch um keinen Preis hätte er sich jetzt in ein Taxi gesetzt. Hell genug war es. Vor dem Vollmond flossen lediglich einzelne Wolkenschwaden vorbei, die ihm kaum etwas von dessen Licht nahmen. In Jeans, T-Shirt und schnürlosen Sneakers wurde er immer schneller und schneller.

14

Elisa musste ihre Freundinnen nicht lange überreden, mit ihr den Abschluss der Studieneingangsphase zu feiern. Auch an einem Dienstag nicht und auch nicht wenn die angesagtesten Schuppen zu hatten. Wenn Elisa schon mal anrief und sie noch dazu so happy und unternehmungslustig war, dann fackelten sie nicht lange. In letzter Zeit konnten sie ihre Elli sonst nur noch an drei Orten antreffen: Zu Hause, mit einem Buch vor der Nase, in dem lauter seltsame lateinische Begriffe standen; im Fitnessstudio, wo sie keine Zeit hatte, weil sie einem hoffnungslos unsportlichen Typen auf die Klimmzugstange helfen musste; bei ihrem neuen Lover, Richard dem Ersten, von dem jeder weiß, dass seine Bindungsfähigkeit an eine einzige Frau so viel Bestand hatte, wie ein mit Kaugummi an die Decke befestigter Kristallluster.

Außerdem, irgendwas hat immer offen. Ins Prestige in Velden konnte man jeden Tag gehen. Dort war immer was los. Elisa war gelöst, wie schon lange nicht. Sie hatte die Prüfungen mit Bravour abgelegt. Einsen in allen Kategorien. Sportsoziologie, Biomechanik, Physiologie und... Anatomie. Das Letzte bereitete ihr davor die meisten Kopfschmerzen. All die Muskeln, Knochen, der Aufbau und die Organisation des Nervensystems... Schlimmer kann es jetzt in den nächsten Semestern nicht mehr werden. Sie fühlte sich, als hätte sie schon den Doktorhut auf. Das musste gefeiert werden. Und sie wollte es mit ihren besten Freundinnen tun. Sie hatte überlegt zuerst Richard anzurufen. Doch ihr Bauchgefühl hielt sie davon ab. Ein Gedanke, der ihre Stimmung um winzige Nanometer herabstufte: Sie hatte Angst, dass sich ihre Freude in seiner Reaktion nicht widerspiegeln würde. Nicht so, wie sie es erwartete oder erhoffte. Natürlich würde er sich freuen, wischte sie diesen Gedanken schnell wieder weg. Er würde es schon noch früh genug erfahren. Jetzt kamen erstmal ihre Mädels dran. Bei ihnen würde Elisa sicher nicht enttäuscht werden. Um 19.30 Uhr trafen sich die Vier beim Italiener.

Kohlenhydratspeicher auffüllen für den Groove im Prestige danach. Marina wollte Elisa bei der Begrüßung gar nicht mehr loslassen. In der Freude über die bestandenen Prüfungen schwang auch das ersehnte Wiedersehen mit. Mit Lea schlug Elisa auf 5 verschiedene Arten ein. Faust, Fingerspitzen vorne und hinten, Faust oben und unten, Unterarme und High Five weit oben mit einem stimmungsvollen Juchzer.

Die beiden sahen sich noch am öftesten. Bei den regelmäßigen gemeinsamen Laufrunden und dem Chillen danach. Irgendwann einmal, das hatten sie sich an einem dieser Tage, an denen die strahlende Sonne den See wieder einmal mit Kristallen gefüllt hatte, in ihrer Euphorie vorgenommen, wollten sie joggend den Wörthersee umrunden.

Vera, die Elisa drei dicke Küsse als Gratulation auf die Wangen gab, hatte damals versprochen mit dem Auto den Buddy zu machen und sie mit Kraftriegel und Isodrinks zu versorgen.

Das Innere der Pizzeria Donatella war hell und freundlich. Aus den Lautsprechern klang Pezzo di Cuore von Emma und Alessandra Amoroso. Die einfachen Holztische mit den Plastikauflagen standen im krassen Widerspruch zu der edlen Wandvertäfelung und den elegant geschwungenen Leuchtkörpern mit Kristallsteineinsätzen. Doch irgendwie passte dann doch alles zusammen. Das einfache Mobiliar gaukelte vor, man säße in einer kleinen Trattoria am Hafen eines italienischen Fischerdorfs und draußen würden die Wellen des Meeres gegen die Kaimauer schlagen. Der Geruch von frischgebackenem Teig verführte die Vier, sich die größte Pizza des Hauses kommen zu lassen. Eine für alle und alle für eine, scherzten sie. Doch zuvor ein Aperitif.

Elisa hatte sich vorgenommen vor dem Essen ihren Freundinnen in Ruhe alles von den anstrengenden Vorbereitungen auf die Prüfungen zu erzählen und von ihren Methoden, sich diese unendlich vielen Bezeichnungen für alles Mögliche im Körper zu merken. Doch Marina und Vera wollten lieber von ihm hören. Von, wie sie es ausdrückten, dem begehrtesten Junggesellen an der Westküste des Wörthersees. Lea, die wusste, dass Elisa ihr Liebesleben nicht gerne vor allen ausbreitete und Einzelheiten daraus erzählte, protestierte. Sie zählte drei junge Männer auf, die mindestens genauso, wenn nicht noch begehrenswerter wären. Doch die, auf intime Geheimnisse lauernden Frauen ließen sich davon nicht beirren. Diese brennende Neugier auf ihr Privatleben kitzelte Elisas Eitelkeit. Obwohl sie verlegen wurde, ihre Freundinnen nicht enttäuschen wollte und in ihrem Kopf beim Kramen nach geeigneten Anekdoten nichts recht passen wollte, kam auch Stolz auf. Sie schilderte in der Runde daher, wie charmant Richard sein konnte. Er, der in der Öffentlichkeit oberflächlich wirkte, sei ein Mensch, der Sinn für Romantik hatte und einem mit seinem Lächeln alle Sorgen vergessen lassen konnte.

„Aber", wandte Marina ein, die Taktgefühl noch nie zu ihren großen Stärken zählte, „durch Beständigkeit in Beziehungen ist er bis jetzt auch nicht aufgefallen. Ist das für dich kein Problem?". Elisa wusste kurz nicht, ob beim Atmen gerade Luftholen oder Ausatmen dran war. Sie kannte Richards Leben vor ihrer Bekanntschaft nicht wirklich. Sie hatte sich nie für den Klatsch über ihn interessiert. Sicher, er hatte ihr seinen Werdegang erzählt und wenn sie eine seiner Ex-Freundinnen getroffen hatten, auch in aller Kürze deren gemeinsame Vorgeschichte erwähnt. Aber dass damit ein gewisser Ruf einherging, der von gossipsüchtigen Menschen wie Marina freudig aufgenommen wurde, das wäre Elisa nicht eingefallen. Sie versuchte das lockere Gespräch unter Freundinnen deshalb nicht zu stören und lachte, als hätte Marina einen Witz gemacht: „Wer ist das schon? Hier am Wörthersee? Sonne, Strand und Liebe, dafür ist er ja berühmt, oder? Kommt lasst uns bestellen! Ich habe einen Bärenhunger!"
„Ja!", stimmte Vera mit ein, "Und dann gehen wir tanzen! Vielleicht finden wir dort unseren Nachtisch. Zum Vernaschen!"

Die Freundinnen lachten, wie Jugendliche, die bereit waren in dieser Nacht noch große Torheiten zu begehen. Sie prosteten sich mit ihren Bellinis zu, die Giovanni gebracht hatte. Er hieß eigentlich Robert. Sein Chef fand aber, dass Giovanni besser zu einem Kellner eines italienischen Restaurants passte.

Beinahe wären sie in der Trattoria hängen geblieben, hätten noch eine Flasche Weißwein bestellt und sich bis zur Sperrstunde und noch viel länger ausgetauscht, über ihr Leben und die Erfahrungen, die man halt so macht in den Twenties. Doch Marina wollte den Abend nicht ohne Lokalwechsel ins Prestige, wo sie schon lange nicht mehr gemeinsam aufgetreten waren, vorüber gehen lassen.

Die übliche Schlange vor dem Nachtlokal gab es am Dienstag nicht. Das schätzten die Freundinnen besonders, wenn sie sich unter der Woche einen Abend miteinander gönnten. Am Wochenende konnte man ausschlafen. Aber unter der Woche konnte man tanzen gehen, ohne sich vor dem Eingang Krampfadern in den Waden zu holen und ohne auf der Tanzfläche zerdrückt zu werden.

Man betrat eine andere Welt in diesem von bunten Lichtern zerschnittenen Dunkel. Eine Welt, die Angst machen konnte, wenn man sich erst an all die Einflüsse und die laute Musik gewöhnen musste. Eine Welt, die so ganz anders war. Durch den Kontrast empfand man hier das alltägliche Leben draußen, außerhalb des Schuppens, so klar und leicht begreifbar. Ein sicheres, helles, freundliches System mit klaren Regeln, wo man sich gut zurechtfinden konnte. Hier war man eingeschränkt in allen Sinnen und daher dem dunklen Reich ausgeliefert. Genau das machte diesen Ort aber auch so faszinierend. Getrunken hatten sie in der Pizzeria Donatella ausreichend. Daher war das Tanzparkett, oder in diesem Fall der schwarze Epoxidharzboden, das erste Ziel der ausgelassenen Gruppe. Noch vor den Drinks an der Bar. Lea war die erste, die ihn in dem für VIPs abgesperrten Bereich sah. Ihre Bewegungen passten nicht mehr zur Musik, kamen beinahe zum Stillstand. Sie sah Elisa an und dann wieder hinüber.

Ihre Freundin, die eben noch lässig den Kopf hin- und hergeschwungen hatte, bemerkte, dass etwas nicht stimmte. Lea bemühte sich, Elisa abzuhalten, sich zum VIP-Bereich umzudrehen. Als sie sah, dass es zu spät war, dass ihre eigene Reaktion Elisa erst aufmerksam gemachte hatte, nahm sie sie bei den Händen, um sie zumindest langsam auf das, was dort zu sehen war, vorbereiten zu können. Ihr Worte ins Ohr zu rufen, dass viele Dinge anders erscheinen würden, als sie sind. Noch mehr in solch einem Lokal, wo die Realität verzerrt werden könnte.

Doch Elisa hatte ihren Kopf bereits in die Richtung gedreht. Es war dunkel. Doch so viel war zu erkennen. Richard war auch hier. Er hatte ein Glas in der Hand und saß wie ein König, der sich von den Strapazen seines Herrscherdaseins erholte da. Und Sherry wand sich um ihn, wie die Schlange, die hoffte, etwas von dem Glanze abbekommen zu können. Sie lachte und schmiegte ihren Kopf an seinen Hals. Er lachte ebenfalls, doch anders, gönnerhaft. Er legte seinen Arm um ihre Schulter. Die Hand landete knapp unterhalb ihres Busens auf dem hautengen, silbrig glitzernden

Kleid. Elisa trat aus dem Dunkel auf ihren Freund zu. Als sie zwei Meter vor den beiden Ehrengästen stand, zuckte der Stroboskopblitz auf und ließ die weiteren Bewegungen zeitlupenhaft erscheinen.

Richard erkannte erst jetzt, dass eine von den hübschen Mädels, die die Disco betreten hatten, Elisa war. Er zog den Arm von Sherry weg, die ihn verwundert ansah. Dann stand Richard auf.

Elisa dreht erst ihren Kopf weg, dann folgte der Körper. Lea wollte sie aufhalten, doch Elisa entwand sich ihren ausgestreckten Armen und rannte zum Ausgang. Hinaus in die Welt, deren Mond auch die Nacht freundlich erscheinen ließ, die aber doch nicht so klar und vorhersehbar war, wie man im Inneren der Höhle denken mochte. Sie steuerte auf eines der Taxis zu, die vor dem Prestige auf heimfahrende Gäste warteten. Lea erreichte sie noch, als sie schon die Wagentüre offen hatte. Doch Elisa sagte nur: „Es ist schon ok. Lass nur! Ich fahre nach Hause. Es war ein schöner Abend. Bis vor kurzem.“

Damit umarmte sie ihre Freundin seit Kindheitstagen ganz fest, sagte dem Taxifahrer ihre Adresse an und nahm auf der Rückbank Platz. Lea machte die Tür hinter ihr zu und sah dem Taxi nach, bis es in eine Querstraße einbog und verschwunden war.

15

Marc war völlig durchschwitzt, als er seinem Wohnhaus entgegenlief. Aber er war glücklich. Die frische, klare Nachtluft strömte durch seine Lungen. Er genoss jeden Atemzug. Die Schwere seines Kopfes hatte sich gelöst. Vom Muskelkater war nichts mehr zu spüren. Auch wenn Marc wusste, dass er die nächsten Tage mit einem noch schlimmeren zu rechnen hatte.

Er hatte ein neues Leben. Hatte sich losgelöst vom alten. Machte Dinge, die ihm noch vor einem Monat nicht in den Sinn gekommen wären. Die er kopfschüttelnd als verrückte Panikreaktionen selbstunzufriedener Sonderlinge betrachtet hätte. Vielleicht war er jetzt auch ein Sonderling. Aber in Panik fühlte er sich nicht. Und zufriedener mit sich selbst hätte er vorher nie sein können. Gerade nach einem Lauf wie diesem. Wer erlebte so etwas schon? Mit dem Auto konnte sich jeder von A nach B bringen. Das war nichts Besonderes. Aber das hier?

Marc lachte auf, während er die letzten Meter zu seinem Haus langsamer wurde und auslief. Er blieb mitten auf der Straße stehen, legte seine Arme auf die Oberschenkel und holte tief Luft. Er verdrehte seinen Kopf nach oben, wo die Sterne milliardenfach leuchteten und der Mond zu ihm herabsah. Ein paar Fledermäuse schwirrten durch die Luft und Marc beschloss in der nächsten Vollmondnacht in den Wald zu gehen, zu laufen und dessen nachtaktive Bewohner zu beobachten. Vielleicht war es dort noch ruhiger als hier. Und man hörte möglicherweise nicht einmal aus der Ferne das Brummen von Motoren und das Rauschen der Reifen auf dem Asphalt. Zumindest nicht so laut, wie hier und jetzt. Marc drehte sich um und sah in das grelle Licht zweier Scheinwerfer.

Er hob die Hand vor seine zusammengekniffenen Augen und trat zur Seite. Der Wagen wollte nicht vorbei. Er blieb stehen. Ein Taxi im Dienste seiner Kundschaft. Marc wandte sich ab und ging von der Straße. Hinter ihm öffnete sich eine der Autotüren. Interessiert machte er doch einen Blick über die Schulter, um zu sehen, wer noch, so wie er, um diese Zeit nach Hause kam. Sein Körper folgte der Drehung und er ging einige Schritte rückwärts, in Kauf nehmend, dass man dadurch klar erkennen konnte, wie neugierig er war.

Eine schlanke Frau stieg aus dem Wagen. Marc erkannte sie sofort. Auch wenn er sie bisher nur im Sportoutfit gesehen hatte. Nie in einem kurzen Abendkleid. Seine Nachbarin und gleichzeitig Trainerin in seinem Fitnessstudio kam auf ihn zu. Also, nicht direkt auf ihn zu. Sie wollte natürlich ebenfalls einfach nur in ihre Wohnung. Ins selbe Wohnhaus wie Marc. Wie eine fröhliche Heimkehrerin, die eben einen tollen Abend verbrachte sah sie nicht aus. Im Gegenteil, sie ließ ihre Schultern hängen und putzte sich die Nase. Vielleicht war sie krank.

Marc stellte sich vor sie. Ihr Gesicht war so nass, wie nach einer Wasserschlacht im Freibad. Elisa blieb stehen und sah Marc an. Sie mit ihren, vor Tränen feuchten Wangen und er, vom Joggen verschwitzt. Marc schaute Elisa an als hätte er eine Schiffbrüchige vor sich, die im letzten Moment aus dem Wasser gefischt wurde. Elisa hatte keine Kraft um Marc herumzugehen. Also verharrte sie auf ihrer Position. Marcs Mundwinkel begannen sich auseinanderzuziehen. Und auch Elisa hätte zu Schmunzeln begonnen, hätte sie sich nicht so elend gefühlt. Daher machte sie das Gegenteil und fing tief an zu Schluchzen.

Marc fasste sie an der Schulter, sie ließ es geschehen, worauf er sie umarmte. Elisa wusste nichts von dem Mann, der sie in seine Arme nahm, außer dass er absolut unsportlich war, er mit seiner Brachialmethode im Fitnessstudio wohl nicht lange durchhalten und bald wieder aufgeben würde. So wie 80 Prozent derer, die sich im Klub einschrieben und nach spätestens 2 Monaten nicht mehr auftauchten. Sie erfanden Ausreden, warum sie keine Zeit mehr hätten und würden jedes Muskelzwicken auf starke orthopädische Beschwerden zurückführen, weswegen sie sich erst einmal auskurieren müssten und sich nicht zu sehr belasten dürften. Und dann würde auch er sich wieder in sein Auto setzen und die kürzesten Wege damit zurücklegen, weil er die Nase voll hatte von der ganzen Anstrengung und von Bewegung ohne Ziel und ohne Sinn.

Aber jetzt war er hier, er hielt sie fest und sie fand an seiner Schulter das Versteck, in dem sie ihrer Enttäuschung freien Lauf lassen konnte, die Höhle, in die sie sich verkriechen konnte, ohne gänzlich allein zu sein. Als keine Tränen mehr nachkamen, ihr Atem wieder ruhiger ging und Elisa ihre Gedanken an den treulosen Fitnesstempelbesitzer mit seinem charmanten Lächeln und seiner einnehmenden Art neu ordnen konnte, löste sie sich aus der Umarmung.

Nun konnte sie die Nacht, die ihr neue Erkenntnisse gebracht hatte, den Ort, an dem sie sich für die Zeit des Studiums niedergelassen hatte, die Straße, auf der sie stand und den Mann, der als Klagemauer herhalten musste, wieder bewusst wahrnehmen.

Sie lächelte ihren Nachbarn, dessen Name ihr nicht einfiel, zaghaft an und ging nachdenklich zur Haustür. Marc sah ihr nach. Erfüllt von dem Trost, den er spenden konnte und benommen von der Weichheit und dem Duft ihrer Haare.

Erst als die junge Frau lange nicht mehr zu sehen war, sie vielleicht schon im Bett lag und er erstmals die Nachtluft durch seine feuchte Kleidung als zu kühl empfand, setzte auch er sich in Bewegung, verließ den Mond, der ihm etwas Wertvolles genommen und heute so viel zurückgegeben hatte.

16

Es war schon fast Mittag, doch Elisa war noch lange nicht bereit aufzustehen. Munter war sie seit einigen Stunden, aber außerhalb des Bettes war nur die Welt. Und die hatte nichts zu bieten als Trauer und Schrecken. Und Untreue und Oberflächlichkeit. Und Snobismus und Selbstüberschätzung. Und... Elisa fing wieder an zu weinen. Sie hatte oft genug gesehen, wenn Frauen um Richard tanzten, wie Fliegen um die Kuhflade. Aber sie wollte nicht sehen, was dahintersteckte. Und sie wollte nicht wahrhaben, dass Richard darauf einstieg. Und schon gar nicht wollte sie wahrhaben, dass er vielleicht sogar selbst ein räudiger Kater war, der von keiner Mieze lassen konnte. Und diese Sherry, ...

Es läutete. Wenn Elisa heute etwas nicht vorhatte, dann war es die Tür aufzumachen. Weder, um hinauszugehen, obwohl sie im Perfect Fit Dienst hatte, noch um irgendwen hereinzulassen. Und da konnte, wer auch immer draußen stand, noch so oft läuten. Jetzt war es das vierte Mal. Hatte sie etwas bestellt? Nein. Und wenn, hatte sie es vergessen. Sollte er doch eine Nachricht hinterlassen. Heute war sie nicht in der Stimmung Kontakt mit der Außenwelt aufzunehmen. Also blieb sie liegen. Vermutlich hatte es wer auch immer ohnehin schon aufgegeben. Erledigt.

Da läutete es wieder. Aha, einer der hartnäckigen Sorte. Das bin ich aber auch, dachte Elisa. Sie drehte sich um und zog die Decke über den Kopf. Völlige Ruhe. Das war gut, so konnte sich Elisa wieder ihrem Frust hingeben.

Es läutete. Elisa zog ihre Beine an den Bauch und machte sich ganz klein. Es läutete. 15 Minuten vergingen. In Dunkelheit und Stille unter der Bettdecke. Unterbrochen von regelmäßigem Läuten im Minutentakt. Elisa wurde heiß unter ihrem Klingel-Lärmschutz. Sie zog die Decke von ihren Beinen weg. Aber der Kopf musste drunter bleiben. Es läutete weiter. Nun schon eine halbe Stunde. Elisa musste aufs Klo. Sie wollte aber nicht. Sie wollte sich verstecken. Weitere 15 Minuten vergingen. Es könnte vielleicht doch was Wichtiges sein. Um ein normales Amazon Paket konnte es sich nicht handeln. So viel Zeit kann ein Zulieferer niemals für eine einzelne Lieferung verplempern. Dann bleibt ja gar nichts mehr über von der ohnehin schon miesen Bezahlung.

Wieder 15 Minuten. Seit einer Stunde stand jemand vor Elisas Wohnungstür und war eine Liebesbeziehung mit Elisas Türklingel eingegangen. Die Besitzerin dieser Klingel hatte nach wie vor nicht vor aufzumachen und dem Drängen nachzugeben. Aber einem anderen Drang musste sie nachgeben. Sie schlug die Bettdecke auf und ging ins Badezimmer. Nachdem sie das Wichtigste erledigt hatte, schaute sie in den Spiegel. Wenn sie so, wie sie aussah aufmachte, würde derjenige da draußen ohnehin die Flucht ergreifen. Sie hatte immer noch keine Lust, sich mit einem Vertreter für Pay-TV-Angebote oder einer Gruppe von Bibelinterpreten auseinanderzusetzen. Aber wo sie schon mal im Bad war, wusch sie sich gleich das Gesicht, fuhr sich mit der Zahnbürste rudimentär über die Zähne und mit der Haarbürste ein paar Mal durch das Chaos da oben auf dem Kopf. Dann trat sie aus dem Badezimmer, warf einen Blick Richtung Schlafzimmer und einen zum Vorzimmer hin. Also gut, jetzt, wo sie schon stand, konnte sie auch zur Tür gehen. Im Pyjama, sie hatte schließlich vor, die Tür nur so weit zu öffnen, dass sie dem Fremden freundlich sagen konnte, er solle sich zum Teufel scheren. Gerade als sie zur Türklinke greifen wollte läutete es wieder. Sie erschrak und in ihre bisherige Gelassenheit dem unverbesserlichen Klingelknopfpeiniger gegenüber mischte sich jetzt doch auch Zorn. Sie riss die Tür auf und erstarrte, bevor sie dem Mann, der davor stand, ihre Meinung sagen konnte. Er grinste und streckte Elisa einen riesigen Blumenstrauß entgegen. Rosen, Dahlien, Nelken, Margeriten und alle in Rosa. Elisa starrte ihn mit großen Augen an. Und dann die Blumen. Und dann wieder ihn. Und dann fragte sie, was eigentlich offensichtlich war, aber ihr fiel nichts anderes ein.

„Sind die für mich?" „Ja, Honey! Diese und alle Blumen der Welt, wenn du willst!", mit diesen Worten trat Richard ein, machte die Tür hinter sich zu, drückte Elisa den Strauß an die Brust und legte seinen anderen Arm um sie: „Denn für mich bist du die schönste Blume von allen."

Richard versuchte Elisa zu küssen. Sie drehte ihren Kopf zur Seite: „Aber die Wiese besteht nun mal nicht aus einer einzigen Pflanze, oder?" Richard lachte über die Metapher und drückte Elisa noch enger an sich: „Du bist echt was Besonderes! Das mit Sherry gestern, das hast du missverstanden. Wärst du nicht so schnell weggewesen, hätte sich alles wunderbar aufgeklärt. Ich muss dir das noch im Detail erklären. Aber jetzt gib mir erstmal einen Kuss und dann musst du was essen. Du bist ja ganz blass. Hast du was zu Hause? Sonst bestellen wir was. Auf was hast du Lust?" Elisa sah Richard an: „Glaubst du mit einem Essen ist alles wieder erledigt? Du wirst wohl nicht erwarten, dass ich so tu, als hätte ich dich gestern nicht mit der Obertussi vom Wörthersee erwischt!" „Diese Obertussi wird mir mit der Kohle von ihrem Daddy helfen noch viele weitere Perfect Fit zu eröffnen. Mit ihr kann ich mein Geschäft groß aufziehen. Das erreichen, was ich schon immer wollte. Da muss ich nun mal auch ein bisschen nett sein zu ihr. Aber, Honey, erstens gehe ich nicht so weit wie du denkst und zweitens bist du meine ganze Blumenwiese. Hey, sei nicht so streng!" „Ach, Blumenwiese, ja? Aber irgendwo hinter dem Haus, denn in der Öffentlichkeit darf ja niemand was von uns wissen. Aber mit Sherry gehst du ins Prestige."

Richard kam noch etwas näher: „Du hast recht. Damit ist jetzt Schluss – mit der Geheimnistuerei meine ich. Ich muss vorsichtig sein, das verstehst du doch. Immerhin stehe ich in der Öffentlichkeit. Aber von nun an bist du mein Girl! Ok? Ganz offiziell. Auch im Studio. Jeder darf es wissen." Richard nahm Elisa an der Hand und zog sie am Wohnzimmer und der Küche vorbei ins Schlafzimmer. Dort küsste er sie, zog ihr den Pyjamaoberteil über den Kopf, strich mit den Händen über ihre Seiten nach unten, ging in die Knie, zupfte im Bereich der Waden spielerisch an der Pyjamahose, bis er sie schließlich völlig nach unten zog.

Dann küsste Richard Elisa an den Hüften und wanderte mit seinen Lippen liebkosend in die Mitte ihres Körpers. Sie legte ihre Hände an seinen Hinterkopf, und ließ es in einer Gefühlsmischung zwischen Ärger, Verletzlichkeit, Trost und Vergebung mit sich geschehen.

17

Marc saß am Bett seines Vaters und hielt die bleiche, leblose Hand. Sieben Wochen waren seit dem Unfall vergangen. Sein einziges Lebenszeichen war das leise Surren des Monitors, der die Vital- und Organfunktionen des Mannes darstellte. Er atmete. Das Herz funktionierte. Aber er reagierte nicht auf äußere Reize. Als läge er in einem langen, tiefen Schlaf. „Es war zu viel, Papa.“, flüsterte Marc seinem Vater leise zu, „Du wolltest zu viel in zu kurzer Zeit. Und das nach mehr als 30 Jahren Nichtstun. Das hat dein eingerostetes Herz nicht mitgemacht.“ Marc löste seinen Blick von den sanften Gesichtszügen seines Vaters und senkte den Kopf: „Und ich konnte dir nicht helfen. Ich war nicht schnell genug. Ich war nicht stark genug. Ich habe mich nur lustig gemacht über dich, den Kopf geschüttelt über dein Verhalten. Doch in diesen Sekunden im Wasser hätte ich mir gewünscht, deine Kondition zu haben, Muskeln, die nicht lahm werden, wenn man sie einmal richtig braucht.“

Tränen liefen über Marcs Gesicht. Er atmete tief ein, wischte sich mit der Hand über die Augen, die Wangen und die Nase, ließ die Hand seines Vaters los und ging. Er fuhr ins Perfect Fit. Nach dem Besuch seines Vaters im Krankenhaus musste er sich den Schmerz von der Seele strampeln. Wie jedes Mal, wenn er bei ihm war. Eine halbe Stunde am Ergometer und ein Muskel Turnaround, wo für den ganzen Körper was dabei war. Aber er hoffte auch Elisa wiederzusehen. Drei Tage war die nächtliche Begegnung vor dem Wohnhaus schon her. Wenn er seitdem das Haus verließ, ging er besonders langsam die Stufen im

Treppenhaus hinunter und lauschte dabei, ob im dritten Stock eine Tür aufging und ihn jemand mit geschwinden Schritten einholte. Doch bisher war es immer ruhig und leer, wenn er auf dem Weg war.

Er hätte natürlich einmal anläuten können. Auch wenn er gar nicht wusste, in welcher Wohnung sie wohnte. Aber das hätte sich schon herausfinden lassen. Er hätte Blumen besorgen können. Oder fragen, ob sie etwas Salz für ihn hätte. Aber ihre Gefühle nach der Umarmung waren für ihn unklar. War es Trost, den sie ja auch zum Ziel hatte und schwang nur für ihn auch Zuneigung mit, die sich seit den zufälligen Zusammentreffen im Treppenhaus und im Fitnessstudio entwickelt hatte? Oder offenbarte sie mit der Umarmung ebenfalls Empfindungen für ihn, die sie bisher selbst noch nicht kannte oder nur verschleierte? Hatte sie ihn schon wieder vergessen oder wartete sie darauf, dass er endlich vor ihrer Tür stand? Letzterer Gedanke schien Marc zu weit hergeholt. Zumindest hatte er sich auf die reine Vermutung hin nicht in die peinliche Situation begeben wollen, vor ihr zu stehen und zu bemerken, dass er mit seiner Hingezogenheit zu ihr alleine dastand.

Als er auf einem der Standfahrräder saß, die Reih an Glied uniform, wie Soldaten der Garde aneinandergereiht dastanden, vollzog Marc unfreiwillig auch Lockerungsübungen für die Halswirbeln, da er ständig den Kopf von einer Seite auf die andere drehte. Doch Elisa war nicht zu sehen. Marc hatte noch nicht durchschaut, nach welchem Prinzip die Dienste der Trainer und Trainerinnen eingeteilt waren. Einmal war sie am Vormittag hier, ein anderes Mal spät abends. Vielleicht gab es kein richtiges System, was für den Experten für Strukturen und Abläufe völlig unverständlich gewesen wäre. Aufgewärmt vom Radeln marschierte Marc zu den Hanteln. Von einem Kilo bis zu 25 lagen jeweils zwei jedes Gewichts in der Halterung. Marc hatte gelernt viele Übungen statt mit den dafür vorgesehenen Geräten mit den Hanteln zu machen. „Ist noch effektiver", hatte Bernd gesagt. Und er glaubte ihm. Er spürte es auch, wenn er die Gewichte auch noch im Gleichgewicht halten musste und sie nicht von einem Seil und Eisenträgern in einer Bahn gehalten werden. „Achte auf die Übungsausführung!", mahnte Bernd ihn jedes Mal. Mit den freien Gewichten wäre es noch wichtiger eine saubere Technik einzuhalten, um Verletzungen zu vermeiden. Es war jetzt schon das dritte Mal, dass Marc ohne Bernd trainierte. Er hatte sein Trainingsprogramm und das wollte er jetzt einige Zeit durchziehen. Da brauchte nicht die ganze Zeit über jemand neben ihm zu stehen. In zwei Wochen wollte er Bernd wieder dazu nehmen. Es waren Fragen zur Abstimmung von Gewicht und Wiederholungen in den Übungssätzen aufgetaucht.

Marc wandte sich zum Spiegel. Anfangs hatte er in sich hineingelacht, wenn er Sportler sah, die sich selbst bei der Übungsausführung im Spiegel bewunderten. Doch seit er mit den Hanteln trainierte, merkte er, dass ihm der Kontrollblick half, eine korrekte Haltung zu bewahren. Er konnte sich dadurch auch besser konzentrieren, weil er auf seine Bewegung achtete, anstatt im Raum umherzusehen. Diesmal wurde er aber sogar beim Blick in den Spiegel abgelenkt. Er sah an sich vorbei Richtung Eingang. Elisa kam herein und prüfte ihre Terminkarten bei der Rezeption. Marc hob und senkte weiterhin seine Zehn-Kilo-Hanteln. Diesmal war ihm die Kontrolle der Bewegung völlig egal. Er sah zu Elisa hinüber und befand sich plötzlich wieder in dem Augenblick, als sie in seinen Armen lag. Als Elisa die Karten durch hatte, sah sie auf die Uhr und blickte dann geradewegs zu Marc. Sie senkte kurz den Kopf, als würde sie überlegen. Dann hob sie ihn wieder und ging schnurstracks auf ihn zu. Damit hatte er nicht gerechnet. Er wechselte seine Hanteln auf 20 Kilo und nahm die gleiche Position wie davor ein. Schon beim ersten Zug des Unterarms Richtung Schulter merkte er, dass er diese Muskelkontraktion nicht oft wiederholen würde können, wollte er nicht rot wie ein Rettungsboot an der Adria werden und sollten nicht seine Augen aus ihren Höhlen treten. Sie bemerkte es natürlich: „Übernimm dich nicht! Die 20 kommen früh genug aber jetzt kannst du damit mehr kaputt machen, als es was bringen würde.“

„Ach ja… du hast recht. Ich wollte nur mal sehen wie weit ich bin.“ Marc legte die Metalltrümmer wieder zurück und drehte sich zu Elisa: „Geht’s dir wieder gut? Ich meine, du weißt schon, ist der Grund für deine…“. „Ja, Ja,“ unterbrach Elisa ihn, „alles wieder in Ordnung.“

Elisa sah Marc an und tat dann, als würde sie in dem Raum mit flüchtigen Blicken nach dem Rechten sehen. Sie war verlegen. Marc holte sein Handtuch und wischte sich damit über das Gesicht. Ihm fiel auf, dass jedes Mal, wenn Elisa und er sich gegenüber standen, er nass vor Schweiß war. Er legte sich das Handtuch über den Nacken und hielt sich mit beiden Händen daran fest, als würde er in die Tiefe fallen, wenn er losließ. Die Adern auf seinen Handrücken traten hervor. Starke Hände, dachte Elisa und daran, dass er die Anlage für einen erfolgreichen

Kraftsportler hätte, wenn sich nicht einige Kilo Fett zu viel auf ihm niedergelassen hätten. Sie sollte vielleicht noch etwas zu dem Abend sagen. Sie wollte auch was sagen und zwar: „Danke!“

Marc sah sie immer noch an. „Das war gut, am Dienstag. Hat mir sehr geholfen... also, dass du da warst zu dem Zeitpunkt, meine ich. War wirklich nett von dir.“ Elisa versuchte die Situation aufzulockern: „Das war ja wirklich, also... wie oft kommt das vor?“ Sie lachte: „So ein Zufall, dass wir gleichzeitig nach Hause gekommen sind.“ Marc spiegelte Elisa, machte ein lachendes Gesicht und nickte: „Ja, das war echt ein Zufall!“ „Jetzt geht es mir jedenfalls wieder gut. War nur ein blöder Abend. Ich war... ach, echt nichts von Bedeutung. Manchmal passt einfach was nicht.“

Elisa schaute zur Rezeption: „Jetzt müsste bald mein Termin kommen. Trainingsstunde!“ Elisa wandte sich zum Gehen, sagte aber noch:“ Wenn du mal Hilfe beim Training brauchst und Bernd ist gerade nicht da, komm einfach zu mir. Ok? Kein Problem!“ Marc nickte erneut und sah ihr nach. Er wäre ihr beinahe nachgegangen und hätte sie gefragt, ob sie in den nächsten Tagen mit ihm Essen gehen wolle, als Richard auftauchte und auf Elisa zuging. Er fasste sie an den Hüften und gab ihr einen Kuss.

Das zwischen den beiden war Marc bisher nicht aufgefallen. Wenn er noch Hanteln in der Hand gehabt hätte, wären sie ihm jetzt heruntergefallen. Vermutlich auf die Zehen. Und er hätte es nicht gespürt. In seinem Kopf schossen die Gedanken kreuz und quer, die tröstende Umarmung, die ihm seitdem nicht mehr aus dem Kopf ging, flitzte durch sein Gehirn. Vermischt mit Bildern seines Vaters, der eindeutigen Geste des Fitnessstudiobetreibers bei Elisa und seinen Waldläufen, die ihn vom Nutzen des Sports überzeugten. Er musste sich setzen. Er war am Holzweg. Das war der erste klare Gedanke, den er fassen konnte. Er atmete tief ein und aus, schnappte sich dann zwei 12-Kilo-Hanteln und trainierte weiter.

18

In den nächsten Wochen und Monaten ordnete Marc sein Leben seinem Training unter. Auch wenn die Zeit in der Arbeit fordernd war. Die Vorbereitungen auf die Fusion waren bereits im Gange. Und das Bekanntwerden des Zusammenschlusses und die begleitende Berichterstattung in Fachmedien waren gute Werbung für Unmatched Solutions. Gerade jetzt meldeten sich viele Neukunden. Das Management schwebte im siebten Himmel und mit ihm seine Chefin Natascha Grabhofer.

Marcus legte dennoch all die beruflichen Dinge ab, sobald er aus dem Firmengebäude draußen war. Er schwang sich auf sein Fahrrad und fuhr entweder ins Perfect Fit oder nach Hause, um sich sein Laufgewand anzuziehen. Die Runden im Wald wurden größer. Die Anfangsphase, als er zwischendurch Strecken zu Fuß gehen musste, weil seine Beine nicht mehr mitmachten, oder er es zu schnell angegangen war, lag hinter ihm. Auch wenn er immer noch dazu lernte, wusste er sich seine Kraft meist über die gesamte Strecke gut einzuteilen. Wenn er nicht vor lauter innerer Anspannung einfach lossprintete, trug ihn seine Grundlagenausdauer auch über lange Distanzen. Bei den kürzeren, langsamen Läufen begleitete Raphael seinen Freund manchmal. Anfangs. Doch es machte ihm keinen Spaß. Marc merkte bald, dass Raff nur aus freundschaftlicher Solidarität in seinen Baumwollshorts und seinen abgelaufenen Tretern versuchte Schritt zu halten. Sie einigten sich daher darauf, dass Raphael am Ende des Trainings hinzustieß und sie noch einige Runden durch den Ort spazierten. Auch Oliver hielt Wort und stieß eines Tages zu einer Probestunde im Fitnessstudio hinzu. In erster Linie aber, um Schnecken abzuchecken, wie er freimütig zugab. Doch als er merkte, dass die meisten weiblichen Gäste dort tatsächlich ernsthaft trainieren und daher in Ruhe gelassen werden wollten, verlor er schnell das Interesse.

Bei seinen Runden im Wald wechselte Marc zwischen Entspannungsläufen, schnelleren Einheiten, Long Runs, die auch über 2, 3 Stunden gehen konnten und Intervalltraining, wo er in einem Lauf pro Kilometer abwechselte zwischen sogenannter Wettkampfgeschwindigkeit und so langsamem Bummeln, dass es gerade noch ein Laufschritt war. Nach dem Joggen setzte er meist noch ein Workout oben drauf, bei dem er in seinem Wohnzimmer auf einer Matte ein Fitnesstraining mit Eigengewichtsübungen, also gänzlich ohne Zusatzgewichte, absolvierte. Nach und nach besorgte er sich aber auch Hanteln dafür, Gummibänder, einen Expander und einen Medizinball.

Es gab viel für Marc zu entdecken. Unterschiedlichste Arten, seinen Körper in Schuss zu halten. Die Auswahl an Übungen war nicht enden wollend. Übungen, die Muskeln an unterschiedlichsten Stellen aktivierten. Unzählige Methoden, die Muskeln stählen, sie dehnen, Sehnen flexibel halten und Faszien umsorgen konnten. Er wollte jeden Tag etwas Anderes ausprobieren. Er ließ verschiedene YouTube Videos laufen, von sehr sportlichen Menschen, die in kahlen Zimmern, professionell aussehenden Fitnessräumen mit großen Spiegeln, auf Terrassen, in der Natur, mal mit Wiesen und Bäumen im Hintergrund, mal vor Palmen im Urlaubsparadies, ihre ganz speziellen Übungsabfolgen vorturnten. ABS, HIIT, Bodyweight, Tabata, Callisthenics, Freeletics, Kardio, ..., an der Auswahl der Suchbegriffe herrschte kein Mangel. Und: Er ging schwimmen. Als Marc zum ersten Mal an einem heißen Sommertag die Stiege in den See hinabstieg, zitterte er am ganzen Körper. Die Wellen des glasklaren Wassers plätscherten gegen den Uferrand. Von der Mitte des Sees hörte er das Brummen der Motorboote, er roch das Gras der Wiese im Garten seiner Eltern, den Duft der Rosen, vermischt mit seiner eigenen Sonnenmilch und dem leichten Moder vom schlammigen Randbereich des Wasser. Unweigerlich schaute er zu der Stelle des Sees, wo er seinen Vater nicht retten konnte. Er bläute sich ein, dass diesmal niemand in Gefahr sei. Doch das nutzte wenig. Einfach kehrt zu machen und die Seestiege wieder hinaufzugehen kam allerdings nicht in Frage. Er ließ sich vorsichtig ins Wasser gleiten und entfernte sich mit zaghaften Brustschwimmbewegungen vom Ufer. Erst nach einigen Metern tauchte er bei jeder weit ausholenden Armbewegung seinen Kopf tief ins Wasser ein, das auch nach den vielen Sommertagen immer noch eine angenehme Erfrischung war. Der erste Schritt war geschafft.

Von nun an war auch Schwimmen ein fixer Bestandteil in Marcs Trainingsplan. Neben dem Kraftaufbau und den Ausdauereinheiten auf seiner Laufstrecke. Auch wenn er nun am Liebsten jeden Tag die angenehm kühle Luft im Wald genoss oder sich mit Push Ups einen Konkurrenzkampf mit sich selbst lieferte, waren einzelne Tage Regeneration nicht zu vermeiden, wollte er seinen Körper nicht ruinieren. Tage, an denen er sich zwang zu relaxen und seinen Muskeln eine Pause zu gönnen. Mittlerweile hatte er auch gelernt, dass ihn gerade die Pausen stärker, schneller und ausdauernder machten. Diese Nachmittage nützte er, um seinen Vater zu besuchen. Immer noch fielen ihm diese Besuche schwer, immer noch hatte er danach den Drang auf den nächsten Berg zu rennen oder den Wörthersee zu durchschwimmen um seinen Schuldgefühlen zu entfliehen. Wenn er seine Mutter nicht ohnehin im Spital traf, war er an den sportlosen Nachmittagen oft bei ihr zuhause. Dann reparierte er etwas, half ihr bei Arbeiten in Haus und Garten oder saß einfach mit ihr zusammen und unterhielt sich mit ihr.

Am Gartentisch im Badehäuschen und als es schon kühler wurde im Haus in Rosenbach. Sie versuchte es sich meistens nicht anmerken zu lassen, doch Marcus wusste, wie sehr ihr der Unfall ihres Mannes zu schaffen machte. Sie erzählte von ihrem Tag, wie es den Nachbarinnen ging, wer neu im Ort war, wer ein Kind bekommen hatte und wer gestorben war. Er vermisste ihr ausgelassenes, unbeschwertes Lachen. Einmal hatte Marcs Mutter seinen neuen Lebenswandel angesprochen. Sie sagte ihm, sie verstehe nicht, wie er gerade diesen Unfug, der seinen Vater beinahe ums Leben gebracht hätte, wenn es das nicht ohnehin hatte, wie er diesen Fehler jetzt selbst begehen konnte. Was er sich dabei dachte und ob er wolle, dass sie bald ganz alleine dastünde: „Was willst du damit bezwecken?“, fragte sie ihn, „Man sagt, wer viel läuft, läuft vor etwas davon.“

„Ja, Mama, das stimmt. Ich laufe vor dem Tod davon.“ Marc versuchte ihr zu erklären, dass er jünger wäre, als sein Vater. Dass er auf sich aufpasse und sich nicht zu viel zumute, aber dass letztendlich der Sport es sei, der einen vor dem Tod bewahren würde, solange es biologisch möglich sei. Und auch, dass sein

Vater von Null auf Hundert ging und auf diese Art sein Herz nicht mitspielte. „Was ist mit deinem Herz?“, fragte seine Mutter dann, „Wer sagt dir, dass dein Herz das mitmacht, wo du ja auch bis vor einiger Zeit Sport nur aus dem Fernsehen gekannt hast?“ Ihm würde nichts passieren, antwortete Marc dann, umarmte seine Mutter deren Augen feucht geworden waren und drückte sie fest an sich.

Elisa lief Marc nur selten über den Weg. Wenn, dann noch am ehesten im Perfect Fit. Sie begrüßten sich freundlich, wechselten aber kaum Worte. Außer floskelhafte Nachfragen, wie das Training liefe. Bis auf einen Abend. Bald war Weihnachten. Es war schon spät. Knapp vor 22 Uhr, also kurz bevor das Studio schloss. Man hatte dann noch eine halbe Stunde Zeit zum Duschen, dann mussten alle draußen sein. Draußen, wo es schon den ganzen Tag schneite und der frische Neuschnee die Straßen bedeckte. Marc musste im Dezember viel und lange arbeiten. Anfang des neuen Jahres sollte die Fusion mit Multi Supply Chains abgeschlossen sein. Die Umstrukturierungen, der Austausch von Daten, die Abstimmung der Abteilungen, all das musste neben der täglichen Arbeit erledigt werden. Kaum ließ er sich intensiv auf ein Projekt ein, wurde er unterbrochen und musste organisatorische Fragen klären. Sein Kopf war voll.

Nach der Arbeit war er oft so schwer, dass er das Gefühl hatte, ihn mit extra Nackenübungen wieder aufrichten zu müssen. Die Versuchung war groß, das Training zu vernachlässigen und sich nach einer heißen Dusche einfach ins Bett fallen zu lassen. Doch die körperliche Anstrengung war das Einzige, wodurch er sich noch als Mensch fühlte. In dieser Zeit begann Marc auch mit Yoga-Übungen. Nach den ersten Klassen in einem Studio für Asana, die Praxis der Körperübungen, wo er versucht war inmitten des Sonnengrußes sich beim Liegestütz hoch und nieder zu pumpen, spielte er aus Langeweile aber bereits mit dem Gedanken die restlichen Stunden verfallen zu lassen. Doch er hatte bei all der Vielfältigkeit im Fitnessbereich gelernt, den unterschiedlichen Methoden ihre Chance zu geben.

Vieles, was ihm anfangs keinen Spaß machte, wobei er sich nicht von Beginn an wohl fühlte oder er sich dabei komisch vorkam, begann sich ihm erst nach mehreren Durchgängen zu erschließen. Für Yoga galt das ganz besonders. Die intensive Körperdehnung und die ruhigen Stellungen, die den Körper über deren teilweise langes Halten kräftigten, fanden erst am Ende der Probeeinheiten Marcs Interesse. Er bemerkte, wie viel

Aufmerksamkeit er auf die Ausführung der Figuren legen musste und dass er auch nach oftmaligen Wiederholungen immer noch Feinheiten verbessern konnte.

Fortschritte bei für ihn schwierigen Asanas stellten sich ein, als er gar nicht damit rechnete. Etwa noch tiefer in die Dehnung gehen zu können. Das Wichtigste aber: Es machte seinen Kopf klar und gab ihm die Bewegungsfreiheit zurück, die er am Bürostuhl verlor.

Dabei half ihm natürlich auch das Training im Perfect Fit. Aufgeladen mit Energie durch die heutigen Powereinheiten, durchblutet bis in die kleinen Zehen, schwang Marc sich das Trainingshandtuch um den Hals und machte sich auf den Weg zu den Nassräumen. Elisa lag beim Bankdrücken, um sich nach den Trainingsstunden für andere, selbst was zu gönnen. Als Marc an ihr vorbeiging, hob sie den Kopf und rief: „Marc! Kannst du mir das Gewicht runternehmen?"

Marc wusste, dass sie auf der Hantelbank lag. So wie ihm, wenn er und Elisa gleichzeitig im Studio waren, kaum entging, was sie gerade machte. Aber er tat so, als müsste er zuerst orten, von wo der Hilferuf kam. Danach machte er einen raschen und entschlossenen Schritt auf Elisa zu und hob die Hantelstange, mit zwei Scheiben auf jeder Seite darauf, hoch: „Ist sie dir zu schwer geworden? Bernd sagt immer: Das Gewicht, das du nicht drücken kannst, erdrückt dich.", zitierte Marc den Coach, der bei seinen Kunden übervorsichtig war, sich selbst aber selten etwas schenkte.

„Nein", Elisa lachte, während sie sich aufrichtete, „ich hätte es schon geschafft. Aber du warst grad in der Nähe, warum sollte ich mich also anstrengen?" Marc erwiderte das Lachen und ihm wurde warm in der Magengegend. Elisa war ein fröhlicher Mensch. Es schien, als könnte sie zu jedem einen Draht aufbauen, wenn sie aber direkt mit ihm scherzte, war es dennoch wie ein besonderes Geschenk für Marc, das er sich schon lange wünschte.

„Du hast tolle Fortschritte gemacht.", sprach Elisa weiter, „hätte ich mir nicht gedacht, als du das erste Mal hier warst. Ich dachte es mir immer noch nicht, als du öfter kamst. Am Anfang ist jeder Einzelne voll motiviert. Bis dann andere Sachen wichtiger werden und man plötzlich keine Zeit mehr hat." Elisa zog den rechten Mundwinkel in die Länge.

„Bei dir hatte ich ja ein richtiges Stein im Brett.", scherzte Marc und genoss ihr Lob. Elisa sah Marc an: „Das heißt nicht, dass ich was gegen dich hatte! Ist nur meistens so. Und du warst am

Anfang nicht gerade der geborene Athlet. Aber klar, Vorurteile. Dazu geht man ja in ein Fitnessstudio, um sich zu ändern, was aus sich zu machen. Du hast das echt geschafft. Wenn du nicht doch noch zu deinem Nur-noch-am-Sofa-knotz Leben zwischen Chipskrümeln zurückkehrst." „Traust du mir das zu?" „Habe alles schon erlebt. Ein Jahr, eineinhalb fleißig trainiert. Tagesablauf voll auf Sport abgestimmt und dann: Selbstbestätigung abgehakt oder neuen Freund, neue Freundin, neuer Job, Lebenskrise, Gefühl der Sinnlosigkeit und schon kann man sich nicht mehr aufraffen. Ist nichts Persönliches. Sport ist eine Lebenseinstellung und die kann sich ändern."

Marc verschränkte die Arme und sah an Elisa vorbei in die Ferne: „Das kann sicher passieren.", sagte er nach ein paar Sekunden, „Da ich vor einem halben Jahr niemals dachte, dass ich mich eines Tages im Fitnessstudio verschwitzt mit einer Trainerin unterhalte und wieder an die nächste Trainingseinheit denke, würde ich auch nicht wagen zu sagen, was in einem weiteren halben Jahr ist."

Elisa nahm die Langhantel und legte sie auf die Halterung: „Vielleicht trainierst du dann schon selbst betagte Damen im Perfect Fit." Marc nahm den Kontakt von Metall auf Metall der Hantelstange in die Ausnehmung der Halterung plötzlich besonders deutlich wahr. Die Klimaanlage ließ die Haare auf den Unterarmen aufrichten. Rundherum wirkten die letzten Tätigkeiten, das Zusammenräumen vor der Sperrstunde von einer Handvoll Menschen, auf ihn, als stünde er inmitten eines Jahrmarkts mit Fahrgeschäften, Dosenschießen und Schaubuden. Er wischte diese Impressionen fort und meinte: „Von den betagten Damen kann ich noch was lernen!".

Elisa ging lachend auf Marc zu und legte ihm eine Hand auf die Schulter. Eine Berührung, die Marc durch Mark und Bein ging. Er bildete sich ein, sie wäre zärtlicher, als die übliche freundschaftliche Geste. „Na, na! Nicht so bescheiden. Du brauchst dich nicht zu verstecken. Es ist beachtlich, was du gelernt hast, seit du hier bist. Ich glaub das wirklich! Wenn du so weitermachst, kannst du bald schon selbst als Trainer anfangen."

Marc errötete und grinste bei der Vorstellung, dass ausgerechnet er Sporttipps geben könnte: „Das wär was!", sagte er lauter, als die Nähe zu Elisa es nötig machen würde, dann wieder gedämpfter, „Einen Vorteil hätte es jedenfalls: Wir wären Kollegen und..." könnten uns jeden Tag sehen, hätte Marc am Liebsten gesagt, aber er bog ab und fügte hinzu: „hätten den gleichen

Heimweg. Dann könnten wir uns dabei Gesellschaft leisten."

Jetzt wurde Elisa verlegen und sie senkte den Blick für einen Moment: „Das wäre toll", sagte sie, „aber dann wohne ich vermutlich nicht mehr in unserem Haus. Es ist noch nicht spruchreif, aber ich werde wohl bald zu Richard ziehen." >*In unserem Haus...*< die Süße dieser Gemeinsamkeit signalisierenden Worte vermischte sich mit der Bitterkeit der Verlust anzeigenden Begriffe >*wohne ich vermutlich nicht mehr...*<

„Ach!", mehr fiel Marc auf die Schnelle zu dieser ernüchternden Nachricht nicht ein. Für mehr war auch keine Zeit. Richard drängte sich zwischen die beiden und damit in das Gespräch, das für Marc mittlerweile mehr ein Bombenangriff war, als eine Unterhaltung.

Richard sah Elisa fragend an: „Habe ich soeben meinen Namen gehört?!"Auch Elisa empfand, was sie überraschte, Unwohlsein dabei, diese, für sie eigentlich freudige Aussicht Marc mitgeteilt zu haben. Sie sagte: „Wir haben nur darüber geredet, was Marc für ein Fitness-Talent ist. Seine Technik und sein Ansporn sind tatsächlich..." Richard unterbrach sie und wandte sich Marc zu: „Ja, im Perfect Fit wächst man über sich hinaus. Das ist das Konzept, das wir hier leben und es zeigt sich Tag für Tag, dass es voll und ganz aufgeht. Jetzt wird es aber Zeit den Tag für heute zu beenden. Sorry, wir sperren in Kürze zu. Morgen beginnt ein neuer Tag, dann öffnet das Perfect Fit wieder seine Pforten und bietet den ganzen Tag wieder das volle Angebot für mehr Power!"

Mit diesem Spruch, der auch auf Postern hinter der Rezeption, in den Umkleideräumen und an der Wand hinter den Ergometern stand, nahm Richard Elisa in den Arm und ging mit ihr zu der Tür, an der ein Messingschild mit der Aufschrift „Privat" hing. Sie sah im Weggehen noch einmal Marc an und winkte ihm verhalten zu. Der nickte. Länger, als es für einen Abschiedsgruß notwendig gewesen wäre.

19

„Natascha erwartet dich in ihrem Büro!". Adrienne schleuderte im Vorbeigehen Marc die Botschaft der Chefin entgegen. Er war gerade dabei, die Lastwagenfahrten eines Kunden zu verringern, indem er die Weg-Zeit-Struktur neu überdachte, als er durch die harschen Worte aus seinen Überlegungen gerissen wurde. Er war über Landkarten gebeugt, einen Stift in der Hand, mit dem er die Routen einzeichnete. Auf dem Monitor seines Computers wartete das firmeneigene Programm für die Berechnung von Wegzeiten unter Rücksichtnahme auf Ein- und Ausladevorgänge auf seine Eingaben. In jedem normalen Unternehmen macht man sich per Mail einen Termin aus, ärgerte er sich. Er sprang daher nicht sofort auf, sondern gönnte sich noch einen Blick aus dem Fenster.

Draußen stand die Sonne auf einem eisblauen Himmel. So schön, dass man auf einem Foto Manipulation vermuten würde. Durch das dreifache Fensterglas entfalteten die Strahlen auf den Unterarmen, dem Gesicht und dem Hals ihre Wirkung - ohne die Kälte, die bei derzeit Minus 7 Grad vielgestaltige Eiskristalle über Äste und Blätter zog. Man konnte verführt werden, an eine Picknick im Freien zu denken, wäre die Landschaft nicht durch den Raureif entfärbt und würden sich die Zweige der Nadelbäume außerhalb des Firmenparkplatzes nicht unter der Eislast biegen. Marc dachte einmal mehr an das Gespräch mit Elisa. Er hatte in der Nacht sogar davon geträumt und sich im Halbschlaf von einer Seite auf die andere gewälzt. In erster Linie erschien sie selbst in seinen Traumbildern. Ihre Gesichtszüge, wenn sie scherzte, Marc lobte oder sich von ihm verabschiedete. Jetzt aber erinnerte er sich an ihre Worte. Trainer im Perfect Fit. Eine bizarre Idee. Er hatte nicht die HTL für Logistik absolviert, sich dann in dieser komplexen Materie über Jahre einen guten Ruf und einen gut bezahlten Job erarbeitet, um dann als schlecht bezahlter Fitnesstrainer dickbäuchigen Männern die Gewichte auf die Hantelstange zu schieben.

Marc sah einem Silberreiher nach, der elegant durch die Luft segelte und wohl beschlossen hatte den Winter in Kärnten zu verbringen, anstatt ans Mittelmeer zu ziehen. Erst als er hinter einem verschneiten Hügel verschwand löste sich Marc von der Welt außerhalb des Unternehmens und ging zu seiner Abteilungsleiterin.

Sie saß aufrecht an ihrem Schreibtisch als Marc das Büro betrat. Ihr dunkelgrünes, grob strukturiertes Kostüm hob sie optisch von dem hell furnierten Schreibtisch ab. Der Anblick war ungewöhnlich, da Marcs Vorgesetzte nichts tippte, nichts unterschrieb, sich nicht in haufenweise Unterlagen vergrub. Der Tisch war für ihre Verhältnisse ordentlich aufgeräumt. Sie saß einfach nur da und starrte geradeaus. Bis ihr auffiel, dass Marc eingetreten war. Hatte sie ihn tatsächlich nicht bemerkt? Oder wollte sie sich in ihrem Sinnieren nicht unterbrechen lassen?

Nun drehte sie aber doch den Kopf zur Seite. In Zeitlupentempo, wie Marc vorkam. Da sie entgegen ihren Gewohnheiten weiterhin nichts sagte, setzte Marc an: „Sie wollten mich sprechen? Ist alles in Ordnung?“

„Herr Auen!“ Marc wusste die lange Dehnung dieser zwei Worte nicht zu deuten. War etwas schiefgelaufen bei dem Auftrag für die Distribution des Werkzeugherstellers? Ein Neukunde, der verschiedene Vertriebswege nutzen wollte, aber dafür möglichst einheitliche logistische Strukturen verlangt hatte, um den finanziellen Aufwand gering zu halten. Bevor er seine Unsicherheit äußern konnte, sprach seine Chefin weiter: „Wir arbeiten seit 8 Jahren miteinander.“

So lange schon, dachte Marcus. Aber es stimmte, er hatte gleich nach HTL und Zivildienst bei Unmatched Solutions angeheuert. Deren Jobangebot hing mit Reißzwecken befestigt in der Schule am Schwarzen Brett, das der Schulwart regelmäßig von besonders lustigen Schülermeldungen befreien musste. Wie: „Pascal aus der 2B kann seine Augen nicht von Jeannine lassen. Ersatzglubscher werden daher dringend gesucht, damit er wieder klar sieht.“ Oder „Dringend neuer Job für Professor Weidler gesucht. Als Lehrer ist er nicht zu gebrauchen!“

Marc schätzte seine Chancen zwar gering ein, die Stelle vor Absolvierung seines Wehrersatzdienstes zugesagt zu bekommen. Aber melden konnte er sich ja. Den fertigen Vertrag hatte er nach dem Gespräch tatsächlich noch nicht in der Tasche aber Natascha Grabhofer rief unerwartet 8 Monate später an und erkundigte sich, ob er noch an einer Mitarbeit interessiert sei. Warum sich groß anstrengen mit der Suche nach Alternativen, dachte Marcus sich damals und der Pakt war besiegelt.

Chefin Grabhofer fuhr fort: „Wir hatten immer einen guten Draht zueinander." Marc wusste sich eher gut zu verstecken, da er eigentlich in Ruhe gelassen werden wollte. Besonders von seiner Chefin, die mit ihrer impulsiven Art und der lauten Stimme, die Siebenschläfer in Eiltempo auf Bäume jagen würde, in der Abteilung für Schrecken sorgte. „Nun wird sich einiges ändern." Das wars, dachte Marc, sie feuern mich. An der Arbeit kann es nicht liegen. Sind es Einsparungsmaßnahmen im Zuge der Fusion? Das hätte er sich eigentlich denken können. So läuft es immer: Man schult Neue ein, der Betrieb wird nach und nach zusammengelegt bis man selbst überflüssig wird.

„Ich habe das Angebot bekommen in den Vorstand zu wechseln. Als Vorstandsmitglied für Prozesskoordination und natürlich die Fusionsorganisation. Was sagen Sie dazu? Ich hätte es selbst nicht für möglich gehalten, weil ja der Strassmeier immer dafür vorgesehen war. Aber er hat sich selbst disqualifiziert mit seinen Plänen für Doppelstrukturen. Das wird nie gern gesehen. Selbst nicht, wenn es auf der einen Seite um solch heikle Materie wie Medizinprodukte geht. Das heißt nicht, dass man das Geld beim Fenster rauswerfen muss. Hab ich nicht recht?"

Marc kam nicht dazu zu antworten. Er wollte ihr gratulieren, aber sie war noch nicht fertig: „Da das Topmanagement mit meiner Arbeit hier immer sehr zufrieden war und unsere Vorarbeit für das Projekt „2 become 1" – mein geheimer Titel für die Fusion", Natascha schien sich kindlich zu freuen über ihren Einfallsreichtum, Marc wusste, dass der Titel geklaut war und es sich dabei um einen Song aus den 90ern handelte, „klag- und reibungslos verlaufen ist, war ich schnell ganz oben auf der Liste. Ab da war mir der Posten nicht mehr zu nehmen. Sie wissen, wenn ich es erst einmal in ein Hearing schaffe, bin ich unschlagbar." Das wusste Marc nicht, aber sie konnte sehr überzeugend sein, das hatte er oft genug erlebt: „Das ist toll! Gratulation! Der Höhepunkt ihrer Karriere, ..." „Nana, so weit wollen wir doch nicht gehen. Da kommt schon noch was. Aber es ist der richtige Schritt am Weg zum Gipfel an der richtigen Stelle. Ohne, dass Steine ins Rutschen kommen."

Jetzt lachte das zukünftige Vorstandsmitglied laut auf: „Außer Strassmeier, der ist ordentlich ins Rutschen gekommen. Aber dazu hat er mich nicht gebraucht. Der ist schon selbst daneben gestiegen. Ach, wie ich solche Metaphern liebe. Aber jetzt genug von mir. Ich habe Sie nicht in mein Büro gebeten, damit sie mir gratulieren. Nicht nur!" „Ach, nicht?" Das würde ihr eigentlich ähnlich sehen. „Nein. Jeder Laut erzeugt ein begleitendes Echo. Bei jedem Aufstieg zieht man auch jemanden mit. Verstehen Sie?" Marc stellte sich ihre Worte bildlich vor, kam aber nicht drauf, was nun dieser Vergleich für eine Bedeutung hatte. Dass er in den Vorstand mitkommen sollte, konnte ja nicht gemeint sein. Doch dann dämmerte es ihm doch: „Meinen Sie, weil Ihr Platz hier frei wird?"

„Richtig! Ich wusste ja, dass sie drei und drei zusammenzählen können. Oder sagen wir lieber vier und vier, sonst kommen Sie vielleicht noch auf den Gedanken, ich würde wollen, dass Sie..." Marcs Magen zog sich zusammen. Er verdrängte diese Vorstellung ganz schnell wieder. Natascha bemerkte seine Reserviertheit nicht, sie war zu guter Dinge, als dass sie irgendwas aus ihrem Freudentaumel locken konnte: „Was sagen Sie dazu?" „Ich..." „Das dachte ich mir. Ich war genauso sprachlos, als das Angebot von oben kam,", das konnte sich Marcus nicht vorstellen, „nur kurz zwar, aber was soll man sagen, wenn vor einem plötzlich das Tor zum Paradies aufgeht? Aber Sie haben ja noch genügend Zeit es zu verdauen. Mein Wechsel in die Chefetage findet in drei Monaten statt. Bis dahin lasse ich mir nicht nehmen, Sie in die letzten Geheimnisse dieser Abteilung, die Sie ja fast so gut kennen, wie ich selbst, einzuweihen. Sprechen Sie unter Ihren Kolleginnen und Kollegen noch nicht zu viel darüber. Die Suppe muss erst kochen, bevor wir sie vom Feuer nehmen. Ach, herrlich! Diese Metapher muss ich mir gleich aufschreiben. In einer Woche haben wir wieder unsere Abteilungsleitersitzung. Ich möchte, dass Sie daran teilnehmen. Aber möglichst so, dass es niemand außer den Anwesenden merkt. Cheerio!" Marc schloss nach diesem eindeutigen Hinweis, dass die Besprechung beendet war, die Tür des Büros hinter sich.

Er wandte sich nach rechts und sah den langen Gang entlang. Der graue Fliesenboden und die weißen Wände wirkten für den jungen Prozesskonzeptionisten enger als sonst. Er folgte dem Pfad zu seinem Arbeitsbereich, langsam, den Blick nach innen gekehrt.

Seine Schritte waren unsicher, unbeholfen. Er dachte an den festen Waldboden und den starken Tritt, den er beim Laufen erzeugte. Die verbrauchte Luft im Firmengebäude konnte den Bedarf von Marcs Lungen nicht in dem Maße erfüllen, wie er es jetzt für notwendig erachtete. Er versuchte seine Sicherheit im aufrechten Gang wiederzufinden und bog ab. Weg von der Tür, die den Eintritt in die Räumlichkeit gefüllt mit technischem Firmeninventar zur Erfüllung seiner Aufgaben darstellte, hin zum Treppenhaus, wo er mit raschen Sprüngen – immer zwei Stufen auf einmal - ins Erdgeschoss und damit zum Ausgang gelangte.

Er stürzte nach draußen. Bekleidet nur mit Hemd und Sakko sog er die kalte Winterluft ein. Beim Ausatmen strömte eine Wolke warmen Wasserdampfs heraus. Dann verweilte er am Parkplatz von Unmatched Solutions, Eine Nebelkrähe ließ sich in fünf Metern Entfernung auf den Boden nieder und wackelte mit dem Kopf, was eindeutig Neugier und Gier an einer möglichen Verköstigung darstellte. Doch hier gab es kein Futter. Hier gab es für Marcus lediglich eine harte Nuss zu knacken: Er sollte sich freuen, über diese Möglichkeit, die für ihn einen Aufstieg bedeutete. Das hätte er sich in seinem Alter nicht erwarten können. Er mochte seinen Job, er kannte die Firma, er kam mit seinen Kollegen und Kolleginnen gut zurecht. Was für ein Glück, was für eine Ehre! Und doch hatte er das Gefühl, als würde sein Leben auf ein Förderband gestellt, auf dem es nur eine Richtung gäbe. Und er könne nicht mehr davon abspringen. Obwohl alles, was ihm wichtig war, an ihm vorbeisauste.

20

Wäre Richards Gesicht eine Maske, hätte er beim Villacher Fasching in der Kategorie „Verrücktes Grinsen" alle Preise abgeräumt. Sherry stand neben ihm, als er der Belegschaft deren gemeinsame Pläne für vier neue Perfect Fit in Kärnten präsentierte. Schon bald sollte eines in Villach eröffnet werden, als nächstes komme die Landeshauptstadt Klagenfurt dran, erklärte er, danach Filialen in Völkermarkt und Wolfsberg. Und das wäre erst der Beginn, wie die beiden versicherten. Studios in anderen Bundesländern und der Bundeshauptstadt Wien sollten folgen. Das wäre der Start in eine Filialkette, die alle anderen Mitbewerber der Branche verblassen lassen sollte. Große Worte, fand Elisa, die sich im Hintergrund hielt, da ihre Euphorie durch die enge „Geschäftsbeziehung" von Richard und Sherry gedämpft wurde. Dass ihr Freund das reiche It-Girl immer wieder an sich heranzog machte ihre Eifersucht nicht leichter. Ihre Kollegen standen um den Chef und seine Geldgeberin, begeistert von deren Plänen. Sie erhofften sich Beförderungen in Form der Leitung einzelner Studios und die meisten konnten sich das wohl auch erwarten. Wer seine Arbeit nicht zum Gefallen des Bosses machte, überlebte als Trainer im P-Fit sowieso nicht lang.

P-Fit! Mit der Expansion sollte der Name des Fitnesscenters schlanker, cooler, moderner gemacht werden. Auch das verkündete Richard Jonas, während Bernd jedem Mitarbeiter Sekt einschenkte. Er war stolz auf seine Wortkreation, die mit be fit in Verbindung gebracht werden sollte und zugleich die (zugegeben kurze) Tradition um den ursprünglichen Namen aufrechterhielt.

Nun kam Elisa doch näher und nahm ein Glas. Sie wollte mit ihren kindischen Gefühlen Richard nicht den Abend verderben. Schließlich war das sein großer Traum. Wer konnte es ihm verdenken, dass er sich den erfüllen wollte. Und die Gerüchte um ihn und Sherry, wer wusste schon, ob das alles stimmte. Neider erfinden schnell Geschichten, um die Strahlkraft des Erfolgreichen herunterzudimmen. Dass sie und Richard immer noch getrennte Wohnungen hatten lag auch nicht an seinen angeblichen Affären, wie Marina und Vera ihr immer noch im Vertrauen zuflüsterten, sogar Lea hatte kürzlich ihre Freundin gemahnt mit dem Mann vorsichtig zu sein.

Doch Elisa wollte es nicht glauben, er hat derzeit einfach viel um die Ohren, wehrte sie ab. Jetzt auch noch die Singlewohnung – in der auch eine Großfamilie Platz hätte! warf Lea bei dem Argument ein - auf einen Zwei-Personen-Haushalt umzubauen und damit seine bisherige Art zu leben, wäre derzeit nun mal nicht drin. Er war nach wie vor ein Gentleman, unglaublich liebenswürdig und zeigte ihr bei vielen Gelegenheiten, wie gern er sie hatte. Als die Gläser nun aber zusammengingen, um auf den Startschuss der Studio-Erweiterungen anzustoßen - schon nach dem Wochenende wurde mit den Arbeiten an zwei Lokalen begonnen - sah Richard Elisa nur flüchtig an. Dafür küsste er Sherry beherzt auf beide Wangen. Sie lachte und legte ihren Arm um seine Hüften. Das war sogar für Elisa in ihrer sonstigen Zurückhaltung zu viel. Sie drängte sich zwischen die Geldziege und ihren Freund und gratulierte Richard überschwänglich. Dann zog sie ihn zu sich herunter und küsste ihn lange. Sherry, die solche Situationen nicht unbekannt waren, tat, als würde sie die Aktion gar nicht bemerken und ließ sich von Bernd noch ein Glas einschenken. Richard drückte Elisa sanft von sich und sagte: „Ist schon ok, Süße, ist schon ok! Wir sind nicht alleine hier.“ Elisa schnaubte ihn an: „Das scheint dich bei deinem Goldlöckchen nicht zu stören!“, sagte sie und verließ wutentbrannt die spontane Betriebsfeier.

21

In der Carnica-Region Rosental zogen die Loipen scharfkantig durch den Schnee. Wo er unberührt war, glitzerten die Schneekristalle in der Sonne. Ein funkelnder weißer Teppich. Das Grün der Tannen und Fichten blinzelte wie ein Rahmen der Schneedecke auf den Ästen hervor. Marc hatte Bernd gefragt, ob er mit ihm einige Runden auf der Panoramaloipe von Zell-Pfarre ziehen wolle. Bernd überlegte nicht lange. Er und Marc fanden einen guten Draht zueinander. Sie mochten sich und waren mittlerweile mehr Trainingspartner als Trainer und Schüler.

„Willst du mich herausfordern? Meine Skating-Zeit auf drei Runden in Zell ist noch immer ungeschlagen!“, sagte Bernd am Telefon, der einen Wettkampf witterte, bei dem er nur gewinnen konnte. „Nein, heute kannst du dein Ego nicht an mir aufpolieren. Laufen wir klassisch und nebeneinander. Ich will mich mit dir unterhalten.“ „Oh, ok, mal schauen, ob ich das kann, wie ein pensioniertes Pärchen nebeneinander herfahren. Aber wir müssen nicht Händchen halten, oder?“, Bernd lachte so laut, dass Marc das Handy von sich weghalten musste: „Keine Angst!“, erwiderte er, „Du wirst dich trotzdem nicht langweilen!“

Das schleifende Geräusch, welches das Gleiten der Langlaufski durch die Loipe begleitete, wurde immer lauter. Die Bretter wechselten sich schneller und schneller ab, zwischen kraftvollem Abstoßen und Vorwärtsdrang. Aus der Ferne würden Spaziergänger eine gelbe und eine blaue Gestalt im Schnee sehen, die alles gaben, um nur ja nicht langsamer zu sein als der andere. Nach der ersten Runde, in der die Männer sich verausgabten, wurde Marc langsamer. Bernd lachte keuchend und sagte: „Ach ja, du wolltest dich ja unterhalten!“ Sein Gesicht war rot angelaufen und vermutlich auch die Glatze, die nur bis zu den Ohren mit einer eng anliegenden, runden Wollmütze bedeckt war. Gefrorene, weiße Tröpfchen überzogen Marcs Haare. Wenn man genau hinsah, bemerkte man die Dampfschwaden, die von der navyblaue Softshelljacke emporstiegen.

„Du hast dich irrsinnig gesteigert.“, sagte Bernd zu Marc, als sie nun in raschem Tempo, um nicht auszukühlen, aber auf einer Höhe, die nächste Runde in Angriff nahmen. „Darum geht es irgendwie auch bei dem, was ich mit dir besprechen will.“, antwortete Marc.

„Ach, willst du jetzt hören, wie toll du bist?“, Bernd lachte wieder herzhaft. Seine Laune war am Höhepunkt, wenn er alles geben konnte. Noch mehr Spaß machte es ihm im Wettkampf mit jemandem, der fast ebenbürtig war. Marc wurde verlegen. Überschätzte er sich? „Nein, nein! Das weiß ich ja schon.“, scherzte Marc, um die Unterhaltung nicht zu ernsthaft werden zu lassen. Er war sich ja selbst noch nicht sicher, wie sein Plan aussehen könnte. Deshalb wollte er Bernds Meinung dazu hören: „Ich frage mich…“, Marc hielt mit Blick auf die Spuren vor ihnen einen weiteren Moment inne. Jetzt konnte er noch zurück. Solange seine Gedanken bei ihm blieben, konnten sie nichts anrichten. Er konnte statt seinem eigentlichen Ansinnen etwas Belangloses fragen. Umschwenken, um seine Überlegungen doch vorerst nicht laut aussprechen zu müssen. Das Zögern machte Bernd neugierig: „Worum geht's denn? Du machst es aber spannend!“

Marc lächelte wieder und war versucht seine Frage beiläufig wirken zu lassen: „Wie wird man Fitnesstrainer?“ Bernd wäre beinahe aus der Spur gefahren, so sehr hatte ihn die Frage von Marc überrascht: „Ho, ho, Junge! Höre ich da konkrete Zukunftspläne heraus? Bist du dir sicher? Du hast immerhin einen guten Job! Das kann nicht jeder, was du machst. Wenn du jetzt alles an den Nagel hängst, dann…“

„Stopp, Stopp!“, jetzt war es Marc, der, um Bernd zu bremsen, aus der Spur kam. Er hielt sich im Reflex an Bernd fest, um nicht im Schnee zu landen. Das hätte beinahe den Effekt, dass sie gemeinsam hinfielen. Doch sie fanden ihr Gleichgewicht wieder. Auf der Skating-Bahn daneben rauschte eine Langläuferin im Wettkampftempo vorbei, den Blick neugierig auf sie gerichtet. Sie musste den Eindruck bekommen haben, die Männer im gespurten

Bereich seien betrunken. Kopfschüttelnd konzentrierte sie sich wieder auf ihren Laufrhythmus.

Es begann zu schneien. Die Wolken hatten sich für die beiden fast unmerklich über den Himmel gezogen. Die Sonne blinzelte nur noch aus Wolkenlücken hindurch. Zuerst waren es vereinzelte dicke Flocken, die dann aber immer mehr wurden. „Ich habe doch nicht davon gesprochen irgendetwas an einen Nagel zu hängen.“, nahm Marc das Gespräch wieder auf, „Interessiert mich nur, wie ihr zu dem Beruf gekommen seid. Was man da können muss und so.“ „Als Fitnesstrainer bist du ganz Körper. Den nimmst du mit deinem Geist bewusst wahr. Du bist aber nicht nur dein eigener Körper, du bist auch der Körper derer, die du betreust. Dafür braucht es viel Empathie, eine feine Antenne, die die Unterschiede deiner Kunden registriert. Was braucht er oder sie? Welche Übungen tun ihm gut? Welche Ernährungstipps schlagen zielgenau ein? Was lässt die Tagesverfassung zu, wie motivierst du sie und wo kannst du ansetzen, um das Beste aus ihnen herauszuholen? Dafür macht man natürlich Vitalanalysen, Trainingspläne, Ernährungskonzepte, wenn das gewünscht wird.“

„Hast du das alles bei mir gemacht?“ „Klar. Beim Ernährungskonzept bin ich nicht in die Tiefe gegangen, weil du das nicht bestellt hast. Aber ein paar Tipps wollte ich dir doch geben, die du hoffentlich noch brav befolgst – also keine Süßigkeiten und kein Fast Food. Mir war klar, dass du damit schnell Erfolge erzielen kannst. Dazu brauchte ich kein aufwendiges Konzept.“ Marc sah Bernd nicht an, aber er konnte sich vorstellen, dass Bernd gerade einen breiten Grinser aufsetzte, der vermittelt hätte: Egal was man bei dir veränderte, es konnte nur zum Besseren führen. „Und wo lernt man sowas?“ „Kommt darauf an, was du damit anfangen willst. Verstehst du?“. „Das eben weiß ich noch gar nicht.“

„Du kannst den einen oder anderen Kurs machen. In verschiedenen Richtungen. Von Lektionen zur Lauftechnik, Entspannungsschulungen bis hin zu Kochkursen für gesunde Ernährung. Oder du machst einen richtigen Lehrgang, mit Modulen oder aufbauenden Seminaren. Mit Diplom als Personaltrainer und was es da sonst alles gibt. Oder du willst ganz hoch hinaus und studierst Sportwissenschaften. Wie Elisa. Damit bist du ein richtiger Pro und kannst selbst Fitnesstrainer ausbilden und ihnen ein Diplom an die Wand hängen.“ Als Marc nicht antwortete, sondern weiter gleichmäßig die Arme vor- und zurückschwang während er sich in großen Schritten durch die jetzt schon dichte Flockenmasse kämpfte, fügte Bernd noch hinzu: „Du musst nicht mal weit fahren. In Klagenfurt gibt es genug Möglichkeiten. Beim Wifi von der Wirtschaftskammer oder bei privaten Instituten. Das geht auch berufsbegleitend. Wie es dir lieber ist und wo du dich wohler fühlst. Oder je nach Angebot, was für dich am besten passt."

„Aha, in Klagenfurt. Verstehe", Marc schien nun völlig versunken zu sein. Aber nicht im Schnee, sondern in der Vorstellung solch einen Lehrgang zu besuchen. Er würde seine Muskeln kennenlernen, sie benennen können, sie konkret lokalisieren und aktivieren können. Er würde lernen, was richtig ist und was kontraproduktiv. Und er würde nicht mehr anderen nur beibringen können, wie man über schwierige Levels in Computerspielen kommt, sondern wie man gesund bleibt. Das was sich eigentlich alle am dringendsten wünschen. Glaubt man all den Umfragen in den Zeitschriften. Das Wichtigste ist Gesundheit sagen alle und machen alles um sie zu ruinieren. Essen Müll, rauchen, trinken bis zum Umfallen.

Bernd erblickte ihren Ausgangspunkt, wo sie in die Loipe eingestiegen waren. Noch 300 Meter. „Du hast mich neugierig gemacht auf deine Pläne. Lass mich wissen, wenn du dich für etwas entschieden hast! Waren super Runden! Hast dich nicht schlecht geschlagen. Bevor die Loipe nicht mehr zu sehen ist, und wir vom Schnee begraben werden, lassen wir es aber für heute." Tatsächlich lag bereits eine weiße Schicht über den Sportklamotten der beiden, so dass man nur noch schwer sagen konnte, wer wer war. Vom Größenunterschied abgesehen.

22

Marc kannte bald die Kursangebote aller Anbieter von Trainerausbildungen in Klagenfurt auswendig. Er wusste, wie viele Unterrichtsminuten er für sein Geld bekam und wie viel Praxis selbst erarbeitet beziehungsweise wie viele Praxislehrgänge im Angebot enthalten waren. Bei dem einen oder anderen Institut hatte man das Gefühl, den Beruf selbst erlernen zu müssen. Bei anderen wieder waren die gemeinsamen Trainingsstunden selbstverständlich und sogar verpflichtend. Marc fuhr dreimal in die Kärntner Landeshauptstadt, um sich einen persönlichen Eindruck von den Ausbildungsstätten zu holen. Er ließ sich die Trainingsräume zeigen. Besonders wichtig aber war ihm, wie das Personal auf ihn wirkte. Engagiert, kompetent, locker oder fehlte die Leidenschaft für die Materie? Der Hauptgrund aber, warum er seine Exkursionen so oft wiederholte, war, dass er den entscheidenden Schritt hinauszögerte. Was wollte er wirklich? War das sein Ding? Oder übertrieb er mit seinem Eifer und war diese Phase in einem Jahr vorüber? Wollte er Elisa imponieren? Ja, ok, er wollte Elisa imponieren! Aber das war nicht alles. Das spürte er.

Als Marc von einem Klagenfurt-Ausflug nach Hause kam, stand Raff vor dem Haus. Er war eingehüllt in eine fette Daunenjacke. Auf seinen Bauch gestützt hielt er eine Schachtel mit beiden Händen, als wäre es sein Baby. „Raff!“, begrüßte Marc seinen Freund, als er aus dem Auto stieg, „Was machst du hier?“ „Hi Marcus! Wonach sieht es denn aus?“ „Naja, ein bisschen wie der Weihnachtsmann, der vergessen hat, wem das Geschenk gehört.“

Raff machte ein erstauntes Gesicht: „Das war nicht schlecht. Aber gut, heute ist der 3. März und es ist auch nicht schwer zu erraten, wenn man Geburtstag hat, dass es um ein Geschenk geht.“ Jetzt war es Marc, der ihn ungläubig ansah: „Das war nur ein Scherz. Ich dachte wir hätten ausgemacht lieber auf ein Bier zu gehen, anstatt uns unnützen Krimskrams zu schenken? Ist das echt ein Geschenk?“

„Dieses Jahr mache ich eine Ausnahme. Das ist nämlich gleichzeitig ein Test.“ Marc öffnete die Haustür, ließ Raff eintreten und drückte für ihn den Fahrstuhl-Knopf, „Ein Geschenk ist ein Test? Sowas habe ich noch nie gehört. Wir sehen uns oben!“ Marc lief die Stufen hinauf zu seiner Wohnung. Raff war der Aufzug immer noch lieber. Heute ließ ihn Marcus gewähren, aber irgendwann bringe ich dich schon dazu, auch zu Fuß in den zweiten Stock zu gehen, murmelte er vor sich hin, während er zwei Stufen auf einmal nahm.

Die Wohnungstür stand sperrangelweit offen, als Raff aus dem Aufzug stieg. Er hängte seine Jacke auf und zog sich die dicken Winterstiefel aus. Als er ins Wohnzimmer kam, stand Marc bereits in der Wohnküche und holte zwei kleine Flaschen Villacher Bier aus dem Kühlschrank: „Gönn dir erst mal einen Schluck! Und dann will ich wissen, was in der Schachtel ist!“ Raff nahm die Flasche und die Freunde stießen mit ihren Getränken aneinander. Raff sagte: „Das ist jetzt das Richtige nach der langen Wartezeit. Gut, dass ich meine lange Unterwäsche anhabe, sonst könnte ich nur mit rotem Glühwein wieder ins Leben gerufen werden, so eingefroren wäre ich schon. Wo warst du eigentlich?“

„Ach, du weißt ja, diese Sache mit der Fitnesstrainerausbildung. Ich habe in Klagenfurt nach einer Antwort gesucht.“ Raffs Gesicht erhellte sich merklich. Er stellte seine Flasche auf die Küchenbar und ging gebückt und sich die Hände reibend zu seinem Mitbringsel: „Dann komme ich ja genau recht!“

Er nahm die Schachtel und hievte sie mit einer Anstrengung, die Marc nun erst richtig neugierig auf das Paket machte, auf den niedrigen Couchtisch. „So, jetzt kommts!“, sagte Raff geheimnisvoll und machte eine kreisende Bewegung über den Karton, als würde in Kürze ein Kaninchen herausspringen: „Hier drinnen sind zwei Geschenke. Du darfst dir eines davon aussuchen.“ „Aha. Was machst du dann mit dem anderen?“ „Das gebe ich zurück.“ „Ok.“ Raff zog etwas Schwarzes, Großflächiges heraus. Marc erkannte es: „Eine Aktentasche.“ „Ja, und darin ist noch etwas ganz Besonderes. Ein Schreibset und...“ Raff zog nach dem durchsichtigen Etui mit einer designten Füllfeder, einem Kugelschreiber, einem Druckbleistift und einem Stift für die Oberfläche eines Touchscreens noch eine Krawatte heraus. Dunkelblau mit schwarzen, eng aneinander liegenden, schrägen Streifen.

Raffs Pupillen waren dabei ständig auf Marcus gerichtet. Dessen Mimik hätte wohl nach der Enthüllung des ersten Geschenks genauso ausgesehen, wenn in einen spannenden Film ein Werbeblock die entscheidende Schlusssequenz unterbrochen hätte. Raff griff noch einmal in die Schachtel hinein. Marc zog die Augenbrauen hoch. Raff wartete noch einen Augenblick, um mit einem Ruck eine Kuhglocke herauszuholen. Keine, die man den Tieren um den Hals legt, damit sie von weitem zu hören sind. Es war das Trainingsgerät Kettlebell, das mit geeigneten Übungen die Kraftausdauer und die Schnellkraft stärkt. Marcs Augen bekamen einen Ausdruck, den man oft bei Männern sieht, die vor einem Donut-Stand verharrten. Es war eine mit 22 Kilogramm Gewicht. „Ich habe noch vier davon zu Hause. Mit 10, 16, 20 und 24 Kilo. Die musst du dir aber abholen. Die konnte ich nicht auch noch schleppen. Hat schon die da gereicht. Ich bin froh, dass der Schachtelboden nicht durchgerissen ist.“ Marc fasste die Kanonenkugel, wie sie auch genannt wird an und streichelte beinahe über das schwarze Metall: „Sie ist geil! Das wäre meine nächste Anschaffung gewesen. Woher weißt du überhaupt, dass es so etwas gibt?“ „Ich habe mich bei diversen Quellen umgehört, was euch Sportfreaks feuchte Träume bereitet. So bin ich auf diese Kugeln gestoßen. Also?“

Marc umklammerte den Griff der Kuhglocke schwang sie vor seinem geistigen Auge bereits kraftvoll: „Was Also?“ „Na, beides bekommst du nicht. Du musst dich entscheiden. Und diese Entscheidung zeigt dann auch…“ „Es ist doch einfach ein Geburtstagsgeschenk. Da nimmt man doch immer, was Spaß macht und nicht was praktisch ist“. „Das Leben soll doch Spaß machen. Und der Beruf soll es auch. Ich zum Beispiel würde mich wahnsinnig freuen, wenn man mir eine virtuelle Laser-Tastatur schenkt. Und ich liebe mein Binärcode-Badetuch.“

Marc wedelte verneinend mit der rechten Hand: „Von Beruf rede ich doch gar nicht. Wenn ich die Ausbildung mache, dann für mich. Zum Vertiefen. Um ein paar Leuten Tipps geben zu können.“

Raff griff zu seiner Flasche und ließ sich auf die Couch fallen: „Damit hast du dir die Antwort gegeben. Dann hält dich ja wohl nichts auf, dich bei einem Sportjunkie-Lehrgang anzumelden. Was daraus wird, zeigt uns der Lauf der Zeit." Raff machte bei diesen Worten eine beschwörende Geste. „Ja ja, der Lauf der Zeit." Marc nahm die Aktentasche, packte die Krawatte und das Schreibetui hinein und warf sie Raff zu, „Da nimm dein Bürohengst-Accessoir wieder mit. Das wäre unter besten Freunden nicht einmal ein Geburtstagsgeschenk, wenn ich mich an meinen Schreibtisch fesseln würde, weil ich ihn nie mehr verlassen will." Dann nahm er die Kettlebell in die Hand und drückte sie hoch: „Holen wir die anderen vier?"

23

Raff hätte wissen müssen, was er da anrichtete. Er stupste seinen Freund in eine Richtung, die auch für ihn Arbeit bedeutete. Er hatte es wohl auch gewusst. Doch was ein wahrer Freund ist, dem ist dessen Wohl wichtiger. Denn Raff war es jetzt, der von Marcus Scripten in die Hand gedrückt bekam und ihn abfragen musste. Sein Freund hatte sich gleich mehrere Module gleichzeitig aufgehalst. Das Stoffpensum war dementsprechend groß.

An drei Abenden die Woche besuchte er die Fitnesstrainer-Schule. Bernd und Elisa hatten ihm Hinweise gegeben, bei welchem Institut er gut aufgehoben wäre und von welchem er die Finger lassen sollte. „Schlechte Schulen gibt es leider genug.“, hatte Bernd ihn gewarnt, „Da Fitnesstrainer ein freies Gewerbe ist und die Ausbildung in Österreich an keinerlei Richtlinien gebunden ist, wird schnell was angeboten, wo du am Ende raus gehst und keine Ahnung von Leistungsdiagnostik hast.“ In Bernd und Elisa fand Marc auch perfekte Ansprechpartner außerhalb der Schule, wenn beim Praxistraining im Studio spontan Fragen auftauchten. Vor allem Elisa hatte auf nahezu alles gleich die richtige Antwort parat. Sie war durch und durch ein Body-Lexikon. Es gab wohl keinen Knorpel im Körper, für den sie keinen Namen hatte und keine Faser, dessen Wirkung sie nicht kannte.

Am Wochenende vertiefte Marc die Praxis, den theoretischen Teil lernte er beim Lesen der Unterlagen, während er am Heimtrainer saß, durch gedankliches Wiederholen beim Laufen, und vor dem Schlafen gehen. Im Spiegel suchte er sich nach Muskeln ab, stellte sich die Sehnen daran vor und versuchte die

Knochen zu ertasten. Gemeinsam mit den Abbildungen in den Skripten und im Internet wuchs seine Vorstellungskraft mit der Zeit. Wenn Raphael zu Besuch war, bekam der die Gelegenheit mitzulernen. Auch wenn er kaum etwas von dem verstand, was er las. Und das lag nicht nur an den lateinischen Ausdrücken. Marc hingegen war fasziniert von den Abläufen im Körper. Von den Verbrennungseigenschaften, dem Ausrechnen des Grundumsatzes.

Er berechnete seinen eigenen Energieverbrauch über den Tag bei Ruhe, also ohne sich groß zu bewegen, den von Raff und den von Silberfell. Raff freute sich über das Ergebnis, weil er mehr essen konnte als Marc, auch wenn er faul auf dem Sofa saß. Als Marc einwarf, dass er dreimal so viel zu sich nahm und deshalb auch bald dreimal so viel wiegen würde, warf Raff ihm vor jeden Spaß zu verderben.

Marc berechnete den Grundumsatz seiner Freunde, den seiner Arbeitskollegen und zum Spaß auch noch den des Hundes seines Nachbarn, des Beagles Adonis, der sich wegen seiner Fettleibigkeit und den kurzen Beinen nur noch sehr langsam und von einer Seite auf die andere wackelnd bewegen konnte. Marcus erstellte als Hausübungen Fitness- und Ernährungspläne. Wobei er wegen mangelnder Zeit und näher kommender Abgabetermine auch fallweise am Computer von Unmatched Solutions das Fenster des Zeit-Weg-Programms minimierte, um die Aufträge für das Sportinstitut fertig zu bekommen.

Dass er bei seiner eigentlichen Arbeit langsamer wurde und teilweise in Verzug geriet, fiel auf. Doch das ahnte Marcus nicht. Was ihm selbst sehr wohl auffiel, war, dass immer öfter Kollegen und Kolleginnen an ihn herantraten, um sich Fitnesstipps zu holen. Es hatte sich herumgesprochen, dass der Tüftler in der Prozesskonzeption unter die Personaltrainer gegangen war. Wie weit er mit seiner Ausbildung war und worüber er schon kompetent Auskunft geben konnte, war dabei Nebensache. Mittlerweile brauchte man ihn nur ansehen, vor allem, wenn man ihn von früher kannte, und wusste, dass er eine Ahnung von der körperlichen Selbstoptimierung haben musste. Vor allem Barbara und Katharina aus der Personalstelle. Die eine Ende 30 und sehr selbstbewusst, die andere Mitte 20 und wie es ihr Insta-Account zeigte, lebenslustiger, als man es vermuten würde, wenn man sie nur aus dem Büro kannte. Die zwei und Phil aus der Buchhaltung fanden immer öfter Gelegenheiten, Marc um Rat zu fragen. Dabei ließen sie schon mal, scheinbar nebenbei, die Idee fallen, dass man ja irgendwann einmal gemeinsam trainieren gehen konnte. Was sich Marc mit Katharina durchaus vorstellen konnte. Er erwog, wenn er ihr einmal nicht im Duett mit Barbara über den Weg lief, darauf einzugehen. Aber jetzt musste er erst mit dem Lernpensum zurechtkommen, das mehr war, als er sich als normaler Fitnessstudiobesucher vorgestellt hatte.

Zusätzlich kam Natascha Grabhofer immer häufiger an seinen Arbeitsplatz. Sehr ungewöhnlich für die anderen im Großraumbüro. Wenn es sich bisher nicht herumgesprochen hatte, dass die Chefin und Auen ein Geheimnis hatten, dann spätestens seit den letzten Wochen. Mancher vermutete sogar ein Verhältnis, was sich die Mehrheit jedoch nicht vorstellen konnte. Aber wer wusste schon, was hinter der Fassade des Alltagsmenschen vorging? Wenn es da intime Verstrickungen gab, dann wusste Frau Grabhofer das geschickt hinter Bergen von Unterlagen zu verstecken. Die legte sie ihrem Mitarbeiter nämlich regelmäßig auf den Tisch. Mit den beinahe geflüsterten Worten „Schauen Sie sich das an!" Marc Auen wurde dann sichtbar blass, bei dem Anblick der zusätzlichen Arbeit. Das konnte er nicht verheimlichen. Nach Liebesgeturtel sah das keinesfalls aus. Keine versteckten Liebesbotschaften zwischen Stapeln nüchterner Analyse-Papieren.

Der Tag, an dem er die Abteilung übernehmen sollte, rückte näher. Nur noch zwei Wochen, dann sollten die Mitarbeiter davon erfahren. Eine Woche später war bereits die Übersiedlung in Grabhofers Büro geplant. Zeitgleich sollte die Abteilungsleiterin ins oberste Stockwerk umziehen. Wo sie jetzt schon auffallend viele Termine hatte. Doch das wusste nur ihre Sekretärin. Sie leerte ebenfalls schon ihre Schubladen. Sie freute sich auf die Aussicht von ganz oben.

Marcs Freude war verhalten. Im Grunde war es eine klare Sache, über die man nicht nachdenken musste. Er wurde Abteilungsleiter. Welcher 28-Jährige würde solch ein Angebot ausschlagen? Finanziell bedeutete das 40 Prozent mehr. Und die Aussicht, der jüngste Vorstand in der Geschichte des Unternehmens zu werden, war nicht nur Träumerei. Mit einem Mal wurde ihm seine weitere Vorgehensweise klar. Er schloss die Excel-Datei mit der Übungsaufgabe eines Ernährungsplans und schob den Grabhofer-Stapel mit Unterlagen nah an sich heran. Er blätterte einige Seiten durch und verschaffte sich einen Überblick. Statistische Daten über die Effizienz seiner Abteilung. Auswertungen der Arbeitsleistung jedes einzelnen Angestellten.

Hochrechnungen der Auswirkungen von Maßnahmen zur Erhöhung der Schaffenskraftoptimierung. Marc schaute aus dem Fenster und blies Luft aus. Draußen schien eine Frühlingssonne, die mit kurzärmeligem T-Shirt bei leichtem Wind ein Kribbeln auf der Haut versprach, weil sie sich mit der Frische des Jahres im Kleinkindalter ein Duell lieferte. Marcus zwang sich wieder auf seine Zettel zu schauen. Er begann die Zahlen genauer zu studieren, um Rückschlüsse daraus ziehen zu können.

Zwischen der Aufgliederung der Steigerungsmöglichkeiten unter Berücksichtigung der individuellen Leistungsbereitschaft sah Marc Elisa und sich selbst am Seeufer. Zwei in Neonfarben gekleidete Formen, mit dem Rücken zum blauen Wasser, die sich vom Grün der Wiese abhoben. In rhythmischer Einigkeit vollführten sie einen Burpee nach dem anderen. Vor ihnen rund 30 Männer und Frauen in kurzer Trainingskleidung, die ebenfalls hochsprangen, sich zu Boden fallen ließen, Liegestütz machten und wieder nach oben schnellten. Schlechte Trainer, dachte Marc bei dieser Vision, die er deutlich wahrnahm, denn gute Trainer sollten ihre Schüler beobachten und darauf achten, dass sie durch eine falsche Ausführung nicht in Gefahr kommen, sich zu verletzen. Diese beiden Trainer in seinem Tagtraum aber sahen sich ständig gegenseitig in die Augen. Weg damit! Papiere! Marc nahm sich vor, die wesentlichen Aussagen daraus herauszufiltern und eigene Notizen zu machen. Er wollte diese Infos für seine künftige Aufgabe schnell geistig inhalieren, um sich dann wieder seinem aktuellen Projekt, der Vertriebswegekette für ein Textilproduktionsunternehmen, zu widmen. Die Trainingspläne für die Ausbildung mussten warten.

Vielleicht nur bis zum Nachmittag. Wenn Marc die beruflichen Pflichten zügig erledigte, konnte er sich unter Umständen eine Stunde früher frei nehmen, um die grobe Skizzierung seiner Beratungsunterlagen für den abendlichen Unterricht doch noch fertig zu bekommen.
Doch, als er um vier Uhr nachmittags seine Tasche einräumte und seine leichte dunkelblaue Jacke aus einer Mischung von Acryl und Polyester vom Haken nahm, stand Adrienne vor ihm. Wo ist die jetzt hergekommen, fragte Marc sich. Er hatte sie nicht kommen hören. Mit ihrer üblichen Emotionslosigkeit sagte sie: „Ich weiß nicht, warum ich immer als Bote fungieren muss, aber die Chefin will dich sehen.“

„Jetzt? Ich dachte sie ist gar nicht mehr im Haus.“, sagte Marc kraftlos. „Kennst du unsere Chefin?“, Adrienne spielte mit einem

Ausdruck der Verwunderung, „Wann ist die einmal nicht da? Ich habe das noch nicht erlebt." Vermutlich weil du spät kommst und früh gehst, hätte Marc am liebsten darauf geantwortet. Weil Adrienne seit deren erster Begegnung für Marcs Humor nur einen missbilligenden Augenaufschlag übrig hatte, ließ er die flapsige Bemerkung bleiben.

Die Jacke hängte sich Marc an der Schlaufe über seinen Zeigefinger und ließ sie so über die rechte Schulter baumeln. Die Tasche kam mit dem langen Tragegurt über die linke Schulter. Die kreisrunden, in die Decke eingelassenen Leuchtkörper am Gang zum Büro der Noch-Abteilungsleiterin kamen ihm heute kalt vor. Sie strahlten keine Wärme ab. Sie waren nur Licht. Kaltes Licht. Ohne weitere Funktion, als zu beleuchten. Dafür waren sie ja auch da. Doch Marc war das heute zu wenig.

„Lieber Herr Auen!", seit Frau Grabhofer Marcus zu ihrem Nachfolger bestimmt hatte, war sie besonders freundlich zu ihm. Was Marc unheimlich war. Ungewohnt. Es passte nicht in sein Weltbild.

„Ich muss gleich auf das Unangenehme zu sprechen kommen", zwinkerte sie Marc zu. Diese Fröhlichkeit verbunden mit unangenehmen Nachrichten konnte Marc in seinem Kopf nicht in Einklang bringen. „Ihre Leistungen in der Abteilung waren schon mal besser." Marc suchte sich eine passende Erklärung dafür zusammen, was aber nicht notwendig war, da sie anschloss: „Aber wir wissen ja beide, was Sie zur Zeit ablenkt, nicht wahr?" „Wissen wir das?", Marc wollte sich die Worte eigentlich denken, bemerkte aber zu spät, dass er sie laut ausgesprochen hatte. Seine Chefin nahm das aber als Bestätigung auf und blieb überfreundlich: „Ich weiß, ich halse Ihnen derzeit besonders viel zusätzliche Beschäftigung auf." Das stimmt allerdings, diesmal schaffte Marc es, die Antwort in seinem Kopf zu belassen. „Noch müssen wir durchhalten!", Marc brauchte einen Moment, um sich über das „wir" im Klaren zu werden, „Bald ist es so weit. Dann können Sie es sich in diesem Büro gemütlich machen und sich ganz auf die neue Aufgabe konzentrieren. Aber bis dahin heißt es weitermachen, ranhalten, überleben!"

Diese drei Worte klangen, als würde sie einer Menschenmasse Liberté, Égalité, Fraternité zurufen. „Denn vorher müssen wir noch einen Schritt weitergehen. Sie werden ab jetzt zusätzlich bei ausgewählten Terminen teilnehmen, die ich, was die Übergabe unserer schönen Funktionen betrifft, für sinnvoll halte. Diese finden oft am Abend statt. Dann kann man im Sitzungszimmer in

Ruhe und unbehelligt heikle Details besprechen. Ich ersuche Sie daher, sich in nächster Zeit die Abende bei Möglichkeit frei zu halten. Auch heute. Denn die Fusion ist so gut wie abgeschlossen, sie braucht aber noch starke Korrekturen im täglichen Ablauf. Bitte überlegen Sie sich etwas dazu. Morgen in der Frühsitzung benötigen wir konkrete Vorschläge. Sie kennen ja die Probleme. Und irgendwann sind Entscheidungen fällig, wo nach der Zusammenlegung zweckmäßig eingespart werden kann. Darauf können Sie in meiner, in Ihrer, naja, in unserer Abteilung schon einmal ein Auge werfen. Ich muss hierzu schon bald einen Bericht an", bei den Worten hatte sie gar nicht vor, ihren Stolz zu verbergen, „meine Vorstandskollegen ablegen."

Marcus schlurfte in sein Büro zurück. Den Abendunterricht konnte er abhaken. Den vorbereiteten Ernährungsplan auch. Er konnte ihn ohnehin nicht abgeben. Er war wohl doch zu voreilig gewesen, all die Module zu buchen und dafür schon Geld auszugeben. Fertig bringen würde er sie nicht. Das war unmöglich mit der Arbeit, die ihm aufgehalst wurde. Er war aber auch zu naiv gewesen. Er wusste doch, dass die Fusion mit Multi Supply Chains kam. Er wusste seit einiger Zeit, dass er Abteilungsleiter werden sollte. Wie konnte er überhaupt daran denken, sich auch noch diese Ausbildung aufzuhalsen? Völlig sinnlos! Trainieren konnte er auch so. Eine reine Torheit war das gewesen.

Marcus hängte die Jacke wieder an den Haken in seinem Großraumbüro und widmete sich dem Auftrag. Aus dem Fenster sah er nun nicht mehr. Er hatte schon zu viel Zeit Dingen gewidmet, die ihn nicht weiterbrachten.
Als Marc um acht Uhr abends auf sein Rad stieg und den Firmenkomplex verließ, dachte er an den Unterricht, der ohne ihn stattfinden musste. Und an die Gruppe, in der sie viel Spaß gemeinsam hatten. Ein Haufen junger Leute, die gern an ihre Grenzen gingen und mit Enthusiasmus Neues lernten. Es war ein netter Ausflug in eine andere Welt. Mit völlig anderen Prioritäten, als in seiner wichtig waren.

Marc fuhr die Landstraße entlang. Sein Lichtkegel erhellte gerade einmal die unmittelbare Bodenoberfläche vor ihm. Er musste sich eine stärkere Lampe kaufen. Da sauste etwas an ihm vorbei. Er nahm Schreie war – Hey, hey hey! – und fixierte mit seinen Armen den Lenker, um nicht von der Straße abzukommen und auf das Feld neben ihm zu geraten. Die Erde darauf war derzeit aufgeweicht und matschig. Ein Sturz wäre wohl unvermeidlich gewesen.

Vor ihm bremste sich der ein, der Marc beinahe aus der Bahn und ganz sicher aus seinen Gedanken geworfen hatte: Mr. Miller. Er bremste sein Rennrad ab und ließ Marc gleichauf kommen. Beide zogen jetzt ihre Fahrgeräte von der Straße, um kein Ziel für herankommende Autos abzugeben. Miller begrüßte Marc und fragte: „So spät noch unterwegs? Von deinem Outfit her würde ich sagen, du sitzt nicht am Rad, um deine Kondition zu verbessern. Warst du bis jetzt in der Arbeit?“ „Ja, das kann ich nicht abstreiten. Hat länger gedauert heute. Das wird es jetzt wahrscheinlich öfter.“

Marc konnte durch seinen zusammengepressten Mund seinen Unmut darüber nicht verstecken. „Bist wohl nicht so glücklich darüber?“ „Oh. Merkt man das? Nein, ist alles in Ordnung. War nur überraschend für mich, dass jetzt so viel auf einmal zusammenkommt.“ „Was denn alles?“

Marc wollte bei dem kurzen Talk mit Mr. Miller eigentlich nicht in die Tiefe gehen. Aber der ehemalige Schulfreund und jetzige entfernte Kollege, der in einer anderen Abteilung seinen Dienst schob, hielt nichts von Small Talk. Sein ehrliches Interesse wirkte vertrauenserweckend. Ihm mit vorgeschobenen Argumenten eine Abfuhr zu erteilen, wäre Marc mehr als unredlich vorgekommen.

Er erzählte Miller daher, dass er eine Riesenchance bekam, in der Firma einen großen Schritt nach vorne zu machen. Er könne aber noch nicht einschätzen, wie viel Zeit für den Sport ihm dann noch bliebe. Leichter Wind zog an den beiden vorbei. Marc merkte aber kaum, dass ihn fröstelte. Mr. Miller holte einen Windbreaker aus einer Miniradtasche heraus und zog ihn sich an. Marc erzählte von der Faszination, die in ihm geweckt wurde. Und von den Tagträumen, die er oft hatte, verbunden mit dem Unterrichten von Bewegungsabläufen und Kräftigungsmöglichkeiten. Und was er dabei empfände. Dass es aber wohl derzeit nur deshalb so aufregend für ihn wäre, weil es etwas Neues sei. Er dürfe sich da nicht reinziehen lassen. „Sport wirst du immer betreiben können.“, antwortete Mr. Miller, „Egal welchen Job du hast. Sei es gleich nach dem Aufstehen in der Früh und vor den ersten Meetings oder am Abend danach. Je nachdem, ob du ein Frühaufsteher oder ein Abendmensch bist.“ Miller lachte und ergänzte, „Wenn du lange schläfst und früh zu Bett gehst, musst du deine Gewohnheiten umstellen.“

Da hatte Miller recht, dachte sich Marc und doch war er nicht ganz zufrieden mit der Antwort: „Das mache ich jetzt ja auch. Warum bin ich dann nicht in der Spur, sondern zweifle daran, wie ich weitermachen soll?“ Miller dachte darüber nach, bevor er antwortete. Er selbst war ein Einzelsportler. Er war am glücklichsten, wenn er auf seinem Bike stundenlang durch die Gegend fahren konnte. Mit anderen herumturnen oder in einer Gruppe durch den Wald laufen, würde ihn wahnsinnig machen. Ein Lastwagen fuhr an ihnen vorbei und ließ eine Unterhaltung für einige Sekunden unmöglich werden.

Dann sagte er: „Ein Leben voller Entscheidungen. Und doch fällt uns jede einzelne schwer. Dabei weiß unser Unterbewusstsein schon längst die richtige Antwort. Wir hören es nur nicht, weil unser rationales Denken alles überlagert. So wälzen wir uns von einer Seite zur anderen und können uns doch nicht zu einem Entschluss durchringen. Lass all die oberflächlichen Faktoren beiseite und achte auf dein Bauchgefühl. Die richtige Entscheidung macht dich innerlich frei – und so erkennst du sie auch."

Der dünne Miller fror jetzt schon sichtlich. Er stellte sein Fahrrad auf die Fahrbahnbegrenzung. „Ich muss los, sonst kühle ich vollends aus. Noch ist nicht Sommer!" Miller schwang sein Bein über sein Rennrad und setzte sich auf den Sattel: „Bye, Marc!" Mit kräftigen Tritten brachte er sein Gefährt in kurzer Zeit auf Touren und wurde mit der Entfernung kleiner und kleiner.

Marc musste die Sache mit dem Bauch nicht lange testen. Er wusste genau, wann dieser rebellieren und wann er sich entspannen würde. Das wusste er schon lange. Aber war es auch klug?

24

Die Malerrolle tauchte tief in die weiße, zähe Masse ein und saugte sich voll. Elisa musste sie gut am Gitter abstreichen, damit die Farbe beim Auftragen nicht auf alles Umliegende spritzte und an der Wand selbst fette Streifen hinterließ, statt einer gleichmäßig deckenden Schicht. Der Geruch der Substanz brannte ihr in der Nase. Sie mochte frisch ausgemalte Räume. Doch in dieser Intensität musste sie sich erst daran gewöhnen. Sie sah sich nach Richard um. Der eilte mit einem Maßband von einer Ecke in die nächste. „Keine Sorge“, rief sie ihm lachend zu, „das Lokal ist groß genug für alle Geräte. Sonst hättest du es doch nicht angemietet.“ „Klar!“, antwortete er, während er das eine Ende eines Maßbands an einer Wand abstützte und mit vorsichtigem Druck den Rest aufrollte, „Aber mit der richtigen Anordnung holen wir nun mal auch das Bestmögliche heraus. Außerdem habe ich die Länge der Rezeption mit dem Tischler noch nicht endgültig festgelegt.“ Richard las die gemessene Zahl ab und schrieb sie in seine Notiz-App am Handy. Dann trat er an Elisa heran: „Und weil es so groß ist, ist auch viel auszumalen. Ist echt nett von dir, dass du das übernimmst. So kann uns keiner vorwerfen, dass wir mit dem Geld von Sherry nicht sparsam umgehen. Apropos, sie holt mich in 15 Minuten hier ab. Wir schauen uns noch ein mögliches Studio in Klagenfurt an.“

Elisas Magen krampfte sich zusammen: „Na toll, ich spiele hier die Malerin und Anstreicherin, während du dich mit Sherry vergnügst.“ „Ich vergnüge mich doch nicht. Ich besichtige ein Studio und überzeuge sie, es zu finanzieren.“

„Deine letzte Besichtigung mit ihr hat fünf Stunden gedauert. Ihr macht das sehr gründlich." Richard erhob den Zeigefinger, als wäre er ein Oberschullehrer: „Gründlichkeit ist der erste Schritt zum Erfolg, mein Kind!" Elisa ging nicht darauf ein. Sie wusste ohnehin nie, ob er solche Aussagen lustig meinte, oder sie von der Diskussion ablenken sollten: „Eigentlich sollten wir jetzt unsere gemeinsame Wohnung ausmalen. In dem Punkt vermisse ich jede Gründlichkeit von dir." Richard drehte sich weg und spähte nach den nächsten Maßen, die er in seine Notizen übertragen wollte.

Wie über etwas, das er schon zu oft besprochen hatte, sagte er: „Elisa, alles zu seiner Zeit." Elisa wurde rot vor Zorn: „Du bist manchmal richtig herablassend! Echt! Und daher ist jetzt die Zeit nach Velden zu fahren. Ich habe nämlich einen Termin mit einer Kundin. Ja, erst in zwei Stunden. Aber ich muss mich noch darauf vorbereiten. Am Boxsack meine Wut auf dich abreagieren, sonst kriegt sie es am Ende noch ab." Daraufhin warf Elisa die Malerrolle in den Eimer und machte einen Sprung rückwärts, damit sie nicht von den herausspritzenden Farbtropfen getroffen wurde. Als sie die Tür zur Straße aufmachte, kam ihr Sherry entgegen. Sie mussten sich still einigen, wer an welcher Seite den anderen vorbeiließ. Sherry beachtete sie abgesehen davon aber nicht, Elisa sah ihr nach und rief dann betont in den Raum hinein: „Einen schönen Tag noch!" Dann ging sie. Richard wartete bis die Tür ins Schloss fiel, setzte dann sein strahlendstes Lächeln auf und sagte: „Sherry, da bist du ja, Liebling!"

Elisa setzte sich ins Auto und fuhr ins Perfect Fit. Sie hatte es ernst gemeint mit dem Boxsack. Und auf der Schlagfläche würde sie sich Richards Antlitz vorstellen. Warum tat sie sich das bloß an mit diesem Narzissten? Ihn kümmerte doch nur eines: Er selbst. Aus dem Autoradio erklang auf der Frequenz von Radio Kärnten „*Auf der Suche nach mir*". Wie passend! Elisa drehte lauter. Der *Schein der Eitelkeit* war eindeutig Richard. Den kennt Helene Fischer wohl nicht. Aber für Elisa war das absolut treffend. Manchmal fühlte sie sich tatsächlich einsam und allein mit ihm. Aber das sollte doch nicht so sein, oder? War das normal? *Ich folge meinem Gefühl nach vorn, ich habe mich selber nie verloren*, sang Helene. Genauso fühlte Elisa sich aber: verloren.

Ach! Er konnte aber auch so lieb sein!! Das war verrückt. Elisa parkte vor dem Fitnessstudio und rauschte hinein. Sie stellte sich vor den Boxsack und ließ die Fäuste draufkrachen. Als sie außer Atem war und Schweiß über ihre Nase tropfte umarmte sie den rot-schwarzen Sandballen und legte die Stirn daran. Er ist nun mal ein Mann, was kann er schon dafür? Die haben vor allem sich selbst im Kopf. Das werde ich nicht ändern.

„Darf ich abklopfen oder ist der Tanz reserviert?". Elisa erschrak, sie war so in Gedanken, dass sie nicht daran dachte, dass sie nicht alleine im Studio war. Sie wandte sich der Stimme zu. Marc stand vor ihr und lächelte mit einem Blick, der Neugier verriet: „Ich weiß schon: Baue eine Beziehung zu deinem Sandsack auf und so. Du nimmst das aber sehr genau!" Elisa lachte ertappt, drückte ihre Arme noch einmal zusammen und stieß sich dann von ihrem stummen Sparringpartner ab: „Sehr gut, damit hast du eine wichtige Lektion gelernt!", antwortete sie und sagte dann: „Wie geht's dir mit deinen Kursen? Du bist derzeit ein seltener Gast. Liegt das an der Ausbildung?" „Ja und nein. Ich habe auch dafür kaum Zeit. War ein blöder Zeitpunkt was Neues anzufangen. In der Firma geht es drunter und drüber." „Ok. Bei diesem Modulsystem kannst du ja sicher einfach später weitermachen, oder?" „Irgendwie schon. Man muss allerdings rund drei Monate warten, um in die einzelnen Blöcke wieder einsteigen zu können. Und die Praxis muss auch erfüllt werden."

„Mach doch deine Praxis hier! Richard hat sicher nichts gegen eine helfende Hand mehr. Du kannst mir assistieren und schreibst nach den Stunden Berichte von deinen Erfahrungen. Dabei darfst du mich sogar kritisieren!"

Elisa fand das ebenso lustig wie Marc. Aber aus unterschiedlichen Gründen: Sie, weil er noch vor einem Jahr keinen Schritt in ein Fitnessstudio gewagt hatte. Er, weil er sich nicht vorstellen konnte, dass es an Elisas Trainingsablauf was zu kritisieren gab. Gleichzeitig war für ihn die Aussicht stundenlang mit ihr zusammen zu sein unglaublich verlockend. Doch er war ehrlich: „Ich bin derzeit schon froh, wenn ich es schaffe, für eine halbe Stunde herzukommen. Aber auf das Kritisieren komme ich zurück!"

Er verabschiedete sich und ging zu den Umkleideräumen. Elisa sah ihm nach und empfand dabei..., ja was war es?

Nach einigen Augenblicken, in denen sie versuchte, ihrem Gefühl auf den Grund zu kommen, fand sie es: Enttäuschung.

25

Marc blickte vom Tablet, das er am Waschbecken an die Wand gelehnt hatte, in den Spiegel. Er bemühte sich, die Bewegungen des Mannes in dem YouTube Video nachzumachen. Da entweder er oder der Typ am Display seitenverkehrt waren, war das noch frustrierender als ohnehin schon. Er hatte schon ewig keine Krawatte mehr gebunden. Vermutlich das letzte Mal, als er zum Vorstellungsgespräch bei Unmatched Solutions ging. Damals hatte ihm sein Vater mit der Krawatte geholfen. Nicht nur das, er hatte den Krawattenknopf an sich selbst gebunden, die Schlinge dann über Marcs Kopf gezogen und festgezurrt. „Ich krieg keine Luft!", hatte Marc damals geschrien. Sein Vater hatte sich lustig gemacht über seinen Sohn, der sich verhielt, als wurde er gezwungen, einen Astronautenanzug anzuziehen. Heute musste Marcus alleine zurechtkommen. Er nahm sich vor, gleich nach dem Termin, bei dem er vor den Vorgesetzten als nächster Abteilungsleiter der Prozesskonzeption vorgestellt werden sollte, seinen Vater zu besuchen.

Er wünschte, er könnte jetzt schon ins Spital fahren. Alles in ihm sträubte sich gegen diesen Schritt, nach dem es wohl nur unter Schimpf und Schande möglich war, den Posten doch noch abzulehnen. Er tat genau das Gegenteil als auf sein Bauchgefühl zu hören. Im Kopf schwirrte das Bild herum, in dem er mit Elisa gemeinsam Sportwillige trainierte. Das war allerdings absolut unvernünftig. Das war ihm bewusst. Nach sieben misslungenen Versuchen, wonach er jedes Mal die Krawatte wieder entknoten musste, hatte er es bei Versuch Acht halbwegs geschafft. Ein gerader Krawattenknoten sah anders aus. Besser eine schiefe Krawatte, als schiefe Münder weil er zu spät in die Sitzung platzte. Wobei, wenn er zu spät käme, wären dann nicht alle Probleme gelöst?

„Wenn du das so siehst, kannst du gleich zu Hause bleiben!", sagte Marc zu seinem Spiegelbild. Das schüttelte nur den Kopf. „Na siehst du, du hast auch nichts dazu zu sagen. Wenn sogar du mir nicht raten kannst was ich tun soll, dann gibt es keine Lösung." Marcs Spiegelbild verzog das Gesicht, woraufhin Marc sich wegdrehte.

Er nahm sein Sakko von der Stuhllehne und verließ die Wohnung. Er holte sein Fahrrad aus dem dafür vorgesehenen Abstellraum und machte sich auf den Weg in die Firma. Er fuhr nicht schnell. Ein Tempo, das gerade ideal für den Arbeitsweg weg war. Bei dem er nicht allzu sehr schwitzte, aber dennoch in einer guten Zeit sein Ziel erreichte. Heute hatte er es ohnehin nicht eilig. Sein Innerstes zog ihn regelrecht zurück. Es wirkte wie Gegenwind, der ihn aufhalten wollte. Ein Falke stand in der Luft. Mit heftigem Geflatter, aber verharrend an einer Stelle, den Blick auf den Boden geheftet. Es hatte seine volle Aufmerksamkeit.

Recht hat er, dachte Marc. Manchmal muss man innehalten, um zu bekommen, was man sich wünscht. Nicht blind den leichten Zielen nachjagen, ohne nach links und rechts zu schauen. Denn so erkennt man irgendwann, dass man die Abzweigung zum wahren Glück versäumt hat. Sehr philosophisch, bremste Marc sich ein. Mach, dass du weiterkommst! Genug, von alldem. Du hast einen Job zu erledigen!

Marcus Auen machte die Tür zum Sitzungszimmer auf, wo die Manager von Unmatched Solutions bereits versammelt waren. Sie redeten miteinander, starrten in ihre Laptops oder tippten am Handy. Alle in Anzug und Krawatte, die Frauen in Kostümen oder in Röcken mit Blusen. Marc sah sich einen Krawattenknopf nach dem anderen an. Seine Hoffnung, dort ebenfalls einen zu finden, der schief saß, wurde enttäuscht.

Kaum einer der Anwesenden nahm von Marc Notiz. Das war ihm nur recht. Eine der Halogenleuchten an der Decke blinkte wie das Zucken eines Augenlides. Kaum wahrnehmbar, aber es entstand ein Flimmern in der künstlichen Lichtstimmung des Raumes. Natascha Grabhofer bemerkte Marc im Augenblick seines Hereinkommens. Sie ging, man könnte auch sagen, sie stürmte auf ihn zu und rief seinen Namen. Sie machte sich nichts daraus, dass sie so die Aufmerksamkeit aller Anwesenden hatte. Machte sie sich noch nie. Man bekam eher den Verdacht, sie genoss es. Marc wäre etwas weniger Lärm um seine Ankunft lieber gewesen. Doch dafür war es jetzt zu spät.

Frau Grabhofer hängte sich bei Marc ein und zog ihn mehr oder weniger sanft an den Kopf des langen Sitzungstisches. Ein Monstrum aus grünlich schimmerndem Glas, dessen Ecken stark abgerundet waren. Durch ihn hindurch sah man die verchromten Tischbeine und auch sonst alles, was sich darunter abspielen würde. Während einer Sitzung WhatsApp-Nachrichten zu schreiben war daher so gut wie unmöglich, ohne dabei gesehen zu werden. „Wir wollen gleich beginnen!“, sagte sie, die heute den Vorsitz über das Meeting innehatte. Marc aber hielt sie mittels leichtem Gegenzug ihres immer noch bei ihm eingehängten Armes zurück: „Können wir noch ein paar Worte wechseln, bevor es losgeht, Frau Grabhofer?“

„Jetzt ist dann aber bald Schluss mit dem Frau Grabhofer, ja? Schließlich sind wir jetzt gleichauf. Zumindest so halbwegs für die nächsten Tage. Dann bin ich wieder weiter oben. Aber das macht ja nichts, Führungsebene ist Führungsebene. Also, sag Natascha zu mir!“

Das Angebot raunte Frau Grabhofer Marc so laut zu, dass es alle deutlich hören konnten. Sie grinsten und nickten gönnerhaft mit den Köpfen. „Also gut Frau Grabho... Natascha. Können wir trotzdem noch kurz?“ „Wenn du willst“, antwortete Natascha, „trinken wir im Anschluss ein Gläschen miteinander! Dann haben wir Zeit genug über alles zu reden. Jetzt aber wollen wir dich standesgemäß und offiziell...“ „Darum geht es ja! Natascha, ich habe einen Vorschlag.“ „Einen Vorschlag? Die Firma betreffend? Deine künftige Abteilung? Das ist schön! Aber dafür haben wir später auch noch Zeit.“

Jetzt senkte Marc seinen Kopf nahe an seine Chefin heran, seine Lippen führte er zu ihrem Ohr, das irgendwo unter der Wucht an Haaren liegen musste: „Ich kann nicht Abteilungsleiter werden.“ Natascha erstarrte. Zwischen ihrer Haar- und ihrer Gesichtsfarbe war nun kein Unterschied mehr. Sie war es nun, die den Griff um Marcs Arm enger drückte und ihn mit eiligen Schritten zum Ausgang zerrte. Sie schaffte es trotz ihrer Anspannung den Kollegen im Raum gegenüber ein heiteres Gesicht zu machen und rief ihnen zu: „Wir kommen gleich wieder! Kurze Interna! Dauert nur zwei Minuten!“

„Was heißt, Sie können nicht Abteilungsleiter werden?“ Das Du-Wort war verschwunden und auch die heitere Mimik, als

Natascha Grabhofer und Marcus Auen sich in ihrem Büro gegenüberstanden. „Es ist nicht der richtige Weg für mich.“ Natascha wusste mit diesen Worten nichts anzufangen. Welchen Weg konnte es sonst geben? Für sie gab es nur einen Weg: Den nach oben: „Was meinen Sie? Wollen Sie ein kleiner Angestellter bleiben? Bis zu ihrem Ruhestand Transportwege ausrechnen? Ich gebe Ihnen die Chance in dieser Firma eine Karriere hinzulegen, die es vorher noch nicht gegeben hat. Wissen Sie überhaupt, was Sie da sagen?“ „Ich will auch nicht bis zu meinem Ruhestand Chef von Leuten sein, die Transportwege ausrechnen. Ich weiß noch nicht genau, was ich will. Aber das jetzt... das alles... geht mir zu schnell. Gerade jetzt.“ „Gerade jetzt? Wann denn? Sie können mich jetzt nicht hängen lassen! Wie stehe ich denn da, wenn ich es nicht einmal schaffe, meine Nachfolge ordentlich zu regeln?“

Marc löste sich von der unangenehmen Face-to-Face-Position und ging ein paar Schritte durch das Büro. Weg von seiner Chefin. Dann drehte er sich wieder hin zu ihr: „Genau dazu wollte ich Ihnen einen Vorschlag machen. Nehmen Sie Adrienne!“

Nataschas Gesichtsoberfläche wechselte urplötzlich von Rot auf Totenblass. Sie stützte sich mit einer Hand an der Kante ihres Schreibtisches ab: „Adrienne? Die Stegmann? Warum denn die? Sie ist doch noch kürzer in der Firma als Sie!“ Marc nahm jetzt seine Hände zu Hilfe, um seine Chefin zu überzeugen und zählte auf: „Sie glänzt mit tollen Ideen. Sie ist ein echtes Organisationstalent. Das müssen Sie zugeben! Das haben Sie selbst schon einige Male erwähnt. Sie kennt auf Probleme immer die richtige Lösung.“

„Aber sie ist nicht gerade eine Kanone im Umgang mit ihren Kolleginnen und Kollegen. Nein, mehr noch, sie ist schrecklich. Hat sie sich schon bei einem hier in der Abteilung beliebt gemacht? Das interessiert sie gar nicht. Sie ist eine absolute Einzelgängerin.“

Marc hatte befürchtet, dass seiner Chefin dieser Schwachpunkt nicht entgangen war. Er musste sich darauf eine Erklärung einfallen lassen.

„Das ist ihr Schutzschild. Sie will nichts falsch machen. Sie will angesehen sein und sich nicht durch Vertrautheit angreifbar machen. Sie hatte wahrscheinlich in der Schule einige falsche Freundinnen. Das hat sie geprägt. Aber wenn sie merkt, dass sie anerkannt wird und gefördert, dann wird sich das rasch ändern. Sie wird eine tolle Chefin!“ Natascha schaute an Marc vorbei und bewegte ihre Lippen als würde sie seine letzten Worte nachsprechen. Dann sagte sie zu Marc: „Sie können gehen! Sagen Sie Adrienne, sie soll zu mir ins Büro kommen. Without von Delay, wie eine ehemalige Finanzministerin zu sagen pflegte!“

26

Marc ging den langen, weißen Gang entlang. Den Geruch nach Desinfektionsmittel empfand er immer noch unangenehm. Er wünschte sich mit jedem Betreten des Spitals inständiger, es nie mehr riechen zu müssen. Marc war direkt von der Firma hergefahren. Den Krawattenknopf hatte er gelockert, so dass er jetzt oberhalb der Brust hing, der oberste Hemdknopf war offen.

Eine Krankenpflegerin ging an Marc vorbei. Sie erzeugte in der Stille der Station mit einem rollenden Metalltischchen ein Klappern, das die Ruhe störte. Für den regelmäßigen Besucher war es aber ein vertrautes Geräusch. Je näher er den Zimmern kam, in denen die Patienten lagen, desto mehr mischte sich der Duft des Abendessens, das vor kurzem serviert wurde, in das konstant immanente Medizinaroma. Die Patienten wurden mit drei Gängen verwöhnt. In einfachem, weißen Hartplastikgeschirr. Meist gab es eine Gemüsesuppe. Karotte, Zucchini oder gemischt. Das Krankenhaus war vermutlich auch der einzige Ort, in dem Erwachsene noch Buchstabensuppe serviert bekamen. Eine Erinnerung an die Kindheit. Dadurch symbolisierte es, vermutlich unbeabsichtigt, das Stadium, in das hier viele wieder zurückgefallen waren – die, die gepflegt und in manchen Fällen gefüttert werden mussten. Der Hauptgang war leicht bekömmlich. Hühnerfleisch, manchmal Hühnerbrust mit Kartoffelpüree oder eine einfache Quiche. Fettarmes Naturjoghurt war meist der dritte Gang. Wer durfte, bekam auch ab und zu ein Stück zuckerreduzierten Kuchen.

Marcs Vater kam nicht in den Genuss dieser Gourmetmenüs.

Seine Situation war unverändert. Er lag genauso da, wie immer in den letzten 10 Monaten. Auch heute wieder, als Marc nach seiner Entscheidung das Bedürfnis hatte, ihn zu sehen. Er nahm einen der beiden Plastikstühle, die unter einem kleinen, weißen Plastiktisch standen und stellte ihn vor das Bett seines Vaters. Die Blumen in den Vasen wurden nicht weniger. Obwohl Hermine die verwelkten regelmäßig aus ihren Behältern nahm und wegwarf. Leopolds Freunde ließen nicht locker, mit den bunten Blüten Lebensfreude in das triste Krankenzimmer zu bringen. Fotos von seiner Familie, seinen Geschwistern und Freunden standen rund um den Patienten, damit er, wenn er aufwacht, alle um sich hat, die er liebt. Sollte er aufwachen.

Für Marc war es trotz alldem ein Hort der Verzweiflung. Es bedurfte bei jedem seiner wöchentlichen Besuche Überwindung ihn zu betreten. Marc setzte sich hin, lehnte sich zurück, blies Luft durch spärlich geöffnete Lippen aus und dachte an seine Entscheidung bei Unmatched Solutions. Dann beugte er sich zu seinem Vater, legte die Ellbogen auf die Oberschenkel und sagte: „Du glaubst es nicht, Papa, was ich heute getan habe." Die Stille in dem sterilen, weißen Raum war unheimlich. Doch Marc wollte mit seinem Vater reden. Er brauchte ihn. Er hatte ihm immer die wichtigsten Ereignisse seines Lebens anvertraut, „Heute wäre es soweit gewesen, die Grabhofer hätte mich eingeführt. Aber ich habe dir ja erzählt, dass sich viel verändert hat. Die neue Ausbildung und das ganze Rundherum. Ich konnte mir nicht vorstellen, meine Zeit nur noch für die Firma zu verwenden. Kann das für ein Leben reichen? Sag selbst, Papa, man versäumt doch viel zu viel, wenn man nur einem Weg folgt, der schon in jungen Jahren vorgegeben scheint, oder? Ist man nicht geradezu verpflichtet, wenn man schon nur diese paar Jahre auf Erden hat, auch alles auszukosten, was die Welt einem bietet? Oder wenigstens so viel wie möglich davon? Deshalb habe ich ihr gesagt, dass ich nicht der Richtige für den Job bin. Nicht zu diesem Zeitpunkt." Marc konnte sich ein Lächeln nicht verkneifen.

„Sie ist aus allen Wolken gefallen. Ich dachte schon, sie schmeißt mich hochkantig raus. Mal sehen, vielleicht macht sie das ja noch. Aber vorerst sieht es danach aus, als wäre ich weiterhin Mitarbeiter in meiner Abteilung und hätte eine neue Chefin. Ich habe Adrienne vorgeschlagen. Ich habe dir ja von ihr erzählt. Ich habe geblufft und der Grabhofer gesagt, dass sie sich sicher wunderbar entwickelt. Menschlich meine ich." Marc musste lachen, als er an Adriennes Verhalten im Büro dachte, „In

Wahrheit glaube ich, werden wir in Zukunft durch die Hölle gehen!".

Er lehnte sich wieder an die Lehne und überlegte, ob der Stuhl es aushalten würde, wenn er sich auf die hinteren beiden Stuhlbeine wippen lässt. Ließ es dann aber bleiben. Er sah seinen Vater an. Die geschlossenen Augen, die markante Ader an der Schläfe, durch die das Blut pulsierte, wie bei einem normal gesunden Menschen. Er blickte auf die großen, behaarten Hände, die außerhalb der Decke an der Seite des Körpers lagen.

„Ich bin mir noch nicht sicher, ob es die richtige Entscheidung war. Aber ich fühle mich gut dabei. Befreit. Mir steht jetzt alles offen. Und damit ist der nächste Schritt klar: Ich mache die Sporttrainer-Ausbildung fertig und frage Richard, den Chef von dem Fitnessstudio in Velden, ob ich neben der Arbeit bei ihm aushelfen darf." Marc lächelte bei dem Gedanken und sah seinen Vater an.

Die rechte Hand lag weiterhin ruhig auf der Matratze, als sich in einer zuckenden Bewegung plötzlich der Zeigefinger hob und wieder senkte. Marc richtete sich auf. Er sprang auf, ging ganz nahe an seinen Vater und nahm seine Hand. Sie lag bewegungslos da wie eh und je

„Mach das nochmal Papa!" Marc war sich nicht sicher, ob er sich das nur eingebildet hatte. Aber er wollte sich sicher sein. Da war noch was in seinem Vater. Leben, es war Leben, das in Leopold Auen nach wie vor strömte. Er war nicht nur die Hülle eines Menschen, wie es die mitleidigen Blicke der Ärzte und Pflegerinnen ausdrückten. Es konnte nur nicht heraus. Doch das war das erste Zeichen! Der erste Kraftakt einer Befreiung!

Marc schossen Tränen in die Augen. Er rief: „Papa! Komm zurück zu uns! Komm zurück zu mir! Du schaffst das! Papa!"

Doch nun war nichts mehr zu erkennen. Keine weitere Regung. Marc nahm seinen Vater in die Arme und stützte dessen Kopf mit den Händen ab. Er umarmte ihn. Marcs Gesicht war schon ganz feucht, doch er konnte nicht aufhören zu weinen. Dann legte er ihn ab, wischte sich mit dem Ärmel seines Sakkos über seine Augen und seine Wangen und griff nach dem Handy in der Innentasche. Die Stimme noch nicht unter Kontrolle erzählte er seiner Mutter mit zittriger, teils schluchzender Stimme von dem Lebenszeichen. Sie war es, die so oft von Beispielen erzählte, wie Menschen nach teils langem Tiefschlaf wieder erwachten. Zuletzt schwand ihre Hoffnung aber dennoch mit jeder Woche, die ihr Ehemann in diesem Zustand verharrte.

Doch jetzt war alles wieder da: Der Optimismus auf letztendlich doch noch ein gemeinsames Leben, die Zuversicht, dass der Schrecken ein sanftes Ende finden würde. Sie machte sich sofort auf den Weg ins Krankenhaus. Dort umringten bereits drei Ärzte und Ärztinnen plus einige Krankenschwestern Leopold in seinem Bett. Marc hielt seine Hand. Hermine verschaffte sich mit einem lauten „Entschuldigung, bitte!“ Platz und stellte sich an die Seite ihres Sohnes. Ihr Mann lag da wie immer. Sie konnte keine Veränderung feststellen. Aber sie hatte auch nicht erwartet, dass er sie mit offenen Armen und vor allem Augen empfangen würde. Auch der Beatmungsschlauch ragte immer noch aus seinem Mund. Sie ließ sich von Marc den kurzen Ausdruck an Lebenswillen wieder und wieder erzählen. Dass ihr Sohn dabei auch erwähnte eine lukrative Beförderung in den Wind geschlagen zu haben, registrierte sie nur am Rande und sollte ihr erst Stunden später so richtig ins Bewusstsein rücken. Sie war damit gar nicht einverstanden, aber wenn es das war, was bei Leopold eine Reaktion hervorrief, sollte es wohl so sein.

Die Ärzte fügten hinzu, was sie nun ebenfalls neu registrierten, dass der Herzschlag fallweise schneller wurde. Etwa, als Hermine an das Bett ihres Mannes trat und seinen Namen rief. Ein langsames Aufwachen nach einem langen, tiefen Schlaf mit noch ungewissen Folgen.

27

Für Marc war es faszinierend Elisa zuzusehen, wie sie ihr Training abhielt. Sie verstand es perfekt mit Charme und Nachdruck zu motivieren aber nicht zu überfordern. Die Grenzen bei jedem einzelnen waren komplett unterschiedlich, doch sie schien sie genau zu kennen.

„Sie dürfen nicht die Lust verlieren sondern müssen stolz auf sich sein. Das ist die Kunst, die bewirkt, dass sie weitermachen und sich entwickeln."

Diese Lektion bekam Marc einige Male zu hören, war sich aber nicht sicher, ob er diesen Grat zwischen Lust und Frust je erkennen würde. Zeit zum Üben hatte er. Marc war tatsächlich von allen zusätzlichen Pflichten und Sonderaufgaben in seiner Firma freigespielt. Ihm war aber auch bewusst, dass ihn seine Entscheidung für lange Zeit an seinen angestammten Bürostuhl festgezurrt hatte. Er wurde auch nicht mehr für Spezialprojekte eingeteilt. Vermutlich weil die alte und die neue Chefin aufgrund seiner Entscheidung an seinem Engagement zweifelten.

Doch Marc war nicht unglücklich darüber. Er konnte dreimal in der Woche im Fitnessstudio Praxis sammeln. Er freute sich jedes Mal wie ein Kind darauf. Er lernte, griff unterstützend ein und trainiert selbst dabei. Nicht selten, dass ein Kunde an einem Gerät saß, etwa am Butterfly, und Marc auf der Maschine gleich daneben in dessen Rhythmus mitmachte. „Den Kunden gefällt das", sagte Elisa einmal, „ich frage mich nur, ob du das auch durchhältst, wenn du an einem Tag sechs oder sieben Trainings hintereinander hältst. Und das fünf Tage am Stück." „Ich sage es dir dann.“, grinste Marc, „Noch geht’s!“

Auch Richard wurde auf Marc aufmerksam. Elisa hatte ihn natürlich davon informiert, dass ein Neuer mitmachte, um das Handwerk zu lernen. Deswegen alleine hätte Richard aber nicht nach ihm Ausschau gehalten. Vielmehr bemerkte er bald von selbst diesen Kerl, der in seinem Studio besonders eifrig, lebhaft und heiter agierte. Noch mehr fiel er ihm auf, als es erste Anfragen von Kunden gab, die ihn zum Trainer haben wollten. Was in dem Ausbildungsstadium natürlich nicht möglich war. Das musste Betti an der Rezeption denjenigen dann auch antworten. Doch er würde von Elisa betreut, fügte sie bald hinzu, man könne also bei der Trainerin buchen. Somit stünden die Chancen, vor allem Dienstag und Freitag abends und am Samstagnachmittag gut, auch Marc beim Training mit dabei zu haben. Was meistens noch mehr für Begeisterung sorgte, weil man bei beiden beliebten Trainern gleichzeitig landen konnte. Ob Praktikant oder nicht. Das lag auch daran, dass Marc und Elisa so gut miteinander harmonierten. Sie ergänzten sich beim Erklären einzelner Übungen, als hätten sie es stundenlang einstudiert. Sie entwickelten ihre Scherze, Abläufe, Methoden, die eine Trainingsstunde zu einer Show werden ließ. Die Kunden wurden dabei geschult, unterhalten und gefordert, ohne einmal auf den Gedanken zu kommen, dass so ein hartes Training vielleicht keinen Spaß machen könnte.

Richard war sich nicht sicher, ob er es gut finden sollte, dass seine Freundin und der Neue sich so gut verstanden. Aber er konnte auf jeden Fall gute Leute brauchen. Und zufriedene Kunden noch mehr. Daher lud er Marc ein, einmal die Woche bei seinen Trainingsterminen dabei zu sein. Er wollte ihn kennenlernen. Er brauchte nicht lange, um zu begreifen, dass Marc ein Naturtalent war. Das Training der beiden Männer lief ebenso reibungslos, wenngleich nicht so lustig, ja oft übermütig, wie mit Elisa. Marc konnte ebenfalls dabei lernen. Von dem TV-Star. Richard erklärte ihm sogar, worauf er beim Erstellen der Übungen für eine Fitnesssendung achtete. Warum wusste Marc nicht. Er vermutete, dass Richard wohl einfach gerne mit seiner Prominenz prahlte. Er fand es trotzdem voll nett von ihm. Und er musste sich eingestehen, nun zu verstehen, was Elisa an dem, nach außen hin, selbstgefälligen Mann fand.

Richard beschrieb das Training als eine große Welle, die über das Meer toste. Ein milder Einstieg weit draußen am offenen Ozean, dessen Weite noch nicht ahnen ließ, wohin der Weg ging. Bis man das Ufer erkennen konnte und damit dem Ziel näher kam.

Ein starker Anstieg bei steigender Geschwindigkeit bis zum Scheitelpunkt. Die weiße Schaumkrone versucht mit Anstrengung seine mächtige Position zu halten, bevor sie umschlägt, in sich zusammenbricht und in innerer Entspannung über den nassen Sand ausläuft. Wenn man sich vor den TV-Geräten nun noch 75-Jährige vorstellt, erklärte Richard, und das Niveau an das Alter anpasst, hätte man das perfekte 25-Minuten-Training fürs Fernsehen.

Marc freundete sich mit Richard an. Sie gingen manchmal nach den Trainings laufen, oder in die Sauna um den Kopf frei zu kriegen. Dabei erfuhr Marc viel von dem Fitnessstudiobesitzer. Richard Linus Jonas war immer schon eine Sportskanone. In der Fußball-Schülerliga ein Ass im Sturm, den jede Schule gerne im eigenen Team gesehen hätte. Doch der Mannschaftssport, in dem man immer auch abhängig von den Leistungen anderer war und einem Trainer gehorchen musste, interessierte ihn bald nicht mehr. Er hatte das Gefühl alleine viel mehr schaffen zu können. Daher wechselte er mit 15 in den Fitnessbereich. Und er erkannte schnell: Das gefiel auch den Mädchen.

Er verstand es aber das Training nie zu übertreiben und sich muskulär aufzuplustern, so dass die Proportionen zwischen Brust, Hals und Kopf nicht mehr gestimmt hätten. Das wäre auch seiner Leidenschaft für Ausdauersportarten entgegengestanden. Er errang Medaille um Medaille in Jugendläufen und Schwimmbewerben und versuchte sich als Parkourläufer. Zum reinen Leistungssportler, der von einem Wettkampf zum nächsten dachte, hätte Jonas es aber dennoch nicht gebracht. Das merkte er selbst auch bald. Zu diszipliniert musste man dafür sein. Die harten Benimmregeln, wie vor Wettkämpfen früh schlafen gehen, auf Alkohol und lange Nächte in der Partyszene verzichten, seine körperlichen Kräfte für den Sport aufsparen und sie nicht auf der Matratze mit unterschiedlichen Frauen verbrauchen, diese Ver- und Gebote konnten durch Siegespokale nicht aufgewogen werden.

Als Personaltrainer hingegen konnte er gutes Geld verdienen und noch mehr wenn so manche (Ehe-)Frau aus reichem Haushalt herausfand, dass sie bei dem perfekt definierten Coach mit Belohnungen neben Trainingstipps auch noch an Körperkontakt rankommen konnte. Sei es, wenn sie sich finanziell erkenntlich zeigte oder ihn mit einem neuen Handy, Casino-Jetons, Möbel für die Wohnung oder sogar einem neuen Motorrad überraschte. So musste Richard sein Leben nicht sportlichen Zielen opfern, konnte trotzdem seiner Leidenschaft nachgehen und zusätzlich ein Leben nach seinem Geschmack führen. Um was Bleibendes zu schaffen, auf das er stolz blicken konnte, entstanden nach den wildesten Jahren als Selfmadetrainer die Pläne für ein eigenes Fitnessstudio. Auch dafür griffen ihm seine zahlreichen weiblichen Kontakte gerne unter die Arme. Als dann auch noch eine Freundin seiner Mutter ihre Kontakte zum Fernsehen spielen ließ und ihm zu einer eigenen Sendung verhalf, wunderte er sich erstmals selbst darüber, wie viel Glück ein einzelner Mensch haben konnte. Das Sendungskonzept reichte damals ein Fitnesstrainer ein, der in Wien viele Anhänger hatte und auf YouTube seine erste Million Klicks zählte, als Richard noch damit zu tun hatte, seinen Kanal einzurichten. Doch die Beziehungen zur Fernsehdirektion hatte Richard und damit bekam er die Show. Der Erfinder wurde mit geringfügigen Tantiemen für die Idee abgespeist. Richard erntete den Ruhm.

Marc wuchs in diese Fitnessfamilie rund ums Perfect Fit hinein. Er engagierte sich und fühlte sich bald, als hätte er nie etwas anderes gemacht. Der tägliche Weg zu seiner eigentlichen Arbeit bei Unmatched Solutions wurde schwerer. Die Arbeitstage kamen ihm trister und trister vor. Seine Gedanken kreisten nur noch um Trainingskonzepte und Motivationsgeheimnisse. Und längst waren nicht alle Herausforderungen, die ein Trainer zu bewältigen hatte, bereits Routine. So sollte am Wochenende das neue Trainingscenter in Villach eröffnet werden. Dort würde es auch einen Gymnastikraum für allerlei Kurse geben. Rückentraining, Bauch-Bein-Po, Zumba. Gleich am Montag darauf sollte Marc mit Yvonne gemeinsam, eine Trainerin, die ebenfalls neu war und extra für Villach eingestellt wurde, eine Stunde Bodywork geben. Marc hätte am liebsten Yvonne die Führung übernehmen lassen und als gewöhnlicher Teilnehmer mitgemacht. Doch sie bestand darauf, auch auf Richards Anordnung hin, dass sie sich die Stunde teilten.

Doch vor 20 Menschen die Choreografie einhalten, die Übungen erklären und dabei auch noch locker wirken, als würde er das schon zehn Jahre lang machen, das hatte er, wenn er selbst an solch einer Stunde teilgenommen hatte, am meisten bewundert. Und jetzt fürchtete er sich daher auch am meisten davor. Er war der Überzeugung in eine furchtbare Blamage hineinzustolpern. Er stellte sich vor, wie er stotternd keinen geraden Satz rausbrachte. Wie er Übungen vergaß und schrecklich lächerlich bei seinen Instruktionen wirkte.

„Sei wie immer!", hatte Elisa versucht ihn zu beruhigen. Doch genau das beunruhigte Marc. Vor einer großen Gruppe zu sprechen hatte schon bisher nicht funktioniert. Daher schlug sie vor, er solle ihr sein Programm vorführen und sie würde mitturnen. Das wollte er aber noch weniger. An den Geräten, den Hanteln oder dem Laufband hatte Marc kein Problem damit einzelnen Kunden Anweisungen zu geben. Im Gymnastikraum aber, wo ihn so viele Augenpaare fixierten war das anders. Je öfter er zu Hause alleine vor dem Spiegel übte, desto übler wurde ihm.

28

Die Außenmauer des Perfect Fit Villach wurde am Eröffnungsabend mit zusätzlichen Lampen angestrahlt, die in einem warmen, gelben Ton die Wände und das große weiße Schild mit rot-schwarzer Schrift sichtbar machten. Luftballons, ebenfalls in rot und schwarz, waren an langen Schnüren an Stehtischen vor dem Lokal angebracht.

Im Studio selbst waren die Leuchtkörper, die an Trainingstagen helles, weißes Licht gaben, mit farbigen Folien in Orange und Blau überklebt. Die Trainingsgeräte waren alle, bis auf ein Laufband, ein Ergometer und ein Langhantel-Gerüst an die Wände geschoben, damit hier ebenfalls Stehtische Platz hatten. Für die Festgäste mit ihren Getränken und dem Fingerfood. Es gab vitamin- und eiweißhaltiges Essen, wie Salate, knusprige Hühnerstreifen und Garnelen. An Getränken wurden neben selbstgemachten Fruchtsäften von Bauern aus der Region Bier, Wein und Sekt serviert.

Als Marc das neue Studio betrat, winkte ihm Bernd zu, der bereits zwei Teller Salat und je einen Teller der Hauptspeisen vor sich stehen hatte. „Bin ich zu spät?", fragte Marc ihn, weil Bernd bereits das Essen in sich hineinschaufelte. „Nein, nein!", sagte Bernd und zwinkerte ihm zu, „Richard war der Ansicht, bei der Eröffnungsshow sollte jeder Anwesende bereits satt sind, damit keine Unruhe herrscht, weil die Leute vor lauter Hunger nur ans Essen denken."

„Er will wohl jede Unaufmerksamkeit verhindern", sagte Marc und grinste über die Eitelkeit des Studiobesitzers. Dann sah er sich suchend um und fragte nach Elisa. „Die ist schon lange da. Hat Richard noch bei den letzten Vorbereitungen geholfen. Das heißt, so wie ich ihn kenne, hat *sie* vorbereitet und *er* hat noch wichtige

Telefonate geführt.“ Dabei zeichnete Bernd mit seinen Fingern Anführungsstriche in die Luft.

Ja, das würde ihm ähnlich sehen, dachte Marc. Er war gespannt auf einen Rundgang durch das neue Gym. Es sei doppelt so groß wie das erste, hatte Bernd ihm aufgeregt verraten. Und der Wellnessraum hätte neben einer Sauna für 25 Personen auch ein Dampfbad und ein Eiswasserbecken. Sehr luxuriös dachte Marc, dessen Begeisterung aber durch den Gedanken an den Gymnastikraum und den heraneilenden Montag getrübt war.

Endlich kam Bewegung in den Event. Zwei von Richards Trainern traten auf. Yvonne, deren krauses Haar in alle Richtungen abstand, bestieg mit ihren langen, braunen Beinen das Laufband. Der bullige Adi setzte sich auf das Ergometer. Neben den beiden stand eine zwei Meter hohe Plastiksäule, die pulsierend UV-Licht abstrahlte. Yvonne und Adi wurden von jeweils einem Spot beleuchtet, sonst waren nur im Zuschauerbereich noch einzelne der farbigen Leuchten an. Auch bei der Langhantel schien kein Licht. Nur für einen kurzen Moment konnten die aufmerksamsten Beobachter einen Schatten beobachten, der zum Gerüst huschte. Musik setzte ein. *Goosebumps* von HVME.

Yvonne begann zu gehen. Lange Schritte, die in ein Laufen übergingen. Adi trat in die Pedale. Ebenfalls zu Beginn langsam, dann schneller. Er bewegte dabei die Schultern links und rechts abwechselnd nach vorne und hinten. Er überzeichnete den Move stark, es wirkte aber nicht allzu lächerlich, weil das Dunkel des schwachen Lichts vieles verschluckte. Mit dem Anstieg der Geschwindigkeit kletterte rotes Licht an der Säule nach oben. Die Musik wechselte auf *Finish Line* von ZOOTAH *„Always first to the Finish Line“*

Der Beat wurde schneller und mit ihm die Schritte von Yvonne und die Tritte in die Pedale von Adi. Vereinzelt wippten einige Gäste zur Musik ohne ihren Blick von den Darstellern zu nehmen, der Großteil von ihnen ließ sich von der Spannung der Musik und dem Geschehen auf der Bühne voll einfangen. Voller Neugier warteten sie darauf was gleich passierte. Das rote Licht erfüllte die Säule immer mehr. Bald war es oben angelangt.

Nun gaben Yvonne und Adi alles. Die langen Beine von Yvonne schienen zu fliegen, ohne das Band zu berühren. In Finish Line mischte sich nun noch der Instrumentalteil des Songs Diamonds von Dirty Palm. Die Stakkato-Drums, endeten an ihrem Ende in einer Explosion, das rote Licht erreichte das Ende der Säule, Goldregen sprühte daraus hervor. Lichtspots erhellten das Hantelgerüst und richteten alle Aufmerksamkeit darauf.

Richard Jonas war es, der sich dort vorbereitet hatte und genau in dem Moment, als er beschienen wurde, 100 Kilogramm in die Höhe riss. Die Arme gestreckt mit einem Siegerlächeln im Gesicht schaute er in die Menge und rief

„Das Perfect Fit Villach ist eröffnet! Jetzt starten wir so richtig durch!"

Applaus setzte ein, die Gäste schrien und pfiffen und hoben ihre Gläser. Richard stand da und lies sich feiern. Neben dem DJ-Pult stand Elisa und war froh, dass alles geklappt hatte.

Marc stand mit Bernd, Yvonne und Adi an einem Stehtisch und löffelte ein Glas Fruchtcocktail aus, als Elisa zu ihnen stieß. Sie wirkte müde, aber lächelte ihre Kollegin und die Kollegen an: „Na, amüsiert ihr euch? Yvonne, du hast einen coolen Sprint hingelegt. War echt beeindruckend."

„Und der kleine Dicke am Fahrrad wird natürlich nicht beachtet!", beschwerte sich Adi, von dem man wusste, dass er Scherze, die er selbst über sich machte, liebte. „Dafür, dass du sonst nur Gewichte schupfst und dich darüberhinaus nicht viel bewegst, warst du nicht schlecht", zog ihn Elisa auf. „Die Performance mit den Lichtern und der Musik war saugeil!", sagte Bernd. „Und Richard ist natürlich voll auf seine Kosten gekommen, als Star der Manege!", fügte Yvonne hinzu, „Aber es stimmt, das hat echt nach was ausgesehen. Ich muss mir dann noch die Videos davon reinziehen, damit ich es auch ohne Puls auf 190 sehe."

Marc sah Elisa an: „Das war enorm stark! Habt ihr euch das gemeinsam einfallen lassen?" Elisa lachte: „Sozusagen. Richard wusste, er wollte im Mittelpunkt stehen und es sollte voll fahren. Ich hab das alles dann rund um diese Anweisungen gebaut. Das mit den Geräten ist mir eingefallen, als ich Yvonne am Laufband gesehen habe. Da wusste ich, dieser Anblick ist was für die breite Öffentlichkeit." Yvonne machte eine Handbewegung, die ausdrückte, Elisa solle nicht übertreiben, „Dann Musiksuche, die Lichtstimmung, irgendwann hat das Ganze ein Bild ergeben."

Elisa sah in die Mitte des Raumes, wo Richard sich mit einigen wichtig aussehenden Leuten unterhielt. Der eine war der Bürgermeister von Villach, die anderen kannte Elisa nicht. Nur Sherry, die kannte sie. Sie war auch nicht zu übersehen, in ihrem golden glitzernden Kleid, das ruhig noch ein paar Zentimeter Stoff mehr vertragen hätte. Sie stand an der Seite Richards und für eine reine Investorin schmiegte sie sich zu sehr an den, nun zweifachen Fitnessstudio-Besitzer heran. Elisa atmete tief durch und fragte sich, wie lange sie sich das eigentlich noch anschauen wollte. Die

Warnungen ihrer Freundinnen hatte sie fortwährend in den Wind geschlagen.

„Dann lasst uns diesen Schuppen gebührend einweihen!“, rief Bernd der Gruppe zu, winkelte die Arme auf Brusthöhe an und trat von einem Bein auf das andere.

„Was macht er da?“, fragte Adi belustigt. „Er würde Tanzen dazu sagen.“, antwortete Yvonne, „Sei lieb und tu, als würdest du es erkennen, sonst ist der Abend für ihn gelaufen“ Mit den Worten fing sie selbst an sich rhythmisch zur Musik in den Raum hinein zu bewegen. Die drei eröffneten die Tanzfläche, indem sie einfach drauflos tanzten und sich so Platz verschafften. Es dauerte nicht lange, bis andere Gäste mitmachten. Bernd winkte Marc und Elisa zu, sich dazuzugesellen.

Marc nickte mit dem Kopf, seine Hand signalisierte einen Moment noch. Er drehte sich zu Elisa und fragte sie: „Du wirkst nicht gerade überglücklich.“ Elisa sah an Marc vorbei zu Richard. Sie hatte ihm zu einem tollen Auftritt verholfen und war am Entstehen des Fitnessstudios maßgeblich beteiligt. Doch er stand inmitten der Prominenz, einen Arm um Sherry gelegt und unternahm nichts, um Elisa zu sich zu holen.

Noch einmal wollte sie sich nicht in eine unwürdige Situation begeben, indem sie ihr Recht, an seiner Seite zu stehen einforderte. Hatte sie das nötig?

„Ich brauche frische Luft.“, sagte sie, „Kommst du mit?“ So beschäftigt Richard mit seinen Gästen, Politikern und Sponsoren war, ihm entging nicht, dass seine Freundin mit Marc das Lokal verließ. Er sah ihnen nach, sein Gesicht verhärtete sich für Sekundenbruchteile, dann lachte er lautstark über einen Witz, den der Bürgermeister gemacht hatte.

Elisa und Marc gingen das Ufer der Drau entlang. Der Mond ließ die Oberfläche des Nebenflusses der Donau, der sich durch Villach schlängelte, silbrig schimmern. Obwohl die üblichen Geräusche einer Stadt zu hören waren, empfand Marc beim Dahinschlendern eine tiefe Ruhe. Er dachte sich, nach dem Musikpegel eben würde er auch die Visite einer Stahlfabrik als ruhig empfinden. Doch das war nur ein Scherz, den er für sich selbst machte, ohne ihn auszusprechen.

Er wusste, dass es in Wahrheit an Elisa lag. Und an dem seltenen Moment mit ihr alleine sein zu können. Auch wenn es nur für die Dauer eines kurzen Spazierganges war. So schön es war, einfach nur nebeneinander herzugehen, so sehr drängte es ihn, etwas zu sagen.

Den Augenblick zu nützen, sie noch besser kennenzulernen: „Das ist eigentlich auch dein Abend!“, sagte er, „Willst du ihn nicht feiern?

Da drinnen, mit den anderen?“

Elisa sah auf das Wasser, das sich von keinem Hindernis aufhalten lassen wollte. Dann folgte sie der Lichtspiegelung zu ihrem Ursprung am Himmel. Sie sagte nichts. So lange, dass sich Marc nicht mehr sicher war, ob er diesmal laut gesprochen, oder wieder nur still zu sich selbst gedacht hatte.

Dann sagte sie: „Wenn du in einem Moment alleine bist, der eigentlich für zwei gedacht war, merkst du, dass du nicht die zweite Hälfte bist.“

Sie gingen näher ans Wasser heran. Schauten über den Fluss, der langsam und vorsichtig dahinzog, als würde er das Paar nicht durch hohe Wellen und lautes Plätschern stören wollen. „Du bist nicht allein.“, sagte Marc und sah weit hinaus, dorthin, wo er dachte, dass Elisa ebenfalls hinschaute.

Irgendwohin, zwischen dem sanften Kräuseln an der Wasseroberfläche und dem nicht sichtbaren Ursprung des Gewässers.

Weit weg. Und doch waren alle seine restlichen Sinne hier. Bei ihr. Er roch nur sie. Er hörte nichts als ihren leisen, regelmäßigen Atem. Er spürte sie, ohne sie zu berühren.

Und sie? Trauer vermengte sich mit Aufregung. Die Art von Aufregung, wenn man eine Entdeckung macht, mit der man nicht gerechnet hätte. Die Aufregung darüber, endlich zu sehen, obwohl sich auch davor ihre Augenlider nie gesenkt hatten. Über sie brach eine Erkenntnis, die ihr im ersten Moment Angst machte, ihr aber, nachdem sie völlig klar sah, ebenfalls eine innere Ruhe gab.

Bewegungslos standen Elisa und Marc am Ufer der Drau. Und nur der Mond sah, wie sich die Hände der beiden mit scheuer Behutsamkeit aufeinander zubewegten, bis sie sich berührten.

ZWEITER TEIL

Die warmen Strahlen der Sonne ließen Marc sehr schnell aus der Finsternis seines tiefen Schlafs übergleiten in das Erleben eines neuen Tages. Er drehte sich weg vom Fenster und betrachtete sie durch die Schlitze seiner noch müden Augen. Ihre Nasenflügel zitterten leicht beim Einatmen, sonst lag sie friedlich und in völliger Entspannung neben ihm. Die 30. Nacht schon.

Seit er und Elisa sich füreinander entdeckt hatten waren sie keine Nacht mehr allein. Sie fanden keinen Grund nicht beieinander zu sein und sich jeder für sich in die eigene Wohnung zurückzuziehen. Sie blieben zusammen und es fühlte sich wie das Selbstverständlichste auf der Welt an. Sie schliefen zusammen, aßen zusammen, sie lernten zusammen, sie liefen zusammen, fuhren Rad und gingen schwimmen. Sie entwickelten Trainingsvarianten gemeinsam, machten Pläne und sie redeten, lachten und liebten.

Nur ins Perfect Fit konnten sie nicht mehr gehen. Nicht zusammen und nicht alleine. Als Elisa drei Tage nach der Eröffnung in Villach im alten Studio Velden ihren Terminen nachgehen wollte, ließ Richard sie nicht einmal bei der Tür hinein. Er nannte sie eine Verräterin, undankbar und treulos. Wäre Elisa nicht so schockiert über seine Reaktion gewesen, hätte sie es lustig oder zumindest ironisch gefunden, dass gerade er das Wort treulos so ungeniert gegen sie verwendete.

Er sprach ein Studioverbot für sie und Marc aus und drohte ihr, er werde verhindern, dass sie am Wörthersee und in der ganzen Region im Fitnessbereich noch einen guten Job finden werde. Von dieser Drohung hielt Elisa jedoch nicht viel. Sie konnte ihr keine Angst machen. Sie wusste, dass Richard der Star der Branche war und genug Menschen kannte, die er aufgrund seiner Stellung manipulieren konnte. Aber es gab auch genügend, die ihn nicht ausstehen konnten.

Doch Marc bekam im Sportinstitut, wo er seinen Kurs besuchte, den langen Arm Richards zu spüren. Plötzlich behandelten ihn manche Coaches abschätzig. Beim Lehrgang für Krafttraining blaffte ihn der 1.95 Meter große Trainer Joseph mit dem dünnen Schnauzbart an, was er gefrühstückt hätte, weil er gar so schwach auf der Brust sei. „Es ist nicht mein Ziel den Türrahmen zu sprengen, wenn ich durchgehe.“, antwortete Marc gelassen, der für seine angemessen proportionierten Muskelpakete an der richtigen Stelle schon viele anerkennende Blicke geerntet hatte.

„Wenn es dein Ziel ist, faul in der Hängematte zu liegen, kannst du diesen Job gleich aufgeben. Da, stemm die Langhantel hoch!“ Marc und die 9 anderen Kursteilnehmer schauten auf die Gewichte. „Da liegen 130 Kilo drauf.“ „Ja, und?“ „Wir sind noch nicht einmal aufgewärmt.“ „Ach, hast du jetzt schon die Hose voll? Mein Gott, jetzt mach schon. Wir sind ja hier nicht auf der Mobilisierungsstation vom Pflegeheim.“

Zwei, drei Teilnehmer lachten keck, wegen der Ansage, die anderen aber schauten den Trainer skeptisch an. Marc konnte der militante Ton von Joseph nicht beeindrucken. Er ging nahe an ihn heran und sagte: „Wenn du glaubst, dass ich mir wegen dir mein Knie kaputtmache oder mir die Bänder reiße, täuscht du dich. Entweder du machst jetzt sofort einen anständigen Kraftkurs mit uns, oder deine Chefin bekommt einen langen Bericht über deine Methoden.“ Da verging dem Hünen seine Angriffshaltung. Er grummelte und versuchte sein Gesicht zu bewahren, indem er sagte: „Gut, soweit seid ihr noch nicht. Dachte ich mir schon, dass ich hier eine Loser-Gruppe geerbt habe. Dann muss ich mit euch leider wieder ganz am Anfang beginnen.“

Elisa hatte Erfolg in der Therme Warmbad Villach. Sie gab dort Wassergymnastikstunden. Außerdem wurde sie von zwei Wörtherseehotels für Yoga-Einheiten engagiert. Den Rest der Zeit stürzte sie sich auf ihr Studium. Im Juni standen eine Menge Prüfungen an. Die wollte sie endlich abhaken.

Als Marc sie ansah, wie sie neben ihm lag - die Bewegungen unter ihren Augenlidern verrieten, dass sie bald aufwachen würde - dachte er an seinen Tagtraum. Wie sie sich am Ufer des Wörthersees gegenüberstanden, einen Burpee nach dem anderen machten, sich ansahen und vor Ihnen auf der Wiese 30 Männer und Frauen, junge, mittlere und alte, ebenfalls die Nase an das grüne Gras hielten und sich danach sofort hochstießen. In diesem Moment wuchs das Bild vor Marcs innerem Auge gewaltig an. Es strahlte in seinem Kopf, wie eine Mega-Watt-Glühbirne. Wie ein Alarm-Signal. Doch Marc war nicht verblendet, im Gegenteil, plötzlich sah er sehr klar: Das war nicht bloß ein Tagtraum, wie ihn ein verliebter Jüngling hat, weil er an nichts anderes denken kann, als an die Frau, die er liebt... Nein! Das war eine Vision.

Er hatte zwar bisher immer noch keine Gymnastikstunde angeleitet, weil Richard das neue Fitnessstudio lieber wieder abgerissen hätte, als Marc noch einmal hineinzulassen. Trotzdem sollten sie genau diese Vision so schnell wie möglich in die Tat umsetzen. Die warme Zeit des Jahres begann. Das war ihr erster Schritt in eine gemeinsame Zukunft als Fitnesstrainer. Davon war er plötzlich überzeugt. Jetzt hielt er es nicht mehr aus, er musste Elisa aufwecken.

Er zog sich an sie heran, rüttelte leicht an ihren Hüften, keine Reaktion. Er küsste sie auf die Lippen, einmal, zweimal, da küsste sie zurück und schwang sich auf ihn: „Hey, hat es da jemand eilig? So früh am Morgen?“ Marc umarmte sie und schmunzelte. Das liebte er so an ihr, nichts konnte ihre gute Laune stören und sie reagierte mit einer positiven Art selbst auf Dinge, über die sich andere ärgern würden. Sogar wenn Marc sie aus dem Schlaf rüttelte.

„Ja, mein liebster Schatz. Sehr eilig! Mir ist etwas eingefallen, darüber will ich mit dir reden.“ „Ach, nur reden...“, Elisa tat, als wäre sie enttäuscht und zog einen Schmollmund. Marc konnte nicht anders, er musste sie noch fünfmal küssen, dann aber sagte er: „Ich habe eine Idee, die wir zwei gemeinsam aufziehen können. Dazu brauchen wir kein Studio und kein Equipment. Wir brauchen ein gutes 40 Minuten-Programm und etwas Werbung.“ „Das 40 Minuten Programm ist schnell zusammengestellt. Aber für welche Anforderung? Und wo sollen wir es anbieten?“

„Am Strand!“ „Am Strand?“, Elisa setzte sich auf, „Wo am Strand? Wer soll dorthin kommen? Und warum sollen die dafür bezahlen? Die können genauso gut abseits stehen, von dort aus mitmachen und sagen, sie gehören nicht dazu.“ „Das stimmt. Aber die die dazugehören wollen, werden dafür bezahlen und bald wird jeder dazugehören wollen. Weil keiner nur am Rand stehen will. Und wer dabei ist, hat Spaß und nicht nur Übungsanleitungen. Außerdem bieten wir es einem Strandbad an. Die werden das als Service für ihre

Badegäste sehen und uns buchen!“ Elisa stand auf und fing an sich anzuziehen: „Ich muss einkaufen gehen.“ Marc sah sie ungläubig an: „Ja, aber, was hältst du von der Idee? Was brauchst du auf einmal so dringend?“ „Sonnenschutzcreme. Faktor 50!“

30

Der perfekte Tag, um jemanden von Fit und Fun, cooler Action am Wasser und Lebensfreude durch Bewegung im Freien zu überzeugen war es nicht gerade, als Elisa und Marc durch den Eingangsbereich ins Strandbad Velden gingen, um auf den Geschäftsführer zu warten. Es war ein dunkler Maitag. Einer von der unangenehmen Sorte, an dem die dicken Wolken nicht vorhatten einen Blick auf die Sonne freizugeben. Windböen von 70 Stundenkilometer machten jeden Aufenthalt im Freien ungemütlich und ließen das Paar sich immer wieder an die leichte Trainingsjacke greifen, um sie fester zuzuziehen.

Aber der Manager musste ja heute nicht mitturnen. Er brauchte nur den Mehrwert für die zahlenden Besucher an schönen Sonnentagen erkennen. Die Liegestühle im Bad waren aufeinandergestapelt. Die Schirme eingeholt und vermutlich in einem Lagerraum verstaut Ein Kellner saß gelangweilt an einem der Tische im Gastgarten des Strandrestaurants und rauchte. Wäre es heiß und sonnig, würde er nicht wissen, wen er zuerst bedienen solle und froh, wenn er die Zeit hätte, sich zwei Minuten mit einer Zigarette zurückziehen zu können.

Heute ließen sich nicht einmal die Enten und Schwäne blicken, die eigentlich gerade jetzt ihre Ruhe in Ufernähe hätten, so ganz ohne Menschen. Doch selbst die versteckten sich lieber an einem windgeschützten Ort. Ein Bademeister demontierte die Blumenkästen mit roten Begonien, die zwischen den Säulen des weiß angestrichenen Umkleide- und Duschhauses an den Geländern hingen. Marc schaute auf seine Sportuhr, mit der er auch seine Pulsfrequenz bei den Long Runs maß. Es war 20 Minuten nach vier Uhr am Nachmittag. „Hast du nicht 16 Uhr ausgemacht?“ Elisa nickte, atmete ein und presste die Lippen zusammen. Ihr war schon so kalt, dass sie überlegte durchs Strandbad zu joggen, um sich aufzuwärmen, „Ja, hab ich. Keine Ahnung, warum der uns so hängen lässt. Ich ruf ihn mal an.“

Als Elisa das Handy rausnahm, öffnete sich eine Tür auf der Seite des Kassahäuschens. Der Geschäftsführer kam heraus. Freddie Markschober. Ein kleiner Mann in Hemd und einem billigen beigen Sakko mit Karomuster. Untersetzt und mit wachem Blick. Marc hätte ihn gerne gefragt, ob er die ganze Zeit da drinnen saß und sie beobachtete, während der Wind ihre Körpertemperatur auf ein Minimum kühlte. Aber sie wollten was von ihm, da fragt man solche Sachen nicht, maßregelte er sich. Elisa hatte keine Skrupel: „Herr Markschober, Sie sind da? Haben Sie den Weg aus Ihrem Büro nach draußen nicht gefunden? Die Frau an der Kassa wird Ihnen wohl ausgerichtet haben, dass wir pünktlich erschienen sind!“

Freddie versuchte sich größer zu machen, indem er die Brust herausstreckte: „Ganz sachte, Frau... äh...“ „Karen! Elisa Karen. Und das ist Marc Auen. Danke jedenfalls für den Termin.“

Elisa kam lieber gleich auf den Grund ihres Treffens zu sprechen, sonst hätte sie diesen unhöflichen Menschen in den See geworfen. Freddie steckte ebenfalls seine Wut über die Direktheit dieser Frau zurück, die vermutlich nur ein Drittel an Lebensjahren von ihm hatte. Er wies sie mit einer Handbewegung zu den Tischen des Restaurants und schnaufte dabei, als hätte er einen 100 Meter Sprint hinter sich. Im Freien. Einen Innenraum hatte das Lokal nicht. Elisa war vor Wut wärmer geworden, aber sie wusste, lange würde dieses Gespräch nicht dauern bei dem Wind.

„Warum wir gekommen sind, habe ich bei unserem Telefonat kurz angerissen.“, übernahm Elisa sofort die Gesprächsführung. Das gefiel Freddie nicht und er hob die Hand: „Ja, ich weiß. Sie haben etwas von Sport gesagt. Wie stellt ihr euch das vor? Wenn die Leute hier Sport machen wollen, gehen sie schwimmen.“ Marc war an der Reihe. Schließlich war es seine Idee: „Das stimmt. Aber jeder will Abwechslung. Und alleine schwimmen gehen ist langweilig. Dafür hat man auch den ganzen Tag Zeit. Wir bieten, sagen wir eine knappe Stunde Training an, in der Ihre Gäste Übungen für ihre Muskulatur machen. Gegen Rückenschmerzen, für einen straffen Po, einen Sixpack und sie haben auch noch Spaß dabei.“ Freddie schnaufte laut aus: „Den Spaß kann ich dabei noch nicht erkennen.“

Elisa nahm Marcs Hand und sagte: „Wir leiten das Training gemeinsam an. Wenn viele mitmachen, entsteht ein Gemeinschaftsgefühl. Wir sind natürlich nicht stocksteif“, wie Sie, hätte Elisa beinahe hinzugefügt, „sondern machen dabei gute Stimmung. Wenn Sie nichts dagegen haben, spielen wir Musik dazu ab.“ Marc übernahm: „Wir nennen es „Lakeview Fitness mit Elli und Marc“. Ich kann mir gut vorstellen, dass das ein regelmäßiger Fixpunkt wird. Vor allem, wenn die Fitness Hour im Eintrittspreis inbegriffen ist. Dann wird so mancher nur deswegen ins Bad kommen. Und nachdem er sich mit uns ausgepowert hat, geht’s zur Abkühlung ins Wasser.“ „Danach gönnen sich die Teilnehmer einen Drink oder ein gutes Essen im Strandrestaurant. Darauf würden wir auch hinweisen.“, beendete Elisa die Ausführung.

Freddie wiederholte: „Lakeview Fitness, was?“, dann schien er ungeduldig zu werden: „Ein Riesentheater, das die Ruhe derer stört, die sich auf ihren Liegestühlen erholen wollen. Naja. Also, hört zu, ihr zwei, ich lass mir das durch den Kopf gehen.“ „Ich schlage ein Probetraining am nächsten schönen Tag, an dem Ihr Bad voll ist, vor. Dann werden Sie sehen...“, versuchte Marc das Gespräch nicht ergebnislos enden zu lassen, doch Freddie erhob sich bereits von seinem weißen, mit Plastikschnüren umwobenen Gartenstuhl: „Nicht so schnell, nicht so schnell! Ich sagte ja, ich lass es mir durch den Kopf gehen. Ich melde mich bei euch. Jetzt muss ich wieder an meine Arbeit. Ich habe immerhin schon eine Stunde meiner Zeit hier mit euch vertan. Also, danke für euer Kommen.“, mit diesen Worten hob er flüchtig seine kurze, fleischige Hand und ging zu der Tür, aus der er gekommen war.

Marc schaute Elisa an und flüsterte: „Hat er jetzt tatsächlich die halbe Stunde, die er uns in der Kälte warten hat lassen, dazugezählt?“ Elisa vergrub ihren Kopf in Marcs Beuge zwischen Hals und Schulter: „Wenn alle Bäderbetreiber so sind, gehe ich in die Forschung und verkrieche mich in einem Labor.“ „Zum Glück gibt es eine ganze Menge Strandbäder am Wörthersee. Wie viele hast du rausgesucht?“ „18. Aber nicht jedes hat genügend Platz zur Verfügung.“ Marc lachte und zog Elisa an sich: „Uns reichen ja schon drei oder vier für den Anfang. Damit bekommen wir bis zu 16 Fitnessstunden an einem Wochenende zusammen mit Vormittags- und Nachmittagsangeboten. Die werden wir doch finden!“ „Mir ist lieber, wir machen weniger und dafür geben wir die Stunden zu zweit“, überlegte Elisa. „Dann verdienen wir nicht so viel.“ „Dafür sind wir zusammen. Oder willst du im Sommer jedes Wochenende ohne mich verbringen?“ Elisa gab vor, entrüstet zu sein. Marc grinste: „Nie mehr, honey, nie mehr will ich ohne dich sein.“ „Dann ist’s ja gut“, sagte Elisa. Sie küssten sich.

Nach dem Strandbad Velden hatten Marc und Elisa Termine im Strandbad Klagenfurt und dem Promenadenbad Pörtschach. Danach fuhren sie in Elisas Wohnung, um sich auf der Couch niederzulassen. Drei Termine. Das war nicht viel. Die beiden hätten nicht erwartet, dass alleine die Suche nach Arbeit so anstrengend sein konnte. Sie kamen sich wie Vertreter vor, die sich den Mund fusselig redeten. Waren sie ja auch in dieser Phase. Immerhin: In Klagenfurt und Pörtschach ließen die Betreiber zumindest ein gewisses Interesse an der Idee erkennen. Von einer Zusage waren sie aber noch weit entfernt. Am nächsten Tag hatten sie einen Termin mit dem Strandbad-Pächter in Saag und wollten spontan bei Bädern an der Strecke reinschneien.

Freddie Markschober ließ sich, nachdem er die zwei Jungspunde abgefertigt hatte, wieder auf seinen alten Drehsessel fallen, dessen Gasdruckfeder unter dem Gewicht quietschte. Die Lehne bog sich gefährlich weit nach hinten. Er drehte sich zum Fenster, das so schmutzig war, dass man kaum hindurchsehen konnte. Aber um die beiden zu beobachten, die immer noch auf der Terrasse des Restaurants saßen, genügte es. Und von außen war dadurch kein Blick ins Büro möglich. Was Markschober als großen Vorteil betrachtete. „Wollen die nicht schön langsam verschwinden?“, murmelte Markschober und ruckte unruhig auf dem quietschenden Sessel hin und her. Der Termin war zu Ende, warum blieben sie noch hier? 20 Minuten lang linste er immer wieder in ihre Richtung, bis sie endlich aufstanden und händchenhaltend das Bad verließen.

Als weitere fünf Minuten vergangen waren, nahm er sein Handy und suchte eine Nummer in den Kontakten: „Hallo? Freddie hier! Soeben hatte ich Besuch von zwei jungen Leuten. Ich glaube, ich habe sie bei dir auf dem Fest gesehen: Karen und Auen heißen sie.“, Freddie lauschte kurz ins Telefon und sprach dann weiter: „Deswegen rufe ich ja an, weil ich mir dachte, dass dich interessiert, was sie wollten. Die beiden versuchen so ein Service für eine Stunde Herumhüpfen zu verkaufen.... Keine Ahnung welches Programm. Turnübungen eben. Ist doch sowieso alles gleich. Sie sagten 40 Minuten, wo sie vorturnen und irgendwie für gute Laune sorgen.“

Der Wind blies eine kräftige Böe ans Fenster, sodass die Scheibe in ihrem Kitt schepperte. „Ja, richtig, von Musik haben sie auch gesprochen. Die glauben, dass dadurch mehr Badegäste kommen. Ich glaube eher, dass sie die, die da sind, dadurch verkraulen.“ Freddie stand auf und sah in die Wolken, um abschätzen zu können, ob der Sturm auch ein Gewitter mitbringt, dann richtete er sich auf, so weit es ihm möglich war und sagte: „Ach, meinst du? Klar. Probier es! Kein Problem, so ist wenigstens was los hier. Schaden kannst du damit ja keinen anrichten!“, er lachte, als hätte er einen belegten Hals, „Hoffe ich zumindest!“.

Schlagartig wurde er ernst: „Ja ja! Schon klar! Du weißt schon was du tust! Das wollte ich auch nicht... Wann willst du loslegen? Nächstes Wochenende schon? Wenn das Wetter mitspielt hab ich kein Problem damit... In Ordnung! Schick mir ein PDF mit einer Ankündigung und ich drucke ein paar Plakate aus. Auch für die Anschlagtafel der Gemeinde, das Wirtshaus und einige Pensionen und Hotels. Das wird sich schnell herumsprechen. Wie? Ja, sie haben einen Namen dafür gesagt. Warte, wie war das? Irgendwas mit See und Fitness. Nein, in Englisch. Ja, richtig, Lake... Lakeview Fitness! Genau, das war’s!“

31

Drei Tage später hatten Marc und Elisa immer noch keine Zusage. Dafür von elf besuchten Strandanlagen, auf denen ein Training problemlos möglich gewesen wäre, sieben fixe Absagen. Die jeweiligen Betreiber hatten klar zu verstehen gegeben, dass sie dafür kein Budget übrig hatten. Und eine Bezahlung durch die Badegäste käme für sie nicht in Frage. Eine andere Ausrede war, dass sie die Ruhe des Wörthersees nicht gestört sehen wollten. Elisa konnte es nicht fassen. Gerade am Wörthersee, wo im Sommer Party für Party an Stränden, in Hotels und sonst wo gefeiert würden, wolle man die Ruhe nicht stören. „Der Wörthersee ist eine Fun-Area, kein Kurort!" lud sie an Marc ihren Frust ab.

Da das Wochenende vorbei war, hatte Marc untertags keine Zeit mehr, um weitere Strände auf der Suche nach Kunden abzuklappern. Nach der Arbeit ging sich mit Glück noch einer aus. Und das war meistens knapp, da die Betreiber meist nicht bis in die späten Abendstunden auf dem Badeplatz blieben. Elisa holte ihren Freund mit dem Fahrrad von der Arbeit ab. Sie hatten vor ihrem Termin im Strandbad Wrann, das zwar zum Seehotel Europa gehörte, gegen Gebühr aber auch für die Öffentlichkeit zugängig war, noch etwas Zeit. Daher stoppten sie auf dem Weg in Velden. Es war ein angenehmer Abend, der Sturm war weitergezogen, nur ein paar Schäfchenwolken standen vereinzelt am Himmel. Die Temperatur erlaubte kurze Ärmel. Marc und Elisa spazierten den Seecorso entlang, nachdem sie ihre Räder an einen Baum gelehnt und miteinander verkettet hatten. Sie waren nicht die Einzigen hier. Zahlreiche Einheimische und Touristen nutzten nach dem unbeständigen Wetter der letzten Tage die Möglichkeit unbeschwert den See entlang zu flanieren. Das Wasser zeigte sich in einem satten Blau. Es spiegelte beinahe die Farbe des Himmels wieder, hatte aber einen dunkleren Teint. Als wären die beiden Zwillinge, die sich trotz unbestreitbarer Ähnlichkeit voneinander abheben wollten. Elisa war nach Süßem zumute. Sie machte daher bei einem der Eisstände am Weg Halt.

Da ihre Finger der linken Hand eng mit denen von Marcs rechter verschlungen waren, hatte er gar keine andere Wahl, als ebenfalls stehen zu bleiben. Die junge Eisverkäuferin, vielleicht eine Studentin, die sich hier nebenher Geld verdiente, lächelte das Paar an. Lag es an dem frechen, roten Kurzhaarschnitt und den vielen Sommersprossen, dass das Lächeln auf Elisa verschmitzt wirkte? Sie lächelte zurück und bestellte eine Tüte mit Himbeere und Joghurt. Marc nahm Stracciatella und Heidelbeere. Sie gingen weiter, mit der Zunge beständig an den kalten, zuckersüßen Kugeln und formten mit ihren Armen einen Tunnel, durch den zwischen ihnen ein Kleinkind mit seinem Dreirad sauste.

Sie lachten, gaben sich einen Kuss und schlenderten weiter. Vom Seecorso bogen sie Richtung Kurpark und setzten sich dort in die Wiese. Sie betrachteten den See, Elisa kostete von Marcs Eis und er von ihrem. „Wir sollten noch eine zusätzliche Bauchübung ins Strandfitness-Programm einbauen.“, überlegte Elisa. „Marc sah in den Himmel, vor Augen hatte er aber den Teil im zweiten Drittel ihres Trainings, das dem Rumpf gewidmet war, „Meinst du? Wir haben Crunches und Reverse Crunches.“ „Eben. Nur zwei. Im Sommer will man aber den Six-Pack formen. Geben wir noch eine Minute Plank dazu.“ „Ja, gute Idee. Ist eine statische Übung und gleichzeitig sehr effektiv. Wir dürfen die Sommerurlauber nur nicht überfordern!“ Elisa knabberte an ihrer Eistüte: „Wir müssen dann sicher noch adaptieren, wenn wir sehen, welches Niveau wir gehen können! Wer glaubst du, macht aller mit? Die, die sonst mit Sport nicht viel am Hut haben und das als Ferienspecial sehen, oder Allround-Sportler und Sportlerinnen, die froh sind, wenn sie am Strand nicht nur bei der Familie am Handtuch liegen müssen?“ Marc hatte darüber noch gar nicht nachgedacht. Das war alles absolutes Neuland. Der Gedanke an einem öffentlichen Ort dutzenden Menschen gegenüberzustehen, die seine Übungen nachmachten war immer noch irreal für ihn.

„Jetzt müssen wir erst einmal ein Strandbad finden! Merkwürdig, dass noch keiner zugeschlagen hat. Ich hätte gedacht, das wird einfacher.“ „Ich verstehe es auch nicht ganz. Die trauen sich wahrscheinlich nicht. Ich sage dir, wenn wir keinen gewerblichen Badestrand finden, dann machen wir es irgendwo in der Öffentlichkeit. An einer freien Badestelle zum Beispiel.“

„Diese offenen Seezugänge sind alle winzig. Glaube kaum, dass wir einen finden, an dem wir genug Platz haben. Sicher können wir dort eine Stunde Bodywork machen. Zu zweit! Mehr Personen werden sich nicht ausgehen.“

Marc richtete nach den Worten seinen Blick vom See auf Elisa und schmunzelte sie an: „Aber eine Stunde Bodywork mit dir alleine klingt auch reizvoll.“ Er umarmte sie und drückte sie behutsam mit dem Kopf auf das Gras. Sie lächelte zurück: „So werden wir aber kaum unsere ersten Goldtaler verdienen, Herr Fitnesstrainer.“ Marc küsste sie und sagte dann: „Ach, der schnöde Mammon.“ Elisa antwortete: „Ja, der schnöde Mammon! Nicht so unwichtig, wenn wir auf eigenen Füßen stehen wollen. Und deshalb werden wir jetzt zum Strandbad Wrann fahren. Ich habe ein gutes Gefühl für den Termin!“ Marc gab klein bei, stand auf und zog mit einer Hand auch Elisa auf ihre Füße. Sie machten noch die Runde durch den Kurpark fertig und gingen dabei am Gemeindeamt vorbei.

Da erblickte Marc ein Plakat in der dort hängenden Schauvitrine. Richard war darauf groß abgebildet. Nicht zu übersehen. In kurzer Trainingsmontur, mit offenem Mund, seine blitzweißen Zähne zeigend. Marc las laut vor: „Das Perfect Fit präsentiert: Lakeview Fit. Stark mit Richard, stark am Strand, stark durch den Sommer!“ Elisa und Marc sahen sich an. Dann las Elisa weiter: „Start am 14. Mai, 10.30 Uhr gleichzeitig im Strandbad Velden, Strandbad Klagenfurt und Strandbad Reifnitz. Mit den besten Trainern am Wörthersee. Ab jetzt jeden Samstag und Sonntag.“

Elisa schüttelte den Kopf. Sie sah wieder Marc an. Ungläubig. Verstört. Marc wurde wütend. Sein Gesicht färbte sich unter der gebräunten Haut dunkelrot. Elisa sagte: „Aber, wie kann er…? Hast du was herumerzählt?“ Marc reagierte beleidigt: „Was denkst du von mir?“ Elisa sah Marc wie hilflos an: „Aber, wie…?“ Marc hob die Schultern. Er konnte es sich auch nicht erklären. Beim Weg zurück zum Seecorso und zu ihren Rädern dauerte es eine Weile, bis einer von ihnen wieder zu sprechen begann. „Das kann nur über einen der Bäderchefs zu Richard gekommen sein.“, sagte Elisa schließlich nachdenklich. „Oder über mehrere. Die sind vielleicht miteinander vernetzt“, ergänzte Marc. Elisa nickte: „Es war ja auch wirklich merkwürdig, wie seltsam zurückhaltend die bei dieser Idee waren, die ja für sie kaum ein Risiko bedeutet. Überlegen wir: Der erste war der Markschober. Danach sind wir nach Klagenfurt gefahren. Von Pörtschach ist auf dem Plakat gar keine Rede. Dafür Reifnitz. Dort waren wir noch nicht mal." Elisa redete sich in einen Fluss. Marc griff sich an die Stirn: „Warte, warte! Wie passt Reifnitz dann in das Ganze?" „Die kann er uns nicht geklaut haben. Aber er wird ja trotzdem nicht von selbst auf haargenau dieselbe Idee gekommen sein. Und Pörtschach... wer weiß, warum die nicht draufstehen. Uns haben sie jedenfalls auch noch nicht angerufen. Vielleicht verhandeln sie noch mit Richard."

„Oder er beginnt zuerst klein und steigert sich dann." „Das würde ihm nicht ähnlich sehen.", schüttelte Elisa den Kopf, „Außerdem: Klein ist gut! Drei Strandbäder gleichzeitig. Wir wären schon froh, wenn wir einen oder zwei Plätze hätten für unser Lakeview...", Elisa wurde blass, "Er hat unseren Namen auch geklaut!" „Wir sind so blind. Das haben wir im ersten Schreck komplett übersehen. Dann ist alles klar!"

Marc ging zu den Rädern und entriegelte das Fahrradschloss: „Ich hätte nicht gedacht, dass Richards Einfluss so groß ist." Elisa nahm ihr Rad: „Ich hätte nicht gedacht, dass er so fies sein kann." Sie traten in die Pedale und machten sich auf den Weg zum Seehotel. Die knisternde Euphorie der neuen Idee war wie weggeblasen. Mittlerweile hatte das neue Fitnessprogramm bestimmt schon seine Runde um den See gemacht. Mit Richard als Erfinder. Viel Hoffnung hatten sie daher nicht, diesmal erfolgreich zu sein. Als sie auf die Seepromenade bogen fragte Elisa: „Was machen wir jetzt?" Marc schaute konzentriert geradeaus und presste die Lippen zusammen: „Wir machen weiter!"

32

Die nächsten Tage wurden zermürbend für Marc. Er konnte nicht aus der Arbeit weg, um sein Projekt voranzutreiben, das noch nicht einmal richtig begonnen hatte. Also saß er in seinem Bürostuhl und hatte alle Mühe sich auf seine Aufgaben zu konzentrieren. Er war mit den Logistikkonzepten seit Wochen hinter Plan, weil er sich trotz Rüge von Adrienne nebenbei um seine Sportausbildung und nun auch noch um Lakeview Fitness... sie brauchten einen neuen Namen... kümmerte.

Am liebsten würde er seinen alten Job ganz sausen lassen. Einfach alles hinwerfen. Doch dann hätten sie überhaupt keinen finanziellen Rückhalt mehr. Das wagte er nicht. Noch nicht. Er träumte aber bereits davon. Träumen darf man ja. Während sie also weiterhin ohne Erfolg Termine an potentiellen Outdoor-Fitness-Standorten absolvierten, rückte der Tag näher, an dem Richard Marcs Idee bereits in die Realität umsetzte. Zu allem Übel kamen auch noch seine Kolleginnen, Barbara und Katharina an seinen Schreibtisch und sagten:

„Hi Marcus! Wie geht's deinem Bizeps? Ist er wieder gewachsen?“ Marc versuchte höflich zu sein und zwang sich ein Lächeln heraus. Antworten war nicht nötig, Barbara sprach gleich weiter: „Wir haben von deinem Chef gehört und von seinem neuen Programm.“ Marc hätte erwidern können, dass Richard nicht mehr sein Chef wäre, er ließ es aber bleiben, „Bist du da auch dabei? Wenn du im Strandbad Velden vorhüpfst, hüpfen wir doch glatt mit!“ Die Frauen lachten, bei Katharina konnte Marc nicht umhin, den roten Lippenstift auf ihren Vorderzähnen anzustarren. Betont langsam bewegte er den Kopf von einer Seite auf die andere und dehnte seine Worte: „Nein. Da bin ich leider nicht dabei."

„Oh wie schade! Aber du arbeitest doch am Wochenende immer im Fitnessstudio von dem Kerl. Diese Strandbad-Sache ist doch viel netter, als im Sommer indoor zu versauern. Da ist ja sicher auch Null los! Wer kommt schon jetzt, wo es draußen so schön ist, in eure kahle Bude und setzt sich an eine Muckimaschine?" „Weniger.", das musste Marc zugeben, „aber das tangiert mich nicht mehr. Mein Praktikum im Perfect Fit ist beendet. Ich plane jetzt was Eigenes."

Der Messenger-Empfangston seines Handys meldete sich. Barbara setzte sich zu Marc an die Tischkante: „Ach wirklich? Und was?" Marc war sich bewusst, dass es total blöd klang, als er sagte: „Naja, auch ein Outdoor-Programm auf der Wiese."

Jetzt sahen Barbara und Katharina enttäuscht drein, Katharina wirkte sogar verlegen: „Ach. Aber das gibt es ja jetzt schon." Barbara ergänzte: „Lass dir doch was Eigenes einfallen. Schaut komisch aus, wenn du eine Woche später das Gleiche machst, oder?" Marc wusste, dass sie recht hatten. Er wich ihrem Blick aus und landete beim Wasserspender neben dem Eingang. Seine Kehle war trocken, daher stand er auf und ging hin. Was sollte er sagen? Richard hatte Plakate, eine Ankündigung auf seiner Seite im Netz, auf Insta, Facebook, ein kurzes Werbevideo in Tik Tok und konkrete Termine. Und was hatte er? Lange Gesichter bei den Strandpächtern und -verwaltern. „Ich muss ja irgendwo beginnen.", sagte er dann niedergeschlagen. Seinen Besucherinnen aus der Personalstelle wurde die Situation unangenehm. Sie schauten auf die Uhr und sagten dann fast zeitgleich: „Na gut, wir müssen wieder rauf in unser Büro."

Katharina fügte versöhnlich hinzu: „Halt uns auf dem Laufenden! Bin gespannt, was es dann wird." „Mach ich, mach ich!", antwortete Marcus und sah ihnen nach, als sie davongingen. Er hatte das Befürfnis Elisa anzurufen und nahm sein Mobiltelefon zur Hand. Eine Nachricht war eingelangt. Die zog seine Aufmerksamkeit auf sich. Sie war von Mario Bernolli, dem Pächter des Strandbads Schiefling:

Ciao, Herr Auen! Ich habe Ihre Terminanfrage bekommen. Sorry f späte Rückmeldung. Habe gerade viel um die 👂. Saisonbeginn... Freitag 0800 geht. Bei mir im Bad! Bis dann, bg MBernolli

In Marc kam Freude auf, auch wenn alle bisherigen Verkaufsgespräche im Sand verlaufen waren. Aber dennoch war er froh, Elisa etwas mitteilen zu können, das den Anschein einer guten Nachricht hatte. Und danach musste er Adriennes Büro aufsuchen, um ihrer Sekretärin mitzuteilen, dass er am Freitag später ins Büro kommen würde.

33

An besagtem Tag waren Marc und Elisa schon um halb acht beim Strandbad Schiefling. Das Hoch aus Italien hatte sich nun endgültig durchgesetzt. Es war ein milder, sonniger Morgen. Amseln hüpften auf dem Gras im Bad umher und bedienten sich an Insekten, Käfern und kleinen Würmern, solange das Areal noch nicht von Menschen in Beschlag genommen war.

Die Räder kamen an die Fahrradständer an der linken Seite des Hauptgebäudes. Das Paar verkürzte sich die Wartezeit, indem sich die zwei umarmten. Marc beugte sich zu Elisa herunter und berührte ihre Lippen mit seinen. Dann schmiegten sie die Wangen aneinander und drückten sich. Er war froh, sie in seinen Armen halten zu können. Er hätte sich vor zwei Monaten noch nicht vorstellen können, dass seine Liebe zu Elisa je erfüllt werden könnte. Und nun stand er mit ihr hier, vor einem Termin und arbeitete mit ihr auf gemeinsame Ziele hin.

Es vergingen gerade mal zehn Minuten, als sich die dunkelbraune Metalltür beim Eingang öffnete. Mario Bernolli kam heraus und sagte mit italienischem Akzent: „Ihr seid schon da! Molto bene! Das mag ich. Pünktlich, motiviert, so haben wir genug Zeit für einen heißen Cappuccino und ein italienisches Brioche. Ich habe schon alles vorbereitet. Kommt nur!“ Das Pärchen ging hinter Mario her und warf sich gegenseitig einen beeindruckten Blick zu, der auch Verwunderung ausdrückte.

Solch eine entgegenkommende Behandlung hatten sie in den vergangenen Gesprächen kaum erfahren. Auf der Wiese des Seeschwimmbades startete ein Arbeiter den Rasentraktor um damit die Grashalme auf eine, für nackte Füße angenehme Länge zu trimmen. Eine junge Bademeisterin richtet Schwimmnudeln her für die Schulklasse, die in einer halben Stunde hier einen Schwimmkurs abhielt. Es war doch schon mehr los, als von außen erkennbar war. Mario rief durch das Ausgabefenster des Bistros nach den Kaffees und den Kipferln. Danach setzten sich die drei an einen Tisch auf der Terrasse. Marc sah auf den See, der türkis leuchtete. Er konnte immer noch nicht auf den See schauen, ohne dass ihn ein dumpfes Gefühl beschlich. Immer noch musste er an den Unfall seines Vaters denken. Doch jetzt, wo sein alter Herr winzige Fortschritte zu seiner Genesung machte, war es nicht mehr mit dieser unbändigen Qual verbunden.

Elisa nahm Marcs Hand und sagte dann: „Ich muss ehrlich sagen, ich bin froh, dass Sie uns so nett empfangen, Herr Bernolli."

„No, no, no, dieses Sie und Herr Bernolli lassen wir gleich wieder bleiben. Mi chiami Mario! Warum sollte ich nicht? Warum sollte man irgendwen nicht nett empfangen?"

Mario machte bei diesen Worten ein fragendes Gesicht, dass Elisa fast zum Lachen gebracht hatte: „Das stimmt Mario. Wir kannten das bisher auch nicht. Aber die letzten Tage waren diesbezüglich schon sehr seltsam." Der Kaffee kam und mit ihm frisch herausgebackene Brioche, deren Duft nach Butter und Teig sogar im Freien deutlich wahrnehmbar war.

„Ihr wollt also Stimmung hier reinbringen in mein geliebtes piscina, mein Freibad? Das finde ich grandioso! Cosa vuoi fare - Was wollt ihr machen?" Mario biss in sein Hörnchen, so herzhaft, dass ein Drittel davon in seinem Mund verschwand. Marc hätte ebenfalls gerne von seinem Brioche versucht, aber er hielt sich zurück und erklärte stattdessen deren Konzept. Elisa fügte nur noch hinzu: „Ehrlich gesagt, ist das etwas Ähnliches, wie morgen schon in drei Strandbädern startet. Abgewickelt von Richard Linus Jonas. Das ist auch der Grund, warum wir keine guten Erfahrungen gemacht haben, seit wir unser Strandfitness propagieren. Er hat uns die Idee weggeschnappt. All die Strandbesitzer dürften ihm hörig sein. Anders kann ich es mir nicht erklären, warum sie mit uns kein Geschäft machen wollten."

Mario nickte wissend, nahm einen Schluck von seinem Cappuccino und sagte: „Sì! Der Jonas ist der große Zampano am Wörthersee. Nicht weil er so beliebt ist, aber seine TV-Show, seine Verbindungen zur High Society. Viele sind ihm dadurch treu ergeben und wer seinen Promifaktor für das eigene Geschäft nutzen kann, der tut es auch. So gibt eine Verbindlichkeit die nächste. Quindi la vita è! So ist das Leben."

Ärger stieg in Marc hoch, bei dem Gedanken so hintergangen worden zu sein: „Die einzigen, die wissen, dass wir zuerst den Einfall des Bodywork in dieser traumhaften Kulisse hatten, sind die Geschäftsführer der Bäder, bei denen wir vorgesprochen haben, bevor Richards Plakate überall aufgehängt wurden. Aber die werden sich mit der Wahrheit zurückhalten."

Mario aber sagte: „Ah, niente! Es gibt genug Platz für alle. Ihr macht euer Programm jetzt erstmal bei mir. Morgen gleich, wenn ihr soweit seid. Wir müssen das Wochenende ausnutzen. Das Wetter wird bellissima! Am Vormittag – am besten gleich um 9.30 und um halb elf noch einmal!

Machen wir am Anfang einen Probierpreis und wenn wir sehen, dass die Menschen euch lieben und alle zu mir strömen, bezahle ich euch richtig gut. Was sagt ihr dazu? Siamo in affari? Deal?"

Elisa sah zu Marc, der Augenkontakt genügte, um sich der gegenseitigen Übereinstimmung zu vergewissern dann streckte sie die Hand zu Mario und sagte: „Deal!" Danach schlug Marc auf die beiden Hände von Mario und Elisa und sagte lachend: „Deal!

34

Marc ging an diesem Tag nicht mehr in die Arbeit. Er nahm sich spontan frei. Worüber Adrienne nicht glücklich war, weil sie dadurch ein von ihm konzipiertes Projekt alleine den Kunden präsentieren musste.

Aber Marc konnte jetzt nicht an LKW-Fahrten denken. Er und Elisa machten sich noch einmal an den Ablauf ihrer Trainingseinheit heran. Waren die Burpees gegen Ende nicht zu viel? Doch Marc bestand auf dieses herausfordernde Finish. Die Teilnehmer mussten stolz auf ihre Leistung sein können, argumentierte er. Doch in Wahrheit hatte er seinen Tagtraum klar vor Augen. Die Burpees waren dessen Erfüllung. Sie bearbeiteten noch einige andere Stellen und spielten das Programm einmal komplett durch.

Am Samstag schien das Wetter darauf zu bestehen, dass möglichst viele Menschen ins Freibad strömten. Es war perfekt. Keine Wolke am Himmel und klare Luft. Doch um halb zehn am Vormittag war trotzdem nicht viel los. Die Touristen ließen sich Zeit, schliefen aus, frühstückten gemütlich und packten dann gemächlich ihre Sachen, um den Tag am Strand zu verbringen. Das galt auch für Einheimische. Für sie war der Samstag zusätzlich der Tag der Erledigungen.

Dazu kam, dass eine offizielle Ankündigung für den Sportevent im Strandbad Schiefling nicht mehr möglich gewesen war. Dafür war die Zeit zu kurz. Lauter Gründe, warum Marc und Elisa alleine an ihrem zugewiesenen Platz in der Wiese, etwa 5 Meter vom Wasser entfernt unterhalb des Beachvolleyballplatzes standen und lautstark ihr Programm ankündigten. Das Strandbad hatte eine Eigenheit, die es sonst nirgends gab: Mitten durch die Anlage floss ein Bach, der das Areal zweiteilte. Über zwei Brücken gelangte man vom Hauptteil mit Umkleiden, Bistro, Steg und Wasserrutsche auf den kleineren Wiesenabschnitt.

Es sah wunderschön aus, war aber auch ein Hindernis, das es für potentielle Teilnehmerinnen zu überwinden galt. Derzeit waren etwa 20 Menschen im Bad. Davon kamen gerade mal zwei aus Neugier näher. Ein etwa 13-jähriger Bursche und eine Seniorin, die wissen wollten, was hier angeboten wurde. „Wir starten in Kürze!", beschwor Marc sie zu bleiben und lief eine Runde durch die gesamte Anlage. Er ging selbst auf Besucherfang, sprach die Badegäste direkt an und versuchte sie zu animieren. In Anbetracht des leeren Strandbades konnte man es als Erfolg bezeichnen, dass er noch ein Pärchen im Alter von etwa 25 überreden konnte, mitzumachen. Sie war stämmig aber, bis auf Fettpölsterchen an den Hüften und dem Po, durchaus annähernd athletisch. Er kam wohl nur mit, weil seine Freundin ihn dazu aufforderte. In seinem Gesicht war zu lesen, dass er lieber sein erstes Eis vom Bistro holen wollte.

Elisa hätte zu gern gewusst, wie die Lage bei Richards Outdoor-Fitnessstunden war. Und wer sie abhielt. Von Yvonne hatte sie erfahren, dass Bernd eine Einheit übernommen hatte. Sie konnte ihren Freund aus Perfect Fit-Tagen aber bisher nicht erreichen. Auch von den anderen Trainern und Trainerinnen verlangte Richard sich in dem neuen Angebot zu engagieren. Anscheinend hatte er vor, es noch weiter auszubauen.

Also gut, der Konkurrenzkampf hatte begonnen. Sie selbst mussten es mit weniger Man-Power angehen. Aber ein kleiner Anfang war besser als kein Beginn.

„Ok, Leute! Schön, dass ihr hier seid!", begann Elisa. Marc scheute sich noch davor, ebenfalls drauf los zu reden. Selbst bei nur vier Teilnehmern. Er befand sich auf Neuland. Bis vor kurzem hatte er die meiste Zeit in seinem Wohnzimmer vor dem Computer gesessen. Dort war es egal, wie man rüberkam, welche Stimmung man verbreitete. Man musste nicht kompetent wirken und andere Menschen begeistern.

„Wir starten mit Aufwärmübungen!" „Es ist schon warm genug!", meldete sich der 25-Jährige. Elisa ging charmant darauf ein: „Auch wenn die Sonne scheint, brauchen die Muskeln doch ihre Betriebstemperatur, damit sie wie geschmiert funktionieren." Elisa macht das großartig, dachte Marc. Er beschränkte sich auf seine Vorbildfunktion für eine korrekte Ausführung und darauf die Teilnehmer zu beobachten. Noch konnte man nicht viel falsch machen. Aufwärmübungen sollten technisch nicht anspruchsvoll sein sondern den Körper in Schwung bringen.

„Zuerst zeigen wir uns wie gern wir uns haben! Dazu Arme ausbreiten und umarmt euch! Spitze! Jetzt drehen wir unsere Arme! Große Bewegungen! Sehr gut macht ihr das. Da steigt das Blut in die Fingerspitzen. Super!“ Von der anderen Hälfte, über dem Bach, erhoben sich einige Badegäste. Sie waren neugierig geworden und wollten besser sehen, was da vorging

„So, jetzt sind wir aufgewärmt und startklar für ein paar Übungen, die uns den ganzen Tag lang stark und gut drauf sein lassen. Unser Prinzip dabei ist 4 mal 3 mal 2.“ Sie hatten das Training auf vier Leistungsgruppen, die unterschiedlichen Muskelgruppen zugeordnet waren, angelegt. Drei Übungen pro Leistungsgruppe und zwei Sätze von jeder Gruppe. Dazwischen eine halbe Minute Pause. Die einzelnen Übungen dauerten jeweils 40 Sekunden mit 20 Sekunden Pause. Davor das Warm Up, danach Cool Down mit Stretchen und Relaxen. Marc ging beim vorgebeugten Rumpftwist in eine weite Grätsche und schwang die Arme hin und her, indem er bei jeder Seitwärtsbewegung den Fußknöchel mit der Hand berührte. Mit der rechten Hand den linken Knöchel und umgekehrt.

Elisa reagierte auf seine perfekte Haltung: „So schön wie Marc kann das sonst keiner hier am Wörthersee“, sagte sie mit einem Augenzwinkern, „Wer die Beine etwas weiter als die Hüften öffnet, hat aber schon die ideale Haltung. Sehr gut! Wie heißt du?“, der Jugendliche drehte seinen Kopf von unten nach oben und sagte: „Samuel!“, „Gut Samuel, das machst du hervorragend. Du bist sehr gelenkig.“ Nach dem Aufwärmen begannen die eigentlichen Kraftübungen: „Die Lunges habt ihr toll gemacht. Jetzt geht es aber richtig an die Oberschenkel und natürlich wollen wir auch einen knackigen Sommer-Po fürs Freibad bekommen. Daher nehmen wir uns ein Beispiel an den Enten, die hier in der Wiese nach Futter suchen und gehen in die Hocke. Oberschenkel parallel zum Boden. Liebe Dame, wie ist Ihr Name?“ „Margarethe“, die Pensionistin lächelte Elisa an, sie war entschlossen die Übungen korrekt auszuführen, auch wenn sie diese Haltung im Knie spürte.

Elisa bemerkte ihre Anstrengung: „Gehen Sie nicht ganz so weit runter. Winkeln sie die Knie nur leicht ab. Das reicht vollkommen. Und wenn Sie Schmerzen haben, lassen Sie diese Übung aus, Margarethe!“ In der zweiten Leistungsgruppe setzten sie sich ins Gras, um mit Bodenrudern den Rumpf zu beanspruchen.

Der junge Mann, der Robert hieß, verließ die Morgensportler. Aber nicht, wie Marc enttäuscht annahm, um endlich an sein Eis zu kommen, sondern um für sich und seine Freundin Heike ein Handtuch zu holen. Darauf nahmen sie Platz, und hoben ihre Füße vom Boden, dann streckten sie Arme und Beine abwechselnd von sich. Ein Schwan schwamm ganz nah zum Ufer hin und betrachtete die dynamischen Bewegungen der Zweibeiner, die sich jetzt, am Rücken liegend wiederholt aufbäumten und immer wieder zurückfielen,

„Jetzt wird's knusprig: Crunchy! Bei den Bauchpressen Haltung bewahren, den Nabel einziehen, Po anspannen!". Als sie etwa zwei Drittel absolviert hatten, sagte Marc: „Holt euch was zum Trinken, Leute! Ihr müsst ja schon am Verdursten sein. Danach machen wir gestärkt weiter." Die vier Teilnehmer waren froh über die Ansage. Ein Schluck konnte ihnen gut tun. Samuel nützte die Gelegenheit und sprang mit einem weiten Satz ins Wasser. Elisa lachte und rief ihm zu: „Das machen wir nachher auch noch! Ich kann es kaum erwarten. Heike blieb am Handtuch sitzen und genoss die Sonne, die ihr ins Gesicht schien. Robert war aufgestanden um für sie die Wasserflasche aus ihrer Tasche zu holen. Als sich alle wieder beim Trainingsplatz einfanden nahm jeder etwa die Position von vorhin ein. Marc, der sich von der positiven Stimmung ermutigt fühlte und bereits den geeigneten Moment gesucht hatte, nahm sich ein Herz und sprach die Gruppe an: „Ok, jetzt habt ihr es bald geschafft. Der letzte Zyklus verlangt uns noch einmal alles ab. Wir starten mit Side Plank and Crunch, weiter geht's mit Bergsteigern und als großes Leistungsfinish haben wir kraftvolle Burpees für euch ins Programm gewählt. Also, legen wir los!"

Die Gruppe ließ sich vom Leuchten in Marcs Augen anstecken und gab ihr Bestes. Marc feuerte sie an, korrigierte zwischendurch ihre Haltung und vergaß seine eigentliche Scheu in dem Flow völlig. Plötzlich machte es keinen Unterschied mehr, ob er einen einzelnen zur Leistung motivierte oder mehrere gleichzeitig. Plötzlich konnte er auch hier, wo rundherum Schaulustige jede seiner Bewegung begutachteten, zeigen, was er drauf hatte und den Mitwirkenden den Spaß an der Sache vermitteln.

Er scherzte mit Elisa und bezog die anderen dabei ein. Auf dieselbe Art, die er und Elisa als Team im Fitnessstudio perfektionierten. Als sie bei den Burpees anlangten, sagte er: „Jetzt schießen wir mit den Burpees noch ein Feuerwerk in den

Himmel, bevor es wieder still wird!“.

Dann wandte Marc sich Elisa zu. Er stand nun alleine mit ihr auf einer großen Wiese, die kein Ende zu nehmen schien. Sie drehte sich zu ihm und er war augenblicklich in ihrem Blick gefangen. Nach jedem Liegestütz fand er sofort wieder ihre wunderschönen, klugen Augen. Beim Hochschnellen und Hände emporrecken, bis sie wieder am Boden landeten. Wie in seiner Vorstellung, die ihm, obwohl sie nur aus Träumen entstand, jedes Mal einen wohligen kalten Schauer über die Haut jagte. Nun erzeugte die Realität in ihm noch ein tieferes Gefühl der Verbundenheit. Er war glücklich. Hier wollte er sein, hier gehörte er hin. Mit ihr. Auch Elisa schaute ihm in die Augen. Sie sollten die Übungsausführung ihrer Trainierenden kontrollieren, doch sie waren in ihrer Welt gefangen und wollten sie nie mehr verlassen. Sie steckten in einem Wirbel der Erfüllung, von dem sie immer weiter getragen wurden.

Die Teilnehmer merkten, dass es auf einmal völlig still war. Keine Kommandos schallten über ihre Köpfe hinweg. Nur ihre Bewegungen und die Berührungen mit der Erde waren zu hören. Auch sie ließen sich von dieser Konzentration auf das Wesentliche gefangen nehmen. Sogar Margarethe, die nicht in die Liegestütz-Position ging, sondern einfach in der Hocke ihre Hände vom Gras kitzeln ließ. Das Paar ganz vorne war in sich verschmolzen. Marc empfand einfach nur Glück, weil er angekommen war in einem Leben, das sich noch vor einem Jahr in einer anderen Galaxie befunden hatte. Eine Galaxie, zu der bisher kein Kontakt und keine Kommunikation möglich waren.

Als diese letzte Übung zu Ende war, waren alle verschwitzt, ausgepowert aber happy. Nachdem sie eine Minute auf der Wiese saßen, mit ausgestreckten Beinen oder im Schneidersitz, sich zulächelten, sich gratulierten und stolz auf sich waren, leitete Elisa das Stretching ein. Einige Badegäste, die nicht direkt teilnahmen sondern auf ihren Liegen und Handtüchern saßen, machten von dort aus mit. Marc ließ sich tief auf die sitzende Vorwärtsbeuge ein und genoss den Zug von den Fersen bis zum Po und die Dehnung im Rücken. Also das Cool Down zu Ende war, stand Elisa auf und sagte: „Wer jetzt nicht ins Wasser will, hat sich nicht genug angestrengt! Also, los!“ Sie liefen auf die andere Seite des Baches zum Steg. Samuel, Robert, Heike und die Trainer sprangen mit Arschbombe, Kerze oder kopfüber in das kühle Nass. Margarethe wählte die Leiter und ließ sich von den letzten Sprossen aus rückwärts hineinfallen.

Noch im Wasser schwimmend lobte Elisa die ersten Teilnehmer ihres neuen Programms: „Ihr wart sensationell! Danke euch fürs Mitmachen! Wer Lust hat, ab jetzt werden wir jeden Samstag und Sonntag hier sein. Und vielleicht bald auch in anderen Bädern. Ihr dürft uns, Marc und Elli, aber nicht verwechseln mit dem Programm von Perfect Fit.“, sie lachte. Marc fügte hinzu: „Richtig! Wer perfect fit sein will, kommt lieber zu uns“, er zwinkerte dabei und sie verabschiedeten sich von allen.

Beim zweiten Durchgang stand die Sonne schon etwas höher am Himmel. Doch Mitte Mai war es dennoch nicht so heiß, dass das Training nicht möglich gewesen wäre. Die Temperatur pendelte sich bei 25 Grad Celsius ein. Gerade richtig für Bewegung im Freien plus Abkühlung im See.

„Meine Muskeln pulsieren richtiggehend. Ich habe das Gefühl, sie sprengen sich jeden Moment aus der Haut heraus“, sagte Marc, als sie danach im Bistro saßen. Er griff Elisa massierend auf einen Oberschenkel und fragte: „Wie geht es dir? Dieses Programm zweimal hintereinander kann dich auch nicht kalt lassen, oder?“ Elisa hätte fast aufgeschrien bei Marcs Berührung: „Den Rest des Tages lege ich mich ins Gras und du kannst mich durchkneten. Aber mit mehr Feingefühl, wenn ich bitten darf, du Grobian!“, sie lachte und zwickte Marc ebenfalls in den Oberschenkel.

Dann wurde Elisa nachdenklich. Sie sah sich im Bad um. Es füllte sich mehr und mehr: „All diese Leute, die jetzt erst ankommen... sie wissen nichts von uns. Wir müssen auch Plakate machen, Marc. Wir brauchen Werbung, wenn wir unser Ziel erreichen wollen: Mindestens 30 Teilnehmer pro Training. Da muss richtig was abgehen, wenn wir bodyworken! Das schaffen wir nicht, indem wir nur auf die angewiesen sind, die zu unseren Zeiten rein zufällig im Bad sind.“ „Der plötzliche Start hat uns überrumpelt! Ich setz mich noch am Nachmittag an den Laptop und bastle etwas. Machen wir es erstmal rein schriftlich. Wer, was, wo, wann. Und wenn wir gute Fotos haben, können wir das ja noch aufpeppen.“

„Noch etwas brauchen wir!“ „Was denn?“ Marc nahm der Kellnerin das Glas mit Soda Himbeere aus der Hand, bevor sie es auf den Tisch stellen konnte und sog gierig daran. Elisa war auch durstig, nahm aber nur ein paar Schlucke und sagte dann: „Wir haben keinen Namen mehr.“ Jetzt verschluckte Marc sich fast: „OMG! Das liegt mir seit Tagen im Magen. Endlich konnte ich es verdrängen, da musst du mich wieder daran erinnern!“, scherzte er, „Das kann ja nicht so schwer sein. Wir nennen es einfach Ellis

Folterkammer! Das ist noch hundertmal besser als der alte Name, den uns dein toller Freund geklaut hat.“

Elisa zog die Augenbrauen zusammen und schlug Marc auf den Oberarm: „Wenn du ihn noch einmal meinen tollen Freund nennst, gehe ich zurück zu meinem tollen Freund!“

Marc hob entschuldigend die Hände: „Okay, okay! Ich entschuldige mich! Jetzt finde ich Ellis Folterkammer noch passender.“

Elisa schüttelte den Kopf: „Du bist vom Training zu aufgedreht. Vollgepumpt mit Endorphinen. Das ist eine wichtige Sache.“, ermahnte sie Marc ernst: „Ohne Namen wissen die Leute nicht, von wem sie reden und wen sie weiterempfehlen sollen. Am Ende gehen doch alle wieder nur zu Richard. Also, überlegen wir. Wenn du heute noch Plakate machst, muss der Name schon draufstehen. Dass das Training am Wasser stattfindet sollte auf jeden Fall durchklingen. Es darf daher nichts Allgemeines sein, wie Gesund und Vital. Das ist abgedroschen.“ Marc lachte: „Das klingt auch mehr nach Kochrezepten.

Wie wär’s mit Waterpower? Oder Wellen…äh…kraft? Oder vielleicht Beach-Energy?“

Elisa lehnte sich nach hinten und verdrehte die Augen: „Phu, das klingt ja alles seltsam.“ Da hörten sie Mario, der beim Eingang lautstark Neuankömmlinge begrüßte: „Ciao! Schön, dass ihr uns wieder besucht! Schönen Badetag, miei amici!“ Als er auf die Terrasse ging, um einen Überblick über das Geschehen in seinem Bad zu bekommen, entdeckte er die beiden Fitnesstrainer und setzte sich zu ihnen: „Ciao, meine Schönen! Ihr seht aus, als hättet ihr schon einen anstrengenden Arbeitstag hinter euch. Wie war es? Wie hat es meinen Gästen gefallen?“

Elisa antwortete: „Es war toll! Wir haben uns gerade über Werbung unterhalten. Wir sollten Plakate aufhängen. Wir nehmen sie morgen mit, wenn es sich ausgeht.“ Mario winkte der Kellnerin, um einen kleinen Espresso zu bestellen: „Bene, bene. Wenn nicht morgen, dann übermorgen. Senza fretta! Keine Eile!“ Marc sagte: „Wir wollen ja, dass sich das schnell herumspricht.“ Elisa fiel ein: „Und damit wir zu erkennen sind und nicht mit Richards gestohlenem Training verwechselt werden, suchen wir nach einem neuen Namen. Hast du eine Idee, Mario?“

„Oh, ich habe viele Bezeichnungen für dieses bell‘ambiente und den See. Ich sage oft ‚Questo è il mare von Kärnten‘. Das Meer, weil er so schön leuchtet und diese Farbe hat von meinem Meer, wo ich herkomme, aus Tropea in Calabria.“ „Il Mare, das Meer“,

Montag

13

November

Der Tor spricht in seinem Herzen:
Es ist kein Gott!

Psalm 14,1

Vogel-Strauss-Politik

«Den Kopf in den Sand stecken» ist eine Redewendung und bedeutet so viel wie: Ich verschliesse meine Augen vor einer *unerträglichen Realität,* vor einer *drohenden Gefahr* oder vor einer *unangenehmen Tätigkeit.*

Diese Vogel-Strauss-Politik ist im täglichen Leben nicht hilfreich. Noch schwerwiegender ist es, wenn wir im Blick auf den lebendigen Gott und die Verantwortung, die wir Ihm gegenüber haben, den Kopf in den Sand stecken.

1) Die Existenz Gottes ist eine **Realität,** der wir nicht ausweichen können. Die unzähligen Sterne im Weltall und die Wunder der Natur bezeugen uns, dass es einen Schöpfer-Gott gibt. Er hat auch uns Menschen erschaffen. Darum sind wir Ihm Rechenschaft über unser Leben schuldig. Er darf von uns erwarten, dass wir Ihn verehren und Ihm gehorchen.

2) Uns droht eine **Gefahr,** die wir besser nicht ignorieren. Wir haben gegen Gott gesündigt und seine Gebote missachtet. Deshalb gehen wir seinem Gericht entgegen. Wer könnte von sich behaupten, dass er noch nie gelogen oder gestohlen habe? Die Bibel erklärt: Alle Menschen sind vor Gott schuldig (Römer 3,10-19).

3) Es gibt tatsächlich eine **Tätigkeit,** die wir nicht vernachlässigen sollten. Gott ruft uns auf, vom falschen Lebensweg umzukehren, Ihm unsere Sünden zu bekennen und an den Erlöser Jesus Christus zu glauben. Das fällt uns vielleicht schwer, ist aber nötig, um vor dem Gericht gerettet zu werden.

überlegte Elisa, „Mare atletico?“ Sie sah zu Marc hinüber, der murmelte das Wort nach: „Mare atletico... ich weiß nicht, ob damit sehr viele etwas anfangen können. Aber Meer – auf Englisch. Sea. Wir hatten vorher Lakeview. Wie sagt man zum Meeresufer – Seashore Sports.“

Elisa war nicht überzeugt: „Wir sind hier im Strandbad. Der Strand - Seaside - ist besser und nicht so hart.“

Mario hörte aufmerksam zu. Marc ergänzte noch: „Seaside Gym, was sagt ihr dazu? Seaside Gym mit Elli und Marc“ Elisa fand den Begriff gut: „Ja, darunter kann man sich etwas vorstellen!“ Mario klatschte in die Hände: „Un bel nome! Seaside Gym! Druckt das auf die Plakate, ich sage gleich meinen Strandwächtern, sie sollen das weitersagen. Den Namen merkt man sich!“. Mario war zufrieden, stand auf und ging auf den Steg zu, wo die Bademeisterin stand und die Badenden im Auge behielt.

35

Richard saß im Büro seines Studios in Velden. An den Wänden hingen Urkunden und Medaillen. Am Schreibtisch, sowie dahinter in einem gläsernen Schrank standen Pokale.

In der Mitte des Raumes baumelte von der Decke ein Punchingball herunter. Ein Hantelständer mit Gewichten in aufsteigender Reihenfolge bildete das Gegenüber des Arbeitsplatzes. Diese Wand war mit Spiegelplatten beklebt.

Richard konnte sich so nicht nur beim Training der Armmuskulatur, sondern auch zwischendurch beim Arbeiten betrachten. Am Laptop war die Internetseite vom Strandbad Schiefling geöffnet. Richard schlug mit beiden Handflächen auf den Tisch. Er stand auf und riss die Tür zum Fitnessbereich auf. Er sah sich um und entdeckte die Person, die er suchte. Er setzte ein falsches Lächeln auf, das ihm in dem Moment so schwer fiel, wie sonst nie: „Bernd!" rief er mit lockendem Ton und winkte ihn mit einer Hand zu sich: „Kommst du bitte mal?" Bernd entschuldigte sich bei der Gruppe von vier jungen Männern, die ihre Schnupperstunde absolvierten.

Im Büro war Richards Lächeln bereits wieder verschwunden. Er zeigte auf den Bildschirm seines Laptops. Die Ankündigung für Seaside Gym mit Elli und Marc stach unübersehbar hervor: „Jetzt haben sie es tatsächlich geschafft. Hüpfen in Schiefling herum. Wie kann das sein? Ich dachte, wir haben alle Betreiber im Boot!" Wenn Richard nicht bewusst wäre, dass draußen seine Kunden und Kundinnen alles mithören könnten, würde er laut drauf los schreien. So dämpfte er seine Stimme, die Aufregung aber war deutlich zu vernehmen. Bernd konterte dennoch mit Unverständnis: „Alle? Richard, es gibt ungefähr 20 Strandbäder. Wie soll das funktionieren? Ein paar sind uns gegenüber loyal, ein paar haben unser Trainingsangebot akzeptiert, aber alle?! Außerdem, du kennst ja Mario. Der lässt sich nicht festlegen. Der tut was er will. Sollen sie in Schiefling trainieren! Das werden wir verkraften."

Richard schlug auf den Boxsack: „Bist du verrückt, wenn sich herumspricht, dass meine Leute eigene Dinger aufziehen, wohin soll das führen? In Kärnten ist nicht genug Platz für die und mich." Bernd wurde heiß vor Wut. Vor kurzem noch ging Elisa hier ein und aus: „Sei nicht so! Du hast Elisa mal gern gehabt. Gönn ihr doch den Erfolg! Ich denke schon, dass genug Platz für alle da ist." „Du weißt genau, was sie mir angetan hat. Sie hat mich bloßgestellt vor allen. Einen Richard Linus Jonas verlässt man nicht! Und schon gar nicht wegen so einem dahergelaufenen Laien."

Richard sah Bernd an, der hielt seinem durchdringenden Blick nicht stand. Richard sprach trotzdem: „Wie viele Strandbäder haben wir jetzt?" Bernd sah zur Decke. Er wünschte, er könnte wieder raus zu seiner Gruppe gehen. Die Stimmung hier gegen seine Freunde behagte ihm nicht: „Lass mich überlegen. Die ersten drei sind klar, nächste Woche strandeln wir noch in Maiernigg, Augsdorf und Sekirn. Fünf weitere haben uns versichert kein Interesse zu haben und auch niemand anderen reinzulassen."

„Gut. Ich habe mit der Chefin von Saag gesprochen. Wir werden bei ihr nächstes Wochenende einsteigen. Und dann kommt wahrscheinlich noch das Parkbad Krumpendorf dazu. Das übernimmst du noch zusätzlich!" Bernd wurde blass, ein Schweißtropfen entstand auf seiner Stirn: „Chef, echt, also, ich bin echt schon voll. Wie soll ich das schaffen? Ich habe hier die Kunden von Elisa übernommen und mache dir schon drei Trainings am Wochenende. Irgendwann brauche ich auch eine Pause!" „Jetzt ist nicht die Zeit für Pausen!"

Bernd schnappte nach Luft: „Und die anderen Bäder alle? Wir arbeiten schon hier, in Villach, wo willst du die Leute dafür hernehmen? Es gibt nicht so viele Profitrainer, die auch noch verfügbar sind." „Dann geh zu den Schulen und hol dir ein paar, die vor dem Abschluss sind. Die reißen sich drum bei mir zu arbeiten." „Rich, die kannst du doch nicht sofort auf die Leute loslassen! Die brauchen Praxis." Richard nahm sein Handy vom

Tisch, klappte den Laptop zu und ging zur Tür: „Die bekommen sie beim Training. Los jetzt!", damit war er bei der Türe draußen. Bernd setzte sich auf Richards Schreibtisch und beobachtete durch den offenen Eingang seine Schnupperschüler. Sie hatten auf eigene Faust begonnen Geräte auszuprobieren. Er nahm sein Telefon heraus und wählte die Nummer von Elisa. Er erzählte ihr von den Plänen Richards. Sie versuchte ihn davon zu überzeugen, sich nicht ausnützen zu lassen. Doch er war von Anfang an bei Richard und er brauchte den Job.

„Du kannst mich wahrscheinlich nicht so oft engagieren, dass ich davon leben könnte, nehme ich an."

„Noch nicht, mein Lieber, noch nicht!" Das klang zuversichtlich von seiner ehemaligen Trainerkollegin. Doch diese Zuversicht sprang nicht auf Bernd über. Wenn Richard Konkurrenz witterte, unternahm er alles, um diese zu begraben. Doch mit Marc und Elisa war ihm das im ersten Anlauf nicht gelungen. Richard zog die Strandgymnastik zwar groß auf, doch auch seine Widersacher hatten in einem weiteren Strandbad Fuß fassen können: Im Promenadenbad Pörtschach. Dazu mussten sie von Schiefling aus um das Westufer herumfahren.

Für zwei Personen als Team war es nicht leicht auch nur zwei Bäder zu bespielen. Doch das Paar wollte sich erst aufteilen, wenn sie ein drittes Strandbad an Land gezogen hatten. Und danach sah es derzeit ohnehin nicht aus. Richard hatte zehn, sie zwei. Damit war, wie es aussah, vorerst der Bedarf gedeckt. Richard hatte mit seiner Bekanntheit und seinem Einfluss den Löwenanteil der verfügbaren Abnehmer an sich gerissen. Dieses Rennen war vorerst entschieden. Doch über den Sommer nahm die Bekanntheit des Zweier-Trainerteams Fahrt auf. Es sprach sich herum, wo und wann sie ihre Auftritte hatten.

Bei zwei Strandbädern war das nicht sehr kompliziert. Das Stammpublikum von Marc und Elisa wuchs. Bald versammelten sie sich schon beim ersten Vormittagstraining zahlreich. Irgendwann waren es nicht nur 30 Teilnehmer, wie die beiden es sich gewünscht hatten, im Verlauf des Sommers wuchs die Gruppe meistens aufs Doppelte. Und als Geschäftsmann Mario einige Male einen Spezialevent daraus machte, mit anschließendem Strandfest, Live-Musik und Spezialitäten vom Grill wurden bei diesen Fitnessstunden knapp 200 gezählt.

Marc und Elisa mussten Mikros und Lautsprecher verwenden, damit sie von allen gut gehört wurden. Als Marc merkte, dass ein gewisser kommerzieller Wert erreicht war, zog er Sponsoren an

Land. Sie gaben Mittel frei, um die Trainer mit Fitnessgewand auszustatten, das ihre Logos trug. Und sie bezahlten dafür, dass passende Werbegeschenke verteilt wurden: Trinkflaschen, Energydrinks, Proteinriegel.

Richard hatte seine Sponsoren schon lange, um die brauchte er sich nicht zu kümmern. Die Trainings unter den von ihm ausgearbeiteten Programmen wurden zwar ebenfalls besucht, nachdem aber die erste Neugier auf das neue Programm des Fitnessstars verflogen war, musste man sich mit den Gästen, die ohnehin im Bad waren begnügen. Am Anfang kamen viele nur, um Richard zu sehen. Viele nahmen sogar an, er würde die Trainings anleiten. Er verlor jedoch bald die Lust daran, Strandbad für Strandbad abzufahren, nur um sich zu zeigen. Den neuen Trainern und Trainerinnen, die er engagierte, merkte man ihre Unerfahrenheit an. Sie folgten ganz den Anweisungen Richards, doch man nahm es ihnen nicht ab. Das Training war steif und eingelernt.

Was Trainer wie Bernd und Yvonne an Erfolg hatten, büßte der gute Ruf von Lakeview Fit auf der anderen Seite wieder ein. Als der Sommer zu Ende ging feierten Marc und Elisa in ihren beiden Strandbädern an zwei aufeinanderfolgenden Tagen ein Fest. Hunderte Leute kamen, sie spielten Spiele, wie auf schwimmenden Holzstämmen balancieren und Seilziehen.

Richard ließ seine Trainings ohne großes Getöse auslaufen. Die Strandbadbetreiber hatten mitbekommen, was Marc und Elisa in ihren Freizeiteinrichtungen bewirkten. Sie waren nicht gut auf Richard zu sprechen und enttäuscht auf den falschen Gaul gesetzt zu haben.

36

An einem Sonntag im September spazierten Elisa und Marc nach einem langen Tag im Promenadenbad auf die Bogenbrücke. Sie verband das Strandbad mit der vorgelagerten Blumeninsel. Die Einheimischen nennen sie noch oft bei ihrem alten Namen, der Schlangeninsel. Das Holz der naturbelassenen Brücke war bereits grau geworden und hob sich vom See ab, wie ein versteinerter Riese, der trotz seiner Größe den Mächten des Windes nicht standhalten konnte und besiegt dalag.

Untertags nutzten viele Badegäste die 100 Meter lange Brücke für einen Besuch der mit Schilf umgebenen Erhebung. Zu dieser Zeit, wo der Sommer seine Schicht schon bald beendet hatte und auf Ablöse wartete legten die Besucher ihre Liegetücher bereits am späten Nachmittag zusammen und ließen die Luft aus den Luftmatratzen und aufblasbaren Einhörnern und Flamingos. Die Sonne war an ihrem Jahreszenit schon lange vorbei und richtete ihr Augenmerk nun wieder vermerkt auf die Südhalbkugel der Erde. Ein Verlauf, der nicht aufzuhalten war. Man musste sie ziehen lassen, konnte ihr nur noch nachschauen, mit Sehnsucht in den Augen und der unterdrückten Angst vor der Zeit ohne sie. Und an einzelnen kräftigen Stunden, wo sie doch noch einmal einen Blick mit ihrer wärmenden Liebe zurückwarf, hoffen, es sei doch noch nicht vorbei. Doch mit den zunehmenden Schichten, mit denen man die eigene Haut bedeckte, wurde der Abschied Wirklichkeit. Es sei denn man wanderte mit. Doch die Zeit des Nomadentums des Menschen ist vorbei. Stattdessen passten wir uns an und harren der Dinge, die über uns kommen.

Marc und Elisa gingen bis ans Ende der Insel und setzten sich an eine Stelle, an die das Wasser knapp noch nicht heranreichte. Elisa schlang ein Bein über Marcs Oberschenkel. Sie sahen auf den See. Dessen zarte Wellen ein Muster in die Spiegelung des Abendrots zeichnete. Libellen schwirrten in zackigen Bewegungen über das Wasser. Eine blaue ließ sich unmittelbar neben den nackten Zehen Marcs nieder. Sie verweilte dort, bis eine blauviolett gefärbte Artgenossin sie anzustupsen schien. Gemeinsam in sich umwerbenden Schlangenlinien entfernten sich die Insekten.

„Man kann nicht davon leben, aber so lässt es sich leben.", sagte Marc, ohne den Blick vom Wasser zu nehmen. Elisa nickte zustimmend: „Für den Anfang war es nicht schlecht. Wir hatten viel Spaß. Mittlerweile bin ich froh, dass wir in unserem ersten Sommer nur an zwei Orten aktiv waren." „So war es perfekt." Ein Fisch hüpfte aus dem Wasser, auf der Jagd nach der tieffliegenden Nahrung über seinem Kopf. „Wie machen wir jetzt weiter?" fragte Marc und wandte sein Gesicht nun doch Elisa zu. Sie folgte der Bewegung verzögert: „Naja, ich mache meinen Abschluss, gebe meine Stunden in der Therme und betreue meine sonstigen Kunden." Sie legte ihren Kopf auf seine Schulter, „Und du machst deine Ausbildung fertig und hast wieder mehr Zeit für deine LKW-Transporte."

Das war nicht, was Marc hören wollte. Er hatte seinen gesamten Urlaubsanspruch im Sommer verbraucht. Der Gedanke wieder jeden Tag an seinem Computer sitzen zu müssen, erfüllte ihn nicht mit Freude: „Ich glaube, ich kann das nicht mehr." Minuten verstrichen, in denen die Sonne anfing, an den Berggipfeln zu kratzen, „Ich kann nicht mehr den ganzen Tag sitzen. Ich habe das verlernt. Mein Körper wehrt sich dagegen. Ich habe manchmal Angst, er macht sich selbstständig und springt durch die Büroräume und beim Fenster raus ins Freie. Und du weißt, ich arbeite im fünften Stock."

Elisa schmunzelte: „Ja, mein Schatz, ich weiß. Aber im Winter werden nicht so viele zum Training ins Strandbad kommen, vermute ich. Und du hast es im Büro schön warm und trocken." „Ich weiß, wo es noch schön warm und trocken ist.", sagte Marc mit lauernder Stimme, wie ein Berglöwe vor dem Sprung auf sein Opfer. Elisa merkte schon an seiner Tonlage, dass er dabei war, ihr eine Idee aufzuwarten, doch sie wollte ihn noch necken: „Im Bett?"

Marc drückte Elisa fester an sich. Er liebte ihre zärtliche und verspielte Art, „Im Fitnessstudio." Jetzt hob Elisa doch neugierig ihren Kopf: „In welchem Fitnessstudio? Hast du dich bei Richard beworben?", scherzte sie, wissend, dass das das Letzte war, woran Marc gedacht haben musste.

„In unserem Fitnessstudio." Kein Wunder, dass sich diese Worte beinahe triumphierend anhörten, wenn nicht noch die winzige Unsicherheit der Reaktion Elisas offen gewesen wäre. Die Libellen kehrten wieder. Sie schienen müde geworden zu sein von ihrem Liebesflug und ließen sich auf Steinen nieder, die von den letzten Strahlen der bald untergetauchten Abendsonne beschienen wurden. „In unserem Fitnessstudio! In deinem und meinem." „Wie meinst du das?" „Schon vor zwei Wochen hat mich nach einem Training hier eine Frau angesprochen." Elisa verdrehte künstlich die Augen und unterbrach ihn: „Das ist ja nichts Neues." Marc fand ihre gespielte Eifersucht sehr erheiternd. „

Nicht wie du denkst. Sie besitzt mehrere Häuser in Pörtschach. In einem davon gibt es ein Geschäftslokal. Der Mieter dieses Lokals ist ein älterer Herr, der sich zur Ruhe setzen will. Ende des Monats hört er auf." „Aber Marc, Ende des Monats!" „Lass mich noch fertig erzählen. Die Frau, sie heißt Irene Habermann, will unbedingt, dass wir es übernehmen und es zu einem Fit und Gesund-Zentrum umbauen." „Weißt du was das kostet?" „Sie will das erste halbe Jahr keine Miete. Und wir dürfen einen Physiotherapeuten und einen Masseur in Untermiete nehmen. Die Räume dafür sind vorhanden." Elisa war noch nicht überzeugt: „Wer bezahlt den Umbau? Wir brauchen Duschräume, eine leistungsstarke Lüftung. Nicht zu reden von den Geräten."

Marc war froh, dass Elisa nicht gleich Nein gesagt hatte. Er wollte sie jetzt nicht dazu bringen, es doch zu tun: „Ich habe mir etwas gespart. Ich habe immerhin schon acht Jahre lang ein regelmäßiges Einkommen und keine großen Ausgaben. Aber natürlich müssen wir mit Banken reden." Elisa blickte auf ihre Knie, dann sah sie Marc lange an. Marc wusste, sie überlegte, wie sie ihm am schonendsten beibringen sollte, dass seine Idee nicht umsetzbar sei.

Dann sagte sie: „Vielleicht steigen auch einige unserer Sponsoren, die wir durchs Sommertraining kennengelernt haben, mit ein." Marc bekam Tränen in den Augen, als er merkte, dass sie bereits nach Sekunden, nach seinen wenigen Worten für das gemeinsame Projekt voll dabei war. Sie waren weiterhin ein Team. Das beste! Er war begeistert: „Das ist eine wunderbare Idee! Die lieben uns, damit können wir viel bei den nötigen Utensilien und vielleicht auch bei den Kraftmaschinen sparen! Und wir nennen es wie unser Sommerprogramm: Seaside Gym. Das passt doch perfekt!“ Elisa lächelte über die Freude, die ihr Freund damit hatte. Doch vor ihren Augen türmten sich bereits die Aufgaben, die sie dafür erledigen mussten: „Das wird harte Arbeit, Marc!“

37

In den 15 Sekunden, die Marc den Gang entlang ging, an dem das Büro seiner neuen Chefin Adrienne lag, vereinten sich alle Gefühle, Ängste, Hoffnungen, mögliche Pannen, Erfolgsaussichten und Befürchtungen des Scheiterns, Abschiedsschmerz und Aufbruchsstimmung in ihm. Wäre er nicht gänzlich überzeugt von der Idee und der Partnerschaft mit Elisa gewesen, er hätte umgedreht, wäre auf die Toilette marschiert, hätte sich übergeben und wäre dann an seinen Schreibtisch zurückgegangen. Doch das kam für ihn nicht mehr in Frage. Er brauchte Zeit sein neues Leben aufzubauen. Dem wollte er sich voll und ganz widmen, keinen Gedanken mehr an etwas anderes verschwenden.

Marc öffnete die Tür. Er klopfte nicht an, sie wusste, dass er kam und jede Verzögerung die ihn seinen Plan langsamer ausführen ließ, schien ihm unerträglich. Adrienne sah von ihren Unterlagen auf: „Marcus, du bist überpünktlich! Ja, wie immer. Das sollte mich eigentlich nicht überraschen. Mich hat aber überrascht, dass du vorige Woche deinen Termin für die Abgabe der Osttiroler Spedition nicht eingehalten hast.“ „Hallo Adrienne, ich freue mich auch dich zu sehen. Die Pläne für die Spedition bekommst du natürlich noch. Sie sind so gut wie fertig. Aber ich komme wegen etwas anderem.“ Adrienne wies auf den Stuhl auf der anderen Seite des Tisches.

Marc ließ sich nieder. Die Anzughose spannte um seine Oberschenkel. Wenn das hier überstanden war, wollte er lange keine mehr tragen. Und auch kein Hemd und kein Sakko mehr. Das, versank er kurz in einer seiner Phantasien, sollte ihn erst zu einem feierlichen Anlass wieder kleiden. Bei einer Hochzeit zum Beispiel. Er lächelte. Adrienne räusperte sich, „Marcus?" Marc fühlte sich ertappt und überlegt kurz, ob sie ihm seine Gedanken angesehen hatte. Doch so tief konnte nicht einmal Adrienne blicken mit ihren runden, wachen, durchdringenden Augen.

„Ja, entschuldige! Also, du hast doch mitbekommen, dass ich mein Hobby, naja, sagen wir... ausgeweitet habe über den Sommer." „Ja, das war nicht zu übersehen bei den vielen Plakaten, die überall hängen – und zu überhören, es wurde viel geredet über diese Sportshows, oder wie nennt ihr das?" „Seaside Gym" „Richtig! Ich habe sogar überlegt, mir das einmal anzuschauen. Ist sich nie ausgegangen." „Das hätte dir sicher gefallen!" Marc wollte hinzufügen, dass es ihr nicht geschadet hätte, so viel Zeit, wie sie in ihrem Büro verbrachte, aber er verkniff es sich. Stattdessen sagte er: „Vielleicht kommst du ja einmal in meinem Fitnessstudio vorbei. Ich habe nämlich vor, eines zu eröffnen."

Adrienne reagierte nicht sofort. Nicht augenscheinlich. In Wahrheit wartete sie ab, ob auf diese Bemerkung noch etwas folgte. Ihre Augen schienen Marcus Nase zu fixieren, doch sie blickte durch ihn hindurch. In ihrem Kopf reimte sie sich das Gehörte erst zusammen. Zuerst sagte sie nur: „Wie?" Marc wollte ansetzen: „Ja, ich habe vor..." „Das habe ich gehört! Wie soll sich das mit deinen Projekten hier ausgehen?" „Das wollte ich ja gerade..." „Sag nichts!" Marc stoppte abrupt, „Nicht?" „Du willst kündigen!"

Marc blies Luft aus, sie war schnell und direkt, genauso kannte er sie: „Darauf läuft es hinaus, ja." „Und das gerade jetzt, nach dem Sommer, wo alles wieder anrollt!", Adrienne stieß sich an der Tischkante ab und drehte mit ihrem Drehstuhl eine Runde um die eigene Achse. Dabei sah sie Richtung Decke. Marc drehte in die gleiche Richtung beide Handflächen, ebenfalls nach oben: „Es gibt nie einen richtigen Zeitpunkt. Ich war hier immer voll beschäftigt."

Adrienne zeigte mit dem Zeigefinger auf Marcus: „Eben! Und das willst du aufgeben? Wie lange bist du jetzt schon hier? Sechs Jahre?" „Acht." „Acht!" „Ja, acht. Und so schön es war, nun auch noch mit dir als Chefin zu arbeiten..."

„Du musst mir nicht schmeicheln. Ich verstehe deinen Abgang. Aber du könntest ordentlich auf die Nase fallen." „Adrienne, du sprichst wie meine Oma. Ich bin jung genug was Neues auszuprobieren. Dafür kann man nicht einmal zu alt sein. Ich habe noch Jahrzehnte vor mir. In denen gelingt entweder was ich mir vornehme, oder es ist Zeit genug, es zu korrigieren und etwas anderes zu machen." „In dem, was man macht, muss man auch gut sein. Sonst nimmt dich keiner ernst. Und man braucht Zeit, um in etwas gut zu werden. Daher ist es mit dem Älter werden schwieriger etwas Neues zu beginnen, weil dir die Zeit fehlt, darin gut zu werden. Jetzt rede ich wirklich schon wie meine Oma, dabei bin ich jünger als du.“ Adrienne machte eine Pause, in der all die Umstände und Folgen um Marcs Entscheidung durch ihren Kopf zu rattern schienen. Nach außen aber regte sich keine Miene. Dann sagte sie: „Ich verstehe dich.“ Adrienne rollte wieder an ihren Tisch heran, „Trotzdem muss ich auf vier Wochen Kündigungsfrist bestehen. Wir brauchen eine saubere Übergabe. Ob es sich ausgeht, dass du einen Nachfolger einschulst, bezweifle ich, aber wir probieren es. Meine Sekretärin wird dir das Schreiben zur einvernehmlichen Auflösung des Dienstverhältnisses übermitteln. Alles Gute, Marcus!“

Als Marc wieder in seinem Büro war, ging er zur Fensterreihe und sah hinaus. „Das war leichter als ich gedacht habe. Bald bin ich nur noch da draußen. Bald bin ich frei“, sagte er leise zu sich selbst.

38

Brett für Brett riss Marc den alten Plankenboden des ehemaligen Schuhgeschäfts heraus. Das Schild mit der altmodischen Schrift, auf dem Gross-Schuhe stand, lag angelehnt an einer Wand. Die Rigips-Platten, die den Verkaufsraum vom Lager und dem Büro, das gleichzeitig Aufenthaltsraum von Herrn Theodor Gross war, trennten, hatte er schon am Tag zuvor auf die Mülldeponie gebracht. Die entstandene Fläche war größer als erwartet. Der Durchbruch in die nebenliegende Wohnung, die schon seit zwei Jahren leer stand und zu Nassräumen mit Garderoben umfunktioniert werden sollte, war ebenfalls bereits erfolgt. Die Glühbirnen, die an den abisolierten Drähten, die aus dem Plafond kamen, angeschlossen waren, leuchteten zweckmäßig. Noch musste Marc seine handwerklichen Stunden im künftig eigenen Betrieb auf den Abend, nach der Arbeit verlegen. Doch nur noch zehn Tage. Dann hatte er viel mehr Zeit dafür. Alle Zeit.

Elisa hatte sich ihre 24 Stunden penibel genau eingeteilt, für Tätigkeiten im künftigen Studio und Lernen fürs Studium zu Hause. Keines von beiden sollte zu kurz kommen. Sie brachte die Bretter hinaus in den Anhänger für den Abtransport. Marc und Elisa hatten mit der Arbeit begonnen, auch wenn ihnen noch keine Bank einen Kredit für das Unternehmen gewährt hatte. Ein Drittel der benötigten Investitionssumme konnte Marc bereitstellen. Elisas Eltern wollten auch etwas beisteuern. Wichtig war den beiden aber zügig mit der Arbeit voranzukommen. Denn je früher sie aufsperrten, umso früher kam auch Geld herein. Hoffentlich.

An den Wochenenden hatten sie viele hilfreiche Hände. Ihre Freunde kamen und packten mit an. Unter der Woche ließ sich nur vereinzelt jemand blicken. Da war das Paar auf sich alleine gestellt. Die Fortschritte waren dennoch deutlich zu sehen. Nachdem der Elektriker die Leitungen für die Beleuchtung verlegt hatte wurden die Wände verspachtelt und ausgemalt.

Während der Installateur nebenan werkte, verlegten Marc und Elisa bereits den Boden im Fitnessbereich. Der Gymnastikraum war sehr klein. Maximal 15 Leute konnten hier mitturnen. Dafür sollte er bald über eine große Panoramascheibe verfügen, die den Blick auf einen Waldstreifen hinter dem Haus freigab. Außerdem fühlte man sich nicht allzu beengt durch eine in der Höhe schmale, dafür breite Glasscheibe, die eine Durchsicht in der Wand zum Fitnessraum darstellte.

Wenn Marc im Büro seinen Logistikangelegenheiten nachging, telefonierte Elisa oft mit Sponsoren. Manchen war ein einzelnes Fitnessstudio nicht groß genug, um sich damit zu beschäftigen, die meisten wollten sich aber das Ergebnis ansehen und dann entscheiden, inwieweit sie sich dafür engagieren würden. Marc wurmte es riesig, dass er nicht noch mehr tun konnte, solange er noch jeden Tag in sein bald ehemaliges Firmengebäude fahren musste. Doch das Ende nahte. Ein Nachfolger konnte gefunden werden. Ein Abgänger von Marcs ehemaliger Schule. Marc wurde wehmütig, als er an seinen Einstieg bei Unmatched Solutions dachte. Er sah sich selbst vor acht Jahren, als er jedem Fieber gemessen hätte, der sagte, er würde diese Firma wieder verlassen, um ein Fitnessstudio zu eröffnen. Dieser Gedanke führte ihn wieder ganz schnell ins Jetzt. Seine und Elisas größte Sorge war die Anschaffung der nötigen Geräte.

Die Banken waren misstrauisch, ob diese zwei jungen Leute mit ihren großen Träumen das Zeug hätten einen Betrieb gewinnbringend zu führen. Sie ließen sich Zeit mit ihren Berechnungen, Risikoanalysen, Schätzungen und Worst Case-Annahmen. Doch die Arbeiten waren weit fortgeschritten. Die Zeit drängte. Bald, wenn es vielen im Freien unter plötzlichen Regenfällen und böigem Herbstwind zu ungemütlich würde, begann die Hauptsaison für Indoor-Gyms. Dann sollte auch das Seaside bereit sein, sie aufzunehmen. Trotz der vielen Arbeit ließ Marc kein einziges Mal seinen wöchentlichen Besuch bei seinem Vater aus. Nicht mehr im Krankenhaus, er besuchte ihn am See. Er saß im Rollstuhl, ging aber täglich seine Mobilisationsübungen durch und machte große Fortschritte. Auch dabei, wieder sprechen zu lernen. Er war schon gut zu verstehen. Marc war überglücklich, dass sein Vater seinen Kampfgeist auch nach dem Unfall nicht verloren hatte. Vater und Sohn saßen gemeinsam auf der Terrasse der Gartenhütte. Leopolds Rosen, die Hermine im letzten Winter zurückgeschnitten hatte, weil ihr Mann nicht dazu in der Lage war, standen in voller Blüte.

Bald eineinhalb Jahre war es her, dass Marc von hier aus seinen alten sportverrückten Herrn am Wasser gesehen hatte, wie er in Not seine Arme um sich warf, um bald darauf zu verstummen. Er lehnte sich vor und strich ihm über den Rücken: „Papa, es ist schön, dass es dir so gut geht.“ Der Kopf seines Vaters lag immer noch in einer geneigten Haltung, die für Ahnungslose als neugieriges Beobachten eingestuft werden konnte. Leopold selbst fiel es vermutlich gar nicht auf: „Du hast dich aber auch gut entwickelt.“, sagte er langsam und musste manchmal mitten im Satz nachdenken, bevor er weitersprach, „Ich hätte dich beinahe nicht wiedererkannt..., als ich wiedergeboren bin.“

Leopold sprach nach seinem Aufwachen von einem zweiten Leben, das ihm geschenkt wurde. „Es gab eine Zeit, da erkannte ich mich selbst oft nicht wieder.“, antwortete Marc, „Aber jetzt fühle ich mich so sehr ich selbst, wie vorher nie. Ich kann mir gar nicht vorstellen, dass das im früheren Leben auch ich war. Schon verrückt.“ „Ich bin sehr... stolz auf dich, Bub. Ich muss dir ehrlich sagen, ich habe... mir schon Sorgen gemacht um dich. Als ich zum Sport kam, habe ich es auch für dich getan... Ich wollte dir ein... Vorbild sein. Ich hatte meine Befürchtungen, dass dich weiterhin... außer Couch, Chips und Comp...uter nichts interessiert.“ Marc nickte: „Das wäre wohl auch so gekommen, wärest du nicht in deinem Übereifer draußen im Wasser geblieben. Das war die schlimmste Stunde in meinem Leben. Ich will nie mehr erleben, dass ich dir oder einem anderen nicht helfen kann, weil mein Körper zu schwach ist.“ Leopold griff unbeholfen zum Wasserglas. Marc half ihm und setzte es an seine Lippen. Er wusste, dass er es noch nicht fest genug zwischen den Fingern halten konnte. Als sein Vater getrunken hatte, sagte er: „Stattdessen hilfst du... jetzt anderen stark zu werden. Das ist eine gute Entwicklung. Aber... mach dir keine Vorwürfe mehr. Ich finde es gut, wie du dich forderst... und welche Zukunftspläne du hast. Aber mache es nicht, weil du Schuldgefühle hast. Nicht wegen mir.“ Marc nickte abermals: „Ich habe es lange wegen dir gemacht, Papa. Aber jetzt nicht mehr. Mittlerweile mache ich es für mich. Weil ich bemerkt habe, wie gut es tut, stark und schnell und ausdauernd zu sein.“

Diese Gespräche mit seinem Vater gaben Marc Kraft. Als er sich von seinen Kollegen und Kolleginnen von Unmatched Solutions verabschiedete, konnte er es kaum mehr erwarten, sich voll und ganz seiner Zukunft zu widmen. Zuerst musste er sich aber noch mit der Vergangenheit beschäftigen lassen. Sogar Natascha Grabhofer kam zur Abschiedsfeier, um mit Marcus anzustoßen. Sie hielt natürlich eine lange Rede, der Adrienne um nichts nachstehen wollte. Aber sie musste dann doch einsehen, dass Natascha ihren langjährigen Mitarbeiter besser kannte. Von seiner Aufnahme, bis zu dem Moment, als sie ihn zu ihrem Nachfolger machen wollte und dem für sie unglaublichen und schrecklichen Bekenntnis, dass er etwas anderes im Sinn hatte. Doch heute konnte sie darüber lachen und wünschte Marcus Auen alles Gute für seinen weiteren Lebensweg.

Marc öffnete die Tür zum Fitnessstudio und ging auf Elisa zu, die mit einem Zeitungspapiertschako auf dem Kopf und Kopfhörerstöpsel in den Ohren an der Wand stand und eine Malerrolle auf Teleskopstange drüber gleiten ließ. Es sah schon alles sehr gut aus. Der Boden aus Eschenparkett verbreitete Gemütlichkeit und war dennoch widerstandsfähig. Unter den schweren Geräten waren aber dennoch Bodenschutzplatten vorgesehen. Marc umfasste Elisa mit beiden Händen von hinten und küsste ihre linke Wange. Sie erschrak kurz, weil sie ihn nicht kommen gehört hatte und küsste ihn dann zurück. „Ich bin jetzt nur noch für uns und unser Baby da!“, sagte er. „Das ist schön. Dann wollen wir schauen, dass unser Baby auf die Welt kommt“, antwortete Elisa.

Plötzlich schallte eine Stimme durch den leeren, frisch ausgemalenen Raum: „Wenn es nur keine Missgeburt wird!“ Marc und Elisa fuhren herum. Richard war durch die offene Tür eingetreten und stand jetzt breitbeinig vor ihnen. Er sah sich mit vorgetäuschtem Interesse um. Sein Lächeln war das eines Wilderers, der dem Elefanten seine Stoßzähne absägte: „Da habt ihr zwei Vögelchen euch aber ein hübsches Nest eingerichtet. Schade um die viele Mühe, die ihr euch damit gemacht habt.“ „Richard, was willst du hier? Noch ist keine Eröffnungsfeier. Du musst schon warten, bis du eine Einladung bekommst.“, sagte Marc streng mit einem versöhnlichen Unterton. „So weit wird es nicht kommen. Wenn ihr klug seid, schließt ihr heute noch diese Tür hinter euch ab und kommt nicht wieder.“ Elisa wurde rot vor Zorn: „Was soll diese Drohung, Richard!? Das kann doch nicht dein Ernst sein, dass du hierher kommst und auf Mafiaboss spielst! Wir sind hier in Österreich, da kannst du dir deine Machosprüche sparen. Hier hat jeder das Recht ein Geschäft aufzumachen. Also verschwinde am besten gleich wieder. Auf die Einladung kannst du lange warten. Eigentlich habe ich gehofft, du kämst zur Besinnung, nachdem du im Sommer einsehen musstes, dass du unsere Pläne nicht so leicht durchkreuzen kannst." „Ach, diese Sommerkindereien. Bei schönem Wetter mit ein paar Wochenendsportlern auf- und abhüpfen, das gelingt euch noch ganz gut. Aber wenn ihr glaubt, ihr könnt mir mit einem Studio Konkurrenz machen, schlagt ihr einen rauen Pfad ein. Das lasse ich mir nicht gefallen."

Marc hatte nicht vor, sich das länger anzuhören. Er wollte auf Richard losgehen, um ihn rauszuwerfen, doch Elisa hielt ihn zurück. Eine körperliche Eskalation würde die Lage nur verschlimmern.

Richard genoss deren Unentschlossenheit und fühlte sich dadurch noch sicherer: „Jetzt und hier mache ich euch noch ein Angebot: Überlasst mir diesen Schuppen, ich bezahle euch die Materialkosten und den Aufwand. So ist sichergestellt, dass auch in Pörtschach ein Fitnessstudio entsteht, das den Namen wert ist. Und das von einem geführt wird, der was davon versteht." Jetzt konnte Marc sich nicht mehr halten: „Du hast sie wohl nicht mehr alle!"

Er ging auf Richard zu und richtete einen Zeigegefinger Richtung Ausgang, „Das hier ist dein rauer Pfad. Beschreite ihn, sonst fliegst du raus!" Richard ließ sich nicht aus der Ruhe bringen: „Wenn ihr mein generöses Angebot ausschlagt, werdet ihr nicht viel Freude haben mit dieser jämmerlichen Bude." „So, das war jetzt die zweite und letzte Drohung.", sagte Marc und verpasste Richard einen Stoß dorthin, wo er fremdes Terrain betreten hatte.

Richards Gesicht nahm einen wütenden Blick an. Er ging ganz nahe an Marc heran. Der Pulsschlag der Kontrahenten war erhöht, der Atem ging schneller. Elisa trat auf sie zu und drängte ihren Ex-Freund mit den Händen weiter Richtung Tür: „Jetzt ist es aber genug. Richard, geh jetzt! Wenn du dich beruhigt hast, können wir gerne einmal vernünftig miteinander reden, wie sich respektierende Mitbewerber. Aber so kannst du dich nicht aufführen!" Richard trat ins Freie: „Meine liebe Elli, du bist wirklich sehr sozial. Doch du hast den Ernst der Lage nicht verstanden. Aber bald! Bald wirst du begreifen. Und dann wirst du mich anflehen dieses mickrige Studio meinem Filialnetz einzuverleiben." Daraufhin ging Richard zu seinem Sportcoupé Cabriolet, stieg ein und trat aufs Gas. Die Reifen quietschten als er losfuhr.

Elisa sah ihm einen Moment nach und ging dann zu Marc um ihn zu umarmen: „Oh, mein Schatz. Was ist das für ein Mensch? Ich verstehe nicht, wie ich so blind sein konnte, den einmal gern gehabt zu haben. Was war nur in mich gefahren, dass ich seine wahre Natur nicht erkannt habe?" Marc hob seine Freundin hoch und vollführte mit ihr einen Halbkreis: „Das kann jedem mal passieren. Was ich mich vielmehr frage," Marc konnte fast nicht weiterreden vor Lachen, „meint er mit Filialnetz seine zwei Studios? Ich wusste nicht, dass zwei Knoten schon ein Netz ergeben." Elisa boxte ihn in die Seite: „Ist das das Einzige, was bei dir überbleibt von dem Auftritt? Besorgt er dich kein bisschen?"

„Das war doch die typische König-Richard-Show.", antwortete Max, „Lautes Gebrüll aber am liebsten faul in der Sonne liegen und die Weibchen laufen lassen. Das macht mir keine Sorgen." „Na, wenn du nur recht hast!", sagte Elisa und nahm die Malerrolle in die Hand.

39

Marc und Elisa verließen die Bank und wussten nicht, ob sie sich freuen sollten oder verzweifeln. Sie hatten eine Kreditzusage. Doch statt der notwendigen 150.000 Euro konnte der Kommerzkundenbetreuer ihnen nur 60.000 zusagen.

„Sie haben Null Einnahmen, Herr Auen und Frau Karen. Für uns sind schon diese 60.000 ein hohes Risiko." „Aber die Einnahmen werden doch kommen.", versicherte Marc und brachte es ihm Hinterkopf selbst nicht zusammen, spontan auszurechnen, wie viele zahlende Mitglieder der Klub haben müsste, um 60.000 Euro zurückzuzahlen. „Haben Sie dafür eine Garantie? Sie haben noch nicht einmal unterschriebene Mietverträge von den Therapeuten, die sie einmieten wollen."

Das stimmte. Marc und Elisa waren noch auf der Suche. Nicht sehr intensiv, wie sie sich eingestehen mussten, neben all den anderen Vorbereitungen. Außerdem wollten sie sich vergewissern, die Richtigen in die Behandlungsräume einziehen zu lassen. Die zu ihnen und zum Studio passten.

„60.000", sagte Elisa, als sie die Straße entlanggingen, „Damit können wir nicht einmal alle Geräte bezahlen. Und dein Geld ist so gut wie aufgebraucht." „Es ist besser als nichts. Wir können uns eben nur die Hälfte der Kraftstationen und Cardio-Apparate leisten. Am Anfang werden wir schon froh sein, wenn wir die mit Menschen voll bekommen." Elisa seufzte: „Ich weiß. Aber es ist dann ein bisschen so, wie Richard gesagt hat: ‚Mickrig'. „Das hat er vom Seaside Gym am Strand auch so ähnlich behauptet. Und was ist daraus geworden? Lass dich nicht ärgern! Wir werden schneller wachsen, als ihm lieb ist.“ „Ihm wäre es lieb, wenn wir überhaupt nicht wachsen, sondern so schnell wie möglich eingehen.“ „Den Gefallen machen wir ihm nicht!“

Die zwei Jungunternehmer pendelten die Straße hinunter. Sie richteten sich gegenseitig auf, sprachen sich Zuversicht zu und beschworen sich, dass sie Erfolg haben würden. Sie steckten alle Energie in ihr Projekt. Sie hatten viele Freunde, die ihnen zur Hand gingen. Raphael programmierte ein eigenes Datenbank-Tool für die Kundendatei und kreierte die Homepage gemeinsam mit einem befreundeten Grafiker. Er besorgte die Technik, den Freund überredete er zu einem geringen Honorar richtig gute Design-Elemente beizusteuern. Sobald Bernd im Perfect Fit Feierabend hatte, packte er bei Transporten seiner Freunde an und schleppte gemeinsam mit Marc die Sportmaschinen an ihren Platz. Er erzählte ihnen von Richard, der sich nicht anmerken lassen wollte, wie sehr er die herankommende Konkurrenz fürchtete. Er war unruhig und genervt – die Stimmung im Perfect Fit sank täglich. Marc wusste genau, was es mit seinem Ärger auf sich hatte. Das war nicht die Angst vor einem Mitbewerber. Es ging um Elisa.

Lea telefonierte mit potentiellen Sponsoren und half ihrer Freundin bei der Suche nach professionellen Physiologen, die einen Ordinationsraum in adäquatem Umfeld suchten. Marina richtete das Buchhaltungssystem für das Trainingscenter ein. Elisa und Marc wussten nicht, dass jeder ihrer Schritt beobachtet wurde. Das hätte sie sicher beunruhigt und sie hätten etwas dagegen unternommen. So aber gingen sie hoffnungsvoll den Tätigkeiten nach, die sie näher zur Eröffnung ihres eigenen Studios brachten. Und das waren eine Menge. Sie standen um sechs Uhr früh auf und gingen nicht vor Mitternacht schlafen. Und das zwei Monate lang. Schwierigkeiten gab es laufend. Das Schlimmste war, dass die alten Wasserleitungen komplett ausgetauscht werden mussten. Sie waren brüchig wie ein alte Baguettes. Das hielt alles andere auf. Denn solange die nicht im Boden waren, konnte darüber nicht weitergearbeitet werden. Daher waren Marc und Elisa über die Lieferverzögerung der Einrichtung sogar dankbar. Doch den Tag der großen Eröffnung wollten sie nicht verschieben. Da legten sie lieber noch ein paar Nachtstunden drauf. Für Elisa war spätestens zu dem Zeitpunkt klar, dass vorerst nicht ans Lernen der Sportwissenschaften zu denken war.

Wenn sie zu später Stunde ins Bett fielen, waren sie wie tot. Marc sagte einmal im Halbschlaf zu ihr: „Wenn wir aufsperren, werde ich so erledigt sein, dass ich unseren Kunden nicht einmal ein Gewicht auf die Stange heben kann und bei der Gymnastikstunde muss ich wahrscheinlich ein YouTube Video vorspielen." „Darüber machen wir uns Sorgen, wenn es so weit ist!", antwortete Elisa und schlief an Marcs Schulter ein.

40

Die Eröffnung des Seaside Gym Vital Centers am 12. November fiel anders aus als die spektakuläre Show im Perfect Fit Villach. Es gab Aufstrichbrote, Nudelsalat und Kuchen. Alles selbstgemacht von Elisas und Marcs Familie und Freunden. Die große Prominenz fehlte, dafür waren viele, die im Sommer mittrainierten neugierig, was das Paar auf die Beine gestellt hatte. Potentielle Kunden. Die konnte das Studio auch dringender gebrauchen, als vorgefertigte Lobreden von Politikern. Auch Mario war gekommen: „Keine Angst, für den Namen müsst ihr mir keine Tantiemen bezahlen!"

Das Schild mit der Firmenaufschrift hing über die gesamte Länge der Straßenfront. Die Schrift war in einem Verlauf abgestufter Blautöne, von hell bis dunkel. Das Logo war eine Welle mit einem Jumping Jack darunter. Marc wollte dynamische Bewegung darstellen in Verbindung mit dem Element Wasser, das für ihn für Spritzigkeit und Tatkraft stand. Die Feier begann schon früh. Es war ein ungewöhnlich milder Tag für diese Jahreszeit. Es hatte am Tag 17 Grad und kühlte auch zu späterer Stunde nur langsam ab. Um 16 Uhr trafen die ersten Gäste ein. Es waren Marcs Eltern.

„Dein Vater konnte nicht mehr still sitzen.", scherzte Hermine, die ihrem Leopold aus dem Auto in den Rollstuhl half. „Ich sagte deiner Mutter, lass mich mit dem Fahrrad schon vorfahren, dann hast du genügend Zeit dich hübsch zu machen. Aber sie wollte ja nicht.", witzelte Leopold weiter und umarmte seinen Sohn und Elisa, „Ich bin schon gespannt, was ihr da geschaffen habt!" Auch Elisas Eltern kamen bald darauf an. Sie waren schon am Vortag von einem kleinen Tiroler Ort, wo Elisa aufgewachsen war, zum Wörthersee gefahren und wohnten für ein paar Tage in Elisas Wohnung, während die beiden bei Marc schliefen. Noch hatten sie beide Wohnungen. Doch lange wollten sie nicht mehr doppelt Miete zahlen.

Das war der nächste Schritt, zusammenzuziehen, wenn sie wieder Zeit für einen Umzug hatten. Bis 17 Uhr hatte sich das Fitnessstudio gut gefüllt. Marc und Elisa führten immer wieder Gruppen durch die einzelnen Räume. Der Gymnastiksaal, wie Marc die knapp 50 Quadratmeter protzig nannte, löste trotz seiner Größe *Aahs* und Oohs aus.

Dafür sorgte das Panoramafenster, das beinahe eine ganze Wand ersetzte. Eine Seitenwand war in hellem Blau künstlerisch mit der Ombré Technik bemalen. An der anderen hingen Therabänder in verschiedenen Farben und leichte Hanteln an Halterungen. Bälle lagen in regelmäßigen Abständen die Wand entlang am Boden. Die Garderoben- und Duschräume waren mit großflächigen Steinfliesen belegt. Die Garderoben in hellem, silbrigem Grau, die Duschen in erdigen Brauntönen. Am längsten hielten sich die Gäste aber im Hauptraum auf. Denn dort standen die Fressalien und die Getränke. Aber sie sahen sich auch alle Geräte genau an und der eine oder andere nahm etwa beim Butterfly Platz oder sie machten gegenseitig Fotos auf denen sie eine schwere Hantel mit den Fingern umfassten und den Bizeps, so vorhanden, anschwellen ließen. „Wenn ihr die auf Insta stellt, bitte mit Hashtag SeasideGym!“, rief Elisa ihnen lachend zu.

Marc fiel ein kleines, hageres Männchen auf, das den Rotationswiderstand eines Spinning-Bikes prüfte und sich dazu zum Pedal hinunterbückte. Er ging auf ihn zu und brachte seinen Kopf auf dessen Höhe, indem er ihn verkehrt hielt: „Mr. Miller! Du bist der Einladung gefolgt! Ich habe dich gar nicht reinkommen sehen.“ „Bei den vielen Menschen kein Wunder.“, antwortete der ehemalige Schulkollege, „Wenn die alle Mitglied werden, in deinem Klub, hast du ausgesorgt.“ „Davon ist wohl nicht auszugehen. Ich bin schon mit einem Viertel davon zufrieden.“ Mike Miller sah die Räder an und brachte eines davon zum Laufen, indem er mit der Hand dem Pedal einen Schwung gab: „Das sind gute Geräte. Laufen rund und exakt. Die Radler unter deinen Sportlern werden zufrieden sein.“ Marc klopfte Miller auf die Schulter: „Und das aus deinem Munde. Dann bin ich erleichtert. Ich hatte ehrlich gesagt keine Ahnung welche wir nehmen sollen. Elisa hat das entschieden. Die kennt sich mit den Dingern besser aus." Marc sah eines der Standräder an und wechselte seinen Blick zu Mr. Miller, als ihm eine Idee kam: „Mike! Sag einmal, was hältst du davon, wenn du stundenweise Spinning-Einheiten gibst. Du wärst perfekt dafür. Ich kann dich natürlich nicht anstellen oder so. Aber du kannst dir aussuchen, wie oft und wann wir dich in der Woche in den Stundenplan schreiben. Du sollst das natürlich nicht gratis machen."

Das Gesicht von Miller erhellte sich, als wäre das schon immer sein heimlicher Wunsch gewesen: „Meinst du? Das würde mir, glaube ich Spaß machen. Wir können gerne probieren wie es ankommt." „Wie es ankommt? Das wird einschlagen, wie die Fliegenklatsche vom Tapferen Schneiderlein! Du wirst sehen. Wenn sich rumspricht, dass der Dauerradler vom Wörthersee bei uns sein Wissen weitergibt, werden wir bald zusätzliche Bikes kaufen müssen!" Marc suchte Elisa, um ihr die Neuigkeit zu erzählen. Er fand sie im Fitnessraum nicht, also ging er nach draußen, wo sich in der herbstlichen Abendsonne einige Gäste aufhielten, um sich zu unterhalten. Wo Marc vorbeikam, wurde ihm auf den Rücken geklopft und Lob ausgesprochen. Er bedankte sich im Vorübergehen und blickte sich nach allen Seiten um, ob Elisa mit Freunden oder Fitness-Interessierten plauderte.

Die tiefstehende Sonne stach ihm in die Augen. Gegen Osten hatte er kein Problem sich umzusehen. Doch Richtung Westen kniff er die Augen zusammen, um zwischen den Sonnenstrahlen an den schattenhaften Gestalten auszumachen, ob eine davon seine Freundin und nun auch Geschäftspartnerin sein konnte. Da entdeckte er etwa 70 Meter weiter ein Auto am Straßenrand. Es war ein niedriges Auto, von dem Marc das Heck sah. Ein Sportcabrio. Und ein Abendsonnen-Schatten lehnte mit beiden Handflächen an der Beifahrertür. Marcs Miene verfinsterte sich. Die Umrisse genügten ihm, um zu erkennen, wer sich dort miteinander unterhielt. Rund um den Wörthersee konnte man viele Sportwagen auf der Straße beobachten, doch diesen kannte Marc genau. Ebenso, wie die kräftige Statur des Mannes, der am Steuer saß. Und auch die Haltung und die Art den Körper beim Reden leicht vor und zurückzubewegen, wie es die stehende Gestalt am Gehweg machte. Als er seine Beine in Bewegung setzte, um auf die Szenerie zuzugehen, löste sich die weibliche Silhouette von dem Wagen, der sich keine fünf Sekunden später von ihr entfernte. Damit entkam er auch Marc, der den Zeitpunkt des Wegfahrens klar auf sein Herankommen bezog. Nun kam die übriggebliebene, sonnenumwobene Gestalt auf ihn zu.

Marc blieb stehen und fragte schon, als sie noch einige Meter entfernt war: „Was war das jetzt? Habt ihr Geschichten über alte Zeiten aufgewärmt?“ Elisa stoppte nicht bei ihm, sondern nahm seine Hand an zwei Fingern und zog ihn mit sich: „Mach jetzt keine Szene. Ich habe soeben unsere Party gerettet und einen Eklat verhindert.“ „Was meinst du damit? Ihr habt euch recht gut unterhalten.“, schmollte Marc und wollte nicht hören, was Elisa ihm versuchte zu sagen. „Ach, was haben wir denn gesagt? Du hast keine Ahnung. Richard wollte...“

Da sie schon in der Nähe ihrer feiernden Besucher waren, dämpfte Elisa ihre Stimme. Doch sie wurden sofort auf die Gastgeber aufmerksam. Marc und Elisa hatten keine Chance die Sache untereinander zu klären. Die Gäste wollten endlich eine Ansprache hören. Sie zogen sie daher in den Fitnessraum, weil ihnen der geeignet vorkam für den eigentlichen Eröffnungsakt. Ausgerechnet jetzt, wo beide von der Freude und dem Stolz an dem vorläufigen Höhepunkt ihres Projekts durch den Beinahe-Auftritt von Richard auf einen Tiefpunkt gesunken waren. Marc war nicht mehr in der Stimmung auch nur einen Ton von sich zu geben, da von ihm ein Gefühl des im-Stich-gelassen-sein Besitz ergriffen hatte. Dennoch standen sie nun in der Mitte des Raumes, an die 100 Personen scharrten sich im Halbkreis um sie und erwarteten Worte der Begeisterung. Marc schaute halb zu Boden, Elisa blickte in die Runde. Dann nahm sie Marcs Hände, stellte sich auf die Zehenspitzen, küsste ihn, was die Menge zum Jubeln, Ohoo-Rufen und Pfiffen animierte, und sagte leise zu ihm: „Marc, wenn du dir diesen Augenblick zerstören lässt, hat Richard schon gewonnen. Ich habe ihn gebeten zu gehen, ich habe keine Ahnung was er vorhatte. Aber er ist weg und wir sind hier. Wir zwei. Und mehr als uns zwei wird es nicht mehr geben.“

Marc presste seine Lippen zusammen und sah in Elisas blaugrauen Augen. Er lächelte. Sie hatte recht. Wieder einmal. Sie war da. Sie war bei ihm. Und wie konnte er etwas anderes glauben, nach allem, was sie bisher schon, in der kurzen Zeit, miteinander erlebt und auf die Beine gestellt hatten.

Er küsste sie ebenfalls – wieder Johlen in der Menge – sie drehten sich gemeinsam zu ihren Gästen und diese bekamen ihre Rede, voll Begeisterung, Hoffnung, Freude und Zuversicht für die Zukunft.

41

„Ok, Leute, wir legen nach noch einen Zahn zu und steigern unser Tempo. Wir bleiben im Flachland, aber machen so viel Speed, wie wir können!“, rief Mike seinen 12 Teilnehmern der Spinning-Stunde zu. Er wählte in seiner vorbereiteten Playlist Paul van Dyk & Rafael Osmo mit Moments With You aus, „Bleibt sitzen, zieht die Fersen kräftig nach hinten, damit die Beinbeuger auch etwas von der Radtour haben.“ Mr. Miller grinste die sieben Frauen und fünf Männer an, die nach seinen Instruktionen in die Pedale traten.

Es war, wie Marc gesagt hatte: Die Spinning-Stunde war ein voller Erfolg. Alle 12 Bikes waren zu jedem Termin besetzt. Doch Marc zögerte, sein Versprechen mit neuen Rädern wahr zu machen. Wegen der Anschaffungskosten. Außerdem war zu wenig Platz und er wollte nicht auf Kosten der anderen Trainingsbereiche gleich zu Beginn die Raumordnung ändern und etwa der Kraftabteilung Fläche wegnehmen. Mr. Miller war auch so voll zufrieden. Er konnte schließlich selbst das Angebot erweitern. Und das tat er auch. Ließ er zu Beginn zwei Stunden in der Woche - Donnerstagabend und Sonntagvormittag - in den Stundenplan des Seaside Gym eintragen, tauschte er schon bald viermal die Woche sein Rennrad mit dem Standrad im Studio. Weil er noch Kraft genug hatte, am Donnerstagabend ein zweites Mal und dienstags legte er um 17 Uhr eine Einheit ein.

„Ihr seht ja noch gar nicht müde aus. Dafür gibt es auch keinen Grund, bis jetzt war unser Ausflug ja wie Fahren auf der Autobahn. Daher drehen wir den Widerstand um eine halbe Drehung nach oben, damit wir auch merken, dass wir auf einem Fahrrad sitzen! Dazu drehe ich euch von David Guetta & Morten Kill Me Slow auf." Als seine Teilnehmer teilweise lachten und teilweise gespielt stöhnten, sagte Mike: „Nehmt den Titel nicht für bare Münze! Soweit wird es nicht kommen – bei den meisten. Los geht's!"

Elisa hatte noch Zeit, bis zu einem Kundentermin und ging in der Zwischenzeit in der Kraftecke, wie sie gerne sagte, auf Visite. Dort korrigierte sie, wenn es notwendig war die Haltung von Trainierenden, gab Tipps für alternative Übungen, die Muskeln auf andere Art beanspruchen sollten oder erkundigte sich im Small-Talk über die Fortschritte ihrer Mitglieder. Marc, der einem Neukunden eben das Rudergerät erklärte, spähte immer wieder zu ihr hin und bewunderte ihre Selbstverständlichkeit, mit der sie jedem Besucher das Gefühl gab, für ihn da zu sein. Als der Ruderer sich auf große Reise den Ärmelkanal entlang begab, ging Marc zur Rezeption, um den weiteren zeitlichen Ablauf anzusehen. Elisa hatte noch eine Kundin und danach war eine Double-Gym Einheit im Gymnastikraum angesetzt. Ihr bewährtes 2-Trainer-Konzept. So sehr er sich auf diese Stunden freute, so unbehaglich war es ihm, in dieser Zeit den Rest des Fitnessstudios unbeaufsichtigt zu lassen. Doch sie konnten sich noch keine Angestellten leisten. Sie waren in ihrem ersten Monat. Sie trauten sich einfach nicht, so gut es jetzt auch zu laufen schien. Das Seaside Gym verzeichnete jeden Tag Neueinschreibungen. Die Besuche stiegen an, auch die Gymnastikstunden waren gut gebucht. Außerdem kamen jeden Tag Interessierte vorbei, die das Angebot der Schnupperstunden nutzten: Sich an einem Tag gratis alles ansehen, die Geräte ausprobieren und dann entscheiden, ob man regelmäßig kommen wollte.

Heute war eine ganze Gruppe zwanzigjähriger Jungs da. Sie scharten sich um die Hantelablage, witzelten, wer die schwerste und wer die leichteste Hantel ausprobieren sollte. Ihnen würde Marc den Studententarif geben, auch wenn nicht alle von ihnen an die Uni gingen. Junge Leute im Studio zu haben, die eine fröhliche Stimmung verbreiten, konnte sich nur gut auf die Atmosphäre auswirken. Marc sah zu Mr. Miller hinüber.

„Jetzt fahren wir noch einmal auf den Berg und das mit guter Laune und voller Power!", rief Mike den, vom Schweiß triefnassen Spinnern zu: „Dreht den Widerstand zwei ganze Umdrehung im Uhrzeigersinn und ... rauf mit dem Hintern! Wir gehen in den Wiegetritt und kämpfen uns auf den Gipfel. Jetzt mit aller Kraft." Mike aktivierte wie nebenbei den Song Snail von Timmy Trumpet und Mo Falk zur musikalischen Unterstützung und stieg selbst voll in die Pedale. Doch was bei ihm leicht aussah, ließ Unbeteiligte anhand der Gesichter einiger Spinner befürchten, sie würden in Kürze explodieren oder zumindest umkippen.

Marc musste schmunzeln, mit Mike konnte man nicht mithalten, doch die die mit ihm radelten, hatten den eisernen Willen, es doch zu schaffen und waren umso glücklicher, je erledigter sie nach der Stunde waren. Marc wollte gerade von der Rezeption zu seinem rudernden Kunden gehen, um danach den Gymnastikraum auf die Trainingseinheit vorzubereiten, als ein großer, schlanker junger Mann, sicher 10 Jahre jünger als Marc selbst, hereinkam. Er hatte schwarze Haare, die vorne erst bei den Augenbrauen endeten. Eine Frisur, die an die Beatles erinnerte, die er nur kennen konnte, wenn sein Großvater ihm beharrlich die alten Schallplatten vorspielte. „Willkommen im Seaside Gym!" begrüßte Marc den jungen Mann, der sich selbstsicher umsah und dabei zielgerichtet auf den Front Desk zuschritt: „Hallo!", sagte er vorerst nur und hob mit einer schlaksigen Bewegung seine Hand.

Marc wartete kurz, ob er von selbst Wünsche äußern würde und sagte dann: „Ich sehe, du hast keine Trainingstasche mit. Willst du dich wegen einem Schnuppertraining erkundigen? Oder was kann ich für dich tun?" „Mein Name ist Paul. Paul Triogan.", „Hallo, Paul. Ich bin Marc." „Ja, ich weiß, ich habe ein Foto von dir in der Zeitung gesehen." „Ach ja, die gute alte Bezirkszeitung hat von unserer Eröffnung berichtet. Ich glaube, das war Gold wert. Wir hatten jedenfalls danach viele Interessierte hier. Es stimmt also nicht, dass die Leute keine Zeitungen mehr lesen.", scherzte Marc. Ein Lächeln umspielte Pauls Mundwinkel, aber er machte den Eindruck, als wolle er zum Punkt kommen: „Ich habe gerade meine Personal Trainer Ausbildung abgeschlossen.", sagte er. „Oh, gratuliere! Dann sind wir ja Kollegen."

„Ja, bis auf den Unterschied, dass ich noch kein eigenes Fitnessstudio habe.", machte nun auch Paul eine scherzhaft gemeinte Bemerkung und schien schön langsam aufzutauen, „Aber ich möchte gerne in einem arbeiten." Marc verstand nun: „Deshalb bist du hier! Ich kann nur leider nicht..." „Ich suche auch derzeit nur einen Praxisplatz. Ohne Bezahlung.", fiel ihm Paul ins Wort, „Ich will noch alles lernen, was man wissen muss im Umgang mit denen, die man trainiert und tägliche Routine sammeln und so. Auch wegen dem kompetenten Auftreten und das alles. Verstehen Sie?" „Das Sie kannst du gleich weglassen! Wir Sportler sagen alle Du zueinander."

Marc sah zu Elisa hinüber, die mittlerweile mit ihrer Kundin beschäftigt war, „Mach es dir erst einmal gemütlich! Nimm dir etwas aus dem Kühlschrank, der neben dem Fenster bei den Laufbändern steht!“ Paul gehorchte und schlenderte betont lässig in die Richtung, die Marc vorgegeben hatte.

Er sah sich dabei nach allen Richtungen um, reckte seinen Kopf, um auch durch Durchgänge in andere Räumlichkeiten blicken zu können und schien tatsächlich sehr interessiert an dem Fitnessstudio zu sein.

Mike erlöste die Spinning-Mannschaft und ließ sie den Widerstandsregler auf ebenes Gelände zurückdrehen: „Ihr seid echte Gipfelstürmer! Ich bin stolz auf euch. Jetzt geht es ab nach Hause. Nur noch 4 Kilometer, in denen wir nach und nach leichter treten. Spürt ihr den Rückenwind, der uns an unser Ziel bringt?“ Er drückte in seiner Playlist auf Goodbye von Le Shuuk feat. Xillions, „Haltet euren Kopf, den Nacken, die Arme entspannt. Nicht verkrampfen. Mit einer Leichtigkeit, die uns vom Berg zurückbringt, zeigen wir uns selbst, dass wir gute Arbeit geleistet haben. Und diese Leichtigkeit lässt uns dennoch noch einmal ordentlich Fahrt aufnehmen. Schlusssprint!“

Marc ging in den Gymnastikraum und legte Matten auf. Dann desinfizierte er alle noch einmal, obwohl sie das auch direkt nach den Trainings machten. Doch es war ihm lieber, hierbei doppelt gründlich zu sein. Ein schlechter Ruf war kaum mehr loszukriegen und der Tod jedes Unternehmens. Danach stellte er sicher, dass sein Mobiltelefon mit dem Verstärker verbunden war und wählte die Playlist für das kommende Training aus. Es war ihr beliebtes Roundup für den gesamten Körper, in dem sie auch die Kraftübungen dynamisch gestalteten, um gleichzeitig das Herz-Kreislaufsystem optimal anzuregen. Mehr Blut durch die Adern pumpen, bedeutet auch die Muskeln mit bis zu doppelt so viel Sauerstoff zu versorgen. Die Sonne kam von der anderen Seite des Hauses. Die vor dem Winter noch standhaft am Baum verbliebenen gelben und orangen Blätter glänzten durch die Sonnenbestrahlung wie Gold. Elisa kam herein, sie sah, dass sich Marc in den Anblick vor dem Fenster vertieft hatte. Als sie ihren Kopf an seinen Oberarm legte, ergriff er ihre Hand, bewegte seinen Kopf aber nicht von dem Schatz in den Bäumen fort.

Er sagte mit leiser Stimme, immer noch ergriffen von dem Naturschauspiel, als würde er der Geburt eines Lebewesens beiwohnen: „Es geht uns gut.“ „Ja, das tut es.“ „Geht das immer so weiter?“ „Jetzt geht es uns gut.“ Marc neigte seinen Kopf, um

Elisas Lippen mit seinen zu liebkosen: „Wie lange haben wir noch bis zur Stunde?“ „Zehn Minuten.“ Doch in dem Moment kamen schon die ersten beiden Besucherinnen des Gymnastik-Programms mit ihren Handtüchern lässig über eine Schulter geschwungen herein. Zwei ältere Frauen aus Klagenfurt, die Gefallen an dem kleinen Studio im Nachbarort gefunden hatten. Sie begrüßten die beiden Trainer und nahmen sie sogleich in Beschlag. Sie erzählten von der Aufregung, als ihre beiden Yorkshire Terrier von einem riesigen monsterhaften Hund verfolgt wurden. Wie erleichtert sie waren, als sich herausstellte, dass der trotz seiner Masse kein Killer war, sondern einfach schlecht erzogen. Und von den Hundekeksen, die ihre Lieblinge als Trost für den Schock bekamen.

Für die beiden Freundinnen in ihren bunten Trainingsanzügen war der Sport auch eine soziale Angelegenheit, weswegen sie sich vor und nach den Stunden viel Zeit nahmen, um bei Trainern und Trainingskollegen ihre zahlreichen Geschichten loszuwerden. Wegen der Ablenkung fiel Marc erst wieder ein, dass Paul auf eine Antwort wartete, als er für den Spiderman Crunch auf seinen gestreckten Armen gestützt die Knie außerhalb des Körpers zum Ellbogen hochzog. Vermutlich war er längst gegangen, beleidigt einfach ignoriert worden zu sein. Trotzdem hoffte Marc, das noch in Ordnung bringen zu können. Sofort nach dem Kurs sprintete er nach draußen, verfolgt von dem sehr verwunderten und fast schon besorgten Blick Elisas. Wenn man nach dem Training schnell den Raum verlassen musste, konnte es nicht viele Gründe geben. Sie sah sich schon alleine den Laden schmeißen, sollte ihr Partner aus gesundheitlichen Gründen ausfallen. Das wäre gerade am Anfang hart.

Als Marc anlangte, wo er Paul zum letzten Mal sah, glaubte er seine Vermutung bestätigt, dass sich niemand gefallen ließ, eine Stunde lang sitzen gelassen zu werden. Als Marc sich aber noch ein letztes Mal im Kreis drehte, um mit schnellen Pupillen den gesamten Raum zu scannen, bevor er wieder zurück zu Elisa ging, sah er ihn. Paul hatte sich die Schuhe ausgezogen und saß am Latzugturm. Er zog die Stange hinter seinen Kopf an den Nacken in einem Tempo, als müsste er eine Kugel durch ein Löcherlabyrinth schieben, ohne dass sie hineinfällt. Marc ging zu ihm: „Du bist noch da! Das hätte ich nicht erwartet. Sorry, eigentlich war meine Absicht gleich zu dir zurückzukommen.“ Paul machte noch einen Zug fertig und ließ dann die Stange los: „Kein Problem. Ich hatte ohnehin nichts vor. Dafür habe ich mich schon in deinem Studio umgesehen." „Ich zeige dir gleich noch mehr. Im Gymnastikraum ist die zweite Besitzerin vom Seaside. Ohne sie geht hier gar nichts. Ich stelle sie dir vor, komm!"

Am Weg dorthin, wo Marc eben noch seine Kunden dazu gebracht hat, die Muskeln zu strapazieren, wichen sie den herauskommenden erschöpften Helden und Heldinnen aus und betraten den Raum, in dem Elisa mit den Aufräumarbeiten begann. Hauptsächlich kam dabei der Desinfektionsspray zum Einsatz. Und der Bodenwischer. Marc nahm ihr diesen ab und sagte: „Das mach ich! Aber vorher stell ich dir Paul vor. Er hat gerade die Ausbildung hinter sich und braucht Praxis, um der neue Liebling unter den Personal Trainern in den reichen Häusern am Wörthersee zu werden. Dafür ist er heute zu uns gekommen. Was sagst du? Um unsere Reputation dürfte es nicht zum Schlechtesten bestellt sein.", sagte Marc mit ironischem Unterton, den man von Late Night Talkern kennt. Den Stolz, der mitschwang, konnte er aber doch nicht verbergen.

Elisa legte einen Zeigefinger auf den Lichtschalter und dimmte das Licht in die Höhe. Die Sonne stand nun schon zu tief, um noch ausreichend von ihrer Helligkeit verschenken zu können. Wenn sie auch gewollt hätte. Nun wurde sie auf anderen Erdteilen gebraucht. „Paul, ja? Ich muss Marc zustimmen: Es ehrt uns, wenn jemand denkt, er könnte bei uns etwas fürs Leben lernen. Aber wir sind ein Startup. Wir können..." „Ach, das habe ich noch nicht erwähnt. Paul bietet uns seine Hilfe gratis an – im Gegenzug für die Erfahrung, die er hier sammelt." Elisas Blick verunsicherte Marc. Hatte er etwas übersehen? Die Antwort kam sogleich: „Das geht nicht. Paul braucht eine Versicherung, wenn er hier arbeitet. Er muss zumindest Praxisgeld bekommen. Die Stunden werden in einem Dienstplan festgelegt...

Wie alt bist du?" „17" „Keine Überstunden und wenn ihm hier was passiert, haften wir." Marc wechselte betreten sein Standbein und blickte Paul an. Elisas Gesicht wurde weicher: „Marc und ich besprechen das noch, ok Paul? Gib uns deine Nummer und wir melden uns in den nächsten Tagen bei dir. Ist das in Ordnung für dich?" Paul, der seinen Plan nach den letzten Worten von Elisa schon in Luft aufgelöst sah, hob seinen Kopf, wölbte die Lippen vor und nickte heftig. Dann hob er seine Hand zum High Five. Elisa war überrascht über diese Offenheit und Freude und schlug ein. Dann verließ Paul, nachdem er seine Nummer in ihr Handy getippt hatte, mit seinem schlendernden Gang das Fitnessstudio. Es kann jetzt schon verraten werden. Die Hürden, die Elisa aufzählte, waren leicht zu überwinden. Ein Dienstplan für eine Person war schnell erstellt, die Haftung für Angestellte war in der Betriebsversicherung beinhaltet. Blieb nur noch die Bezahlung. Elisa ging es gegen den Strich Geld auszugeben, von dem sie nicht wusste, ob es auch in die Kassa floss. Doch Marc überzeugte sie, dass ein Trainer zusätzlich dem Geschäft nur gut tun konnte. Er würde den Anerkennungsbeitrag, den Paul verdienen würde selbst wieder hereinspielen.

Elisa kündigte an, sich das genau anzuschauen und willigte ein. Zu ihrem ersten Beinahe-Angestellten. Und das schon ein knappes Monat nach der Eröffnung.

42

Der Mond leuchtete als Sichel durch die großflächigen Glasscheiben, die alle Wände und auch den Plafond ersetzten. Im Inneren des Anbaus flimmerte die Luft. Einzige Lichtquelle waren die Unterwasserscheinwerfer, deren gelbliche Ausstrahlung das Hallenbad in der Nacht an die Schatzkammer eines Königs erinnern ließ. Richard dehnte jeden Schwimmzug unendlich aus. Er machte sich lang, stieß die Arme von sich, zog die Beine weit heran und kostete die anschließende Gleitphase durchs Wasser voll aus. Dabei war der Kopf bis zum Scheitel eingetaucht und erst auf die letzten Zentimeter kamen die Augen zum Vorschein.

Er öffnete sie und sah, immer noch bis zur Nase unter Wasser, Sherry an, die locker am Beckenrand lehnte und am Strohhalm ihres Campari Orange sog. Sie trug einen winzigen goldenen Bikini, der es gerade noch schaffte, die Brustwarzen zu verdecken. Das Höschen war nicht viel weiter geschnitten. Einen kräftigen Armzug noch und Richard war bei ihr.

Er tauchte eng an ihrem Körper auf, sein Kopf glitt in fließender Bewegung ihre weiche Haut entlang über den vergrößerten Busen. Als Sherry leicht den Mund öffnete, in Erwartung eines intensiven Kusses bog er ab und zog so kräftig an dem Strohhalm ihres Glases, dass am Ende nur noch das Eis im Glas verblieb.

„Du Schuft!“, war Sherry empört, die es liebte, wenn Richard mit ihr solchen Schabernack trieb, „Mein guter Campari, das Einzige, das es noch gut mit mir meint, in meinem Leben.“ Richard drückte sich an sie und flüsterte ihr ins Ohr: „Gut, ich habe es geschafft, meine Drama-Queen wieder zu erwecken."

„Die Drama-Queen fordert Genugtuung!"

„Ist das genug?", fragte Richard und zog seine Badehose zu den Knien. Dann schob er Sherrys Bikinihöschen zur Seite. Sie hob ihre Knie an und legte sie an seine Hüften. Richard fand schnell sein Ziel. Sherry stöhnte auf, vor Lust und weil das Poolwasser die Reibung vervielfachte. Sie war sich nicht sicher, ob es schmerzte oder ekstatische Gefühle auslöste.

Sie ließ es geschehen, krallte sich an Richards Rücken fest und bohrte ihre Fingernägel in seine Haut. Richard ließ nicht locker. Eine Barriere gab es für ihn nicht. Wenn er etwas wollte, dann holte er es sich. Und Sherry, die diese besitzergreifende Macht sonst ausschließlich selbst anwandte, weil ihr Umfeld vor ihrem Vater und dem Geld so viel Respekt hatte, dass keiner wagte, ihr zu widersprechen, genoss die Umkehrung der Rollen in diesen Momenten. Denn sie wusste, abgesehen von den intimen Stunden, in denen Richard nur seine Lust kannte, war er ebenfalls von ihrem Geld abhängig und würde nicht riskieren es zu verlieren.

Als Richard von Sherry abließ, tauchte er an ihr entlang ab, wie er gekommen war. Auch Sherry ging in die Knie und ließ das warme Wasser über ihren Kopf zusammenlaufen. Richard hielt die Luft an und drehte sich um 180 Grad, bis er den Beckenrand im Rücken spürte. Zeitgleich drückten sich der Sportler und das It-Girl wieder an die Luft und füllten ihre Lungen mit Sauerstoff. So verharrten sie eine Weile, ohne sich anzusehen. Sherry spürte noch dem Gefühl nach, das in ihrem Unterleib toste und schloss die Augen. Richard war körperlich leergepumpt.

Er wartete ab, bis er wieder bei Kräften war und sein Anliegen anbringen konnte. Außerdem war er sensibel genug, nicht wie ein Heuschreckenschwarm, die über das Feld herfallen, Sherry eiskalt mit Geschäftsbelangen zu bombardieren. Zu oft hatte er schon von der emotionalen Empfindsamkeit der meisten Frauen unmittelbar nach dem Sex erfahren. Er tauchte noch einmal unter und stieß sich dann mit den Füßen an der Poolwand ab. Eine Länge noch, in der er seine Worte noch einmal ordnete. Sherry nahm ihr abgestelltes Campari-Glas, um festzustellen zu müssen, dass nur noch Eiswasser durch den Trinkhalm floss. Aber auch das war für ihren trockenen Mund eine wahre Wonne. Sie wollte sich noch einen Drink holen. Aber nicht sofort. Noch war sie nicht bereit für den Wechsel von der eben empfundenen Leidenschaft zu einer praktischen Tätigkeit.

Richard kam an der gegenüberliegenden Seite an. Sie blinzelte kurz in seine Richtung, schloss dann die Augen und ließ sich, beide Arme auf dem Beckenrand abgelegt, bis zum Hals ins Wasser sinken.

Er war ein adäquater Liebhaber für sie. Da konnte ihr Vater noch so oft mahnen, sie solle sich einen mit Verstand suchen. Er meinte doch nur wieder Geld damit. Sie selbst hatte genug Reichtum und wenn die Pläne Richards aufgingen, konnte sie vor ihrem Vater sogar mit einem wachsenden Unternehmen als Teilhaberin aufwarten. Sie wollte ihn nicht stolz machen, das hatte sie schon lange aufgegeben. Sie wollte, dass er seine Meinung von ihr, was ihren Geschäftssinn und ihre Lebensweise anging revidierte. Richard passte derzeit gut in ihr Leben. Sie liebte die Gesellschaft, zeigte sich gerne, wollte Spaß haben. Richard war einer, der auffiel, dem man hinterhersah, wenn er an einem vorbeiging. Einer, der einen Namen hatte. Den die Türsteher an der Schlange vorbei in den Klub lotsten. Das war sie auch. Aber sie wollte nicht mit einem eingelassen werden, der ohne sie keine Chance darauf hätte. Wie peinlich. Als sie daran dachte spürte sie regelrecht den mitleidigen Blick der aufgeblasenen Disco-Portiere. Er wusste zu leben und zu feiern. Auch wenn sich seine Gemütslage seit einiger Zeit verändert hatte. Er war öfter grantig und nicht mehr so gesprächig wie früher. Welcher Zwirn ihm da aber aus der Weste lief, wollte er auch nicht sagen.

Wenn er den Druck als Unternehmer nicht aushielt, dachte Sherry und lehnte ihren Nacken an die Kante des Schwimmbeckens, musste sie rechtzeitig reagieren. Zu oft schon setzten einzelne, unfähige Geschäftsmänner aus reiner Panik oder aus Überlastung heraus ihre Existenz aufs Spiel oder verloren sie sogar. Sie würde sich nicht in eine unternehmerische Pleite ziehen lassen. Ihr Vater würde sie zwar bedauern und sie unterstützen, hätte aber doch nur wieder einen Beweis für seine Meinung von seiner einzigen Tochter. Kein Wunder, dass seine Frau ihn schon verlassen hatte, als Sherry noch ein Kleinkind war. Sie ertrug es nicht, seinen Vorstellungen niemals entsprechen zu können. Das nahm Sherry lockerer. Zumindest glaubte sie das. Sie sagte sich wie ein Mantra vor, es sei ihr egal was ihr Vater von ihr dächte. Und dann tat sie extra Dinge, von denen sie wusste, dass ihr Vater sie missbilligen würde. So wie mit diesem gut gebauten, aber einfachen Mann zu schlafen, der gerade wieder halb unter Wasser auf dem Weg zu ihr war.

Richard schwamm diesmal nicht direkt auf Sherry zu, sondern stützte sich an den Rand neben ihr. Er hielt sich mit den Händen fest und brachte die gestreckten Beine auf Hüfthöhe, mit den Sohlen an der Poolwand. So ließ er sich hängen und sah sie an. Er dachte, in dieser lockeren Haltung auch dem Gespräch eine lockere Anmutung zu geben:

„Es gibt eine Planänderung.“, sagte er, als würde er entscheiden am Morgen Spiegelei statt weichem Ei zu nehmen. Sherry, die in Gedanken durchtastete, ob es sich um die Pläne fürs Ausgehen oder den Urlaub an der Costa Smeralda handeln konnte, reagierte mit einem kurzen, fragenden Summen. Richard sprach weiter, als würde es um sein Frühstück gehen: „Die nächste Filiale eröffnen wir nicht in Klagenfurt.“

„Ach nicht?“ „Nein.“ „Du hast aber nicht vergessen, dass wir die Reihenfolge aus strategischen Überlegungen festgelegt haben.“

„Wir passen unsere Überlegungen an die aktuelle Situation an. Wir gehen zuerst nach Pörtschach!“

Sherry machte nun ihre Augen weit auf, ließ den Beckenrand los und wandte sich Richard zu: „Liegt das zufälligerweise am Studio deiner Freundin?“ „Sie ist nicht mehr meine Freundin und Ja! Genau daran liegt es. Ich kann nicht zulassen, dass diese Möchtegerntrainer mein Lebenswerk gefährden. Jedes Mitglied, das sie gewinnen, ist ein zahlender Kunde weniger bei uns. Wir haben unseren Businessplan auf optimalen Gewinn ausgerichtet. Mit meiner Bekanntheit und meinem Ruf, kein Problem. Aber du weißt ja wie die Leute sind, sie probieren gerne Neues aus und bleiben dann vielleicht hängen. Das können wir nicht zulassen. Bisher hat es noch keiner gewagt, mir in meinem Einflussbereich Konkurrenz zu machen. Und das muss so bleiben. Sonst kommen möglicherweise noch mehr auf die Idee.“

Sherrys Durst war nun doch groß genug und die Leidenschaft so weit verflogen, dass sie sich auf den Weg zur Treppe machte. Sie sagte nichts, bis sie draußen war. Richard hing seinen Gedanken nach, die er bis jetzt für sich behalten hatte und nun, da er sie laut ausgesprochen hatte, in ihm nachwirkten. Sherry kam mit einem Glas zurück. Wenn Richard ebenfalls etwas trinken wollte, musste er es sich selbst holen. Sie hatte einen seidenen, perlmuttweißen Bademantel mit einem chinesischen Drachen darauf an, der mit dunkelroten Strichen gezeichnet war. Sie legte sich in einen Liegestuhl, lehnte sich zurück, klemmte den Strohhalm zwischen ihren Lippen fest und sog an der bittersüßen Flüssigkeit. Dann sagte sie: „Mach was du willst, aber scheitere nicht.“ Richard drehte sich von ihr weg, kniff die Augen zusammen und tauchte unter.

43

Der Dampf kam in dicken Wolken aus Marcs Mund. Er beugte sich zu Elisa, die neben ihm lief und nebelte sie mit einem festen Hauch ein. „Danke, ich habe selbst genug davon!“, lachte sie und hauchte andeutungsweise zurück.

Die Sonne kehrte gerade zurück von ihrer Rundreise und während sie über der Mongolei noch hoch am Himmel stand, blinzelte sie am Wörthersee neugierig wie eine Katze, die sich hinter einem niedrigen Zaunsockel geduckt hält, über den Horizont. Elisa und Marc hatten seit einigen Wochen schon die lange Laufmontur aus dem Schrank geräumt. Denn auch wenn sich der Winter vorerst mit milden Temperaturen und noch ohne Schnee vorwagte, um die Menschen langsam auf seine Herrschaft vorzubereiten, brauchte man bei minus zwei Grad Celsius um sieben Uhr Früh auch beim Joggen einige Zeit um richtig warm zu werden. War es dann aber so weit, war der Morgenlauf ins Fitnessstudio für sie ein doppelter Genuss, wenn sie dabei von dieser klaren, sauberen Luft begleitet wurden.

Nicht jeden Tag aber jede Woche einmal gönnten sie sich diesen Start in den Arbeitstag. Zurück wurden sie entweder von Freunden abgeholt, fuhren mit dem Bus oder hatten davor bei einer nötigen Autofahrt ohnehin ihre Fahrräder aufgeladen und beim Seaside Gym abgestellt. Der Himmel zog sich zu dieser wolkenlosen Stunde die dunkle Abendrobe behutsam aus und ersetzte sie durch ein blaues Kleid mit rotem Saum, das mit jeder Minute, die Marc und Elisa ihrem Ziel näher kamen, oben heller wurde und von unten kräftiger strahlte. 13 Kilometer waren es von

Rosegg nach Pörtschach. Während der Strecke erzählten sie sich oft Anekdoten aus dem Studio, Begebenheiten mit Kunden oder neue Ideen für ihre Trainingsprogramme.

„Gestern hat Richard angerufen.", sagte Elisa diesmal aus dem Nichts heraus. Marc blieb stehen, was er sonst beim Joggen nie machte, wie viele andere, bei denen es den Anschein hat, als könnten sie nicht denken und laufen gleichzeitig. Doch diese Beichte stoppte alles in ihm für Bruchteile von Sekunden, wie ein Blitz, der in einen Generator einschlägt und alles lahm legt.

Er raffte sich schnell wieder zusammen, joggte aber etwas langsamer weiter als zuvor: „Und?" Elisa sprach in einem Tonfall weiter, als hätte ein Institut für Meinungsumfragen angerufen und nach ihren politischen Ansichten gefragt.

„Er wollte sich treffen. Ich weiß nicht warum. Hat sich nicht nach einem immer noch verliebten Ex-Freund angehört. Aber bei Richard weiß man ja nie. Sein Pokerface setzt er sogar beim Telefonieren ein. Ich habe ihm gesagt, dass das unmöglich ist und dass ich auch gar kein Interesse daran habe. Aber auf dem Ohr scheint Richard echt taub zu sein. Als würde er solche Passagen eines Gesprächs einfach nicht hören. Er kann nun mal nichts verlieren und hält es nicht aus, wenn jemand anderer mit seinem Spielzeug spielt." Sie bogen auf den Weg ein, der direkt zum See führte. Gerade in dem Moment, als die Sonne begann mit ihren langen zarten Fingern die Wasseroberfläche zu streicheln.

„Ich habe das einmal erlebt, als die Sendezeit von Stark mit Richard um fünf Minuten eingekürzt wurde, weil der Fernsehsender in der Zeitleiste mehr Werbung verkaufen konnte und der Werbeblock dadurch länger geworden ist. Was ja ein gutes Zeichen ist, wenn die Firmen vor Richards Morgengymnastik ihre Produkte herzeigen wollen. Aber Richard war stinksauer. Er hat das persönlich genommen und nicht locker gelassen. Ist bis zum Fernsehdirektor gelaufen, hat seine politischen Kontakte spielen lassen, bis sie das Sendeschema geändert haben und er auf andere Weise seine verlorenen fünf Minuten wiederbekommen hat."

„Und jetzt will er dich wiederbekommen.", sagte Marc. „Ja. Aber nicht aus Liebe. Sondern aus verletztem Stolz."

„Und was empfindest du dabei?" Jetzt war es Elisa, die stehen blieb. Sie drückte Marc mit beiden Händen an den Schultern und bewegte sie andeutungsweise, als wolle sie ihn in Wirklichkeit fest durchschütteln.

„Nichts, Marc! Nichts! Er ist mir vollkommen gleichgültig. Ich bin froh über uns. Ich liebe dich, Marc!“

Marc bekam feuchte Augen über diese direkte, offen ausgesprochene Wahrheit. Und es war ihm plötzlich unangenehm, dass er mit solchen Fragen einen leisen Zweifel an beider gegenseitiger Liebe in Betracht zog, den er nie empfunden hatte. Aber Eifersucht, die schon.

„Ich liebe dich auch. Wie nichts auf der Welt, Elisa.“ Als sie sich küssten, berührten sich ihre eiskalten Nasen. Ein frostiger Kuss, dessen Glut im Inneren loderte. Als sie weiterliefen, nahm Marc, der sich jetzt deutlich entspannt hatte, dennoch die Gelegenheit wahr, mehr über Elisa zu erfahren. Auch wenn sie sich in ihrer bisherigen gemeinsamen Zeit bereits über einen Großteil ihres gesamte Lebens ausgetauscht haben, ihre Hoffnungen, Ängste und Wünsche miteinander teilten, gab es doch etwas, das sich Marc nie zu fragen getraut hatte. Jetzt war es soweit. Jetzt war der richtige Moment.

„Was hast du eigentlich an ihm gefunden? Ich meine, du so herzlich, offen, eine gute Seele. Und er? Egoistisch, narzisstisch, rücksichtslos. Ihr seid auf der Gefühlsebene wie Jekyll und Hyde.“ Elisa ließ mit einen Schmunzeln, mit dem sie ihre eigene Ratlosigkeit zum Ausdruck brachte, den Kopf fallen, um sich danach mit einem tiefen Durchatmen weit aufzurichten.

„Weißt du, dass ich mich genau dasselbe schon gefragt habe, als ich noch mit ihm zusammen war? Es ist wahrscheinlich die übliche Geschichte: Mädchen flüchtet aus dem Elternhaus vor ihrem übermächtigen, patriarchischen Vater und begibt sich in die Arme von einem, der noch schlimmer ist. Der Unterschied besteht nur darin, dass Richard selbstverliebt ist. Meinem Vater hingegen ist es nicht um sich gegangen. Er war es einfach gewohnt zu herrschen. Er hatte das Sagen und kam nicht drauf, wer sonst bei Familienangelegenheiten noch mitreden könnte. Richard hat sich diese Stellung in seiner Firma und in der Gesellschaft bewusst erarbeitet und bewahrt diese Errungenschaft wie Gollum seinen Ring.“

Die Route nach Pörtschach führt entlang der Klagenfurter Straße am nördlichen Seeufer immer am Wasser entlang. Marc war jedesmal beeindruckt von der Eleganz, die das Gewässer ausstrahlte, wie großartig es in seiner Gelassenheit am Beginn des Tages war. „Bei diesen Charakterbeschreibungen finde ich mich, wenn ich mir mein Selbstbild eingehend betrachte, nicht wieder. Bist du bei mir richtig? Vermisst du da nicht etwas an mir? Oder habe ich eine falsche Selbsteinschätzung?“ Elisa antwortete sofort, ohne nachzudenken: „Marc, es gibt nicht immer nur den einen richtigen Partner. Das ist eine sehr eingeschränkte Sichtweise. Wir sind doch vielfältiger, in dem was uns gefallen kann. Und man lernt erst mit der Zeit, was einem auf längere Zeit gesehen, nicht guttut. Und andererseits müssen wir Vieles erst erfahren, um zu wissen, was genau das Richtige für einen ist. Wenn ich auf einen Typ reinfalle, heißt das nicht, dass ich nicht jemand anderen lieben kann. Nein, ich kann es noch viel mehr, weil ich erst jetzt den Unterschied kenne. Und ob man liebt und wen man liebt entscheidet man im Endeffekt immer noch selbst."

Elisa lief weiter, als hätte sie Marc erzählt, was sie heute noch einkaufen wolle. Er aber sah sie an und wäre beinahe in ein Verkehrsschild gelaufen. Sie nahm ihn am Arm um ihn zur Seite zu ziehen und verstolperte sich dabei. Gegenseitig versuchten Sie sich festzuhalten, um sich vor dem Niederfallen zu schützen und kamen umarmt zum Stehen. Sie lachten und Marc hob Elisa hoch, sodass ihre Füße sich vom Asphalt lösten. So hing sie an ihm. Er gab ihr einen Kuss, dann durfte sie wieder zu Boden und sie liefen weiter. 20 Minuten noch, dann erreichten sie das Seaside Gym. Sie gingen gleich duschen. Sie hatten das gesamte Fitnesscenter für sich. Die Leere in ihrem eigenen Betrieb, in dem sie während der Öffnungszeiten zwar immer in der Nähe doch nie alleine waren, fanden sie prickelnd.

Sie nützten daher die gemeinsame Einsamkeit auch für sich. Nach dem anregenden Morgenlauf der aufgehenden Sonne entgegen stimulierten die warmen Wasserstrahlen aus den Löchern des Brausekopfes, die sich zu einem Schauer vereinten und auf die Haut prasselten, Marc und Elisa zusätzlich.

Sie konnten nicht anders, als ihre nackte Haut, deren Mechanorezeptoren den Kontakt ans Hirn weiterleiteten und dort eine Explosion an Reaktionen auslöste, aneinanderzupressen, als wäre jeglicher Abstand lebensbedrohlich.

Die anfängliche Entspannung im warmen Wasser löste sich wieder auf und wich teilweise ungeordneter Ekstase, in der sie versuchten ihre Hände an jede Stelle des fremden Körpers gleichzeitig zu legen. Sie mussten sich nahe sein, so nahe es zwei menschlichen Wesen physisch möglich war.

Danach, glücklich und vollgesogen mit Liebe und wonnigen Gefühlen machte sich das Paar ans Tagwerk.

Elisa nutzte die Stunde bis zur Öffnung, um an ihrer Bachelor-Arbeit zu schreiben. Sie hatte eben erst damit begonnen. Auch Prüfungen waren noch offen. Doch der Abschluss war in der Ferne bereits auszumachen. Auch wenn es nun doch etwas langsamer voranging. Bei den vielen Pflichten als Unternehmerin wurde das Studium in die freien Zeitfenster wie mit einer Stopfnadel eingestrickt. Löcher waren da kaum mehr vorhanden. Die Morgenstunden begannen, das Studio füllte sich gemächlich und in Schüben.

Der Masseur, der einen der Räume für Heilmassagen gemietet hatte, hatte seine ersten Kunden nach Mittag.

Die Physiotherapeutin komprimierte ihre Patienten und Patientinnen auf drei Tage in der Woche. Den Rest der Zeit arbeitete sie in einer medizinischen Einrichtung für Rehabilitation. Sie war schon eine halbe Stunde vor dem Aufsperren gekommen und blieb bis zum Abend. Heute war auch Paul zum Dienst eingeteilt. Der Tag verging wie im Flug. Der Betrieb florierte. Ab dem späteren Nachmittag hatten sie bereits ein volles Haus. Auch die Gruppe gutgelaunter Jungs hatte sich für eine Mitgliedschaft entschieden und sich von Marc ein Trainingsprogramm mit einer Mischung aus Hantel- und Gerätetraining geben lassen. Sie pushten sich gegenseitig in die Höhe und neben dem Spaß, den sie sich dabei machten, erwachte auch der Ehrgeiz für höhere Leistungen. Ihnen waren andere Interessenten für eine Schnupperstunde gefolgt und ein neues Workout für einen gesunden Rücken startete. Elisa leitete es alleine, während Marc sich um die Trainierenden bei den Kraftmaschinen kümmerte. Die Tage waren kurz um diese Jahreszeit, draußen war es bereits dunkel. Dadurch fühlten sich die Gäste im Seaside in der warmen, hellen, teils indirekten Beleuchtung noch wohler. Das Bestreben zu einem aktiven Leben und mehr körperlicher Leistungsfähigkeit, auch wenn man alleine seine Hanteln in die Höhe drückt, erfüllte die Anwesenden mit einem Zusammengehörigkeitsgefühl. Es war ein heimeliger Zufluchtsort zur gemeinschaftlichen Optimierung.

Doch plötzlich ging das Licht aus. Es war mit einem Mal düster. Ein Raunen ging durch das Studio, das von Stimmengewirr abgelöst wurde. Ein Krachen und ein Schrei waren zu hören, der wiederum bei manchen Panik auslöste. Der Lärmpegel stieg und aus der Überraschung und teils Belustigung über die Situation wurde Unwohlsein und Angst. Wer die Tür fand, stürzte auf die Straße hinaus. Die Teilnehmer des Workouts strömten aus dem Gymnastikraum. Menschen stießen zusammen. Manche fielen hin, nicht fähig den Schüben aus unvorhergesehener Richtung etwas entgegenzuwirken. Marc versuchte die Schreie und die Unruhe lauthals, aber mit sanfter Stimme zu übertönen: „Das ist nur ein

Stromausfall. Es ist alles in Ordnung. Das haben wir gleich wieder im Griff!“, versuchte er die Menge zu beruhigen. Bis auf die wenigen, die einfach an ihren Geräten sitzen blieben oder sich in der Nähe eines Fensters an die Wand lehnten, um die beunruhigende Situation vorübergehen zu lassen, suchten alle anderen einen Ausgang. Die Dunkelheit behagte ihnen nicht. Erst als Elisa sich vom Fitnessraum ins Büro durchgekämpft hatte, eine Taschenlampe aus einem Kasten nahm und damit einen Orientierungsstrahl durch den Raum schickte, begann die Unruhe abzuflauen.

Nun hörte man auch einen älteren Mann, der einen Witz machte: „Können wir das so lassen, bitte? Dann kann ich jedem hier erzählen ich hätte einen Six-Pack!“ Einige lachten, der Zug ins Freie wurde geordneter. Wer zu der Zeit am Fitnessstudio vorbeiging, musste gedacht haben, hier würde groß gefeiert. Die Partygäste würden sogar auf die Straße hinaus reichen, weil drinnen kein Platz mehr wäre. Doch im Inneren war jetzt, bis auf die Wenigen, die in der Dunkelheit ausharrten, alles leer. Marc hatte sich die Taschenlampe geschnappt, während Elisa ebenfalls nach draußen ging, um ihre Kunden zu beruhigen und sich ratlos über den Vorfall zu zeigen. Paul war ihr dabei keine große Hilfe. Er stand abseits. Sein Körper schlotterte, als wäre er soeben aus einer Wanne gefüllt mit Eis gestiegen. Sein Körper hat sich schnell abgekühlt, wo er doch eben noch einem Kunden am Captains Chair aktiv Beinheben erklärt hat, dachte Elisa während vier Kunden und Kundinnen auf sie einsprachen.

Sie löste sich entschuldigend und ging zu ihm: „Alles in Ordnung? Geh wieder rein, bevor du dir hier noch den Tod holst! Es ist drinnen zwar dunkel aber warm.“ Sie zwinkerte Paul zu und wandte sich dann wieder der aufgeregten Gruppe zu. Sie hoffte der Stromausfall wäre nicht von langer Dauer, denn im Freien war es kalt. Was die meisten noch nicht wahrnahmen, weil ihre Körper eben noch auf Hochtouren liefen. Die Temperatur am Gefrierpunkt und die meisten hatten kurzes Trainingsgewand an. Lange konnten sie daher nicht auf der Straße bleiben. Elisa rief Marc an, der bereits beim Stromkasten war. Er hing an einer Wand im Technikraum, der über das Büro erreichbar war. Marc öffnete ihn und sah die gesamte Misere vor sich ausgebreitet.

Elisa rief ins Telefon, was los sei, doch er musste es selbst erst verstehen. Hier war nicht einfach eine Sicherung ausgefallen oder der Stromschutzschalter ausgelöst. Marc sah herausgezogene Kabel, von denen sich manche blanken Enden berührten, was auch nach Ansicht des Laien für den Stromkreis nicht vorteilhaft sein konnte. Bei einigen war es eindeutig: Sie wurden in der Mitte durchgeschnitten. Sabotage! Marc fand seine Sprache wieder. Er stotterte ins Handy.

„Elisa, das... ich weiß nicht, ob ich das schnell reparieren kann. Da meint es irgendwer nicht gut mit uns." „Warum, was ist denn?", Elisas Nerven waren zum Reißen, sie hielt die Ungewissheit nicht aus. Daher legte sie auf, aktivierte die Taschenlampe ihres Handys und rannte selbst hinein. Im Technikraum stoppte sie, ihr Mund öffnete sich und blieb offen. Ein Ton kam nicht heraus. Sie legte eine Hand zwischen Marcs Schulterblätter und starrte auf den offenen Sicherungskasten. Schließlich fragte sie mehr sich selbst: „Wer macht denn sowas?"

Marc schüttelte den Kopf: „Die drängendere Frage ist, was machen wir jetzt?" „Lassen wir es, wie es ist! Rufen wir die Polizei, die muss das hier auf Spuren untersuchen. Aber vorher sorgen wir dafür, dass unsere Kunden nicht erfrieren!" Die Beiden leuchteten sich den Weg nach draußen. Nun schwang bereits der Großteil der Wartenden die Arme um den Körper, um sich aufzuwärmen. Eine Nachbarin des Hauses, die die Aufregung von Beginn an mitbekommen hatte, brachte einen Topf mit heißem Tee und Becher dazu.

Die Sportler bedienten sich dankbar und schlürften an der einzigen Wärmequelle, die sie jetzt zur Verfügung hatten. Elisa verschaffte sich Aufmerksamkeit: „Wenn sich die Augen erst einmal an die Finsternis gewöhnt haben, erkennt man Umrisse. Aber besser ist es, wir schaffen im Studio mehrere Lichtquellen. Daher möchte ich die, die ihr Handy bei sich haben, bitten hineinzugehen, sich auf verschiedene Stellen aufzuteilen und zu leuchten. Bitte bis in die Garderobe. Dann können alle nach und nach ihre Sachen holen. So schaffen wir es, dass keiner mehr frieren muss." Marc übernahm: „Es tut uns wirklich leid, was heute passiert ist. Wir werden aufklären, wie es zu dem Stromausfall kommen konnte und dafür sorgen, dass so etwas nie mehr vorkommt. Sie bekommen alle die Mitgliedschaft für zwei Monate gratis. Als Entschädigung und als Entschuldigung unsererseits."

Marc und Elisa konnten nicht erkennen, ob das Gemurmel zustimmend oder verärgert klang. Doch sie hatten auch keinen Kopf darauf zu achten. Sie organisierten den Einzug in die Umkleideräume und hofften inständig, dass niemand stolperte und sich dabei verletzte. War das geschafft, wollten sie die Dienststelle der örtlichen Polizei kontaktieren. Sie waren sich bewusst, das würde noch ein langer Tag werden. Und noch viel länger würden sie danach wach liegen und sich das Hirn zermartern, wer ihnen das angetan haben konnte.

Der Einzige, der ihnen dazu einfiel, von dem sie aber nicht glauben konnten, dass er so weit ginge und sich auch nicht vorstellen konnten, wie er das zuwege gebracht haben vermochte, eröffnete allerdings nur zwei Tage später ein P-Fit in Pörtschach. Eine ökonomisch zweifelhaftes Unterfangen, doch Marc und Elisa war klar, dass es ihm dabei nicht um wirtschaftliche Gesichtspunkte ging. Denn zwei Sporteinrichtungen dieser Größe in einem Ort mit knapp 3000 Einwohnern, auch bei einem Einzugsgebiet mit rund 200.000 Menschen, konnten nicht mit einer hohen Nachfrage erklärt werden. Richard legte all seine Energie in seine neueste Filiale. Er war meist dort anzutreffen. Das Studio war modernst eingerichtet und von der Ausstattung im Luxussegment angesiedelt. Die Preise für Mitgliedschaften entsprachen nicht dieser Ausrichtung. Längst hatten die Kenner der Szene den Machtkampf zwischen dem P-Fit und dem Seaside Gym ausgemacht und beäugten schaulustig, wer in dem Rennen jeweils die Nase vorne hatte.

Die Fitnessbegeisterten spalteten sich in zwei Lager. Die P-Fit-Jünger, denen Leistung und Erfolg über alles ging. Und die, die sich bei Marc und Elisa wohler fühlten. Mit ihrem persönlichen und individuellen Zugang zu dem Ziel das Optimum aus jedem Einzelnen herauszuholen. Marc und Elisa versuchten daher auch, sich durch die Konkurrenz nicht von ihrem Weg abbringen zu lassen und unabhängig von dem, ihnen wiederholt vor die Füße geworfenen Fehdehandschuh, ihren Weg weiterzugehen. Das war der Weg, gleichzeitig mit der Freude am Sport auch Freude am Leben zu vermitteln. Das war der Weg, das körpereigene System in geeigneten Schritten an eine Leistungssteigerung heranzuführen und sich nicht durch übereilte Zumutungen einer erhöhten Verletzungsgefahr auszusetzen. Manchen dauerte das zu lange. Die wechselten ins P-Fit, wo man ihrer Gier nach Fortschritten gerecht zu werden schien. Andere kamen wiederum von dort ins Seaside Gym, weil sie der Atmosphäre des Gelten Wollens und des ständigen Wettbewerbs entrinnen wollten. Insgesamt konnte man im Verlauf des neuen Jahres, der Jahreswechsel lag bereits hinter den Kontrahenten, einen Zulauf ins Studio des neuen sportlichen Traumpaares verzeichnen. Auch von den Gesellschaftsseiten der Zeitungen wurden Marc und Elisa mittlerweile entdeckt.

Sie gaben als Dreamteam vor den Kraftgeräten oder im Doppelliegestütz - Elisa posierte auf Marcs Rücken, während er sich vom Boden hochdrückte - ein perfektes Bild ab.

Richard fuhr jedes Mal die Wände hoch vor Wut, wenn er Artikel über seine Ex-Freundin und seinen Ex-Praktikanten lesen musste. Die jeweilige Zeitung zerfetzte er in so kleine Schnipsel, dass die Reinigungsfrau sie mit dem Staubsauger vom Teppich entfernte. Es musste etwas geschehen!

Und es geschah. Als an einem Freitagabend Ende Jänner das Seaside Gym wieder gut gefüllt war, beschwerten sich Gäste über einen ekelhaften Geruch in den Umkleideräumen. Frauen und Männer kamen zu Marc und Elisa und vermuteten, es müsse ein Kanalrohr gebrochen und ausgelaufen sein, so schrecklich stinke es. Manche Ankommenden, die sich auf eine schweißtreibende Gymnastikstunde mit dem mittlerweile bekannten Paar freuten, kamen nicht so weit, dass sie sich die multifunktionelle Sportbekleidung überzogen. Kaum waren sie aus den Straßenschuhen draußen, hielten sie den Gestank nicht mehr aus, schnappten ihr Zeug und verließen das Studio. Sportler und Sportlerinnen, die aus der Dusche kamen, versuchten möglichst wenig zu atmen und das Ankleiden so rasch es ging hinter sich zu bringen. Marc und Elisa machten sich sofort auf die Suche, was den unangenehmen Mief auslöste. Indem sie nach dem Prinzip Warm-Wärmer-Heiß ihrer Nase nach dem Zentrum des Gestanks näher kamen, entdeckten sie den Übeltäter in der Damen- und der Herrengarderobe. Ein stattliches Stück Stinkekäse. Ein Quargel aus heimischer Produktion, dessen Rotschmierebakterien ungehindert ihren unverwechselbaren Geruch entfalten konnten. Mit der Entfernung des Käses war es nicht getan, denn im Winter war es während des Betriebes nicht möglich zur Lüftung die Fenster weit aufzureißen, damit der Duft bald entweichen konnte. Sehr zum Ärger noch vieler Kunden an dem Abend. Denn nur wenige waren so hartgesotten, den Gestank als nicht störend wahrzunehmen.

Dementsprechend ließ der Besuch des Seaside, so gut er begonnen hatte, schnell stark nach. Wer blieb, hatte nun viel Platz für das Training. Wer verärgert flüchtete, nutzte die gewonnene Zeit, das Erlebte weiterzuerzählen. Waren sie bei diesem Stinkekäse-Vorfall auf Erzählungen angewiesen, um dessen Dramatik anschaulich zu machen, erfüllten eine Woche später Fotos und Videos auf allen sozialen Plattformen diese Aufgabe:

Kakerlaken krabbelten über die Fliesen der Männer-Duschen.

So viele und so orientierungslos, ohne einer Möglichkeit in einem Loch oder einem versteckten Zwischenraum zu verschwinden, dass für Marc klar war: Diese Kakerlaken wurden ausgesetzt. Sie kamen sicher nicht aus einem Nest hervorgekrochen. Doch erkläre das einmal all den Instagram-, Tiktok- und Snapchat-Usern, die mit Standortbezeichnung versehene Fotos und Videos von den kleinen flinken Tierchen präsentiert bekamen.

Dieser Angriff zeigte Wirkung. Hatte es seit dem Stromausfall und der Stinkattacke nur einzelne schmerzliche, aber verschmerzbare Austritte gegeben, häuften sich jetzt die Kündigungen. Täglich kamen Mails und persönliche Aufforderungen den Mitgliedervertrag rückgängig zu machen. Da konnten Elisa und Marc noch so oft beteuern, dass im Seaside Gym auf Hygiene größter Wert gelegt werde. Bilder sagen mehr als Worte, heißt es. Und das traf auch in diesem Fall für die, die keinen Fuß mehr in das Studio setzen wollten, zu.

Einen harten Kern hat man immer. Kunden, die zu einem halten, die einem glauben, so unglaublich es auch klingen mochte, dass diese Vorfälle nicht auf natürlichem Wege entstanden seien. Doch dieser Kern war nicht groß genug, um auf Dauer das Unternehmen gewinnbringend auf Spur halten zu können. Der Ruf des Seaside Gym war auf dem Weg ein schlechter zu werden. Negative Erzählungen überleben meist länger als Lobeshymnen. Sie sind spannender, interessanter, entwickeln ein höheres emotionales Potential. Über etwas zu schimpfen erntet mehr Aufmerksamkeit, als etwas für gut zu befinden. Man ist geneigt dem Schlechtredner eher zu folgen, als sich in Gefahr zu begeben, zu rühmen, was von anderen abgelehnt wird. Aus Angst, selbst abgelehnt zu werden.

Ein herber Rückschlag für das betroffene Unternehmer-Paar, das wusste, wem es den Rückschlag zu verdanken hatte. Immer noch konnten Marc und Elisa sich nicht vorstellen, wie er das angestellt hatte. Sie gingen die Mitgliederliste durch. Mit wenig Hoffnung, einen Namen zu finden, der mit Richard in Verbindung zu bringen war. Auch nicht, als sie sich auf die männlichen Einträge beschränkten. Denn Marc war sich nun sicher, dass der Saboteur ein Mann sein musste, der keine Möglichkeit fand, mit den Kakerlaken in die Frauen-Duschen einzudringen. Doch auch wenn so die Suche eingeschränkt war, gab es immer noch genügend männliche Mitglieder. Sie versuchten zwar aus der Erinnerung diejenigen herauszuglauben, die an diesem Tag tatsächlich anwesend waren. Doch da sie darüber keine

Aufzeichnungen führten, war das kein leichtes Unterfangen. Sie konnten auch nicht alle Zeit dafür verwenden, denn vorrangig war für sie im Moment jedem einzelnen Kunden, jeder einzelnen Kundin zu schreiben, um sich für die Vorfälle zu entschuldigen. So hofften die beiden, dass der Schaden begrenzt blieb. Doch viele Antworten zerstreuten ihre Hoffnungen diesbezüglich so schnell wieder, wie man im 5G-Netz braucht, um ein GIF downzuloaden.

44

Das Ur-Perfect Fit, das erste - Richard bezeichnete es als Basis, von dem aus er das Universum erobern wolle (das musste er in einer alten Star Trek-Folge gesehen haben), war was seinen Erschaffer anbelangte seit einiger Zeit verwaist. Die Konzentration auf den jungen Trieb Pörtschach hielt Richard von seiner Wurzel fern. Doch die wurde dank Bernd und Yvonne ausreichend genährt und litt nicht an Unterversorgung. Auch wenn zu erkennen war, dass manchen Kunden die fehlende Aussicht auf den Promi fehlte, da auch hier die Besucherfrequenz nicht zunahm.

Doch die beiden neuen Filialleiter waren weit davon entfernt dem Chef wegen seiner Absenz gram zu sein. Sie genossen es eher, ohne seine Zurufe und beobachtenden Blicke im Nacken den Laden schmeißen zu können. Es ging ihnen nicht ab, ständig Zeuge zu werden, wie seine anhänglichen Groupies sich auf ihn, wie Ameisen auf das Zuckerstück warfen. Das störte nach Meinung von Yvonne und Bernd nur die ernsthaft Trainierenden und auch die Trainer in ihrer Lehre. Doch die beiden Altgedienten, wenn man die Mitarbeiter der ersten Stunde bei einem Unternehmen, dass es erst 12 Jahre gab, so nennen konnte, waren zwiegespalten.

Der Genuss der Eigenständigkeit im P-Fit wurde mit der Sorge um deren Freunde bezahlt. Sie wussten, dass die Abwesenheit Richards mit dem Kampf gegen Elisa und Marc zu tun hatte. Oft saßen die zwei noch an der kleinen Theke im Erfrischungseck des Studios zusammen, nachdem sie hinter dem letzten gut durchbluteten und aufgepumpten Kunden den Schlüssel im Schloss gedreht hatten und sprachen über diese unnötige Auseinandersetzung. Nicht nur einmal wäre Bernd beinahe, als sie sich gegenseitig in ihrem Ärger hochschaukelten, aufgestanden, hätte Richard am liebsten seine Meinung gesagt und das P-Fit nie mehr betreten. Doch jedes Mal wenn es so weit war, legte Yvonne ihre zartbraune Hand auf seine joghurtweiße und besänftigte ihn mit den Worten: „Es wird alles gut ausgehen. Marc und Elisa brauchen uns hier mehr als anderswo. Du wirst sehen."

Bernd verstand es nicht. Er war zum Konkurrenten seiner Freunde geworden. Und das behagte ihm gar nicht. Aber er blieb sitzen. Auch weil er vermeiden wollte, dass Yvonne seine Hand jemals wieder von seiner wegnahm. Bald freute er sich mehr oder weniger unbewusst, während er sich in Rage redete, schon auf ihre Berührung. Doch er musste aufpassen, wollte er vermeiden, dass Yvonne eine schlechte Meinung von ihm bekam, ob seiner zunehmend aufbrausenden Art. Diesmal ließ er sich zum Glück noch etwas Zeit damit und überlegte gerade, ob er heute wieder sein Glück herausfordern sollte. Denn so waren die beiden selbst geräuschlos genug, um ihrerseits den Schlüssel zu hören, der das Schloss der Eingangstür knacken ließ.

Es war dunkel im Lokal, nur eine Notbeleuchtung, die die ganze Nacht an war, brannte. Und ein Spot in der Größe einer Birne, die das Erfrischungseck, das vom vorderen Bereich des Studios her nicht einsehbar war, in einen zartgelben Schein hüllte. Yvonne sah Bernd an. Der lauschte. Er erkannte eine der Stimmen sofort: Richard! „Komm rein! Ich gebe dir drei Minuten. Nicht länger! Wenn ich sage, kein Kontakt für ein halbes Jahr, dann meine ich das auch so. Das hat seinen Grund. Du hast doch bisher jede Zahlung erhalten. Also was willst du?" „Sie reagieren nicht auf meine Nachrichten. Ich wollte es daher persönlich klarstellen: Ich finde, wir haben unser Ziel erreicht. Im Seaside ist kaum mehr was los. Es hagelt Kündigungen. Wir sind also fertig!" Bernd sah jetzt Yvonne an und formte mit den Lippen: „Wer ist das?" Yvonne bewegte ihren Kopf minimal nach rechts und links. Auch sie konnte nur den Chef ausmachen, der jetzt sagte:

„Jetzt? Vor dem größten Clou machst du schlapp? Jetzt kommt doch erst der Höhepunkt!" Richard sperrte die Tür zu seinem Büro auf und ging hinein. Sein Gesprächspartner folgte ihm: „Nein! Was sie jetzt von mir fordern ist gefährlich. Da kann sich echt wer verletzen. Das geht zu weit, das mache ich nicht." „Verdammt noch einmal! Wir haben uns von Anfang an darauf verständigt, es zu Ende zu bringen. Ich sagte: Zerstören. Nicht ein bisschen kitzeln. Und wer ist vor mir gestanden und hat brav genickt und mir versichert, er hätte keine Skrupel? Ich sage dir, wenn du mich fallenlässt, mache ich das

Gleiche mit dir. Dann kannst du den Job als meine rechte Hand vergessen. Und mehr noch: Ich habe dich frisch von der Ausbildung geholt. Du bist ein Niemand und wenn ich es will wirst du es bleiben. Ohne mich musst du weit wegziehen von hier, um im Fitnessbereich noch einen Job zu finden.“ Vom Gesprächspartner kam keine Erwiderung mehr.

Bernd pirschte sich an die Ecke heran, von der aus er durch Pflanzen hindurch Richtung Bürotür spähte. Gerade noch rechtzeitig, als der unbekannte Gast heraustrat und zum Ausgang schlenderte. Bernd konnte nicht viel von ihm erkennen. Zusätzlich war Yvonne von hinten an ihn herangetreten - sehr eng an ihn herangetreten - um ebenfalls etwas zu sehen. Bernd spürte ihren Atem an seinem Ohr und roch ihr betörendes Parfum, es erinnerte ihn an Grapefruit, das ihm einen Schauer bis hinunter in die Zehenspitzen jagte. Er vergaß beinahe, dass er eigentlich den Übeltäter identifizieren wollte. Er sah ihn aber so und so nur von hinten. Die dunklen Haare, die dünne, dafür umso längere Gestalt, in deren Jeans vermutlich noch zwei weitere Personen seiner Statur hineingepasst hätten. Als der eher jüngere Mann das Lokal verlassen hatte, streckte sich Bernd aus seiner Deckung, um auch noch ein seitliches Profil des Mannes zu erhaschen, wenn er am Schaufenster vorüberging.

Doch in dem Moment kam Richard aus dem Büro. Seine Trainer, von denen er keine Ahnung hatte, dass sie noch da waren, drückten sich ganz ins Eck, weg vom Licht. Sie wagten es kaum zu atmen. Richard machte einen Rundblick durch sein Studio. Dabei sah er, dass alle Ergometer und Laufbänder noch an waren: „Was zum... Wer hat denn hier heute Schluss gemacht?“, fragte er in den leeren Raum hinein. Er nahm sich vor, es im Dienstplan nachzuforschen und demjenigen die Leviten zu lesen. Die Betriebskosten waren ohnehin zu hoch. Er ging zum ersten der Geräte, die in drei Linien bis zur hinteren Wand standen. Der Wand, von der aus auch das Erfrischungseck gut sichtbar war. Bernd und Yvonne waren mittlerweile in die Hocke gegangen und dadurch noch unsichtbarer geworden. Doch die Birnenlampe leuchtete. Wenn Richard sie auch noch abschalten wollte, gab es für kein Entrinnen, dann musste er sie unweigerlich entdecken.

Richard ging von Laufband zu Laufband und dann von einem Ergometer zum nächsten. Überall betätigte er den kleinen roten Kippschalter, um die Geräte in die Nachtruhe zu versetzen. Als er sich vom letzten Standfahrrad erhob und dorthin drehen wollte, wo seine Trainer kauerten, hupte es laut und anhaltend von der Straße her. Richard wendete seinen Kopf und erkannte den Sportschlitten von Sherry vor der Tür. „Ist die stoned?“, murmelte er abschätzig in sich hinein. Dann setzte er sein bestes Was-für-eine-Überraschung-Gesicht auf und ging in großen Schritten in ihre Richtung. Weg von den Ergometern, weg vom Erfrischungseck, weg von Bernd, der in der Hocke ohne es zu bewusst wahrzunehmen die Hand von Yvonne erfasst hatte und sie fester drückte, als ihr lieb war.

Als die Tür ins Schloss fiel, stöhnte sie auf, zog die Hand weg und rieb an ihr, um den Druckschmerz zu lindern.

„Kann es sein, dass du angespannt warst?“, scherzte sie dennoch und half sich damit selbst über das Pochen in der Hand hinweg. Bernds helles Gesicht wurde dunkelrot. Er entschuldigte sich und kam dann schnell darauf zurück, was sie soeben erlebt hatten. Doch in seiner Fassungslosigkeit versuchte er fünf Sätze gleichzeitig zu beginnen. Das ging sich nicht aus. Daher kam nur ein Ächzen aus seinem Mund. Yvonne blickte ihn verständnisvoll an und richtete sich auf. Bernd folgte ihr, im Stehen ging es besser.

„Was sagst du dazu? Ich wollte es nicht glauben, dass tatsächlich unser Herr und Meister dahinter steckt. Aber einen besseren Beweis kann es nicht geben. Was machen wir jetzt? Ich bleibe hier keinen Tag länger. Das ist so letztklassig. Wie kann er nur?! Oh mein Gott!“ Yvonne legte ihm beide Hände auf die Schultern: „Es ist ganz klar, was wir jetzt machen: Wir besprechen die Sache mit Elisa und Marc. Bis dahin überstürzen wir nichts! Es gilt immer noch, was ich vorhin gesagt habe: Sie brauchen uns hier! Jetzt noch mehr als zuvor.“

DRITTER TEIL

Das Seaside Gym sperrte am Montag erst um 14 Uhr auf. Der Vormittag war für die Wartung aller Geräte reserviert. Marc umklammerte die Dose Silikonspray WD-40 wie der Cowboy seinen Revolver und schmierte damit die Laufschiene eines Crosstrainers. War das erledigt, überprüfte er den Riemen am Schwungrad. Elisa, die vom Beantworten der unzähligen Mails, die sich immer noch um die Kakerlaken drehten, eine Pause brauchte, verließ das Büro und schnappte sich einen Schraubenzieher und einen Schraubschlüssel um lockere Schrauben und Muttern nachzuziehen. Das brachte sie weg von der deprimierenden Tätigkeit als Beschwerdestelle.

Da war ein Schlüssel im Schloss der Eingangstür aus Glas mit weißem Kunststoffrahmen zu hören, Kurz darauf kam der Masseur herein. Das heißt, er fiel regelrecht herein. Draußen ging ein starker Wind mit teilweise schon sturmartigen Böen.

Philipp Marschalek stemmte sich mit seinem ganzen Gewicht, das durch den kräftigen Körperbau mehr war, als bei einem durchschnittlichen Mann seiner Größe, gegen die Tür.

Auch wenn die Sicherheitstür schwer war, hätte er sie ganz normal an der Schnalle aufdrücken können. Wie man es üblicherweise macht. Doch er war einer, der Körpereinsatz schätzte und sei es bei geringen alltäglichen Handlungen. Diesmal drückte aber der Wind mit, was ihn seine Kraft gebündelt mit der des Windes unterschätzen ließ. Elisa und Marc grüßten kurz, ohne ihre Arbeit zu unterbrechen, in der Annahme, er hätte bald Kunden und würde direkt durchgehen, in sein Massagezimmer.

Doch Philipp ging auf sie zu und begann schon aus der Entfernung zu sprechen.

„Hey Leute! Ist jetzt saublöd, weiß, aber ich kündige meinen Mietvertrag. Hab euch das auch schriftlich verfasst, damit alles seine Ordnung hat.“

Er hielt den beiden einen Zettel vor die Nase. Sie richteten sich von ihrer Tätigkeit auf, warfen sich dabei einen Blick zu und sahen dann Philipp an, seine kaum vorhandenen Augenbrauen und die winzigen Ohren. Er wartete nicht, bis sie ihn nach dem Grund fragten, sondern kam gleich mit der Erklärung heraus: „Hätte euch vorwarnen sollen, weiß. Aber wer rechnet denn damit? Dass plötzlich alles vorbei ist.“ Elisa hob die Hand, um dem Wasserfall Einhalt zu gebieten: „Moment mal! Was ist vorbei?“ „Na ja, das hier alles. Habe schon 60 Prozent Storno. Dauerhaft. Wer will denn schon zu einem Masseur, bei dem die Käfer herumkriechen. Will keiner. Kann sich keiner entspannen bei. Ich übrigens auch nicht. Hasse diese Tiere. Daher, lieber gleich beenden und nicht lange warten, richtig? Mit Ende des Monats bin ich draußen. Hat echt vielversprechend begonnen alles. Hab viele neue Kunden gewonnen. Aber... naja, solltet die Ursache dafür finden, dass sich diese Insekten bei euch so wohlfühlen! Keine Ahnung woran das liegt. Aber wenn da irgendwo unter dem Studio oder vielleicht sogar in den Mauern ein Nest ist... die bekommt ihr nicht mehr raus.“ Damit drehte sich der kräftige Mittvierziger um, der lange als Fleischhauer gearbeitet hatte, bevor er sich zum Masseur umschulen ließ. Nicht viel Unterschied, hat er immer gesagt und dabei nicht gelacht, außer, dass man nichts aufschneidet. Als er bei der Tür war, fügte er wie zum Abschied noch hinzu: „Hab meine Kunden umgeleitet. In die Garage meiner Schwester. Als Übergang. Ist denen immer noch lieber als hier. Cheerio!“ Und weg war er.

Marc wusste nicht, ob er wütend sein sollte oder belustigt über diesen kuriosen Auftritt. Die letzte Aussage hatte ihm aber zu sehr zugesetzt, als dass er noch irgendetwas witzig finden konnte. Elisa blickte noch einige Sekunden starr geradeaus und beschäftigte sich dann emsiger als zuvor mit ihren Schrauben und Muttern. Sie sagten beide nichts. Doch sie wussten, sie mussten etwas tun. Nur was? Bevor sie einen klaren Gedanken zu ihrem weiteren Vorgehen fassen konnten, klopfte es laut an der Tür. Verwundert, wer nun wieder in der Sperrzeit des Studios einfiel, fuhren Marc und Elisa gleichzeitig hoch. Es waren Bernd und Yvonne. Sie waren seit der Eröffnung nicht mehr dagewesen, weil sie selbst in

Velden von früh bis spät zu tun hatten. Auch jetzt hatte das P-Fit eigentlich geöffnet. Marc und Elisa sperrten ihnen auf.

Sie begrüßten sich und keiner von den Vieren schaffte dabei ein frisches, freudiges Lächeln aufzusetzen, obwohl sich alle freuten, sich wiederzusehen. Marc fiel das auf und er sagte: „Dass wir keinen Grund haben freudestrahlend durch die Gegend zu laufen, ist klar. Aber warum seid ihr so bedrückt?“ „Wir müssen mit euch reden!“, sagte Yvonne. „Das klingt ernst.“, erwiderte Elisa und setzte fort: „Wir haben noch eine Stunde bis wir aufsperren. Marc, mach schon mal das Gehäuse vom Schwungrad wieder zu! Wie es aussieht, werden wir die Wartung heute nicht mehr beenden können.“

Elisa ging mit ihren Ex-Kollegen von vor ewiger, nicht mehr existenter Zeit ins Büro. Marc kam bald nach. Er verstaute das Werkzeug ein Wischtuch und den Silikonspray im dafür vorgesehenen Schrank, der an der Wand gleich neben der Bürotür stand. Dann machte er das Fenster zu, das auf eine Seitengasse hinausschaute und bot den Gästen etwas zu trinken an. Sie begnügten sich mit Leitungswasser. Marc füllte Gläser für alle Vier in der angeschlossenen Mini-Teeküche an, die beim Vorbesitzer ein Abstellraum für Putzmittel, Staubsauger und Besen gewesen war. Dann setzten sie sich in die tiefen Sessel, die um einen Glastisch herumstanden.

Elisa forderte ihre Freunde auf, zu erzählen, was ihnen auf der Leber lag. Bernd hielt es ohnehin kaum mehr aus. Er berichtete mit einer Stimme, die im Radio auch eine Kriminalgeschichte vorlesen hätte können, von den Ereignissen aus letzter Nacht. Beinahe hätte er dabei wieder die Hand von Yvonne ergriffen, die gleiche Anspannung überfiel ihn, als würde er alles noch einmal erleben. Doch er bemerkte es rechtzeitig und hielt sich zurück.

Das Licht flackerte, als hätte es zur Charakterisierung einer spannenden Stelle nur auf seinen Einsatz gewartet. Marc schaute besorgt zu der Lampe hinauf. Sie hatten den Strom notdürftig wieder repariert. Doch der Elektriker musste noch die gesamte Verdrahtung neu machen. Elisa sah ebenfalls besorgt drein. Aus einem anderen Grund. Die Erzählungen von Bernd zeigten ihr, dass Richard zu mehr fähig war, als sie ihm zugetraut hätte. Nun war sie sich nicht mehr sicher, wo seine Grenze war. Und das machte ihr mehr Angst, als sie zugegeben hätte. Bernd schilderte jedes Detail, unterstützt von Yvonnes Ergänzungen, die dem Ganzen einen realistischeren Anstrich gaben, da Bernd zum Dramatisieren neigte. Es war so schon dramatisch genug. Daher lehnten sich Elisa und Marc auch ratlos in ihre Sessel zurück, als er seine Ausführungen beendet hatte.

Marc sprach danach als erster: „Wir hatten sowas schon vermutet. Jetzt wissen wir es mit Sicherheit. Die Frage ist nur, wie reagieren wir?“ Yvonne hatte die Antwort darauf: „Darüber brauchen wir nicht lange nachzudenken, wir schnappen uns den Kerl, der euch das angetan hat!“ „Und dann?“, gab Elisa zu bedenken, „Auch wenn wir herausfinden, welcher unserer Kunden mit Richard unter einer Decke steckt, wie können wir es beweisen? Wie können wir unseren Ruf reinwaschen? Der Schaden ist angerichtet.“

Darauf wusste keiner auf Anhieb eine Antwort. Eine Stille entstand, die sich wie ein dicker Brei anfühlte, durch den Marc gerne ein Loch zur dahinter liegenden Erkenntnis geschnitten hätte. Er sagte daher das erste, was ihm einfiel: „Elisa, wir sind in nächster Zeit besonders wachsam! Damit wir den Kerl fassen, bevor er uns den nächsten Streich spielt! Und dann sehen wir weiter! Und sonst ist jetzt das Wichtigste, dass unsere Kunden wieder Vertrauen fassen. In uns und dass unser Gym das Beste ist am Wörthersee. Mehr können wir meiner Ansicht nach nicht machen.“ Etwas besseres hatten die anderen auch nicht parat.

Daher einigten sie sich auf den, zwar nicht sehr erfolgversprechenden aber einzigen Plan den sie hatten. Bernd trank sein Wasserglas aus und schaute zu Yvonne. Er war angespannt, ihn ließ das Gefühl nicht los, über die Front ins gegnerische Feld zu marschieren. Ohne Helm und schusssicherer Weste. Doch sie mussten los. Das P-Fit wartete auf sie. Zu lange sollten sie es nicht in den Händen der Neulinge, die Richard angeheuert hatte, lassen. Ab jetzt würde dort kein Tag mehr Routine sein. Sie wollten ihre Augen offen halten. Nach allem, was Marc und Elisa helfen konnte. Vor allem was Richard betraf. Yvonne und Bernd standen auf, reichten ihren Freunden die Hände und Wangen hin.

Für Marc und Elisa war es Zeit aufzusperren. Sie gingen daher voran und öffneten die Tür. Draußen warteten schon zwei fleißige Sportler, die froh waren, dass das Fitnessstudio ein paar Minuten früher aufmachte. Der Wind hatte sie bereits empfangen und nicht mehr losgelassen. Sie begrüßten die Besitzer und gingen zitternd zu den Garderoben. Sie beeilten sich, denn sie konnten es nicht erwarten, sich auf dem Laufband warm zu rennen. Marcs Blick folgte ihnen. Er überlegte, ob er ihnen nachgehen sollte und wurde traurig bei dem Gedanken, dass er nun nicht einmal mehr seinen Kunden trauen konnte. Bernd folgte Yvonne. Er musste dem Wind sein Gewicht entgegensetzen und bewunderte, wie scheinbar unbeeinflusst seine Kollegin zielstrebig dem Auto entgegenging. Sie hatte einige Meter Vorsprung und einen schnellen Schritt eingelegt, bei dem sie den Kopf den Sturmböen entgegenhielt. Auch der eisige Boden schien ihr trotz des Tempos nichts auszumachen. Die Erklärung: Yvonne war in verschiedene Überlegungen vertieft und achtete kaum auf ihre Umwelt. Sie verspürte ein mulmiges Gefühl bei dem Gedanken dem P-Fit so lange fernzubleiben und stattdessen diese Zeit beim, wie Richard es ausdrücken würde, Todfeind zu verbringen. Sie wollte vermeiden Richard einen Anlass zu Misstrauen zu geben. Er hatte seine Spione überall. Bernd eilte ihr nach, drehte sich aber noch einmal um. Falls Elisa noch vor der Tür gestanden wäre, hätte er ihr ermutigend zugenickt. Es würde schon alles gut werden. Doch sie war bereits hineingegangen.

Die Sonne stand auf ihrer Mittwinterposition. Wolken, die über den Himmel zogen wie Rennautos, verdeckten sie in unregelmäßigen Abständen. Sie konnte keine Kraft entfalten. Dafür ließ der Wind die Minusgrade noch kälter auf Bernd wirken. So, dass alles, was Bernd nicht durch Kleidung geschützt hatte schon nach der kurzen Zeit im Freien eiskalt wurde. Die unbedeckten Stellen im Gesicht, allen voran die Nase, wurde bereits rot. Doch Bernd hatte noch Glück gehabt, dass sie nicht blutig geworden war, als er sich wieder in seine Gehrichtung drehte und beinahe mit einem jungen Mann zusammengestoßen wäre. Ähnlich groß wie er und drahtig wie ein Marathonläufer. Bernd entschuldigte seine Unaufmerksamkeit. Das Gegenüber murmelte Unverständliches. Auch er war wohl nicht aufmerksam gewesen. Zum Glück wichen beide in die jeweils andere Richtung aus, so dass eine Kollision vermieden wurde. Bernd hatte allerdings größte Mühe nicht auszurutschen und hinzufallen. Der andere machte die Gefahr mit einem eleganten Slide, als hätte er Eislaufschuhe an, wett.

Bernd stützte sich an die Hauswand und hörte Yvonne rufen. Doch er achtete nicht auf sie. Er sah diesem Mann nach. Etwas an ihm machte ihn stutzig. Er konnte nicht viel von ihm erkennen, da er eine Haube aufhatte und eine aufgeplusterte glänzend rote Plastik-Winterjacke. Doch seinen Gang! Den erkannte Bernd. Diesen geschlenderten Gang, als würde er mit jedem Schritt sein Desinteresse an der Welt ausdrücken, hatte er schon gesehen. Wenn auch nur kurz. Und teilweise von grünen Zimmerpflanzen verdeckt. Die lässigen Schritte führten den, der sie ausführte hinein in das Seaside Gym. Bernd, der immer noch gekrümmt an der Hauswand lehnte, stieß sich von dieser ab und trat leicht gebückt, in behäbigem Gang dorthin, wo er vor einer Minute noch herausgekommen war. Mit der Sonne im Rücken war es schwer durch die Glastür hindurchzusehen, ohne dass man von drinnen ganz eindeutig seinen Kopf wahrnahm, der sich gegen die Scheibe drückte.

Doch wenn zwischenzeitlich Wolken die Sonneneinstrahlung beendeten und sich die Straße abdunkelte, war ein Blick ins Innere möglich. Die sehr verdächtige Person war allerdings nicht mehr zu entdecken. Als Bernd konzentriert ins Fitnessstudio starrte und überlegte, ob er die Tür einen Spalt öffnen sollte, um eine bessere Übersicht zu bekommen, griff ihm jemand auf die Schulter. Bernd sprang beinahe einen halben Meter hoch, so sehr erschreckte er sich. Yvonne beruhigte ihn, musste dabei aber ein Lachen unterdrücken: „Hey, hey, ich bin es nur. Was ist los? Wir müssen ins Studio!“ Bernd hatte Angst, ihr lautes Gehabe würde sie auffliegen lassen. Er mahnte sie leise zu sein.

„Pscht! Ich hab ihn!“ Yvonne ließ sich nicht beeindrucken. Sie sah keinen Grund hier auf der Straße, wo der Wind lauter blies als sie schreien konnte, ihre Stimme zu dämpfen: „Ich weiß, du hast einen Vogel. Jetzt komm schon!“

„Nein, ich hab den Saboteur. Glaub ich.“ Jetzt veränderte sich Yvonnes Körperhaltung, Anspannung kroch durch ihre Glieder. Aufregung, als wäre sie mitten in einen Agententhriller greaten.

„Wie kannst du plötzlich wissen, wer er ist, wo wir gerade noch völlig im Dunkel tappten?“ „Weil ich ihn erkannt habe.“

Bernd merkte, dass er mit seiner Entdeckung Yvonne beeindrucken konnte und nahm eine geheimnisvolle Stimme an.

„Er war vermummt, aber damit konnte er mich nicht täuschen. Ich habe seine Bewegungen studiert, als er aus dem P-Fit gegangen ist und... nun habe ich ihn anhand des in meinem Kopf gespeicherten Bewegungsprofils identifiziert.“

Yvonne zog eine Augenbraue hoch. Außerdem schlug sie ihre Arme um den eigenen Körper: „Das hast du dir aus einer Tatort-Folge rausgeschrieben, oder? Gut, dann gehen wir rein und schnappen uns den Kerl. Mir ist eiskalt.“

Sie riss die Eingangstür auf und gab Bernd einen Schubs, der keine andere Wahl hatte, als ins Studio zu stolpern. Allerdings unter Protest: „Wir müssen ihn in Flagranti ertappen! Glaubst du, er gibt alles zu, nur weil ich sage Hey, Junge, ich habe dich durch eine Pflanze hindurch gesehen?"

Der Verdächtige war nach wie vor im Hauptraum nicht wahrnehmbar. Bernd nahm Yvonne an der Hand und flitzte mit ihr ins Büro hinein. Es war leer. Daher linste Bernd wieder mit voller körperlicher Zurückhaltung in das Fitnessstudio. Marc oder Elisa waren ebenfalls nicht zu sehen. Dafür er! Da war er! Jetzt erkannte Bernd auch seine schwarzen Haare. Unverkennbar, dachte Bernd, geschnitten, als hätte er beim Friseur einen Ritterhelm aufgehabt. Er hatte jetzt eine hellgraue Trainingshose mit weißen Streifen an und ein schlabberndes rotes T-Shirt. Der, von dem Bernd so gut wie sicher wusste, dass er sich noch gestern Abend mit Richard getroffen hatte, hantierte gebückt und daher zuvor unsichtbar an einer Kraftmaschine herum, die dem Sportler kräftige Oberschenkeladduktoren und –abduktoren bescheren konnte. Doch als er mit ihr fertig war verwendete er sie nicht. Er ging zum nächsten Gerät und prüfte die Gewichte. Die Eingangstür ging auf, Bernd zog den Kopf zurück. Sein Puls raste, wie sonst nur beim Schlusssprint einer Laufrunde. Doch es kamen lediglich weitere Mitglieder des Seaside herein, die nicht auf den Mann im Büro achteten. Yvonne wurde das Agenten-Getue von Bernd zu viel. Sie waren schon viel zu lange hier. Mal angenommen, dieser Typ war der Gesuchte, so kannte er Bernd und Yvonne doch gar nicht. Sie hatten ihn gestern Abend gesehen – von hinten und das auch nur halb. Er sie aber überhaupt nicht. Also verließ sie das Versteck - Bernd würde es schon als Geheimquartier bezeichnen - um Marc und Elisa zu suchen. Locker, ohne auf Bernds Observationsobjekt zu achten, aber auch nicht ohne sich ihn aus den Augenwinkeln näher anzusehen, ging sie an dem Burschen vorbei und suchte die Nebenräume ab. In der Männergarderobe, ja, sie hatte keine Scheu auch dort hineinzuschauen, fand sie Marc, der mit der Taschenlampe am Boden kroch. „Kann ich dir helfen?", fragte sie belustigt, „Heute entdecke ich völlig neue Seiten an den Männern in meinem Bekanntenkreis. Einer, der Privatdetektiv spielt und ein anderer der... Was machst du da eigentlich?" Marc erhob sich, ohne sich bloßgestellt zu fühlen, dazu war ihm seine Tätigkeit zu ernst: „Das könnte ich dich auch fragen. Seid ihr nicht schon vor zehn Minuten aufgebrochen, um nach Velden zu fahren? Ich kontrolliere den Raum nur nach unliebsamen Überraschungen, die ich gerne vor meinen Kunden entdeckt hätte." „Ich verstehe.", gab sich Yvonne einsichtig, „Und wir sind noch hier, weil Bernd mit seiner Schnüffelnase einer heißen Spur nachgeht. Aber das soll er dir selbst erzählen. Er ist im Büro." „Da bin ich aber gespannt."

Peter Stacher

46

Bernd ging auf und ab. Rastlos, nervös. Als Marc und Yvonne das Büro betraten, stürzte er auf Marc zu, als würde dieser ein rettendes Gegenmittel gegen eine unheilbare Krankheit überbringen.

„Ich hab ihn! Er ist hier! Mitten unter uns!“ Yvonne schüttelte den Kopf: „Ich hoffe, das hört wieder auf!“ Marc aber nahm seinen Freund ernst, die Verpackung war nebensächlich, der Inhalt war das Wesentliche: „Hast du ihn erkannt?“ „Das habe ich. Und wie ich ihn erkannt habe! Eine Verwechslung ist zu 80... naja, sagen wir 70 Prozent ausgeschlossen. Ich habe ihn nur von hinten gesehen. Doch dieser Gang – unverwechselbar.“

Marc wandte sich der Tür zu und öffnete sie: „Wenn du dir so sicher bist werden wir nicht lange brauchen, ihn zu finden. Viele Besucher sind noch nicht hier. Zeig ihn mir! Aber unauffällig! Wir wollen niemanden zu Unrecht beschuldigen.“

Bernd streckte seinen Zeigefinger in die Höhe, als wolle er etwas Wichtiges sagen, dann führte er ihn langsam zum Mund, um Verschwiegenheit zu demonstrieren.

Yvonne griff sich an die Stirn. Das war ihre Art bei Bernds Dramatik mitzuspielen. Sie fand ihn in Wirklichkeit sehr lustig. Marc war nicht zum Lachen. Auch wenn er froh war, einen Hinweis auf einen möglichen Täter zu bekommen, um den Angriffen ein Ende zu setzen. Doch die Tatsache, dass er in Kürze erfahren würde, wer ihnen schaden wollte, machte ihn unruhig. Er war sich zwar sicher, was der Grund für die Taten war. Doch er und Elisa hatten zu keiner Zeit jemandem bewusst geschadet, jemanden herabgewürdigt, bloßgestellt, sich absichtlich zum Feind gemacht. Möglicherweise in diesen Minuten einer Person gegenüberzustehen, die böswillig versuchte, ihr Lebenswerk zu ruinieren, quetschte seine Seele zusammen und ließ Beklemmung zurück. Dementsprechend zögerlich griff er zur Klinke der Bürotür. Bernd drängte sich dicht hinter ihn. Yvonne ließ Abstand und betrachtete mehr die beiden Männer, als wie sie in den Fitnessraum zu spähen. Wenn der Übeltäter sie jetzt so sieht, weiß er, dass er aufgeflogen ist, dachte sie, auffälliger geht es kaum. Sie wollte ihnen daher den Tipp geben, unscheinbar loszumarschieren und sich über ein Sportthema zu unterhalten. Als hätten sie ihre Gedanken gelesen, richteten sich Bernd und Marc auf und gingen tief in den Fitnessraum hinein. Doch ohne ein Schein-Gespräch zu führen, denn der, den Bernd Marc präsentieren wollte, war nicht zu sehen. Doch vielleicht war er in der Nähe. Zumindest in Hörweite. Daher plauderte Marc nun doch drauflos, als wollte er einem interessierten Pärchen das Studio zeigen.

„Die Geräte sind alle nagelneu und hochprofessionell. Wenn sie effektives Training suchen, sind Sie hier bei uns genau richtig." Marc drehte sich dabei um seine eigene Achse und scannte jeden Winkel. Er blickte dazwischen immer wieder mit fragenden Augen zu Bernd. Der zuckte kurz mit den Schultern und wies dann mit dem Kopf zum Gymnastikraum. Marc reagierte: „Derzeit bieten wir in unserem Gymnastikraum jeden Tag zwischen drei und fünf Workouts an. Wenn Sie mir folgen wollen!" Dort angekommen unterhielten sie sich im Flüsterton weiter, denn der Raum war leer. Marc sagte: „Ich hoffe, er hat das Gym nicht in der Zwischenzeit verlassen. Ich führe euch noch weiter herum, diesmal zu den Umkleiden und den Duschen. Dort sollten wir uns aber nicht zu lange aufhalten." Yvonne fügte hinzu: „Und bitte macht mir den Gefallen und schaut nicht direkt in die Duschkabinen hinein!" Bernd sah Yvonne an, als würde er fragen wollen wieso nicht, doch ihre Mimik verhinderte das.

Das Trio machte sich auf den Weg. Als sie den Fitnessbereich durchquerten, kam jemand aus der Männergarderobe. Bernd schlug einen Haken, wie ein Feldhase, den ein nicht angeleinter Hund jagte und hastete zum Wasserspender an der hinteren Fensterwand. Marc, der voranging, bemerkte Bernds Flucht nicht sofort. Er begrüßte den Entgegenkommenden und stoppte erst, als Yvonne ihn von hinten antippte. „Was ist denn jetzt los?", fragte er Yvonne aus dem Mundwinkel heraus. „Bernd ist abgebogen.“, war ihre langgezogene, ebenso gedämpfte Antwort. Als Marc und Yvonne ihren Freund erreichten, stand der gekrümmt da, mit einem Becher Wasser in der Hand. Den Kopf nach unten geneigt und die Pupillen nach oben gerichtet, schaute er verstohlen der Person nach, die bei der Rezeptionstheke eine ankommende alte Dame begrüßte. Bernd kniff noch einmal die Augen zusammen und sagte dann: „Verdächtiges Subjekt aufgespürt. Identifikation abgeschlossen.“

Yvonne und Marc versuchten ungefähr zu erahnen, in welche Richtung er schaute. Yvonne begann langsam zu nicken. Marc ließ flüchtig seinen Blick durch den Raum wandern und fragte dann: „Kannst du mich aufklären, bitte?“ Jetzt war es Bernd, der Marc ansah, als würde er gerade aus einem kreisrunden Ufo aussteigen.

„So viele sind nicht hier, oder? Eeeer! Der da! Bei der kleinen, runzligen Frau!“ Marc erkannte, dass er ihn ausgeblendet hatte, weil er ihn keinesfalls auf seiner gedanklichen Verdächtigenliste stehen hatte. Weil er zum Team gehörte und damit für Marc über jeden Verdacht erhaben war. Nun hatte er seine Augen fest auf Paul gerichtet, sah wie er mit der Kundin scherzte und wollte es immer noch nicht recht glauben, dass er gemeint war. Er konnte sich nicht vorstellen, wie sich jemand in kurzer Zeit so gut integrieren konnte, ein Teil vom Seaside wurde und in Wahrheit nach Gelegenheiten suchte, die Mitglieder zu vertreiben. Mit einer Erfindungsgabe und einem Engagement, die Marc schwindlig machte.

Er brauchte jetzt auch einen Becher Wasser. Die Luftblasen stiegen hoch, das blubbernde Geräusch schien durch den ganzen Raum zu hallen. Doch es waren nur Marcs Sinne, die nach dieser schockierenden Erkenntnis verrücktspielten. Er trank das Wasser mit zwei großen Schlucken und wandte sich Bernd zu: „Bist du dir sicher?“ Bernd fixierte Paul immer noch, der ihnen jetzt den Rücken zudrehte und zur Hantelbank ging. „Ja. Das ist derselbe Gang. Dieselbe Frisur, dieselbe Statur. Marc, das ist der Gesuchte!“

Marc atmete tief durch: „Ihn mit dem Verdacht zu konfrontieren, wird nichts bringen. Wenn wir unsere derzeitige Lage tatsächlich Paul zu verdanken haben, was ich immer noch nicht ganz glauben kann, soll er sich nicht mehr herausreden können. Wir müssen ihn direkt bei einem seiner Streiche erwischen. Elisa ist im Moment ein Stockwerk höher. Sie verhandelt mit unserer Vermieterin. Wir müssten schon bald Miete bezahlen. Unsere Einnahmen sind seit den Vorfällen aber rapide gesunken. Sie versucht eine Stundung zu erwirken. Ich werde es mit ihr besprechen, wenn sie wieder zurückkommt." Marc wirft den Pappbecher in den dafür vorgesehenen Behälter.

„Danke Bernd, danke euch beiden. Wir werden sehen, ob sich der Verdacht als richtig erweist. Ich halte euch auf dem Laufenden. Bis dahin, wenn ihr im P-Fit etwas mitkriegt, was uns helfen kann, meldet euch, bitte. Ihr habt jetzt schon viel für uns getan. Vor allem, wenn wir die Misere nun beseitigen können und dem Burschen auf die Schliche kommen." Yvonne legte eine Hand auf Marcs Schulter: „Ich hoffe es sehr für euch." Bernd fügte hinzu: „Ehrensache. Und wenn ich recht hatte, mache ich ein Detektivbüro auf." Er lachte, Marc und Yvonne grinsten verhalten. Sie wussten nicht mehr, wie viele von Bernds Aussagen wirklich ernst gemeint waren. Dann verabschiedeten sie sich und Richards Filialleiter fuhren endlich in die Arbeit.

47

Marc ließ Paul nicht aus den Augen bis er mit Elisa über ihn reden konnte. Das war ein Leichtes, solange er sich im Fitnessraum aufhielt. Doch sobald er in einen der Nebenräume wechselte, musste Marc sich etwas einfallen lassen, um seinem Praktikanten - wenn es wirklich stimmen sollte - keine weiteren Schandtaten zu ermöglichen. Er sollte keine zwei Minuten alleine bleiben.

So beeilte Marc sich ein Maßband zu holen, als Paul in den Gymnastikraum ging, um mit dem Wischmop den Boden aufzuwaschen. Marc betrat ihn kurz darauf ebenfalls. Paul sah kurz auf, um sich gleich wieder seiner Tätigkeit und der Musik, die durch die Ohrstöpsel in seine Ohrmuschel floss, hinzugeben. Marc war froh, keine Fragen über sein vorgetäuschtes Vorhaben beantworten zu müssen. Er vermaß eine Wand und hielt nach jedem Ablesen der gemessenen Länge inne und schien gründlich nachzudenken. Er dachte auch nach. Darüber, in welche Situation er geraten war. Dass er jetzt seinen Praktikanten beaufsichtigen musste, weil die Menschheit sich immer noch nicht zu Wesen entwickelt hatte, die darauf verzichten konnte, sich zu bekämpfen. Auch heute in einer Zeit und einem Kontinent, wo nicht ein Krieg auf den anderen folgte, um Land in Anspruch zu nehmen, das einem nicht gehörte und Menschen zu unterdrücken, die zu schwach waren sich zu wehren. Doch im Kleinen fanden weiterhin Kämpfe statt. Aus den gleichen niederen Gründen: Neid, Eifersucht, Habgier. Und man musste sich wehren, wollte man diesen Bestrebungen keinen Raum bieten. Auch wenn man vorhatte in Frieden zu leben und sich lediglich um den eigenen kleinen Aufstieg zu kümmern, der dem Leben einen Sinn geben sollte. Aus diesem Grund konnte Marc einen jungen Mann nicht aus den Augen lassen, der das Unternehmen eigentlich bereichern und ihm selbst die Chance bieten sollte, als Anfänger in die Branche hineinzuwachsen. Marc war knapp davor, seinen Fragen Ausdruck zu verleihen und Paul unvermittelt zur Rede zu stellen. Doch dafür war jetzt nicht der richtige Zeitpunkt. Zuvor war es notwendig Sicherheit zu erlangen und Bernds Verdacht mit Elisa zu besprechen, die in diesem Moment um die Türkante guckte, als wäre sie ein menschgewordenes Teleskop: „Aha, hier findet also die Party statt, zu der ich nicht eingeladen wurde! Ist schon richtig ungewohnt im Seaside niemanden anzutreffen.“ Paul, der nicht viel von dem hörte, was Elisa sagte, winkte flüchtig und wischte dann weiter. Die Energie der Erleichterung, dass er sich immer noch nicht erklären musste, setzte Marc in einen weiten Sprung zu Elisa um und drängte sie aus der Tür. Im Flüsterton gab er Anweisungen im Telegrammstil: „Komm mit! Ins Büro! Erkläre dir alles!“

Elisa ging bereitwillig mit. Sie ahnte schon, dass sich in der Zwischenzeit, als sie nicht anwesend war, etwas Wichtiges ereignet haben musste, wenn Marc so energisch war. Am Weg ins Büro drängte er sich dicht an sie, um ihren Schritt an seine Eile anzupassen. Ungebremst war das allerdings nicht möglich, da sie Kunden begrüßen und Ein-Satz-Smalltalks führen mussten. Als Marc die Tür der Privaträume hinter sich schloss, fiel eine Anspannung von ihm ab, die von Aufregung abgelöst wurde. Er erzählte Elisa von Bernd und Yvonnes Wiederkehr und ihrer Beobachtung. Elisa ging der Mund auf und wollte sich während der gesamten Erzählung nicht mehr schließen. Konnte man so ausgetrickst werden? Konnte jemand so freundlich sein und doch nur Böses im Sinn haben? War das wirklich möglich?

Elisa ging zum Fenster ohne rauszusehen. Sie legte den Kopf an die Scheibe. Der Beschlag vom Atem formte Muster unter den Nasenlöchern, die schnell wieder verschwanden. Dann wandte sie sich Marc zu: „Was kommt da noch alles, Marc? Müssen wir damit rechnen, dass wir unser ganzes Leben mit solcher Niedrigkeit konfrontiert werden? Wenn das zum Geschäftsleben gehört, dann will ich das nicht. Der Grund dafür, mit dir dieses Wagnis einzugehen war Begeisterung, Gesundheit, Fröhlichkeit zu erzeugen. Nicht so etwas, Marc. Nicht so etwas.“ Marc ging auf Elisa zu. Er empfand genauso. Was sie im Sommer erlebt hatten, war Lebenslust pur. Sie motivierten Menschen, sich zu bewegen und ernteten Freude und Freundschaft. Gegnerische Auseinandersetzungen waren ihnen fremd. Doch hatte Richard sie davor nicht sonderlich ernst genommen und auch keinen Einfluss auf ihren Erfolg, ist er jetzt einen gehörigen Schritt weitergegangen, als ausschließlich mit wirtschaftlicher Konkurrenz zu versuchen, sie aufzuhalten.

Marc spürte trotz der aktuellen Enttäuschung tief drinnen dennoch, dass sie dieses Tal überwinden mussten, um letztendlich ihre Vorstellung von Fitness und der Philosophie dahinter durchzusetzen. Einer Philosophie, dass im Sport jeder gleich viel wert ist, jeder unten beginnen muss und rackern, an seine Grenzen gehen, um Höchstleistungen zu erreichen. Der Sport beginnt beim Menschen und endet dort, daher gilt es den anderen zu unterstützen bei seinen Bemühungen kräftiger, schneller, gesünder zu werden. Ein gemeinsames Ziel, das alle Sportler eint und das sie gemeinsam erreichen wollen. Man gratuliert dem Sieger, wie dem Verlierer gleichermaßen, denn es ist das individuelle Streben, die Anstrengung, die außergewöhnliche Leistung, zu der man sich angetrieben hat, die gelobt wird. Nicht, einen anderen besiegt zu haben.

Das war es wofür Marc sein altes Leben aufgegeben hatte. Das wollte er nicht wieder verlieren. Daher sagte er: „Wir lassen uns diese Begeisterung nicht stehlen, Elisa! Solange wir zueinander stehen und von unserem Weg überzeugt sind, wird er ihn uns auch nicht zerstören können. Lass uns gemeinsam diese Prüfung überstehen und erreichen, was wir uns vorgenommen haben.“ Elisa schlang beide Arme um Marcs Hals und drückte sich fest an ihn. Das waren die richtigen Worte. Das war, was sie hören wollte. Sie brauchte nur die Bestätigung, dass ihr Freund nicht zweifelte, dann war auch sie sicher, dass gemeinsam alles gelingen konnte. Elisa war wieder gefasst und bereit die Herausforderung anzunehmen.

„In Ordnung. Noch wissen wir nicht, ob Paul wirklich das Kuckucksküken ist, das uns ins Nest gelegt wurde. Wir müssen uns sicher sein!“ „Einer von uns beiden sollte ständig ein Auge auf ihn haben. Meiner Meinung nach sind unsere Double-Workouts der ideale Zeitpunkt für ihn, um seine Coups durchzuziehen.“ Elisa nahm die Vermutung auf: „Wir reduzieren das Doppel auf ein Einzel- und das möglichst so, dass Paul es nicht merkt. In der Zeit wäre das Studio unbewacht. Das können wir nicht mehr riskieren. Und außerdem hat so der andere Zeit ihn zu beobachten. Das machen wir abwechselnd. Und wenn wir kein Training leiten, dann sprechen wir uns ebenso ab, wer für die Beschattung verantwortlich ist. Wer gerade Kunden hat, ist davon befreit. Die merken das sofort, wenn wir uns nicht auf sie konzentrieren. Dann verlieren wir noch mehr Mitglieder." „Leider sind es jetzt schon so wenig. Daher kommt es ohnehin nur noch selten vor, dass wir gleichzeitig im Kundentraining sind.", sagte Marc und wurde daran erinnert, einen Blick in den Fitnessraum zu machen, ob ein Kunde Hilfe brauchte.

Er machte zwei Schritte aus dem Büro heraus, blieb eine halbe Minute lang stehen, ließ seinen Blick schweifen und ging dann zu Elisa zurück: „Wenn wir die Double-Workouts plötzlich alleine machen, wird er misstrauisch werden. Außerdem, wie sollen wir ihn unbemerkt beobachten? Wir haben kein Versteck mit Guckloch und wenn wir während der Einheit im Studio hin- und herspazieren fliegen wir sofort auf." Elisas Augen weiteten sich: „Guckloch! Du sagst es. Wir haben eins im Gymnastikraum. Unser Durchblick in die Kraftkammer. Wenn wir es geschickt anstellen, können wir während des Trainings beobachten, was draußen vor sich geht. So wie wir ja jetzt schon gelegentlich Kontrollblicke nach draußen werfen, ob alles passt."

Marc wollte noch klären, wer wie während des Trainings Ausschau halten sollte, als es an der Bürotür klopfte. Gleich darauf ging sie auf. Paul kam herein und zögerte, bevor er sprach: „Störe ich?" „Nein, nein.", antwortete Marc in bestimmtem Ton: „Was ist denn?" Pauls Augen verrieten Unsicherheit. Diesen strengen Klang in der Stimme kannte er von seinem Arbeitgeber noch nicht: „BBP sollte schon beginnen. Es sind schon alle Teilnehmer auf ihren Matten. Wollte nur fragen, was ich denen sagen soll." Elisa zuckte zusammen: „Das hätte ich beinahe verschwitzt. Ich geh schon!"

Sie lief aus dem Büro. Auch Marc musste sich wieder um seine Kunden kümmern. Er ging aber nicht vor Paul aus dem Office, sondern hielt ihm die Tür auf und zeigte ihm so, dass er ebenfalls das Zimmer verlassen sollte. Was Paul ohnehin vorhatte. Er schlenderte nachdenklich an Marc vorbei an seine Arbeit.

48

Die nächsten Tage waren mühsam für die Betreiber des Fitnessstudios. Jede Tätigkeit war verbunden mit der Wachsamkeit um die Vorgänge im Geschäft.

Marc ertappte sich nicht nur einmal bei der Überlegung dem Ganzen ein Ende zu bereiten, indem er den Praktikanten einfach vor die Tür setzte.

Doch Elisa warnte ihn davor. Die Verdächtigung alleine überführte den jungen Mann nicht. Und sie würde es sich nicht verzeihen, ihn zu Unrecht verurteilt zu haben. Das Double im Gymnastikraum wurde ein One after One. Während einer von den beiden Übungen vorturnte, beschäftigte der andere sich vorgeblich mit der Musik, um durch das Fenster Ausschau nach Paul halten zu können. War er nicht zu sehen, verließ der Aufpasser unauffällig den Raum, um sich zu vergewissern, dass er keinen Unfug anstellte. An den Teilnehmern der Workouts ging dieses Verhalten nicht spurlos vorüber. Sie unterhielten sich bereits darüber, dass die Lockerheit verloren gegangen war. Elisas Antenne diesbezüglich sendete Warnsignale. Sie wusste, dass sie das nicht ewig so weitermachen konnten. Ihre Geheimwaffe in der Fitnessszene wurde stumpf und unbrauchbar. Das war langfristig der Tod des Seaside Gyms. Hatte Marc recht? Eine Erleichterung wäre es wohl, wenn Paul nicht mehr hier arbeiten würde. Ob schuldig oder unschuldig. Doch hatte er nichts mit den Vorfällen zu tun, wäre der wahre Täter immer noch hier und könnte nach wie vor seine kriminellen Machenschaften ausüben. Nichts wäre gewonnen. Vielleicht sollten sie Paul einfach zur Rede stellen. Elisa war überzeugt, auch wenn er lügen würde, könnte sie die Wahrheit in seinem Gesicht ablesen.

Als die Trainingsstunde vorüber war, verabschiedete Marc die Teilnehmer in aller Kürze.

"Leute, ihr wart wieder einmal großartig!"

Er hatte Paul in den letzten zehn Minuten nicht mehr wahrgenommen, was ihn beunruhigte. Mehr als das, er sah ihn vor sich, beim Aushecken einer neuen Tat. Als er aber in den Fitnessraum eilte, entdeckte er ihn sofort. Paul reinigte mit Tuch und Desinfektionsmittel ein Fahrradergometer und sah dabei um sich. Er konzentrierte sich nicht sonderlich auf seine Arbeit. Doch das empfand Marc nicht als Ungewöhnlich. Braucht es ja doch keine große Aufmerksamkeit, ein Standrad zu reinigen. Elisa folgte Marc einige Minuten später. Sie drängte sich dicht an ihn heran, als wolle sie ihm einfach nahe sein. Doch sie flüsterte in sein Ohr.

„Marc, wir können so nicht weitermachen. Wir sind nicht mehr dieselben. Unsere Ungezwungenheit, unser Schmäh geht komplett verloren. So vertreiben wir noch den Rest unserer Kunden." Marc reagierte nicht. Er blickte verstohlen aus den Augenwinkeln heraus zu Paul, dann richtete er sich auf und machte einen Seitschritt, um Paul den Rücken zuzudrehen. Als könnte der von seinen Lippen lesen, was Marc Elisa sagen wollte: „Ich bin gleich nach dem Workout rausgegangen..." „Ja, darum geht es ja, Marc. Das ist...", nahm Elisa ihr Thema wieder auf, doch Marc sprach unbeirrt weiter: „Das ist jetzt schon einige Minuten her. Seitdem putzt Paul dieses eine Ergometer. Nur dieses eine! Seit 5 Minuten wischt er beständig über den Sattel. Er wird ihn bald weggewischt haben."

Elisa schaute an Marc vorbei zu dem Praktikanten hinüber. Der wandte sich nun von der Sitzfläche den Griffen zu und fing dort an in langsamen Zügen mit dem Tuch drüberzugleiten. Dabei achtete er nicht darauf, was er tat.

Er sah mit zusammengekniffenen Augen vor sich hin. Schwer zu sagen, was er dabei beobachtete. Für Elisa sah es so aus, als würde er etwas auskundschaften. Doch was? Viel war nicht zu sehen im Fitnessraum. Zwei Frauen in ihren Dreißigern unterhielten sich angeregt während sie am Crosstrainer einen, man könnte gemütlichen Spaziergang dazu sagen, machten. Die Gruppe Zwanzigjähriger gehörte mittlerweile zu den treuesten Stammkunden und feuerte sich gegenseitig auf der Hantelbank an. Nur einer von ihnen schien an der Gruppendynamik nicht interessiert zu sein und schlenderte, mit einem Handtuch um die

Hand, interessiert von einem Gerät zum nächsten, ohne sich für eines entscheiden zu können. Vom Gymnastikraum kamen noch ein paar Nachzügler und gingen zum Relax-Bereich, wo sie sich Vitaminsäfte und Energy-Drinks aus dem Kühlschrank nahmen. Das konnte nur bedeuten, Paul wollte den richtigen Moment abwarten, um erneut loszuschlagen. Wenn Marc und Elisa sich jetzt im Hintergrund hielten, so dass Paul sich unbeobachtet fühlte, könnten sie bald ihren Beweis bekommen, dachte Elisa. Marc schien den gleichen Gedanken zu haben, denn er drückte Elisa sanft zur Rezeption hin, wo sie sich vermeintlich mit den Terminen beschäftigen konnten, ohne Paul aus den Augen zu verlieren.

Doch schon auf dem Weg dorthin schrie Paul plötzlich auf. „Mein Gott, was hat er jetzt vor?", sagte Marc zu Elisa. Beide drehten sich zu der Position, wo Paul das Fahrrad mit seinem Tuch malträtiert hatte. Sie sahen Paul wie er sich vom Ergometer löste und auf das Langhantel-Gerüst zuschoss. Dort machte sich der junge Mann mit dem Handtuch über der Hand zu schaffen. Anscheinend wollte er auch dieses Gerät einmal ausprobieren.

War das jetzt eine neue, offensive Taktik von Paul, das Geschäft zu ruinieren? Direkte Attacken auf Kunden? Das konnte er doch nicht ernst meinen, das war doch viel zu offensichtlich und würde ihn sofort auffliegen lassen. Doch augenscheinlich war es ihm das wert, denn Paul stand knapp davor, sich auf den schwarzhaarigen Sportler zu stürzen.

Marc und Elisa starteten ebenfalls los, um einzugreifen und den Mann beschützen zu können. Doch der reagierte schon selbst, ließ das Handtuch fallen, das einen seltsam scheppernden Klang hinterließ, als es auf den Boden fiel und rannte los. Seine Freunde wollten ihn aufhalten, um ihm zu zeigen, dass er keine Angst haben musste. Sie würden ihn schon beschützen vor diesem merkwürdigen Typen, der scheinbar völlig ausrastete. Doch er riss sich auch von ihnen los, kämpfte sich durch die Hände, die sie nach ihm ausstreckten und lief zum Ausgang. Paul kam nicht weit. Kaum hatte er bei seinem Angriff die Matte der Langhantel-Anlage betreten, zog es ihm ein Bein weg. Es flog nach oben und er selbst fiel unsanft, wie die Last eines Gewichthebers nach bestandenem Durchgang, auf den Boden und ließ einen gellenden Laut los, der auf einen schmerzvollen Aufprall hindeutete. Elisa und Marc gingen sofort zu Paul, um ihn festzuhalten. Doch an Flucht war für Paul nicht zu denken. Er wimmerte und fasste mit einer Hand an seine Schulter. Elisa brauchte nicht zu fragen, ob er den Arm bewegen könne. Als sie Paul anfasste, wich der zurück und heulte auf. „Marc, ruf die Rettung! Das schaut nach mehr als einer Verstauchung aus.“ Marc stand auf und ging ins Büro, um sein Handy zu holen. Er ging dabei an den Freunden des eben geflüchteten Mannes vorbei: „Alles ok bei euch?“, fragte er. Sie nickten halbherzig, immer noch ratlos, was da eben passiert war und warum ihr Kumpel so hastig davonstürzte.

Als Marc den Anruf erledigt hatte und sie auf die Rettung warteten, wollte er Paul zur Rede stellen. Doch Elisa hielt ihn davon ab. Jetzt war nicht der Zeitpunkt, signalisierte sie ihm. Paul hatte tatsächlich genug mit seinen Schmerzen zu kämpfen, als Rede und Antwort stehen zu können. Marc bückte sich nach dem Handtuch des Geflüchteten. Er wollte es einem aus der Gruppe bringen, als er beim Aufheben den Grund für das Scheppern entdeckte: Eine Dose Silikonspray, die unter dem Handtuch verborgen war. Marc nahm den Behälter in die Hand und sah zu Elisa hin. Die bemerkte seinen skeptischen Blick. In der derzeitigen Aufregung, die im Studio herrschte, fragte sie nicht nach dem Grund dafür. Sie hockte neben Paul und half ihm, sich aufzusetzen. Als Hort der Schmerzen hatte sie mit ihm gemeinsam den hinteren Schulterbereich lokalisiert. Sie bat eine ältere Dame, für Paul einen Becher Wasser zu holen, die dem Wunsch eifrig nachkam.

Elisa war fasziniert von der Gemeinschaft, die in diesem Moment wieder besonders zu spüren war. Auch wenn keiner wusste, wie es zu Pauls eigenwilligem Verhalten gekommen war, hielten die Besucher im Gym zusammen und taten, was in dem Moment getan werden musste. Ein stämmiger Herr mit stattlichem Bierbauch, der schon um zwei Zentimeter geschrumpft war, wie er zuvor stolz verkündete, stand auf der Straße, um das Rettungsauto heranzuwinken. Zwei seiner Freunde halfen ihm dabei. Sechs Augen sehen mehr als zwei, sagten sie. Eine junge Frau, die für das Training ihre Brille im Gewandkästchen ließ und ihre Bekannten daher meist erst erkannte, wenn sie schon direkt vor ihr standen, ließ kaltes Wasser über ihr Handtuch laufen, um es Paul um den Nacken zu legen. Zwischen der Gruppe junger Leute und einigen anderen Gästen entwickelte sich ein angeregtes Gespräch darüber, was vorgefallen war. Eine weitere alte Dame fragte Paul, ob sie ihm seine Jacke holen sollte. Das übernahm dann aber Marc, der ja genau wusste, wo sie hing. Auf einem Kleiderständer im Büro. Er öffnete den Schrank wo der Silikonspray des Seaside Gym an seinem Platz stand. Marc betrachtete ihn nachdenklich. Dann stellte er den gefundenen daneben und schloss die Tür wieder. Als er zurückging, kamen gerade Sanitäter herein. Ihre roten Uniformen vermischten sich in der Reflexion mit dem Blaulicht des Rettungswagens. Sie folgten dem Lotsen mit dem geschrumpften Bierbauch, der sie direkt zu Paul führte.

Elisa stand auf. Nun war Paul in den Händen der Helfer, sie konnte zu Marc gehen und legte ihren rechten Arm um seine Hüfte. Sie schauten dem Prozedere zu. Wie Paul erstuntersucht wurde, die Männer ihn auf eine Bahre legten und abtransportierten.

Als die Rettung weg war, unterhielt man sich im Seaside geschäftig über den Vorfall. Ans Trainieren dachte keiner mehr. Elisa ging zu den jungen Männern und redete mit ihnen, ob sie wüssten, was hinter dem Ganzen stecke. Doch sie hatten keine Ahnung. Patrick, so hieß der Mann, Patrick Hafner wäre der Initiator gewesen, der Grund dafür, warum sie so regelmäßig ins Seaside kamen. Er hatte sie ermuntert, regelrecht aufgefordert trainieren zu gehen. Was da ihm Hintergrund mit Paul lief konnten sie nicht sagen. Es hätte niemals eine Meinungsverschiedenheit gegeben. Auch Marc besprach sich noch mit weiteren Gästen. Doch er wusste, nur Paul selbst konnte aufklären, was ihn zu dem Angriff getrieben hatte. Marc war müde. Keine fünf Workouts hintereinander hätten ihn so fertigmachen könne, wie er sich mit einem Mal fühlte: Schlapp und antriebslos. Er hasste es, in seinem Studio die Kontrolle über die Geschehnisse zu verlieren. Er hatte es satt, seit der Eröffnung mit Problemen konfrontiert zu sein, die außerhalb seiner Handlungsfähigkeit lagen. Anschläge, Feindseligkeit und Hindernisse. All das überwog derzeit die schönen Momente. Er drehte seinen Kopf zu Elisa und wünschte sich nichts mehr, als mit ihr alleine zu sein. Sie war immer zuversichtlich. Hatte all die Hürden mit einer Selbstverständlichkeit genommen, die Marc beeindruckte. Doch er sah ihr an, dass auch sie mitgenommen war. Mehr als sie zeigte. Und er wusste, dass sie zusätzlich darunter litt, sich ihrem Studium nicht in dem Ausmaß widmen zu können, wie sie es sich vorgenommen hatte. Die Suche nach einem Übeltäter, die Versuche ihre Kunden zurückzuholen, die vermehrten Anstrengungen das Gym am Laufen zu halten, sie gab dem Unternehmen in den letzten Wochen auch die Energie, die sie für ihre Ausbildung bereitgehalten hatte. Und zu allem Übel auch noch die finanziellen Sorgen. Bald kam zu den monatlichen

Kosten die Miete dazu. Ein großer zusätzlicher Brocken zu einer Zeit, in der die Mitglieder nicht zahlreicher sondern weniger wurden. Marc hätte sich nicht gedacht, dass ihr schlechter Ruf dieses Ausmaß annehmen würde. Mit solch langanhaltenden Folgen. Doch er musste einsehen, ein positives Image aufzubauen dauert lange, es zu verlieren geht über Nacht.

Marc verließ die Gesprächsrunde und ging ins Büro. Er sah zu Elisa, die sich gleich darauf ebenfalls entschuldigte. Im Büro umarmten sich beide und atmeten einige Male durch bevor Marc zum Schrank ging und die Dose Silikonspray herausnahm: „Das ist nicht unsere. Unsere steht an ihrem Platz." „Woher hast du die?", fragte Elisa, die nicht bemerkt hatte, wie Marc die Dose aufgehoben hatte. „Der, dem Paul einen Schreck eingejagt hatte, hat sie fallengelassen."

„Er heißt Patrick Hafner." „Ich weiß. Ich habe mit ihm und seinen Freunden den Mitgliedsvertrag abgeschlossen. Aber was Paul gegen ihn hat, habe ich nicht mitbekommen." Elisa setzte sich auf einen der Bürosessel: „Ist das nicht schrecklich, dass wir keine Ahnung haben, was in unserem Studio vor sich geht? Und Paul: Ich dachte, ich würde ihn mittlerweile kennen. Er hat sich richtig gut ins Team eingefügt. Unsere Mitglieder mögen ihn. Und dann kommen wir drauf, dass er uns die ganze Zeit über betrogen hat? Ich meine, hättest du ihm zugetraut einen unserer Kunden direkt anzugreifen? Das ist er doch schon alleine vom Gemüt her nicht." „Das kann auch eine Maske gewesen sein, die wir kennengelernt haben. Ein Schein-Paul, um seine wahren Absichten zu verschleiern. Theoretisch.", sagte Marc, um dann hinzuzufügen: „Ich bin mir nicht sicher, ob wir schon die gesamten Zusammenhänge verstehen. Lass uns mit ihm sprechen, sobald es wieder möglich ist. Dann werden wir die Wahrheit erfahren." „Hoffentlich!", antwortete Elisa, gab Marc einen Kuss und ging hinaus.

Sie ging die Hauptstraße von Pörtschach entlang. Sie ging schnell. Ihre Intention war zur Blumeninsel zu spazieren, aufs Wasser zu schauen und all diese schrecklichen Vorkommnisse zu vergessen. Ja, sie wollte sie ganz klar verdrängen. Auch wenn jeder Psychiater von dieser Methode abgeraten hätte. Doch Elisa wollte nichts mehr damit zu tun haben. Sie konnte gut mit Verdrängen leben. Dachte sie zumindest. Das war die richtige Lösung. Und auch wieder nicht. In ihrer Hast, wegzukommen von all den Problemen und in ihrer Vorstellung, der ruhige See würde auch in ihr den Frieden erzeugen, den sie sich so dringend wünschte, entstand ein neues Bild vor ihren Augen. Eines, das ebenfalls inneren Frieden versprach: Dem Übel direkt begegnen und es unschädlich machen. Wie Phobiker, die ihre Angst bekämpfen, indem sie sich ihr aussetzen. Nur, dass es bei Elisa nicht um eine Angst ging. Es ging um einen ganz realen Feind. Aus Fleisch und Blut. Und am Fitnessstudio dieses Feindes ging Elisa in diesem Moment vorbei. Sie dachte nicht lange darüber nach, sie ging die drei Schritte wieder rückwärts zur metallenen Eingangstür.

Ihr Körper machte eine Vierteldrehung, ihre Hände drückten die Tür auf und sie ging direkt hinein. Ins P-Fit Pörtschach – der Unterschlupf des ehemaligen Liebhabers und nunmehrigen ärgsten Widersachers. Von den anwesenden Trainern kannte Elisa niemanden. Lauter junge, neue Gesichter. Keine Erfahrenen. Vermutlich war das der schnellen Expansion geschuldet. Vielleicht wollte Richard aber auch niemanden, den Elisa kannte, im gleichen Ort beschäftigen, um den Konkurrenzgedanken nicht zu verwässern. Jedenfalls kam aus dem Grund eine etwa 21-jährige Trainerin mit kurzen blonden Haaren und schmalen, tätowierten Augenbrauen auf Elisa zu und sagte nichts ahnend: „Hi! Welcome! Mein Name ist Lilli. Möchtest du bei uns trainieren?“ Elisa schaffte es nicht den gleichen unverfänglichen, entgegenkommenden Ton anzuschlagen, obwohl sie sich bemühte: „Nein. Ich suche Richard. Ist er hier?“ „Oh! Ok. Nein, leider ist er ni...“, in dem Moment ging die Tür auf, „Ha! So ein Zufall, da ist er ja!“. Die Blondine wies mit beiden ausgestreckten Armen Richtung Eingang, als würde sie bei einer Hochzeit eine 5-stöckige Torte präsentieren, drehte sich um und kümmerte sich um andere Dinge.

Noch bevor Elisa sich Richard zuwenden konnte, hörte sie schon seine triumphierende Stimme: „Na, wer sagt‘s denn? Das Vögelchen kommt in sein Nest zurück. So bald hätte ich dich nicht erwartet. Aber ich kann verstehen, wenn du Sehnsucht hast.“ Elisa glaubte innerlich zu zerspringen. Sie sah Richard an und atmete einmal tief durch, um sich zu sammeln. Mit leiser, bedrohlicher Stimme sagte sie dann: „Bei dir ist mehr kaputt, als ich dachte. Du kannst doch nicht annehmen, dass ich wegen dir hergekommen bin. Ich will nur eines wissen: Steckst du hinter all den Attacken auf unser Studio? Unser Praktikant ist soeben mit dem Krankenwagen abtransportiert worden. Ist er dein Handlanger? Leider hat es ihn diesmal selbst erwischt. Auf wen hast du es abgesehen? Was, wenn sich ein Kunde verletzt hätte, oder Schlimmeres? Ach Herrgott! Ich kann es nicht glauben, dass du tatsächlich so weit gehen würdest.“ Elisa senkte ihre Stimme, die nur bedrohlich wirkte, „Ich will nur von dir wissen: Steckst du hinter all dem?“ Richard waren die Vorwürfe mitten im Lokal unangenehm: „Komm, gehen wir in mein Büro!“

Elisa ging einen Schritt auf Richard zu. Sie wollte ihm keine Szene machen. Das hatte sie nicht nötig. Aber Klartext reden, das wollte sie: „Ich gehe mit dir nirgendwohin. Nie mehr. Diese Erkenntnis sollte sich endlich in deinen Gehirnwindungen durchsetzen. Antworte mir! Ich will die Wahrheit wissen.“ Richard sah Elisa an, seine Augen verrieten Unsicherheit. Doch nur kurz. Dann setzte er seine Maske auf und war wieder der unberührbare Richard, dem keiner was anhaben konnte. Inklusive Strahlelächeln. Böses Strahlelächeln: „Liebe Elli“, statt diesen Worten hätte er auch „Du Satansbraten“ sagen können und hätte dasselbe gemeint, „Deine Standfestigkeit mag mich ja einige Zeit beeindruckt haben. Doch ich weiß, dass du nur ein naives kleines Mädchen bist, das einen starken Mann wie mich an seiner Seite braucht. Du aber spielst die Unbeugsame. Es sei so! Ihr braucht mich nicht, um zu versagen. Warum sollte ich mir also die Mühe antun? Euer Studio interessiert keinen mehr. Aus und vorbei.“

Elisa spürte, wie ihre Augen feucht wurden, aus Angst, er könnte recht haben. Doch das würde sie jetzt nicht tun. Nicht weinen. Nicht vor Richard. Sie fokussierte sich auf ihren Hass auf ihn. Das wirkte. Auch als Richard im Flüsterton weitersprach. Er kam näher, sie trat zurück: „Aus reiner Gutmütigkeit, weil wir uns irgendwann einmal ganz gut verstanden haben, biete ich dir an den Schuppen zu übernehmen. Das ist der einzige Weg ihn zu retten. Und das weißt du.“ Richard artikulierte seine nächsten Worte lauter, als würde er Schlagzeilen zitieren: „Neuübernahme: Fitness-Star vom Wörthersee rettet Pleite-Studio!“ Elisa konnte es nicht glauben: „Das ist nicht dein Ernst, oder?“ „Das ist eure einzige Chance, noch halbwegs gut aus der Sache rauszukommen.“

Elisa schüttelte den Kopf: „Du bist echt das Letzte.“ Sie ging an ihm vorbei, dem Ausgang zu. Richard rief ihr nach: „Eure einzige Chance! Ihr seid am Ende!“ Als Elisa auf der Straße war und hinter ihr die Tür zufiel, kamen ihr die Tränen.

49

Das Klinikum Klagenfurt war Marc seit dem Unfall seines Vaters besser bekannt, als ihm lieb war. So führte er Elisa in die Abteilung, in der Paul untergebracht war, nachdem sie nach seiner Zimmernummer gefragt hatten. Auch wenn sich das Krankenhaus nicht verändert hatte, kam es Marc jetzt nicht mehr so kalt und bedrohlich vor, wie bei den Besuchen seines Vaters. Wenn ihm hier auch immer noch die eigene Fragilität, die eigene Zerbrechlichkeit stark vor Augen geführt wurde, so empfand er diesen Ort nun auch als einen der Genesung, der Wiederauferstehung und damit der Kraft, die sogar nach einem Unglück in uns steckt.

Als sie ins Zimmer 2.312 auf der orthopädischen Abteilung kamen, saß Paul aufrecht in seinem Bett. Er sah aus dem Fenster. Vis-a-vis von ihm lag ein Mittvierziger in seinem Krankenbett, der mit der Nachspeise seines Mittagessens beschäftigt war. Was ihm schwerfiel, weil er beide Arme in Gips hatte. Daher läutete er jedes Mal ungeduldig nach dem Pflegepersonal, wenn es ihm misslang einen Löffel Mousse au Chocolat in seinen Mund zu führen. Paul hingegen trug einen Arm lediglich in einer Schlinge. Marc und Elisa gingen näher, begrüßten Pauls Zimmergenossen und stellten sich an Pauls Bettende. Beim Anblick seiner Chefs lächelte er: „Hey Leute!“. Er hatte keine Ahnung, dass sie ihn all der Miseren der letzten Wochen verdächtigten. Marc und Elisa waren überrascht über seine offene und freundliche Begrüßung und wurden unsicher. Da war keine Spur eines Schuldgefühls. Sie hätten erwartet, dass er peinlich berührt sein würde, wenn sie vor ihn traten. Sie begrüßten ihn – Hi! - wussten aber beide nicht recht, was sie sagen sollten. Einen Verletzten sofort mit Beschuldigungen konfrontieren, kam ihnen nicht richtig vor. Nun wurde auch Paul unsicher, da er dieses zugeknöpfte Verhalten von Marc und Elisa nicht kannte.

Elisa war die erste der beiden, die sprach: „Wie geht es dir? Hat es dich an der Schulter erwischt? Die Armschlinge würde dafür sprechen. Hast du Schmerzen?“ Marc warf einen Blick auf Elisa und unterdrückte ein Lachen. Wenn sie verlegen war, sprudelte es nur so aus ihr heraus. Paul antwortete: „Danke, es schmerzt höllisch!“ Er lachte und jammerte dabei, weil die Erschütterungen die Schmerzen verstärkten. Er nahm sich vor, beim nächsten Versuch seiner Pflegerin ihm Schmerzmittel zu verabreichen, nicht abzulehnen. Elisa ging um das Bett herum, stellte sich neben ihn und legte eine Hand auf seine rechte, gute Seite: „Sorry, ich wollte dich nicht überfallen mit meinen Fragen!“ „Schon ok! Ich freu mich, dass ihr da seid. Hat mich an der linken Schulter erwischt – der Oberarm hat einen Knacks abgekriegt. Eine proximale Humerusfraktur.“ „Corpus humeri oder Caput humeri“, fragte Elisa, die nach all den Stunden über anatomischen Büchern die Knochen genau vor sich sah. Paul wurde rot. „Ich weiß, ich sollte das alles schon wissen. Warte kurz, ich habs gleich Caput... das ist der Kopf. Ja, der Oberarmkopf wurde verletzt. Nicht der Schaft.“ Paul war stolz, sich doch noch erinnert zu haben.

Elisa merkte erst jetzt, dass sie den Kranken in eine Prüfungssituation versetzt hatte: „Tut mir leid, ich wollte dich nicht... Wenn man so lange lateinische Begriffe büffelt, werden sie wie Umgangssprache.“, sie lächelte, „Aber gut gemacht, Paul!“ Jetzt kam auch Marc näher heran: „Das wird eine langwierige Geschichte.“, gab er sich besorgt und sah nun die Chance gekommen auf die Hintergründe einzugehen: „Sag einmal, was ist da über dich gefahren, wie wild auf unseren Kunden loszustürmen?“ Elisa sah Marc vorwurfsvoll an. Doch Paul blieb ruhig. Er regte sich nicht auf über die von Elisa als unsensibel empfundene Anschuldigung. Er antwortete nach einigen Augenblicken des Nachdenkens, als hätte er schon lange auf den Moment gewartet zu reden, suchte jetzt aber dennoch nach den passenden Worten.

„Er heißt Patrick.“ Marc und Elisa nickten gleichzeitig. „Ich habe ihn schon zu Beginn kennengelernt, weil ich den Jungs einige Geräte erklärt habe. Er kam mir aber von Anfang an merkwürdig vor. Nicht, weil ich ihn nicht leiden konnte oder sowas. Nein, es war... er hatte ja eigentlich seinen Freunden vorgeschlagen zu uns zu kommen und... er war dann während der Einschulung der Einzige, der nicht bei der Sache war. Das kam mir komisch vor. Er schien seine Aufmerksamkeit überall im Studio zu haben, nur nicht bei mir. Er schaute sich um, entfernte sich von der Gruppe, sah hierhin und dorthin. Wenn man einmal abgelenkt ist, während wer was vorzeigt, ist das ja kein Problem und kommt häufig vor. Aber bei ihm war das schon sehr auffällig. Daher ist er mir auch in Erinnerung geblieben. Weil ich mir ständig Gedanken gemacht habe darüber, warum er so war. Was er eigentlich wollte. Natürlich kam ich nicht drauf. Ich hab den Fehler schon bei mir gesucht. Dachte, ich könnte Menschen die Dinge nicht näherbringen oder so. Dachte, sie langweilen sich bei meinen Erläuterungen. Aber bei anderen hat das ja auch gut geklappt. Also habe ich mir angewöhnt ihn zu beobachten. Jedes Mal, wenn ich Dienst hatte und er auch mit seinen Kumpels trainiert hat. Mir ist mit der Zeit aufgefallen, dass Patrick immer auch dann da war, wenn die Anschläge auf uns stattgefunden haben. Ich habe länger dafür gebraucht, weil die Tat und die Reaktion darauf zeitverzögert passiert sind. Er ist mit seinen Freunden am Tag des Stromausfalls im Studio gewesen. Das weiß ich, weil es mir damals nicht gut ging. Ich war geschockt davon, dass wir plötzlich alle raus mussten, aus der Dunkelheit in die Kälte mit nichts als unseren Trainingssachen an. Patricks Freunde aber lachten und fanden die Situation aufregend. Und sie machten sich lustig über Patrick selbst, weil er anscheinend im finsteren Studio geblieben war. Sie scherzten, sie hätten ihn verloren, er wäre verschollen auf immer und ewig, wie Ötzi im ewigen Eis. An den Tag mit dem Stinkekäse kann ich mich ehrlich gesagt nicht erinnern. An den Geruch in den Umkleideräumen schon. Der hat sich in meinem Geruchsgedächtnis stark eingebrannt. Aber ich kann nicht mehr sagen, ob die Jungs auch da waren. Bei den Kakerlaken aber bin ich mir sicher. Ich weiß noch, als Patrick mit nassen Haaren das Seaside verließ. Obwohl es windig und kalt war. Nur eine Stunde später wurden die Tierchen entdeckt und die Aufregung begann. Ich habe natürlich auch seinen Insta-Account gecheckt. Er hat besonders fleißig die Fotos, die viral gingen, geteilt. Das muss nichts heißen, das haben viele getan. Aber alles zusammengenommen hat es für mich ein klares Bild ergeben."

Elisa war, als würde sie einem Krimi-Hörbuch lauschen, so angespannt war sie: „Aber du hattest immer noch keine Beweise!" „Die hatte ich nicht." „Warum bist du nicht zu uns gekommen?", fragte Marc. „Ich wollte nicht zu viel Aufhebens drum machen. Ich hatte Angst, dass ich mich in ein Hirngespinst verrenne. Ich wollte mir sicher sein oder ihn sogar auf frischer Tat erwischen."

Marc musste an Bernd denken: „Es ist bemerkenswert, wie viele Hobbydetektive man bei so einem Fall plötzlich um sich hat." Elisa sah Marc an: „Zum Glück! Wir würden immer noch Mitgliederlisten studieren, während sich der Schurke sein nächstes Spiel mit uns ausdenkt." Dabei fiel ihr ein, dass sie noch keine Erklärung hatte, was dieses Spiel am Vortag gewesen sein soll: „Warum warst du dir gestern auf einmal sicher, dass er was vorhat?"

Paul schmunzelte und sah aus dem Krankenzimmerfenster hinauf in die dichten Wolken, die der Sonne nur ab und zu Gelegenheit ließen, auf die Erde zu blinzeln: „Es war wieder einer dieser Tage, an denen sich Patrick besonders seltsam verhalten hatte. Er war nicht wirklich bei der Sache, hat nicht mit den anderen mittrainiert. Ist nur dabei gestanden und hat sich umgeschaut. Und dieses Handtuch lag über seiner Hand, als wäre er ein Oberkellner, der eine Flasche Wein serviert. Ich ahnte schon, dass er etwas darunter versteckte. Aber was? Keine Ahnung! Daher hab ich ihn wieder beobachtet. Wollte ihn nicht mehr aus den Augen lassen. Plötzlich sonderte er sich von seinen Freunden ab. Er kam der Langhantel näher. Tat interessiert, als stünde er vor einem künstlerischen Gebilde, das er versuchte zu deuten. Aber die Jungs kannten sie ja bereits. Ich selbst habe ihnen die Grundlagen vom Langhantel-Training erklärt. Als er auf einmal die Hand mit dem Handtuch darauf über der Matte, wo man die Gewichte stemmt, ausstreckte, wusste ich, jetzt muss ich handeln. Auch auf die Gefahr hin mich lächerlich zu machen, weil er vielleicht nur Schweißflecken entfernen wollte. Also bin ich hin. Auf ihn zu. Seine Reaktion sagte alles: Er fühlte sich ertappt und flüchtete."

Jetzt passten für Marc die Puzzlesteine zusammen. Die Dose, Pauls Ausrutscher, Patrick, der auf Nimmerwiedersehen bei der Tür raus war: „Der Silikonspray!"

Elisa sah ihn fragend an. „Die Dose, die ich dir gestern gezeigt habe. Die Patrick fallen gelassen hat." Paul riss seine Augen auf: „Was hatte er? Ich habe nicht mehr gesehen, was er versteckte. Einen Silikonspray? Dann ist alles klar. Auf jeden Fall ist klar, warum es mir so plötzlich die Beine weggezogen hat, als ich auf die Unterlage der Langhantel getreten bin. Er hat sie eingeölt." Marc ballte die Fäuste: „So ein... Damit hätte er Menschen verletzen, wenn nicht töten können. Wenn jemand mit 100 Kilo oder mehr ausrutscht... ein Wahnsinn!“

Elisa starrte geradeaus über Pauls Kopf hinweg auf die Wand hinter ihm. Dann war er es tatsächlich. Und er hatte noch die Vermessenheit ihr ins Gesicht zu lügen und es abzustreiten. Ihr war es unverständlich, wie man so weit gehen konnte. Wenn Richard, der Mann, der einst vorgab sie zu lieben, der Drahtzieher hinter den Aktionen war, die ihnen derart zu schaffen machten, dann kam ihr die Welt und deren Bewohner, wie sie sie bisher gesehen hatte nur noch verworren und undurchsichtig vor. Als stünde sie hinter einem Wasserfall und würde durch den rauschenden, nassen Vorhang nach draußen blicken.

50

Richard stieg aus der Dusche und tapste nach dem Handtuch. Von seinem Haarschopf rann das Wasser über die Augen. Er konnte nichts sehen. Das musste er aber auch nicht, denn Verena, die vor ihm von der bodengleichen Duschwanne auf die steingrauen Fließen des Badezimmers gestiegen war, legte es in seine suchenden Hände. Verena hatte am frühen Nachmittag ihren ersten Termin mit dem TV-Helden. Die Brünette, die extra aus Graz angereist war, musste lange auf die Trainingsstunde beim Fitnessguru persönlich warten. Daher ließ sie Richard von der ersten Minute an spüren, woran ihr eigentlich gelegen war. Nur keine Zeit verschwenden. Insta-Pic inklusive. Nicht vom Sex direkt. Davor im P-Fit.

Aber ihre Freundinnen wussten, worauf sie es angelegt hatte und sahen schon an ihrem Selfie-Face, dass sie Erfolg haben würde. Sie wurde nicht enttäuscht. Das, was sie sich von einem Body, von dem jeden Tag volle Anspannung gefordert wird, erträumt hatte, war eingetreten: Stahlharte Oberarme, Schenkel, auf die man mit einem Hammer schlagen könnte und ein Hintern, so fest, dass ihre Handflächen sich nie mehr von ihm lösen wollten. Sein Promifaktor aber war es, der den eigentlichen Reiz ausmachte, ihn für zwei Stunden von seiner intimsten Seite kennenzulernen. Das zu umklammern, was man im Fernsehen in den Shorts nur erahnen konnte. Und das auch noch in einem stark veränderten Aggregatzustand als in der Gymnastikstunde.

„Wann haben Sie wieder einen Termin frei, Herr Trainer?“, fragte sie und schmiegte ihren nackten Körper noch einmal an den Richards. Er lächelte selbstbewusst. Verena war heiß. Sie wusste ihren zierlichen und beweglichen Körper einzusetzen. Die jungen Frauen, die ihn nur aus dem Fernsehen kannten und zu ihm kamen, weil sie neugierig waren, traf er meist nicht öfter als ein Mal. Bei Verena wollte er eine Ausnahme machen: „Melde dich einfach!“ Das war für seine Begriffe schon eine sehr klare Aufforderung sich wiederzusehen.

Als Verena gegangen war, zog sich auch Richard die weißen Sneakers an, nahm die Schlüssel seines Sportcoupés und verließ sein Appartement. Bei klarem Sonnenschein fuhr er im geschlossenen Cabrio seinem Ziel entgegen, die Hand lässig aus dem Fahrerfenster gelehnt. Ohne Dach zu fahren, dafür war es noch zu kühl. Richard war gut gelaunt. Der Tag konnte nicht besser beginnen. Verena war ein Volltreffer und der Hafner hatte ihm von dem Tumult im Seaside geschrieben. Es machte nichts, dass er aufgeflogen war. Er war sowieso bereits zum Unsicherheitsfaktor geworden. Mit seinen Gewissensbissen. Lächerlich. Spielt sich als großer Held auf, der den Möchtegern-Fitnessstudio-Eigentümern das Fürchten lehrt und als es erst richtig spannend wird, will er einen Rückzieher machen. Zwar konnte er die fabelhafte Idee Richards nicht komplett ausführen. Aber immerhin, der Helfer der beiden ist ausgeschaltet worden und dem Studio hat es geschadet. Wie geplant. Ein Krankenwagen vor dem Geschäft macht sich nie gut. Hängen bleibt bei den Leuten: Dort ist es nicht sicher. Darauf kommt es an. Nicht ob der Coup bis ins letzte Detail ausgeführt wurde, wie geplant. Das wird jetzt vorerst reichen, um den beiden das Wasser abzugraben. Richard grinste bei dem Gedanken. Seine Rache war dabei zur Vollendung zu gelangen. In Form der Geschäftspleite des „Wörtherseer Dreamteams“

Im P-Fit Velden angekommen, setzte er wieder sein bestes Lächeln auf. Und es fiel ihm diesmal nicht einmal schwer. Manch weibliche Besucherin, die ihn schon lange nicht mehr gesehen hatte, kam erfreut auf ihn zu und ließ es sich nicht nehmen, ihn bei der Begrüßung am Unterarm oder am Oberschenkel zu berühren. Richard ließ es sich gefallen. Er war der König hier. Ein für alle mal. Der Lakai von früher, er existierte nicht mehr. Der als Personaltrainer den Frauen jeden Gefallen getan hatte, um sie als zahlende Kundinnen nicht zu verlieren. Wirklich jeden! Mittlerweile konnte er sich aussuchen, wen er an sich ranließ. Nach seiner Lust und Laune. Bis auf die Reichsten unter ihnen. Hier verspürte er immer noch eine Art Verpflichtung. Wer wusste schon, wann man nicht doch wieder eine edle Gönnerin brauchen konnte.

Endlich stieg Richard heraus aus der Wanne der Bewunderung und wandte sich dem Geschäftlichen zu. Zumindest ging er ins Büro, um zu sehen, was schon seit einiger Zeit liegen geblieben war. Doch er täuschte sich in der Annahme, die Tür hinter sich zu schließen und sich seiner Arbeit widmen zu können. Der Raum hinter der weißen Tür war nicht unbesetzt. Bernd und Yvonne waren darin und es wirkte, als hätten sie schon lange auf die Ankunft ihres Chefs gewartet. Richards gute Stimmung schlug augenblicklich um: „Habt ihr nichts zu tun? Ist das jetzt der Aufenthaltsraum für Mitarbeiter? Was macht ihr hier?“ Bernd richtete sich auf. Yvonne machte einen Schritt auf Richard zu. Sie sagten aber nichts. Schauten ihn nur an, in dem Wissen, dass es zur Konfrontation kommen musste. Zu viel war geschehen. Richard ging an seinen Angestellten vorbei und nahm sich einen Energy-Drink aus dem Mini-Kühler, der auf einem kleinen Glasbeistelltisch stand. Es zischte, als er am Metallring zog und die Dose öffnete. Richard nahm einen großen Schluck und drängte sich dann provokativ zwischen seinen Trainern hindurch. Er machte die Tür weit auf, stellte sich daneben und wies mit einer Hand vorbei an seinem Körper hinaus:

„Also, genug herumgestanden! Draußen warten unsere zahlenden Mitglieder auf eure Unterstützung.“ Bernd ging auf die Tür zu. Aber nicht, um hinausgehen. Er fasste die Hand an die Klinke und drückte sie mit Nachdruck ins Schloss. Dann drehte er sich zu Richard um. Der fand sich eingeklemmt zwischen seinen Mitarbeitern wieder. Er setzte zu großen Gesten an, doch weiter kam er nicht. Yvonne war die erste, die zu reden began

„Was bist du eigentlich für ein Schweinekerl?“ Richard war überrascht von dem Frontalangriff und wütend. Seit ewigen Zeiten hatte es keiner mehr gewagt, so mit ihm zu sprechen. Doch bevor er seine Autorität ausspielen konnte, sprang Bernd Yvonne bei: „Wie mies und hinterhältig kann man sein, dass man Krieg mit seinen eigenen Leuten führt. Sie betrügt und bekämpft?“ Yvonne kam wieder von der anderen Seite: „Ohne Rücksicht auf andere.“ Richard hatte nicht vor auf die Anschuldigungen einzugehen.

Er befreite sich zumindest aus der physischen Zwickmühle, indem er aus ihrer Mitte heraus- und hinter seinen Schreibtisch trat: „Seid ihr komplett wahnsinnig geworden? Was soll das? Raus mit euch, aber flott!“ „Wir gehen!“, sagte Bernd, der jetzt wieder neben Yvonne stand, „Aber eines lass dir gesagt sein: Wenn du noch einmal versuchst, Elli und Marc etwas anzutun, dann kannst du dir sicher sein, dass du es auch mit uns zu tun bekommst. Du kannst froh sein, dass sie so gutmütig sind und dich noch immer nicht anzeigen wollen. Auch wenn sie mittlerweile Beweise haben, dass du hinter den Angriffen auf ihr Studio steckst. Sie wollen nur in Ruhe gelassen werden. Und das solltest du in Zukunft auch tun. Sonst…!"

Richard lachte. Und dieses Lachen war nur noch böse: „Was sonst? Ihr Weicheicher. Ihr alle habt einfach nicht das Zeug dazu, etwas auf die Beine zu stellen. Das war mir von Anfang an klar. Die beiden Halbsportler nicht dort in Pörtschach und ihr genauso wenig. Haut ab! Ihr werdet schon sehen, was ihr ohne mich seid! Nichts! Kleine Hampelmänner, die durch die Luft springen, ohne, dass sie wer beachtet." Yvonne blieb im Gegensatz zu Bernd, der schwer atmete, cool. Sie zog Bernd an der Hand und öffnete die Tür. Bevor sie Richards Büro verließen sagte sie nur: „Take care of your own business and leave us alone!"

51

Es war Anfang April. Elisa konnte kaum glauben, dass sie in gut einem Monat wieder ihr Sommerprogramm in den Strandbädern aufnahmen, angesichts des eisigen Windes, der ihr und Marc um die Ohren pfiff als sie am Landspitz Pörtschach standen und auf den Wörthersee hinaus sahen. Wenn ihr Ruf, eine stinkende, ekelhafte und unsichere Bude zu betreiben, sich nicht bereits so weit ausgebreitet hatte, dass sogar am Strand die Besucher ausblieben.

Der Gedanke bedrückte sie. Sie legte eine Hand in die ihres Freundes und drückte zu bei der Vorstellung, dass die Menschen, mit denen sie vor einem Jahr noch so viel Spaß hatten, sie nun meiden könnten. Im Studio hatte es schließlich diesen Anschein. Viele Mitgliedschaften waren ausgelaufen ohne verlängert zu werden, manche hatten vorzeitig gekündigt. Sogar bei Mikes Spinning blieben immer mehr Räder verwaist. Immer weniger waren es, die auf Millers Anweisungen in ihre Pedale traten und dabei der Schweiß links und rechts zu Boden tropfte. Mr. Miller selbst ließ deswegen nicht locker. Auch für drei Teilnehmer holte er alles aus sich und seinen Radlern heraus. Er würde auch für einen alleine das volle Programm machen. Die Größe der Gruppe war nicht entscheidend. Das änderte auch der Umstand nicht, dass er pro Person bezahlt wurde. Fürs Geld legte er sich nicht ins Zeug. Sport und die Sportlichkeit fördern war sein einziger Antrieb.

Bei den Mietern des Massage- und Physiotherapiebereichs sah es schon anders aus. Sie hatten nicht vor Miete für die Wartezeit auf Kunden zu bezahlen. Es fanden sich auch keine neuen Interessenten für die Behandlungsräume. Die Frequenz in einem Fitnessstudio ist nun mal auch entscheidend für die Nebeneinnahmequellen.

Elisa drückte ihren Kopf an Marcs Schulter und klopfte damit einige Male dagegen: „War's das, Marc? Haben wir es nicht hingekriegt? Haben wir versagt?“ Marc schloss die Augen, länger als ein Blinzeln dauerte und atmete tief durch: „Ich will es noch nicht glauben.“, er machte eine Pause, „Aber es sieht derzeit nicht gut aus.“. „Das tut es ganz und gar nicht. Wir hatten einen guten Start. Haben die Zeit genützt neu und interessant zu sein. Was bleibt uns jetzt? Uns laufen die Leute weg, wie Tropfen vom schmelzenden Eiszapfen rinnen. Bald ist nichts mehr übrig.“ „Was können wir machen? Weitermachen wie zuvor und hoffen, dass wir wieder mit unserem Angebot überzeugen. Bisher waren alle zufrieden. Es ist absolut irrational, dass jetzt plötzlich alles schlecht sein soll.“ „Du brauchst mehrere positive Erfahrungen, um nur eine negative aufzuwiegen. Und bei uns haben die negativen stark überhandgenommen.“, sagte Elisa nachdenklich, „Wir müssen ganz von vorne anfangen – mehr als das, wir starten aus einem Minuskapital an Vertrauen.“

Marcs Aufmerksamkeit wurde von einer Ente im Wasser angezogen, die einen Rivalen mit dem Schnabel attackierte. Er war in fremdes Revier eingedrungen. Erpel können das gar nicht leiden, vor allem wenn sie endlich eine Partnerin zur Paarung gefunden haben. Marc sah dem Schauspiel zu, in seinem Kopf aber kreiste alles um Elisa, das Studio, sein weiteres Leben. Er schaute dem Kampf der Enten zu und konnte dabei den Kampf in seinem Inneren keiner Entscheidung zuführen. Der Erpel führte seinen Kampfstil instinktiv aus. Er wusste, was zu tun war. Die Frage war nur, wer konnte sich behaupten? Marc hatte all seine Fähigkeiten ins Rennen geworfen. Jetzt fühlte er sich aufgebraucht. Einzig Ahnungslosigkeit füllte ihn aus. Wie er hier stand am Ufer, das Plätschern der Wellen, die anschlugen und das laute Quaken der Streitkräfte auf offenem See wahrnehmend, konnte er Elisa keine Lösung anbieten. Er sah nur einen Weg: Weitermachen.

„Lass uns kämpfen. Lass uns arbeiten, trainieren, reden. Alles was wir können, um das Schicksal zu wenden. Jedes Lebensprojekt braucht seine Tiefen. Wir schwingen uns aus ihnen heraus, aus eigener Kraft. Du wirst sehen!“ Elisa hätte Marc gerne zugestimmt. Doch sie wusste, dass Hoffnung und nicht Überzeugung seine Worte dirigierte. Doch mehr hatten sie zu diesem Zeitpunkt auch nicht. Die Hoffnung war das einzig Verbliebene. Auch wenn sogar die schwer zu halten war.

„Dann machen wir das!“, antwortete sie und versuchte dabei ihrer

Stimme die Zuversicht zu geben, die Marc brauchte. Es gelang ihr aber nur mäßig. Da bemerkte sie an den Tropfen im Wasser bevor sie sie auf der Haut spürte, dass es angefangen hatte zu regnen. Unbemerkt von den beiden hatten sich die Wolken dichter zusammengezogen, als würden sie sich umarmen und miteinander kuscheln. Der dunkelgraue Anstrich aber hatte nichts von Zärtlichkeit.

Innerhalb weniger Sekunden wurde der Regen stärker und kam über Marc und Elisa. Sie rief: „Zurück ins Studio! Bevor wir durch und durch nass sind!“ Sie liefen nebeneinander zu ihrem Betrieb zurück, den sie vor rund einem halben Jahr eröffnet hatten. Sie lachten, weil sie vom Wetter dermaßen überrascht wurden. In diesem kurzen Moment fühlten sie sich wieder unbeschwert und sorgenfrei. So trügerisch kann es sein, wenn man für einen Augenblick alles um sich vergisst. Doch die Realität holte sie schnell ein. Schon aus der Entfernung erkannten sie die zwei Gestalten, die vor dem Eingang standen. Die beiden älteren Damen, die zweimal in der Woche an den Full Body Workouts und Gesunder Rücken teilnahmen.

„Käthe, Lisbeth!“, rief Elisa. Sie und Marc gingen schneller und beeilten sich zu ihnen zu kommen. Elisa sagte freundlich aber überrascht: „Was macht ihr denn schon hier? Wir sperren doch erst in einer halben Stunde auf.“ Die Freundinnen wirkten nicht so launig wie sonst, wenn sie sogar oft auf Begrüßungen mit einem Scherz reagierten und danach glucksten wie pubertierende Teenager: „Das wissen wir natürlich.“, beantwortete Käthe die Frage, deren helle Dauerwellen sich im Gleichklang mit ihrem Kopfschütteln bewegten, „Wir wollten euch noch erwischen bevor der Rummel losgeht.“ Viel Rummel gibt es bei uns nicht mehr, dachte Marc. „Gut, gerne.“, sagte Elisa, „Dann nur herein mit euch!“ Elisa sperrte die Eingangstür auf und ließ ihre Kundinnen vorangehen. Das gab ihr die Gelegenheit Marc einen besorgten Blick zuzuwerfen. Der wiegte den Kopf hin und her und machte eine Mimik, die beruhigen sollte und zu sagen schien, es würde sicher nur um etwas Organisatorisches gehen. Doch er sollte sich irren. Bei der Rezeptions-Theke drehten sich beide Frauen synchron um.

Lisbeth legte sofort los, als wollte sie es hinter sich bringen: „Ihr habt wirklich eine kleine, feine Fitnesskammer aufgebaut. Wir haben uns immer sehr wohl gefühlt.“, dabei nickte sie auffordernd Käthe zu, die zur eifrigen Bestätigung mit Auf- und Abbewegungen reagierte: „Ja, sehr!“ Doch Elisa gefiel die Vergangenheitsform nicht. Lisbeth redete weiter, wenn auch stockender als zu Beginn: „Wir sind immer gerne hergekommen, weil bei euch eine gute Stimmung geherrscht hat." „So viele nette Leute!", warf Käthe ein. „Richtig, viele nette Leute. Ihr kennt uns ja, wir brauchen immer wen zum Tratschen.", dabei lachte sie. Doch es war ein aufgesetztes Lachen, bei dem niemand mittun konnte. Das musste auch nicht sein. Lisbeth schuf damit eine Pause für sich, um die Kraft aufzubringen, weiterfahren zu können: „Das fehlt uns mittlerweile.", sagte sie geradeheraus, „Das Training ist gut und schön. Aber ohne die entsprechende Geselligkeit... versteht ihr? ... wir wollen ja keine Bodybuilder-Tanten werden. In unserem Alter. Versteht ihr?" Käthe fügte hinzu: „Nur herkommen, trainieren, wieder gehen... das letzte Mal waren wir zu fünft. Und zwei davon so junge Burschen, die mit unserem Schmäh nichts anfangen können." „Versteht ihr?", fragte Lisbeth zum dritten Mal. Elisa war traurig und konnte es nicht verstecken. Sie versuchte es trotzdem: „Ich verstehe euch.", sagte sie, „In letzter Zeit war weniger los. Das stimmt. Wir sind selbst nicht begeistert davon, wie ihr euch denken könnt. Aber das wird wieder." Käthe und Lisbeth nickten um die Wette: „Natürlich wird das wieder!" „Ganz sicher!" „Aber bis dahin machen wir mal eine Pause." „Wir wollten euch daher bitten, uns mit Ende des Monats aus eurer Kundenkartei zu nehmen."

Marc wusste, das wäre das Ende der Geschäftsbeziehung. Er versuchte, im Sinne der Hoffnung, zumindest einen Kompromiss: „Wir stellen eure Mitgliedschaft ruhend. Was haltet ihr davon? Ihr bezahlt natürlich nichts. Und wenn ihr euch doch entschließt, wieder bei uns eure Portion Sport zu holen, dann bekommt ihr die ersten zwei Monate gratis und könnt ganz neu entscheiden, ob es euch bei uns noch gefällt, oder nicht. Was sagt ihr dazu? Ihr bekommt natürlich keine Werbepost bis dahin, wenn ihr das nicht wollt." Das Angebot vergrößerte das schlechte Gewissen der Ladys. Doch sie waren damit zufrieden. Hatten sie sich doch den Abschied vom Seaside Gym nicht einfach gemacht. Als sie draußen waren, fing Elisa zu weinen an. Marc nahm sie in den Arm um sie zu trösten, doch auch er war den Tränen nahe. Diese Beinahe-Kündigung ließ ihre Situation noch schlimmer erscheinen. Ja, fast aussichtslos. Wenn sie schon Probleme hatten, die treueste Kundschaft zu halten, wie sollten sie neue heranziehen?

Elisa löste sich aus der Umarmung, wischte mit den Händen über die Augen und Wangen und sagte, ohne Marc anzusehen: „Legen wir los! Wir sperren bald auf und haben noch nicht einmal die Gerätekontrolle gemacht!"

52

Sie hätten sich nicht beeilen müssen. Beim Aufsperren wartete niemand auf Einlass. Am ganzen Tag kamen überhaupt nur insgesamt 15 Personen. Eine erschreckend niedrige Zahl. Und so ging es die nächsten Wochen weiter. Elisa wurde in dieser Zeit noch dringlicher bewusst, wie wichtig ihr ein abgeschlossenes Studium war. Sollten sie scheitern und sie hätte die Ausbildung vernachlässigt würde sie mit leeren Händen dastehen. Auch ihre Jobs in den Hotels beruhten darauf, dass man sie als Sportwissenschaftlerin bewerben konnte. Sie verlagerte ihre Konzentration wieder mehr darauf. Doch mit der Konzentration war es so eine Sache, wenn auf der einen Seite die Berge an Skripten konkurrierten mit den Bergen an Sorgen und wachsenden unerledigten finanziellen Verbindlichkeiten auf der anderen Seite. Auch schlechtes Gewissen begleitete sie in ihren Lernstunden. Wenn sie daran dachte, eigentlich rackern zu müssen, bis zum Umfallen, um das Seaside wieder auf Vordermann zu bringen. Doch was sollten sie tun? Die großen Outdoor-Veranstaltungen, bei denen man einen Stand für Eigenwerbung aufstellen konnte, gab es derzeit nur vereinzelt. Die nahmen erst gegen Sommer Fahrt auf, wenn das Wetter möglichst unbeeinflusste Events zuließ und gleichzeitig die Tourismusmaschinerie voll anlief.

Im Studio arbeitete sie mit Marc laufend neue Workouts aus, die Leute ansprechen und sie herlocken könnten. Burn your calories; Fit in den Tag; Schöne Arme, schöner Körper; Bodystyling extreme; Strength-Disco. An Ideen mangelte es den beiden nicht.

Doch an Kunden. Die Bemühungen waren nicht umsonst. Die Abgänge wurden weniger. Auf niedrigem Niveau war das allerdings keinen Applaus wert. Wer bisher das Gym wegen der Vorfälle nicht verlassen hatte, wird es jetzt auch nicht mehr tun. Diese Talsohle war sechs Wochen nach Pauls Unfall durchschritten. Und auch der eine oder andere Neukunde, die eine oder andere Neukundin konnten gewonnen werden. Insgesamt waren sie aber viel zu wenige. So war der Betrieb nicht wirtschaftlich zu führen. Da wieder einmal all diese Gedanken Elisas Aufmerksamkeit beanspruchten, schlug sie schlussendlich die Mappe über „Team- und Gruppenprozesse im Sport“ zu und beschloss Marc aufzusuchen.

Seine Nähe tat ihr gut. All die Schwierigkeiten, die sie zu überwinden hatten, änderten nichts an ihrer Liebe zu ihm. Wenn die Sorgen in ihrem Kopf überhand zu nehmen drohten, ging sie zu ihm und die Gelassenheit, die er ausstrahlte sprang auf sie über. Auch wenn sie wusste, dass er sich ebenfalls Sorgen machte, so hatte irgendwas in ihm bewirkt, die Dinge an ihrer wahren Tragik zu bemessen. Möglicherweise der Unfall seines Vaters. Geldsorgen konnten nie so schlimm sein, wie der Verlust eines geliebten Menschen. Doch den Ehrgeiz erfolgreich zu sein, brauchte man sich dadurch auch nicht nehmen zu lassen.

Marc tauschte den Adapter der Lichtleiste, die an der Wand je nach Belieben mal blaue, mal violette Farbeffekte produzierte, aus. Der alte sei zu schwach, hatte Marc gemeint. Das Licht wäre zu unruhig und damit störend fürs Auge. Elisa ging auf Marc zu und ließ sich nicht davon stören, dass er eben die einzelnen Drähte in die vorgesehenen Schraubklemmen fädeln musste. Sie unterbrach seine sorgsame Vorgehensweise bewusst durch einen dicken Kuss. Marc ließ den Adapter aber nicht los und hielt die Kabel weiterhin in der bereits errungenen Position. Er musste lachen, ob des unverfrorenen Eingriffs in seine Konzentration: „Honey, wir werden heute Abend wieder im Dunkel stehen, bei deinen Überraschungsangriffen!“ Elisa zog einen Mundwinkel zur Seite und tat, als würde sie schmollen: „Ich bin zwar gern mit dir im Dunkel, aber hier, im Studio will ich das nicht wiederholen.“ Marc fror das Lachen ein: „Mittlerweile hätte es aber auch nicht die Auswirkungen wie letztes Mal. Vermutlich könnten wir für uns alleine eine Kerze anzünden.“ Die gute Stimmung war bei dem Gedanken an das leere Seaside Gym wegen fehlender Besucher augenblicklich wie weggeblasen. Dann zwang Marc sich einen frechen Grinser heraus: „Aber ich darf mich nicht beschweren. Ich kann mir nichts Besseres vorstellen, als mit dir alleine zu sein." Er zwinkerte Elisa zu. Sie reagierte mit einem verliebten Blick, dessen Stirn sich daraufhin begann in Falten zu legen.

„Marc." „Yes, honey?" „Unsere Finanzen schauen alles andere als rosig aus. Schön langsam mache ich mir Sorgen." Marc küsste sie zärtlich auf die Wangen: „Du Glückliche! Was hast du dann bisher gemacht, wenn du dir erst jetzt anfängst Sorgen zu machen?" „Nein, Marc, es wird jetzt wirklich ernst. Es kommt nichts rein. Und die Ausgaben bleiben. Und der Sommer steht vor der Tür, wo sowieso weniger Indoor-Fitness machen. Da reißt uns unser Programm in den Strandbädern auch nicht raus. Das war letztes Jahr toll, weil wir keine Fixkosten hatten. Aber heuer sieht es deutlich anders aus."

Marc legte den Adapter auf die Seite und sah Elisa an: „Das ist mir klar. Doch ich kann die Leute auf der Straße nicht zwingen sich bei uns anzumelden. Wir verteilen ohnehin schon mehr Flyer als es Einwohner in Kärnten gibt." „Und trotzdem verbessert sich die Lage nicht. Marc!" Elisa sah ihren Freund dringlich an, „Ich habe mit Richard gesprochen."

Dieser Satz floss wie Gift durch Marcs Adern. Er begann innerlich zu brodeln: „Was hast du?" „Ich habe mit Richard gesprochen. Ich wollte ihm meine Meinung sagen. Ihm sagen, er soll uns in Ruhe lassen." Marcs Brust schmerzte: „Warum hast du nichts gesagt? Sowas können wir auch gemeinsam." Elisa legte ihre Hände um Marcs Nacken: „Es war eine Spontanaktion. Wie es auch sei, er hat das Angebot gemacht, uns das Geschäft abzukaufen."

Marc löste sich aus Elisas Umarmung, er ging ein paar Schritte weg von ihr und drehte sich dann wieder um: „Und warum erzählst du mir das? Wie weit sollen wir uns noch verhöhnen lassen von diesem Kerl?" Marcs Stimme wurde lauter: „Was zieht dich immer noch zu ihm? Warum sprichst du noch mit ihm? Was ist das, Elisa?" Elisa legte den Kopf schief und sah Marc verwirrt an: „Was willst du damit andeuten? Marc! Überleg, was du da sagst! Es geht mir nur um uns. Um uns und unser Glück!" Marc legte die Handflächen auf die Oberschenkel, ließ den Kopf hängen und atmete schwer. Dann schüttelte er den Kopf: „Es tut mir leid, Elisa. Wir können alles gemeinsam schaffen. Aber bitte, ziehe deinen Ex-Lover nicht mit hinein." „Er ist schon mittendrin. Er hat uns das alles angetan.", erwiderte Elisa mit einem trotzigen Unterton. Marc richtete sich auf und ging auf Elisa zu: „Das stimmt. Aber lass ihn sich nicht zwischen uns drängen!" „Das mache ich nicht. Ich will doch nur verhindern, dass wir alles verlieren. Du siehst ja, was das mit uns macht.“ Marc legte seine Hände an Elisas Hüften: „Wir haben zusammen das Seaside aus dem Boden gestampft. Wir können es zusammen aufrichten oder auch wieder einstampfen. Aber wir überlassen es sicher nicht als weiteren Triumph unserem größten Rivalen.“

Elisa seufzte: „Ok. Wie du willst. Mir war selbst ja auch nicht wohl bei dem Gedanken.“ Sie streckte sich zu Marc hoch, um ihm einen Kuss zu geben, als die Tür aufging. Beide schauten hin, neugierig, wer sich hierher verirrt hatte. Nicht etwa doch ein Neukunde? Nein, es war ein alter Bekannter und Kunde war er sowieso nicht. Es war Paul, der noch in seiner Armschlinge, aber sonst schon sehr beweglich das Gym betrat. Seine Hand hing lässig am Ende der Schlinge heraus, er hob sie kurz, um zu grüßen. Er hätte auch die andere nehmen können. Doch sollte es so wohl noch cooler wirken. „Paul!“, riefen Marc und Elisa gleichzeitig. Sie gingen auf ihn zu. Er grinste über beide Ohren.

„Du schaust gut aus!“, sagte Elisa und Marc fügte hinzu: „Die Schlinge trägst du jetzt aber nur noch, um bei den Mädels Eindruck zu schinden, was?!“ Zur Bestätigung hob Paul den lädierten Arm um 20 Zentimeter: „Ich soll ihn noch einige Tage ruhig halten. Aber in einer Woche kommt die Schlinge weg.“ „Dein Ellbogengelenk wird sich gar nicht mehr auskennen, wenn es dann auch wieder strecken muss!“, lachte Elisa. Paul sah sich um. Es war bereits nach 17 Uhr. Eine Zeit, in der das Seaside üblicherweise bereits gut besucht war. Doch die traurige Realität bot Paul ein Studio, das bis auf einen Mann, der sich die Klimmzugstange vorgenommen hatte und mit Dehnen und Strecken gerade noch die Nasenspitze drüber bekam, leer war. „Wie geht es euch?“, fragte er daher besorgt und glaubte die Antwort bereits zu kennen. Marc war Pauls Rundumblick nicht entgangen: „Unser Frustlevel steht auf Anschlag.“, gab er ehrlich zu, „Aber zumindest können wir uns sicher sein: Saboteure sind nicht mehr hier. Die haben ihre Arbeit bereits erledigt.“ Paul übernahm Marcs Offenheit: „Es sieht wirklich trist aus.“ „Gerade eben haben sogar Käthe und Lisbeth ihren Abschied verkündet.“, ergänzte Elisa das deprimierende Bild, „Sie fühlen sich hier zu einsam.“

Marc sagte: „Das Schlimmste daran ist: Man kann es ihnen nicht einmal übel nehmen. Wer geht schon in ein Fitnessstudio, in dem man keine Gleichgesinnten trifft, mit denen man sich austauschen kann? Wo man alleine bei den Workouts ist? Da kann man gleich zu Hause im Wohnzimmer trainieren.“ Paul schritt nachdenklich auf die Ergometer zu und blickte auf den Fernseher, der an einer Säule vor den Rädern als Ablenkung befestigt war. Dann sah er zu den beiden Studio-Eigentümern: „Vielleicht ist das euer Weg raus aus der verfahrenen Situation. Das Wohnzimmer!“

Elisa kratzte sich am Ohr, Marc stemmte die Hände an seine Seiten: „Wie bitte?“ Pauls Augen leuchteten: „Wenn die Sportler nicht zu euch kommen, müsst ihr zu den Sportlern gehen. Ins Wohnzimmer!“. Marc nickte und machte eine abwehrende Handbewegung: „Ja,ja, von Tür zu Tür laufen. Haben wir gemacht. Mit unseren Flyern und Sonderangeboten. Die Leute reagieren darauf meistens verärgert, wenn wir sie mitten in...“ „Nein, nicht Klinkenputzen. YouTube!“

Elisa horchte auf: „Du meinst...“ „Ja, klar! Eure größte Stärke sind die Double-Workouts. Fordernd aber unterhaltsam! Effektiv aber kurzweilig! Die bringen wir groß raus!“ Marc strich sich durchs mittlerweile länger gewordene Haar. Für den Friseur hatte er derzeit keine Nerven. Er versuchte seine Reaktion nicht zu harsch klingen zu lassen, sondern wie eine pointierte Reaktion auf einen Witz: „Klar, YouTube hat nur auf uns gewartet. Und all die Tausenden anderen Fitnesstrainer im Netz gehen sicher gerne offline, um uns den Vortritt zu lassen.“ Paul ließ sich nicht beirren: „Wenn die alle gesagt hätten, es bringt nichts, hätten wir jetzt keine YouTube Stars, die sich damit ihr Geld verdienen. Es geht bei euch ja auch in erster Linie nicht so sehr darum, Millionen zu scheffeln.“ „Worum geht es dann?“, fragte Elisa. „Um euch. Eure Präsentation. Die Leute vergessen euch nicht, erinnern sich wieder an euch, lernen euch neu kennen. Wenn ihr euch dadurch wieder den Ruf erarbeitet, den ihr eigentlich verdient, nämlich saugute Trainer zu sein, wird sich das Seaside wieder füllen. Ihr werdet sehen!“ „Damit kann man sich auch ganz schön lächerlich machen.“, warf Marc ein. „Wir doch nicht!“, Elisa boxte ihrem Freund mit dem Ellbogen zärtlich in die Bauchgegend. Marc tat, als hätte ihn der Schlag hart getroffen: „Du sicher nicht, ich schon!“, lachte er, „Aber mir ist alles lieber, als herumzusitzen und darauf zu warten, dass die Tür aufgeht.“

Paul freute sich, dass seine Idee von den beiden so gut angenommen wurde. Nach der ersten Reaktion von Marc kamen ihm selbst Zweifel. Es wäre vermutlich doch zu schwärmerisch von der großen Karriere auf YouTube zu träumen, dachte er. Doch soweit waren sie ja auch noch nicht. Zuerst musste das Boot ins Wasser gelassen werden, bevor es auf die hohe See hinausfahren konnte. Sea boat Gym kam ihm in den Sinn und er lächelte über seine eigene private Wortkreation. Elisa riss ihn aus seinen Gedanken: „Du scheinst dich schon darauf zu freuen, uns vor der Sportler-Szene bloßzustellen.", scherzte sie, als sie seinen Gesichtsausdruck sah. Paul sah auf und nahm seinen Einfall mit ins reale Leben: „Für das erste Video brauchen wir einen richtigen Knalleffekt. Einen Einstand, der sich abhebt von allem anderen was man sonst im Netz findet." „Ok, dachtest du an Feuerreifen, Akrobatik in zehn Metern Höhe und all das?", sagte Marc mit ernster Miene und ahmte dabei den Eifer Pauls nach, dann lachte er. Paul ließ sich nicht beirren: „Viel einfacher, aber umso wirkungsvoller!" Elisa mischte sich ein, auch sie war noch nicht wirklich ernsthaft bei der Sache: „Ich hoffe, du meinst nichts Unanständiges!" „Wo denkst du hin!", tat Paul empört, „Es wird euch aus den Socken hauen, wenn ich es euch sage und alle auf der ganzen Welt ebenso!" Paul genoss die erwartungsvollen Gesichter der beiden Trainer.

Je größer die Spannung wurde, desto weniger wollte er mit der Antwort rausrücken. Er liebte diesen Moment.

„Jetzt sag schon!", zerstörte Marc ihn abrupt. „Ok, ok! Wir chartern ein Wörthersee Schiff! Eines von den großen Linienschiffen, die den ganzen Tag von Anlegestelle zu Anlegestelle fahren. Das Dampfschiff zum Beispiel. Das macht was her! Das nehmen wir uns für, sagen wir drei Stunden und drehen darauf unser Video!"

Paul sah Marc und Elisa abwechselnd an. Jetzt war er gespannt auf die Reaktion. Sie sahen ihn mit offenem Mund an. Sie mussten den Vorschlag erst innerlich ordnen. Paul hatte recht. Das ging prinzipiell. Doch die beiden erkannten schnell den Haken an der Sache. Marc brachte ihn vor: „Das ist eine nette Idee, Paul. Aber das kostet sicher tausende Euro. Wir reden hier von einem Boot, auf das zweihundert oder dreihundert Menschen passen." Elisa fügte hinzu: „Das stimmt, Paul. Das können wir uns nicht leisten. Wir sind finanziell am Anschlag.", dann wandte sie sich Marc zu, „Aber eine tolle Sache wär das schon. Das würde vielleicht wirklich einige wieder neugierig machen auf uns." Paul hatte schon erwartet, dass der Einwand mit den Charterkosten kommen würde. Diese älteren Herrschaften müssten sich einmal mit den Gesetzmäßigkeiten von Internetauftritten auseinandersetzen, dachte er belustigt bei sich:

„Lasst mich nur machen.", sagte er nur, „Ihr bereitet ein paar perfekte Workouts vor, müssen nicht zu lange sein. Sagen wir fünf mal 20 Minuten? Oder 25. Das ist eine gute Länge für den Einstieg.

Wir könnten auch ein 40-minütiges Stück machen. Es gibt sicher genügend, die mit 25 Minuten nicht genug haben. Dann noch 2x25 zum Variieren und wenn jemand noch schnell vor dem Weg in die Arbeit seine Muckis pflegen will zwei Zehn-Minüter dazu. Konzentriert auf eine Bodyzone. Dann haben wir einen schönen Grundstock an Videos für den Einstieg. Daraus machen wir Trailer und Hingucker für die anderen SM-Plattformen. FB, Insta, Tick Tock und so weiter. Dafür lassen wir uns extra Clips einfallen. Und zwischendurch produzieren wir einige Trainingsvideos hier im Gym und... suchen noch nach ein paar anderen Locations. Am besten am See. Nette Plätze am Ufer gibt es ja genug. Und Wasser im Hintergrund... das kommt immer gut in Verbindung mit Muskelspielen." „Hast du dir das alles in den letzten Minuten einfallen lassen?", war Marc erstaunt, dessen Phantasie ebenfalls angeregt wurde, „Ich will zusätzlich ein Video neben der Bahn. An der Stelle am Nordufer, wo der Radweg direkt zwischen dem Wald und der Bahntrasse durchführt. Wenn da während des Trainings der Schnellzug durchrast, das geht sicher voll ab!" Paul wiegte den Kopf hin und her: „Ist halt sehr laut und dauert nicht lange der Effekt. Könnte aber wirken." Elisa sah Marc zärtlich an: „Höre ich da den Buben raus, dem seine Spielzeugeisenbahn über alles ging?"

Marcs Wangen verfärbten sich: „Ist nun mal beeindruckend, wenn solch ein riesiges Eisenungetüm an einem vorbeifährt.", sagte er kleinlaut.

„Also, ich sehe, wir sind schon voll drinnen in der Sache. Dann bereitet ihr eure Workouts vor und ich regle den Rest!"

53

Die Trainingseinheiten waren schnell zusammengestellt. Elisa und Marc hatten sich ja schon vor der Internetvideo-Idee gründlich mit dem Ausarbeiten von neuen Programmen beschäftigt. Neu war die Kürze der meisten. Da konnte man ruhig an Intensität zulegen, meinte Marc. Elisa war nur eingeschränkt seiner Meinung. Es durfte nicht nur hart sein. Vor dem Display saßen viele Anfänger, die man nicht mit Powertraining verschrecken durfte. Doch Marc beharrte auf dem Standpunkt, ein zu softes Training interessiere keinen. Wer noch nicht so weit war, bei allen Übungen voll mitzugehen, würde gerade dadurch vom Ehrgeiz gepackt, es irgendwann zu schaffen. Und Elisa wüsste ja, wie schnell sich Erfolge im Training einstellten, wenn man dran bliebe. Da musste Elisa ihrem Freund zustimmen. Sie einigten sich darauf, dass sie bei schwierigen Übungen auch eine leichtere Variante kommunizieren würden. Dann konnte jeder für sich entscheiden, welchen Level man wählte.

Paul hatte es tatsächlich geschafft eines der Wörthersee Schiffe für den Dreh zu bekommen. Die MS Kärnten war in zwei Wochen für einen halben Tag reserviert. Nun begannen die Vorbereitungen erst richtig. Die Zeit war knapp bemessen um all die Workouts aufzunehmen. Auch weil sie manche Sequenzen mehrmals drehen wollten, um später Schnittmöglichkeiten zu haben. Nicht zu vergessen die Teaser-Clips, für die andere Perspektiven gefilmt werden mussten. Doch Paul, der zuvor Wochen lang zur Untätigkeit verdammt gewesen war, war nun voller Energie und setzte sie für dieses Projekt zur Gänze ein. Als der große Tag kam und zur Erleichterung aller das Wetter mitspielte, kleine, liebliche Wolken standen am blauen Himmel, der in seinen Farben ein Abbild an der Oberfläche des Sees erzeugte, überraschte Paul seine ehemaligen Chefs noch einmal: Er hatte eine ganze Crew mitgebracht.

Gregor, ein stämmiger junger Mann, der schon in seinem Alter, er war 23, das beginnende schüttere Haar nicht mehr verheimlichen konnte und sich daher eine Stoppelglatze rasiert hatte. Er würde gemeinsam mit Paul die Videokameras bedienen. Eine Spiegelreflexkamera von Pauls Vater, die noch nicht oft im Einsatz gewesen sein konnte, so neu sah sie aus. Und eine herkömmliche Videokamera, die Gregor mitgebracht hatte.

Fanny, klein, zierlich mit einem Haufen Sommersprossen um die Nase, die mit ihrem Handy für Making Of-Videos und Fotos für das Social Media Marketing verantwortlich war und Marlies. Elisa und Marc konnten es nicht glauben, die rothaarig gelockte Schülerin eines technischen Lehrganges hatte eine professionelle Drohne in ihrem Rucksack mit der sie Aufnahmen aus der Luft machen würde: Das gesamte Schiff am See cruisend mit der wunderschönen Landschaft im Hintergrund und Marc und Elisa, die am Sonnendeck ihr sportlerisches Können unter Beweis stellten.

Die drei waren allesamt Freunde von Paul. Sie sagten sofort zu, als er ihnen von dem Projekt erzählte und sie fragte, ob sie mitmachen wollten. Filmen, Bearbeiten, Veröffentlichen, das war ihre große Leidenschaft. Als Schüler und Studenten, war nicht in erster Linie das große Geschäft ihre Intention. Erfahrung sammeln und Spaß haben, darum ging es ihnen. Auch wenn sie wussten, dass in den Sozialen Netzwerken kleine Dinge oft einen Mega-Erfolg haben konnten und aus dem Nichts durch die Decke gingen. Andere jedoch hatten nur vereinzelte Views und kamen niemals über dreistellige Zugriffszahlen hinaus. Aber das war in Ordnung. Die Masse bestimmt den Erfolg. Nicht einzelne Studiobosse, denen man in den Hintern kriechen musste, um einmal ein Video drehen zu dürfen, geschweige denn der Hauptdarsteller in solch einem Video zu werden.

Nun versammelten sich die Videocrew plus der Protagonisten auf dem Unterdeck, wo der Kapitän sie begrüßte. Er war ein lustiger Mann mit runden Backen und freute sich, mit den jungen Leuten hinausfahren zu können, wo er sonst meist strikt die Linienzeiten der Wörthersee-Runden einhalten musste: „Also, wo wollt ihr denn hin?“, fragte er in die Runde. Paul übernahm das Wort: „Einmal quer durch den See. Aber warten wir noch 20 Minuten mit der Abfahrt, damit wir oben alles herrichten können.“ Als Elisa aufs Sonnendeck kam, griff sie sofort nach der Sonnenmilch in ihrem Rucksack. „Gut, dass es noch früh ist. Gegen Mittag werden wir hier vermutlich geröstet.

Heuer fühlt sich der Mai wie Hochsommer an.“

„Die Sonne zeigt uns was sie kann, das stimmt, mein Schatz.“, sagte Marc und cremte sich ebenfalls ein. Als sie merkten, dass die Crew damit beschäftigt war, das Setting einzurichten, die Kameras aufzubauen und all diese Dinge, gingen sie wieder hinunter. Diesmal aufs Mitteldeck, wo sie sich ihre unterschiedlichen Outfits zurechtlegten. Das war eine Anweisung von Paul: Für jedes Workout andere Klamotten. Marc und Elisa war es recht, sie hatten genügend davon und waren froh, sich dazwischen umziehen zu können. Frisches Gewand für ein neues Power-Workout. Das half auch mental für jedes Video frisch und ausgeruht zu wirken.

Sie hatten für diesen Tag viel geprobt, die Trainings in- und auswendig gelernt und selbst Extra-Krafteinheiten eingelegt um optimal in Form zu sein. Fünf Workouts an einem Vormittag plus Extra-Übungen waren selbst für die täglichen Fitnesssportler eine Herausforderung. „Hoffentlich bekomme ich bei Nummer Fünf noch meinen Oberkörper hoch wenn wir am Boden liegen!“, hatte Marc gescherzt und es beim Aussprechen nicht als einen Scherz empfunden. Als er sich seine kurze, eng anliegende petrolfarbene Trainingshose anzog, die er mit Elisa im Partnerlook ausgewählt hatte, setzte sich das Schiff in Bewegung. Auf einem Bein hüpfte Marc hin und her, um sein Gleichgewicht zu finden. Elisa stützte ihn mit mehr Körpereinsatz als nötig gewesen wäre und sagte: „Ich finde es sexy, wenn du so hilflos bist.“ Marc lachte, schlüpfte ins verbliebene Hosenbein und presste sich an seine Partnerin: „Dann muss ich mir in Zukunft wohl öfter was einfallen lassen, wo du mich stützen kannst.“ „Nichts dagegen.“ Der anschließende Kuss hätte wohl länger ausfallen können, doch da kam Paul die Stufen herunter und räusperte sich laut. Zu laut. Marc und Elisa ließen beschwingt voneinander ab und wendeten sich Paul zu. „Wird es ernst?“, fragte Marc und Paul antwortete: „Es ist angerichtet!“

Am Sonnendeck erwartete Marc und Elisa ein fix und fertig aufgebautes Filmset. Zwei Matten lagen auf dem Boden, die Kameras waren eingerichtet, die Drohne schwebte fünf Meter über ihren Köpfen. Marlies verübte einige Probeflüge, um sich für die Kamerafahrten aus der Luft warm zu machen. Fanny filmte wiederum sie dabei und versuchte für Making-Of-Videos erklärende Worte aus ihr herauszulocken. Doch Marlies war zu konzentriert und achtete gar nicht auf sie. Das Wasser plätscherte unter ihnen, als es vom Kiel des Schiffes beiseite gedrängt wurde. „Wir mussten die Kameras weiter weg von euch stellen, als geplant. Zumindest für das erste Video.“, erklärte Paul etwas, worauf Marc und Elisa gar nicht geachtet hätten, „Weil die Sonne noch tief steht und lange Schatten wirft. Wir brauchen sie aber in unserem Rücken, damit ihr gut beleuchtet seid. Damit also unsere eigenen Schatten nicht im Bild sind, ist mehr Abstand notwendig. Dadurch müssen wir ranzoomen. Was aber als Variante zu den anderen Clips gar nicht so schlecht ist, weil so der Background unschärfer wird und das Ganze einen eigenen Look bekommt."

Marc und Elisa hatten keine Ahnung, wovon Paul redete. Sie nickten brav und gingen in Gedanken bereits den Einstieg ins erste Workout durch. Sie hatten ausgemacht, dass sie auf das nötige Warm Up vor jedem Training hinwiesen und auf ein extra Video dazu im Channel. Dafür legten sie in den zeitlich limitierten Clips gleich voll los. Sie mussten ohnehin schon im Duett das Programm und sich selbst vorstellen.

Im Hintergrund war Velden zu sehen, wo sie eben losgefahren waren. Ein toller Anblick vom Wasser aus. Die Promenade, das Schlosshotel im traditionellen Schönbrunner Gelb mit seinen vier Türmchen, die Häuser weiter oben am Berg umrandet von dichtem Wald und dahinter, als Teil der westlichen Karawanken, der Mittagskogel, der mit seinen verschneiten Hängen den Übergang vom satten Grün des Mischwaldes zum leuchtenden Blau des Firmaments bildete. Das alles sollte nicht zu weit weg von den Kameras sein, um als Hintergrund für das erste Sportvideo imposant zu wirken. Paul rief daher dem Kapitän zu, er möge „um einen Knoten langsamer fahren". Paul wusste nicht, wie viel das war, aber er fand es klang so richtig seemännisch.

Marc und Elisa bestiegen ihre Matten, Gregor fixierte das Display seiner Kamera und kontrollierte noch einmal die Schärfe. Er übernahm die Nahaufnahmen, während Paul seine Kamera eingefroren hatte, also fixiert auf die totale Einstellungsgröße.

Elisa begann zu sprechen: „Hi Leute, willkommen bei Marc und Elli! Toll, dass ihr mit uns trainieren wollt. In den nächsten 25 Minuten werden wir unsere Muskeln voll herausfordern.", Marc übernahm, „Richtig! Den wir sind hier am Wörthersee und hier muss man gut aussehen. Das gehört zum Livestyle dazu." Elisa: „25 Minuten am Tag sind dafür eine tolle Sache, die sollen aber auch wirken..." „Nachhaltig sein, wie man heute sagt." „Ja? Sagt man so? Ein schreckliches Wort, ich würde einfach sagen: Fit und schön für immer!" „Das klingt gut!", pflichtete Marc ihr bei. Elisa lachte und sagte: „Dann beginnen wir gleich mal von hinten! Ein knackiger Po ist doch ein guter Anfang, meinst du nicht?" „Ich bin dabei!" Elisa leitete Rainbows an. Dabei gingen sie und Marc in den Vierfüßlerstand, streckten ein Bein gegen den Boden und bildeten einen Halbkreis auf die andere Seite, über das mit dem Knie abliegende Bein. Diese Kreisbewegungen wiederholten sie für etwa eine Minute. Währenddessen erreichten die Wellen eines Linienschiffes den Bug der MS Kärnten. Es kam dadurch ins Schwanken, was auch Marc und Elisa beinahe das Gleichgewicht verlieren ließ. Sie machten sich nichts daraus und Marc sagte in die Kamera: „Perfekt! Ihr solltet das auch auf einem Schiff machen, so ist Balancetraining ebenfalls mit dabei. Das verbessert das Zusammenspiel der Muskeln." Alle waren hochkonzentriert an der Arbeit. Fanny machte Fotos hinter den Kameras. Gregor zog die besten Details nah heran und strich so die angesprochenen Muskelgruppen deutlich heraus. Einmal stapfte der Kapitän, der neugierig war, was da am Sonnendeck gemacht wurde, mitten ins Setting. Elisa wollte die Situation ebenfalls abfangen, um das Training nicht zu unterbrechen. Doch der Auftritt war zu plump, auch weil der Kapitän mit eingezogenem Kopf sich vielmals entschuldigte, sodass sie abbrechen mussten.

Marc und Elisa nützten die Unterbrechung für einen Schluck Wasser. Dann berieten sie mit den Kameraleuten, an welcher Stelle sie idealerweise wieder einsteigen sollten. Dabei war es wichtig, dass Gregor eine längere brauchbare Nahaufnahme produzierte, um von der Totalen aus Teil 1 in die nahe Einstellung von Teil 2 schneiden zu können. „Warum habe ich bloß nicht an eine Klappe gedacht. Das nächste Mal machen wir das mit Klappe.", rief Paul mit gespieltem Ärger. Nach dem Kunstgriff konnte alles wieder wie geplant weiterlaufen. Fanny hatte aber natürlich die Szene mit dem Kapitän mitgefilmt. Das eignete sich perfekt für ein amüsantes Hoppala-Video auf Facebook.

Marc und Elisa standen mal auf ihren Matten und streckten die Füße zu den Händen auf Kopfhöhe, mal lagen sie am Rücken, um bei abgewinkelten Beinen die Fersen mit den Fingerspitzen zu erreichen: „Oh, ich liebe diese Übung, das ist wie Rückenkratzen!", scherzte Marc währenddessen und sagte gleich darauf einen Wechsel zu Dolphin-Push-ups an.

Nach dem ersten Video waren alle Beteiligten wie euphorisiert. Sie schlugen gegenseitig ab und freuten sich über die gelungene Premiere. Paul hieß den Kapitän anhalten. Bis zum Beginn des nächsten Videos brauchten sie noch Zeit. Vor allem zum Umziehen. An den Kameras blieb alles, wie es war. Doch bald kamen sie an der eindrucksvollen Kulisse der Pfarrkirche Maria Wörth, die auf einer Halbinsel steht, vorbei. Diesen Anblick wollte Paul unbedingt im nächsten Video unterbringen. Ein zehnminütiges Workout für den makellosen Sixpack, bei dem der Gerade Bauchmuskel bis aufs Letzte herausgefordert werden sollte. „Zehn Minuten, aber die mit voller Kraft!“, kündigte Marc zu Beginn an. Er und Elli hielten sich auch bei diesem Programm nicht lange mit Erklärungen auf. Sie begannen im Stehen, klappten zusammen, berührten mit den Händen den Boden und streckten sich danach weit in den Himmel. Danach kam der Ellbogen-Knie-Zug zum Zug bevor das Paar dann doch noch auf dem Boden landete und mit Superman, Unterarmstütz, Crunches & Co das Beste bot, was es auf dem Sixpack-Markt zu holen gab. Sie hätten in einer Höhle oder auf einem Eisberg sein können, von der Umgebung bekamen die Hauptdarsteller nichts mit. Sie waren voll in ihrem Flow. Dafür juchzte Paul still in sich hinein, als der von ihm gewünschte Hintergrund erschien und die Halbinsel von Maria Wörth darin auftauchte.

Das Training lief ohne Musik ab. Die wollten sie in der Postproduktion drüberlegen. So waren sie flexibler und vermieden Pannen wegen möglicher technischer Schwierigkeiten. Der Ton klang dadurch auch sauberer. Es war schwierig genug, die Stimmen mit den Headsets verständlich einzufangen. Besonders hier am Schiff, wo es keine Minute ohne Wind gab. Der Mikrosender, den Paul ihr an den Rücken geklebt hatte, störte Elisa aber in den Bewegungen. Für die Drehs im Studio musste eine andere Lösung her, dachte sie sich. Da wusste sie noch nicht, dass Paul bereits eine Tonangel bestellt hatte. Es war ein Bilderbuchtag. Die Drehs liefen bis auf kurze Unterbrechungen reibungslos ab. Das 40-Minuten-Training war eine Herausforderung. Auch weil die Sonne bereits höher am Himmel stand. Doch Elisa und Marc wollten sich nicht anmerken lassen, dass sie davor bereits zwei Filme mit vollem Körpereinsatz gedreht hatten, „Ok, jetzt begleiten wir den Bergsteiger auf den Gipfel. Wir machen die Version vom langsamen Bergsteiger, der aber besonders hoch steigen muss. Daher mit den Knien langsam zu den Ellbogen.“ „Da muss man sich ganz schön strecken!“ „Das stimmt! Aber durch den Plank-Effekt wirkt die Übung doppelt!“

Am Ende waren alle müde und ausgelaugt von der Sonne, die sie den ganzen Tag begleitete. Vor allem Marc lag erschöpft am Rücken, nachdem auch die letzte Minute im Kasten war und sagte: „Ich hätte keinen einzigen Sit-up mehr machen können.“ Elisa meinte, es ginge ihr genauso, doch Marc glaubte ihr nicht: „Du siehst aus, als kämst du frisch aus der Dusche, mein Schatz. Ich bin dafür dich noch drei Workouts alleine drehen zu lassen!“ Elisa knuffte ihm in die Seite und wälzte sich dann auf ihn drauf: „Ich nehme das als egoistisches Kompliment von einem ausgekochten Charmeur. Du willst dich doch nur zu Hause ins Bett fallen lassen, während ich dich massieren soll." „Hey, warum bin ich nicht selbst darauf gekommen!", lachte Marc. Elisa aber sagte: „Das kannst du dir abschminken. Ich erwarte mir eine Spezialbehandlung sobald das alles hier erledigt ist!" Marc gab sich geschlagen und antwortete wie geknickt: „Ok, ok, du bist der Boss!" „Richtig!". Die Crew lachte über die After-Show-Einlage und machte sich daran das Equipment einzupacken. Da kam der Kapitän vorsichtig auslotend, ob er nicht wieder ins Bild tappte, herauf. In der Hand ein Tablett mit sieben Gläsern Rosé Prosecco. Die Mannschaft applaudierte und alle griffen zu.

„Wenn ich jetzt was trinke, kann ich nicht garantieren, dass ich nicht auf der Stelle umfalle!", warnte Marc mit dem Glas in der Hand. Doch niemand nahm ihn ernst, was er auch nicht erwartet hatte. Sie stießen auf den gelungenen Tag an, bevor sie nach Velden weiterfuhren, wo die Ankunft an der Schiffsanlegestelle auch den Schlusspunkt des Drehtages bedeutete. Paul stand an der Reling und beobachtet, wie das Festland näher kam. Er genoss nach der erfolgreichen Arbeit den Rest der Fahrt.

„Eines musst du mir noch verraten!", sagte Marc, als er sich neben ihn stellte und mit ihm das näherkommende Ziel betrachtete: „Warum kostet das alles hier nichts?" Paul grinste und fand, jetzt konnte er seinen Ex-Chef einweihen: „Werbung, Marc. Wenn ihr Stars werdet und Millionen Menschen eure Videos sehen ist das bares Geld wert. Nicht nur für euch. Auch für alles, was darin vorkommt: Die Marke eurer Outfits, die Matten, die Musik, der Ort, wo ihr euch befindet, die Gegend im Hintergrund; Ja, und natürlich die Wörthersee Schifffahrt. Es ist nicht schwer, Unternehmen zu solch einer Investition zu überreden, wenn sie überzeugt sind, dass sie davon profitieren." „Uns kennt doch niemand." „Noch nicht, Marc. Euer Ruf ist nicht der Schlechteste. Trotz der Vorkommnisse im Seaside. Eure Summer-Workouts haben immer noch einen Nachhall. Die sind gut angekommen. Dadurch wissen die Leute hier in der Region, dass ihr gute Arbeit leistet. Und euch was traut. Das ist mehr wert als ein paar Insekten und ein muffiger Geruch in der Garderobe." „Du bist ein guter Freund.", sagte Marc und wechselte dabei nur kurz den Blick von Velden auf Paul. Paul sah ebenfalls Marc flüchtig und überrascht an. Dann drehte er sich weg, wandte sich wieder dem Ort an der Westbucht des Wörthersees zu und verbarg so seine feucht gewordenen Augen.

Die MS Kärnten bremste kontinuierlich ab. Die Anlegestelle kam näher. Marc stieß sich von der Reling ab und ging nach unten, um seine Tasche an sich zu nehmen und sich fürs Aussteigen bereit zu machen. Auch Paul wollte sich zu einem letzten Kontrollgang aufmachen, damit kein Teil des Equipments an Bord blieb. Da sah er etwas an Land, das seine Aufmerksamkeit erregte. Er kniff die Augen zusammen, um seine Wahrnehmung in den Fokus zu rücken und ein klares Bild zu bekommen. Dann ging er mit schnellen Schritten zu seinem Rucksack, der in der Mitte des Sonnendecks lag, bereit von Bord gebracht zu werden und holte noch einmal seine Kamera heraus. Er hatte keine Zeit, auch noch das Stativ herzurichten. Daher legte er die Kamera am Schiffsgeländer ab, um eine möglichst wackelfreie Aufnahme zu erzeugen.

54

Richard steuerte den äußersten Tisch am Steg an. Er war jeden Tag zu Mittag zwischen 13 und 14 Uhr für ihn reserviert. Auch wenn er einmal nicht kam. Doch er tauchte fast immer irgendwann in dieser Stunde im Strandcafé Velden auf.

Der ältere Kellner mit den laienhaft gefärbten Haaren und dem dunklen Farbrand unter dem Haaransatz erkannte normalerweise immer, wenn nicht an Richards Auftreten, dann spätestens an seiner Bestellung, wie der Tag bei ihm verlaufen war. Wenn er schon seit den Morgenstunden auf den Beinen war und gearbeitet hatte, aß er eine extra große Portion Salat mit Hühnerstreifen, ein Clubsandwich oder ähnliches, mit dem er seinen Hunger befriedigen konnte. Hatte er Party gemacht und war ins Bett gekommen wenn der Hahn krähte, flossen große Mengen Soda Zitrone und danach oft noch ein Bier in ihn hinein. Das Essen fiel dann aus. Und kam er von Sherry und lockte ihr erfolgreich eine finanzielle Zuwendung für die Firma heraus, was Richard Max, dem Kellner einmal prahlerisch steckte, dann fühlte er sich wie der König vom Wörthersee und ließ sich Champagner bringen.

Heute war es nichts von alledem. Max konnte es nicht leiden, wenn er die Stimmung seiner Stammgäste nicht sofort erriet. Er war stolz auf seine Menschenkenntnis und fand, das machte einen 1A Kellner aus. „Herr Jonas!", sagte er daher noch während er in seinem gewohnt schlurfenden Gang auf seinen Gast zukam, „Wie ist das werte Befinden heute?" „Bring mir einfach ein großes Bier!" „Sehr gerne. Kommt sofort!", antwortete Max und war im Bilde: Der Mann hat eine unruhige und schlaflose Nacht hinter sich, hat versucht am

Vormittag die Probleme in den Griff zu kriegen und wird sich heute Nachmittag sinnlos besaufen. Max konnte sich diesmal nur teilweise auf seine Menschenkenntnis verlassen. Gut geschlafen hatte Richard tatsächlich nicht. Und zwar weil seit dem Ausscheiden von Yvonne und Bernd aus seinem Unternehmen die Zahlen im Studio Velden rückläufig waren. Richard konnte nicht in Erfahrung bringen, ob die beiden irgendwo anders angeheuert und ihre Kunden mitgenommen hatten, was einen Vertragsbruch darstellen würde. Doch das war nur eine Scherbe des Scherbenhaufens, die er aufzuklauben versuchte. Eine andere waren die Kunden, die ohne Trainer und ohne Trainerin dastanden. Sie konnte Richard nicht gänzlich den jungen Leuten überlassen, die er für Velden engagiert hatte. Er musste selbst ran, sein Terminkalender war daher voll wie schon lange nicht. Mit Arbeit, die er eigentlich schon lange anderen überlassen wollte. Training für Anfänger ohne großen Einfluss und Reichtum. Das langweilte ihn ungemein. Doch genau das war der Grund, warum er sich nicht betrinken konnte, auch wenn ihm danach war. Der erste Termin begann bereits 30 Minuten nach Eins. Der letzte war um 21 Uhr zu Ende. Wie sollte er diesen Tag überstehen?

Richard hatte in schnellen Zügen drei Viertel des Glases ausgetrunken und machte sich bereit zu gehen, als sich ein junger Mann ohne zu fragen neben ihn setzte. Richard sah ihn an, seine Augen wurden klein und die Ader an seiner Schläfe begann zu pochen: „Hau sofort wieder ab!“ Patrick ließ sich nicht einschüchtern: „Ich muss mit dir reden!“

„Kein Wort! Kein Wort in der Öffentlichkeit. Ich habe dir schon das letzte Mal gesagt, ich dulde es nicht, dass man uns gemeinsam sieht. Kannst du nicht die kleinsten Anweisungen befolgen?“

„Ich habe bisher jede deiner Anweisungen befolgt. Du schuldest mir was!“

Richard beugte sich vor und ballte die Faust auf dem Tisch: „Ich schulde dir einen Arschtritt. Du bist aufgeflogen. Man redet von dir. Als den Mann, der einfach abgehauen ist, als jemand verletzt wurde. Man spekuliert, was du damit zu tun gehabt haben könntest.“ Auch Patrick wurde zornig und beugte seinen Oberkörper vor: „Ich habe dich gewarnt, das mit dem Spray ist zu viel. Die haben mich schon vorher beobachtet. Das wusste ich zwar nicht, aber es war klar, dass die nach all unseren Aktionen misstrauisch auf jeden Einzelnen waren.“

„Ach was!“, sagte Richard nur und trank sein Bier leer. Er wollte weg hier. Jeder kannte ihn. Und er saß hier in der Auslage mit einem, über den die Gerüchte zu seiner Beteiligung an den Ungereimtheiten im Seaside um den Wörthersee gingen, so schnell, dass kein Ironman auf seinem Fahrrad nachkommen würde. Auch wenn wohl kaum wer wusste, wie Patrick aussah. Der merkte den Unwillen Richards und kam daher direkt auf seine Forderungen zu sprechen: „Du hast mir viel versprochen für meine Arbeit. Ich habe sie gut erledigt. Auch die letzte Sache hatte ungünstige Auswirkungen für das Geschäft deiner Konkurrenten. Egal, wie sie schlussendlich ausgegangen ist. Ich will jetzt die angemessene Belohnung dafür. Wenn ich nicht deine rechte Hand werden kann, dann will ich entweder einen Job als Geschäftsführer eines neuen P-Fit, das weiter weg von hier ist, oder ich werde Expansionsleiter deiner Filialkette. Mit angemessener Bezahlung.“ Richard hatte schon auf so etwas gewartet. Er hatte jedoch nicht vor, seine Versprechen Patrick gegenüber einzuhalten.

Er blieb daher ruhig und sagte: „Du bist ein Versager. Meine Oma hätte den Job besser hinbekommen als du. Loser wie dich kann ich in meiner Umgebung nicht brauchen. Ich bin ein Siegertyp und umgebe mich nur mit Siegertypen.“ Richard kramte einen Bündel Geldscheine aus der rechten Tasche seiner Trainingsjacke. Hunderter, Fünfziger, und einige Zehner. Er entfaltete es und pickte einen Zehn-Euro-Schein daraus hervor. Er legte ihn für Max auf den Tisch und beschwerte ihn mit dem Bierglas. Den Rest warf er vor Patrick auf die Tischplatte und sagte: „Hier, das muss reichen als Abschluss und dafür, dass du den Mund hältst und mich künftig in Ruhe lässt!“ Dann stand er auf und ging. Patrick zitterte vor Wut, legte seine Hand auf den Packen Geld und verkrampfte die Finger zu einer Faust.

55

Zwei Tage danach, der späte Frühling zeigte noch einmal warum er nicht Sommer genannt wurde und ließ den Tag mit dicken Wolken, die keine Lücke für einen Blick auf den Himmel dahinter freiließen, düster erscheinen. Marc und Elisa fuhren mit ihren Rädern zum Seaside. Sie waren guter Laune, sprachen auch jetzt noch über den ereignisreichen Drehtag am Schiff und mussten aufpassen nicht aneinanderzukrachen, so sehr fuhren sie sich immer wieder in die Quere. Sie hatten schon Programme für neue Videos im Kopf.

Heute würde Paul vorbeikommen, damit sie das Setting dafür besprechen konnten. Marc wollte unbedingt eine Serie an 40 Minuten Trainings anbieten, in denen auch Hantelübungen vorkamen. Für intensiveren Muskelaufbau. Elisa fühlte sich mit dem Bodyweight-Konzept für die Zuschauer und Mitturner im Internet am Wohlsten. So mussten die nicht unbedingt mit Gewichten oder anderen Sportgeräten ausgerüstet sein. „Ich merke schon, wir müssen ab jetzt jeden Tag drei Videos drehen, um all unsere Ideen unterzubringen.“, lachte Marc und kam Elisa wieder gefährlich nahe. Sie drückte ihn mit einer lockeren Handbewegung gegen die Schulter weg von sich, ließ ihn aber nicht los: „Zeit genug haben wir ja.“, antwortete sie nicht ohne Zynismus in der Stimme. „Wenn wir so weiterfahren, werden wir diese Zeit im Spital verbringen.“, wurde sich Marc seiner Fahrweise bewusst und nahm sich vor, trotz der ausgelassenen Stimmung des Paares, sich auf den Weg vor ihnen zu konzentrieren. So kamen sie wohlbehalten im Gym an.

Marc dimmte das Licht darin sofort auf vollste Helligkeit, und machte sich daran, die Befestigungen der Schlingentrainer zu kontrollieren und nachzujustieren. Elisa ging noch schnell auf die Toilette bevor in den nächsten Minuten eine Kundin für ein gebuchtes Personaltraining auftauchen würde. Die übergewichtige Frau hatte schon viel versucht, ihren Körper auf Normalgewicht zu bringen. Jetzt wollte sie auf Empfehlung ihres Arztes unter Aufsicht und mit Betreuung dieses Ziel endlich nachhaltig erreichen und hatte sich einen Trainings- und Ernährungsplan erstellen lassen. Um die Motivation für das Vorhaben durch Druck von außen zu unterstützen, engagierte sie Elisa zusätzlich für zwei Stunden in der Woche. Heute wollte die Trainerin mit ihr Walken gehen, um sie an regelmäßige und dauerhafte Bewegung in der echten Welt zu gewöhnen. Auf dem Rad im Studio zu sitzen, war gut und schön, oder auf dem Laufband 3,5 km/h einzustellen und vor sich hin zu stolzieren. Doch die Muskeln auf Trab halten und Kalorien verbrennen war jederzeit möglich, auch ohne Geräte. Es konnte daher nie eine Ausrede geben, sich an einem Tag nicht bewegen zu können, weil der Cross-Trainer zu sehr quietschte und man den Nachbarn nicht stören wolle, oder weil man keine Ruhe dabei hatte, weil die Katze immer auf das Display springen würde. Marc hatte vor, anschließend an die Wartungsarbeiten das Schaufenster mit einer neuen Werbeaktion zu bekleben. Zwei plus Eins Gratis. Wenn sich drei neue Mitglieder einschrieben, trainierte einer von ihnen gratis im ersten Jahr. In der Praxis bedeutete das, jeder von ihnen musste nur zwei Drittel des Mitgliedsbeitrages bezahlen.

Die Tür ging auf und Lena Griesmayer kam herein. Sie keuchte, als hätte sie einen Berg erklommen, um das Studio zu erreichen. Ihre rosige Haut, die völlig frei war von Unreinheiten glänzte im Licht der Innenbeleuchtung.

Zwei Minuten zu spät, fiel Marc bei einem verstohlenen Blick auf die Uhr auf. Doch was ihn daran wunderte war, dass Elisa noch nicht wieder aufgetaucht war und mit den Stecken in der Hand bereits auf ihre Kundin wartete. „Grüß euch!“, rief Lena mit übermäßig lauter Stimme. „Grüß dich, Lena.“, antwortete Marc, „Elisa wird gleich da sein!“ „Keine Eile!“, sagte Lena, „Ich setze mich in der Zwischenzeit hin. Heute ist nicht einer meiner energiereichsten Tage.“ „Hast du gut gefrühstückt?“, fragte Marc. „Zu gut wahrscheinlich.“, erwiderte sie und nahm auf der Hantelbank Platz.

„Solange es viel Gemüse war und kein Zucker sollte es kein Problem sein.“, ließ Marc nicht locker. Sein Hinweis wirkte so eindringlich, dass Lena verschämt zu Boden blickte und sich überlegte, wie sie das Thema wechseln könnte.

Zu ihrer Erleichterung kam in dem Moment Elisa von den

Toiletten. Sie sah blass aus. Marc ging sogleich auf sie zu: „Hey, Schatz! Alles in Ordnung?“ Nun setzte sich auch Elisa auf dem Hocker eines Übungsgeräts nieder. Sie winkte Lena zu und murmelte, bald soweit zu sein. Dann sagte sie zu Marc, so leise, dass nur er es hören konnte: „Es kam ganz plötzlich. Ich wurde auf einmal müde und auch leicht schwindlig. Ich würde mich am liebsten irgendwo hinstrecken, und wenn es auf dem Boden ist und für die nächsten Stunden nicht aufstehen.“ Marc kniete sich hin, um auf ihre Höhe zu kommen, ohne sich bücken zu müssen. Er legte seine linke Hand an ihre rechte Wange, strich eine ihrer blonden Strähnen hinters Ohr. Sie war nicht fiebrig, doch er sah ihr die Erschöpfung an: „Hattest du das schon einmal?“ „Nein. Niemals.“ Die Antwort beruhigte Marc allerdings überhaupt nicht: „Wir müssen dich durchchecken lassen. Ich bringe dich zu Doktor Wirsing. Der wird wissen, was zu tun ist.“ „Später Marc. Nicht so hastig. Es wird schon nichts Schlimmes sein. Ich bin sonst ja auch nie krank. Die letzten Tage waren sehr aufregend. Lass mich ausschlafen!“, sie lächelte grimmig, „Zum ersten Mal untertags seit dem Mittagsschlaf im Kindergarten.“ „Du musst ja ein braver Teenager gewesen sein.“, sagte Marc ohne seine Besorgnis in der Stimme zu verlieren. „Ich war immer ein ganz artiges Mädchen!“ „Lass mich dich wenigstens nach Hause bringen. So kannst du kein Auto lenken!“ Elisa drückte ihren Kopf an Marcs Hals: „Das sei dir gewährt.“, dann stand sie auf und ging auf Lena Griesmayer zu: „Lena, es tut mir leid, ich bin nicht ganz fit. Und das passt mit einem einem Fitnesstraining nicht zusammen. Marc bringt mich nach Hause. Wir müssen das Training leider ausfallen lassen.“ Elisas Kundin stand von ihrem ohnehin unbequemen Sitzplatz auf und wollte antworten, als die Eingangstür aufging. Paul kam herein: „Hallo, alle zusammen!“ Er strahlte über das ganze Gesicht: „Heute ist große Vorführung. Wenn euch die Videos gefallen, können wir...“ Marc ging dazwischen: „Paul, Hi! Elisa geht es nicht besonders. Sorry, das müssen wir verschieben. Jetzt passt es ganz und gar nicht.“ Pauls Mundwinkel gingen nach unten. Er war enttäuscht. Er hatte sich schon gefreut, sein Werk präsentieren zu können. Elisa schaute echt nicht gut aus, das musste er zugeben. So hatte er sie noch nie gesehen: „Elisa, was ist mir dir?“ Elisa ging zum Ausgang und legte im Vorbeigehen Paul eine Hand freundschaftlich auf die Schulter: „Alles in Ordnung. Ich bin nur schrecklich müde. Ich muss einfach mal richtig ausschlafen. Keine Sorge!“ Da fiel ihr etwas ein, sie drehte sich um und sagte zu Paul: „Paul, kannst du mich nach Hause fahren?“, und zu Marc gerichtet: „Dann kannst du mit Lena trainieren, Marc.“ Paul wandte ein: „Ich bin mit dem Fahrrad da.“ Elisa warf ihm ihre

Autoschlüssel zu: „Du nimmst unseren Wagen und bringst ihn danach wieder her!“ „Ok, klar. Fahren wir!“ Lena grinste Marc an: „Na gut, Hübscher! Dann machen wir zwei uns einen schönen Tag.“

Marc nickte gehorsam. Doch ihm war es nicht recht, Elisa in dem Zustand alleine zu lassen. Doch vielleicht war sie wirklich nur müde. Und Lena war eine ihre letzten verbliebenen verlässlichen Kundinnen. Sie verließen daher zu viert das Studio und hängten das Schild auf mit den Worten Sind voll im Training und bald wieder zurück! Paul und Elisa stiegen in den Tigra, der unmittelbar vor dem Haus parkte. Marc und Lena schlangen die Schlaufen der Nordic-Walking Stöcke um die Handgelenke und marschierten los. Es sah nach Regen aus. Die Luft war drückend, viele kleine Mücken und sonstige Fluginsekten schwirrten wie orientierungslos durch die Luft. Ganze Kleinschwärme an ein und derselben Stelle. Marc war in Gedanken vertieft. Er konnte an nichts anderes denken als an Elisa. Was, wenn es etwas Ernstes war, das sie dermaßen schwächte? Als ihm diese Möglichkeit in den Sinn kam, wandelte sich seine Besorgnis in unermessliche Angst. Er zwang sich daher, sich abzulenken und erinnerte sich daran, dass er eine Aufgabe zu erfüllen hatte.

Er sprach Lena an, die ebenfalls ohne zu reden neben ihm hergegangen war. Die Stöcke klackten auf dem Asphalt wie mehrere außer Takt geratene Metronome. Ein unangenehmes Geräusch, das in die Stille stach und im Umkreis von hundert Metern auf sie aufmerksam machte. Doch sie waren bald im Wald, wo der weiche Boden als Schalldämpfer wirkte und ihr Training diskret werden ließ. Sie bahnten sich ihren Weg über den Rumpeleweg in den Bannwald hinein, wo der Waldboden unter den hochgeschossenen Fichten und Erlen von Moosen, Flechten und Farnen lebendig gehalten wurde. Sie schritten ungleich vorwärts. Lenas Gang wirkte neben den großen Schritten Marcs wie ein Trippeln. Doch er passte die Geschwindigkeit an ihr Potential an. Vor allem zu Beginn, bis der Körper auf Touren kam, wollte er sie nicht überfordern: „Wie geht dein Training voran? Kommst du deinem Ziel schon näher?“, fragte er, um Einblick in ihre Bemühungen zu bekommen. „Ach, weißt du, ich bin dran, ich bin dran. Schon lange. Viel zu lange. Ich mache ja immer was. Aber den großen Erfolg hatte ich noch nicht.“

Das hatte Marc schon oft gehört. Abnehmen und auf dem Wunschgewicht bleiben bedeutet nun einmal nicht zweimal in der Woche an die frische Luft gehen. Es bedeutet ein komplettes Umstoßen von Gewohnheiten. Und es war ein im Kreis Hinterherjagen nach dem optimalen Einstieg in eine andere Lebensweise. Denn falsche Ernährung nimmt Energie. Laugt aus.

Daher fehlt in weiterer Folge oft die Kraft, die Treppe statt den Aufzug zu nehmen, Wege zu Fuß zu gehen. Doch beginnt man nie, die eigene Fortbewegung zu ändern, fällt einem auch alles andere schwerer. Denn, obwohl man im Ruhezustand ungleich weniger Energie verbrennt und die Muskeln kaum Nährstoffe brauchen, verbringt man die untätige Zeit mit Energiezufuhr. Snacks, Kleinigkeiten, Leckereien. Und schnelle Snacks versprechen schnell wieder Hunger und Lust nach mehr. Marc wollte daher mehr von Lenas Gewohnheiten wissen: „Wann isst du?“ Lena seufzte. Sie musste schon viele Fragen zu ihren Ernährungsgewohnheiten beantworten: „Wie jeder Mensch. In der Früh, zu Mittag und am Abend. Ja, ich weiß, ich soll die Kohlenhydrate weglassen und viel Wasser trinken.“ „Und dazwischen?“ „Wie dazwischen?“ Marc warf ihr einen Blick zu, der eine ehrliche Antwort einforderte: „Nach dem Frühstück und vor dem Mittagessen? Und am Nachmittag?“ Lena erhöhte mit einem Mal ihre Schrittfrequenz. Als wolle sie in einem Wettrennen die Führungsrolle übernehmen. Doch für Marc sah es eher nach Flucht aus. Er lachte und versuchte den Ernst der Unterhaltung zurückzunehmen: „Lena, halt ein! Wenn du so aufs Tempo drückst, wird uns irgendwo im Wald die Luft ausgehen.“ Der Teint ihres, wegen der Anstrengung ohnehin schon roten Gesichtes, wurde um eine Nuance dunkler. Sie wurde langsamer und sagte: „Das eine oder andere kommt dazwischen noch dazu.“, und mit erhöhter Lautstärke hob sie hervor: „Aber auch Obst!“ Marc nickte beruhigend, um zu signalisieren, dass er kein Ernährungspolizist sei, der sie inhaftieren würde, wenn sie was Falsches essen würde. Er kontrollierte ihren Griff um die Stöcke und erinnerte sie daran, locker zu lassen, wenn der Stock nachgezogen wurde. Lena entspannte sich und nahm die Umgebung wahr.

Sie atmete gleichmäßiger. Wind kam auf, der mit der bedrückend tief liegenden Wolkendecke aber gemeinsame Sache zu machen schien, anstatt sie wegzublasen. Marc kam erneut auf das Ernährungsthema zu sprechen: „Gönne deinem Magen-Darm-Trakt Pausen. Komplett ohne zu essen.“ Lena hob eine Augenbraue: „Sprichst du von einen Tag essen, den nächsten gar nichts?“ „Nein, nein. Das muss gar nicht sein. Schon kurze Pausen von zwei bis vier Stunden zwischen den Mahlzeiten können etwas bewirken. Man merkt manchmal selbst nicht, was man sich in der Zeit alles hineinstopft. Probier nur einmal in der Zeit von Zehn bis Zwölf nichts zu dir zu nehmen und von 13 bis 16 Uhr! Das Einzige, was in dieser Zeit in deinem Magen landen sollte ist Wasser. Reines Wasser! Keines mit Geschmack oder irgendwelchen Zusätzen.“ Lena sah über ihrem

Kopf kleine Schokoriegel, Wurstsemmeln und Kuchen mit kleinen Flügeln dran, die sich auf und davon machten. Sie wollte sie einfangen und ihnen nachrufen, sie sollen dableiben. Doch sie hielt ihre Gliedmaßen im Zaum. Dann klammerte sie sich an einen Strohhalm: „Sonst darf ich essen was ich will?“

Marc sah sie an und fast bewirkte der flehende Blick, dass sie ihm Leid tat. Er könnte antworten, Klar, Hauptsache du bist glücklich, doch er wusste, dass dann das Glück immer nur für die Dauer der Nahrungsaufnahme und kurz danach anhielt aber nicht von Dauer war. Daher sagte er stattdessen: „Wenn es dir ernst ist, gehst du künftig nach der PPBB-Diät vor.“ „PPPP? Ich kenne viele Diäten, von der habe ich noch nie gehört. Was ist denn das wieder?“ „PPBB. Das ist die Pizza-Pasta-Bonbon-Diät. Und Pizza und Pasta sollte man auch ausweiten auf Weißmehl-Produkte. Also Semmeln, Weißbrot, Paniertes, du kennst ja die Dickmacher. Und Bonbon steht für Zucker, Schokolade, die Versuchungen des Alltags. Stattdessen greif lieber zu natürlichen Produkten. Unverarbeitet. Selbst gekocht. Wenn man sich das aneignet, wird das Essen außerdem viel befriedigender.“

Lena wurde flau im Magen. Sie spürte einen Tropfen auf der Nase: „Können wir umdrehen? Ich glaube, es fängt gleich an zu regnen.“ Marc nickte: „Der Wind wird auch stärker. Wir sollten aus dem Wald rauskommen. Lass uns noch bis zur Gaisrückenstraße gehen und die entlang in den Ort zurück.“ Das Tosen wurde stärker. Die Äste bogen sich über ihren Köpfen. Lena wusste nicht, was ihr mehr Angst machte, die losgelassene Gewalt der Natur, die wie ein brüllender Drache über ihren Köpfen wütete oder die Aussicht zu verlieren, was ihr oft noch die einzige Freude bereitete: „Ihr Fitnessheinis seid doch echt alle gleich.“, sagte sie und versuchte es spaßig klingen zu lassen, doch der Ärger über diese neunmalklugen Tipps von Typen, denen es wohl in die Wiege gelegt war, niemals dick zu werden, war nicht zu überhören, „Wollt einem die einzigen Genüsse im Leben auch noch wegnehmen. Das muss doch auch anders gehen!“ Marc beschleunigte seinen Schritt: „Jetzt schauen wir mal, dass wir hier raus kommen.“ Der Regen setzte ein. Plötzlich und mit einer Wucht, dass Lena das Gefühl hatte niedergedrückt zu werden. Das war einer der Momente, wo sie sich schwor, sich nie mehr auf diese Abenteuer in der Natur einzulassen. Das hatte man davon. Man will gesund sein und seinem Körper geben, wovon alle reden, dass er es brauche und dann stirbt man halb dabei. Innerhalb von ein paar Minuten waren sie nass bis gefühlt unter die Haut. Am Wegesrand entstand in Kürze ein Rinnsal, in dem das Wasser an den Nordic-Walkern vorbei bergabwärts schoss. Waren zuvor eine Vielzahl an unterschiedlichen Geräuschen von Vögeln bis hin zu Rascheln im Unterholz zu hören, beherrschten jetzt andere Töne die Klangatmosphäre.

Das Brausen des Windes, herabstürzende Wassermassen und unterschiedliche Plätschergeräusche von Regentropfen, die an die Blätter der Bäume, die Farne und den Waldboden klatschten. Inmitten des prasselnden Brimboriums mischten sich verhalten die Fußschritte und die gedämpften Stockanschläge von Marc Auen und Lena Griesmayer. Doch noch etwas drängte sich in dieses Natur-Symposium. Das Brechen von Holz. War es vor ihnen? Hinter ihnen? Oder über ihnen? Sie hielten sich nicht lange damit auf den Baum zu lokalisieren, der gegen das Drängen des Sturmes keinen Einwand mehr geben wollte. Sie nahmen jeweils die beiden Stöcke in eine Hand und liefen. Erst als sie aus dem Wald heraus zu Futterwiesen der örtlichen Milchbauern kamen, wo zwar der Regen weiter unerbittlich auf sie niederschlug, doch die vereinzelten Bäume ausreichend überblickt werden konnten, wurden sie langsamer. Nun brachte sie ein flotter Gang näher und näher an ihren Ausgangspunkt heran. Lena keuchte, sie wunderte sich, dass ihre Beine überhaupt noch mitmachten bei dem Tempo. Sie spürte schon jetzt den Muskelkater, der sie mindestens die nächsten drei Tage begleiten würde.

Doch als sie den letzten Kilometer im Regen marschierte, erwachte Stolz in ihr, den sie noch viel länger mit sich tragen sollte. Sie war bereits durch und durch nass, also machte ihr der Regen nichts mehr aus. Sie hatte den Widrigkeiten getrotzt. Gezwungenermaßen, ok, aber auch ohne klein beizugeben. Sie war nicht im Sofa gesessen und hatte dem Regen aus dem Fenster zugeschaut und gefröstelt, sie war mittendrin und fühlte sich stark wie schon lange nicht. Sich selber zu beweisen, dass sie mehr konnte, als sie selbst sich zugestehen wollte, das würde sie jetzt öfter machen. Sie nahm es sich fest vor.

56

Paul wartete im Seaside Gym schon auf Marcs Rückkehr. Er hatte Elisa noch vor dem Gewittersturm nach Hause gebracht und das Fitnesscenter wieder aufgesperrt. Um Kunden musste er sich in der Zeit, in der er es alleine betreute, nicht kümmern. Bei dem Wetter hatte keiner Lust das Haus zu verlassen. Daher saß er selbst auf einer Matte am Boden und tippte auf seinem Laptop herum.

Als Trainer und Kundin völlig durchnässt ins Studio stürzten, konnte er sich eine Bemerkung nicht verkneifen: „Wo seid ihr denn reingefallen?“ Lenas Haare hingen triefnass ins Gesicht. Sie beeilte sich in die Dusche zu kommen. Das war, was sie jetzt am dringendsten brauchte. Heiß und ganz lang. „Haha!“, war Marcs Reaktion und beeilte sich auf das zu sprechen zu kommen, was ihn am meisten beschäftigte: „Wie geht es Elisa? Alles in Ordnung?“ „Ihr Zustand hat sich nicht verschlechtert. Sie war müde. Ich nehme an, sie schläft bereits tief und fest. Wenn du meine laienhafte Meinung hören willst...“ „In dem Fall vertraue ich doch lieber dem Arzt, aber sag nur!“ „Das ist sicher nur irgendwas mit dem Kreislauf. Morgen ist sie wieder fit.“

Marc nickte: „Ich fahre trotzdem zu ihr. Paul, kannst du hier die Stellung halten?“ Paul sah sich um: „Ich hoffe, ich überarbeite mich nicht.“ Das hatte Marc allerdings nicht mehr gehört, da er bereits den Autoschlüssel von der Rezeptionstheke genommen hatte und zur Tür raus war.

In Elisas Wohnung konnte er aber tatsächlich nicht mehr tun als ihr beim Schlafen zuzusehen. Sie hatte sich die Decke bis ans Kinn gezogen und hielt sie beim Hals instinktiv fest. Ihr Atem ging ruhig und gleichmäßig, die Gesichtszüge waren völlig entspannt. Sie wirkte nicht leidend. Als wäre mit ihrem Körper etwas nicht in Ordnung. Die Nasenflügel bewegten sich fast unmerklich. Doch Marc, der sie oft in stillen Momenten betrachtete und bewunderte entgingen selbst die kleinsten Regungen seiner Freundin nicht. Er konnte auch jetzt kaum den Blick von ihr lassen. Er zwang sich dennoch dazu, die Fußsohlen so leise auf den Boden setzend, wie es sonst nur tierische Samtpfoten vermögen, aus dem Schlafzimmer zu gehen, um ihr den größtmöglichen Frieden und Ruhe zu geben.

Er richtete in der Küche ein Glas Wasser her, falls sie Durst bekam, holte sich ein Handtuch, rubbelte sich die Haare halbwegs trocken und entledigte sich dann seiner nassen Sportkleidung. Duschen kam ihm zu laut vor. Nachdem Marc sich also schnell ein trockenes T-Shirt übergeworfen hatte und in eine bequeme Hose geschlüpft war, setzte er sich auf das Wohnzimmersofa und blätterte in der Zeitschrift „Strong Muscles". Doch er suchte nicht nach neuen Trends. Diesmal nicht. Sondern flog über die Seiten, ohne sie wahrzunehmen. Zu sehr war alles in ihm mit Elisa beschäftigt. So sehr, dass er nicht einmal mitbekam, dass seine Augen schwerer wurden. Bis er einschlief. Und so saß er auch um zwei Uhr nachts an derselben Stelle, die Zeitschrift noch halb zwischen seinen Fingern, der Nacken schmerzte von der unnatürlichen Schlafstellung, bei der sein Kopf beinahe über die Schultern gerutscht wäre, würde der Hals ihn nicht festhalten. Draußen war die Luft immer noch erfüllt von den unglaublichen Wassermassen, die aus dem Himmel geschüttet wurden. Marc blinzelte, schlug die Augen auf und vergegenwärtigte sich seinen Aufenthaltsort.

Er brauchte nicht lange, um Elisas Appartement zu erkennen. Die schnörkellose, geradlinige Einrichtung mit den Akzenten an Verspieltheit, wie die halbrunden Glaskugeln mit Flechten an Ästen und Grünlilien darinnen an einer kühlen, weißen Wand. Oder die weiße Kommode, rechteckig mit kantigen, unscheinbaren Griffen, auf der eine Skulptur mit zwei Elefanten stand, die sich gegenseitig an den Rüsseln hielten. Elisa, die sonst unempfänglich für Kitsch war, war gerührt von diesem Sinnbild für starken Zusammenhalt. Zwei sich Liebende, die aneinander festhielten und die nichts so leicht trennen konnte. Eine Verbundenheit über die Kraft ihrer Organe, die Ausdruck starker Liebe war. Nichts hätte diese Elefanten in diesem Moment zum Loslassen bewegen können. Als Marc sich vom Sofa erhob, sah er einen schwarzen Schatten hinter einem der Fenster. Er spürte, dass ihm kalt war, doch war er zu neugierig, um nicht nachzusehen. Er erkannte die Hauskatze, die auch seine regelmäßige

Besucherin war. Vor Elisas Wohnung sah er sie zum ersten Mal. Er machte das Fenster auf und hob Silberfell herein, noch bevor sie selbst ins Zimmer springen konnte.

Sie war völlig durchnässt. Marc sagte mit leisen Worten: „Na, bist du heute nirgends untergekommen? Das ist der Nachteil eines Streunerlebens. So reizvoll dessen Freiheit auch sein mag." Er nahm Blätter einer Küchenrolle und rubbelte die Katze trocken, so gut es ging. Da es in Elisas Wohnung kein Katzenfutter gab, stellte er ihr eine Schüssel Wasser hin: „Von Wasser hast du sicher genug.", sagte er, „Naja, etwas Schinken ist auch noch da. Mit dem musst du dich begnügen." Er nahm die Reste aus dem Kühlschrank: „Du kannst froh sein, dass wir so etwas überhaupt im Haus haben. Du weißt ja wie das ist mit Fleisch und der Massentierhaltung.", Marc grinste und seine Besucherin zeigte ihre Dankbarkeit, indem sie sich gierig auf den in einer Schüssel dargereichten Snack stürzte. Der Gastgeber holte eine alte Decke aus dem Vorraum und legte sie in eine Ecke. Damit die Katze wusste, dass das für heute Nacht ihr Platz war, nahm er sie und setzte sie drauf. „So, das muss reichen. Komm nicht auf die Idee, irgendwo hinzumachen! Ich lasse dich in vier Stunden wieder raus!" Nun konnte es Marc kaum mehr erwarten, sich neben Elisa zu legen. Daher ging er ins Badezimmer, um nach dem Regenschauer und der Aufregung doch noch unter die heiße Dusche zu kommen und sich für wenige Stunden Schlaf in einem richtigen Bett fertig zu machen. Als er ins Schlafzimmer wechselte, sah er die Katze das Wohnzimmer erkunden. Er warnte sie noch: „Das Sofa ist tabu für dich, hörst du?!", dann verschwand er in dem Raum, in dem Elisa einen tiefen Schlaf schlief. Kaum war die Tür zu, huschte der Gast mit dem glänzenden Fell auf das Polstermöbel und rollte sich zwischen den Kissen ein.

Marc hatte nicht lange geschlafen. Er musste sich keinen Wecker stellen, um mit den ersten Sonnenstrahlen, die durch den Spalt des nicht vollständig heruntergezogenen türkisen Plissees einen schmalen Lichtstreifen auf die Bettdecke zeichneten, seine Augen aufzumachen. Sein Schlaf war noch dazu in dieser kurzen Zeit unruhig gewesen. Einige Male blinzelte er Richtung zweite Betthälfte, um sicherzugehen, dass es Elisa gut ging. Nun lag er auf seiner linken Körperseite und betrachtete sie. Er würde immer zu ihr stehen. Er fühlte sich mit ihr verbunden. Sie waren untrennbar, wie die Elefanten auf der Kommode. Egal, was kommen würde. Nun wachte auch Elisa auf. Sie sah zur Decke, als würde dort oben geschrieben stehen, wie es in ihrem Inneren aussah. Sie dürfte ermutigende Zeilen entdecken, denn ihr anfangs suchender Blick nach Aufklärung wurde von entspannten Gesichtszügen abgelöst. Sie drehte den Kopf zur Seite, wo sie seit rund einem Jahr den Menschen fand, der ihr die Sicherheit einer sich unterstützenden Freundschaft und Liebe gab.

Dessen Augen bekamen dieses wiederkehrende Leuchten, das sie meistens annahmen, wenn sich ihre Blicke ineinander vertieften. Seine Mundwinkel zogen sich in die Breite. Er öffnete seinen Mund.

„Guten Morgen, mein Schatz." Ihre Hand wanderte unter der Bettdecke bis an ihn heran und berührte mit den Fingerknöcheln, was sie fand. Es war sein Bauch, sie streichelte über dessen Hautoberfläche bis seine Hand herankam und ihre umschloss. Die gegenseitige Berührung elektrisierte ihn immer noch bis in die Haarspitzen. Er schob sich näher an sie heran: „Wie geht es dir?" Wie als Antwort streckte sich Elisa und gab wohlige Laute von sich: „Mir geht es hervorragend!", sie umarmte Marc und gab ihm einen dicken Kuss.

„Ich fühle mich so wohl, endlich wieder richtig ausschlafen. Du kannst dir nicht vorstellen, wie herrlich das war!" Marc dachte an seine Nacht, in der er lange wach war und dann auch im Bett keine Ruhe fand: „Das ist schön. Wir sollten dich aber trotzdem durchchecken lassen." Elisa schien seiner Besorgnis keine Beachtung zu schenken: „Ich kann mich sogar noch an einen Traum erinnern. Den muss ich dir erzählen! Hör zu!" Marc war erleichtert über die gute Laune und die Energie, die seine Freundin nach dem langen Schlaf zeigte. Er legte entspannt seine Wange auf den Kopfpolster und sah Elisa an. Sie hätte alles und so lange sie wollte erzählen dürfen, er war einfach glücklich, sie so fröhlich vor sich zu haben: „Da bin ich aber gespannt, was man träumt, wenn man 16 Stunden schläft.

„So lange hat der Traum nicht gedauert.", lachte Elisa, „ich war im, dreimal darfst du raten, wo!", sie ließ Marc aber keine Zeit zum Raten, „In unserem Gym. Ich war mit einer alten Dame beschäftigt. Sie war schon seeehr alt. Sicher über 100. Und sehr betagt. Sie wollte unbedingt Klimmzüge machen. Stell dir das vor! Und ich habe das nicht verhindert – so verrückt können Träume sein – ich habe versucht sie hochzuheben, damit sie mit ihren dünnen, rauen, zitternden Händen an die Klimmstange kommt. Und als ich sie hochhebe sehe ich mich um und bemerke, dass das ganze Studio voll mit uralten Menschen ist. An jedem Gerät, überall. Und sie machen die Übungen in Super-Slow-Motion. Als würden sich alle in Zeitlupe bewegen. Ich habe es ehrlich gesagt mit der Angst zu tun bekommen. Keine Ahnung warum, vielleicht dachte ich, wenn die uns wegsterben, haben wir wieder keine Kunden." Elisa griff sich an die Stirn und schüttelte den Kopf. Marc war gespannt, wie es weiterging.

Er musste nicht lange warten. „Als ich diese uralte Frau hochstemmte und ihre Fingerspitzen versuchten, die Klimmstange zu erreichen, gingen auf einmal alle anderen Greise ganz langsam auf mich zu. Sie kamen näher und näher. Jetzt begann mir die Sache wirklich unheimlich zu werden. Ich wollte schon meine Kundin fallen lassen und davon rennen, als sich all diese Zombies verwandelten. Ihre Haut wurde straff, sie wurden kleiner, die Haare verfärbten sich von weiß auf übliche Haarfarben. Manche, die keine hatten, bekamen welche. Weißt du was passiert ist?" Marc wollte immer noch nicht raten. Elisa sollte jedes Detail erzählen. Das tat sie: „Sie wurden zu Kindern! Und sie bewegten sich plötzlich schneller. Wie Kinder eben. Sie sprangen herum. Dann ging die Tür auf und eine ganze Horde kam herein. Mädchen, Buben, in unterschiedlichen Gewändern, mit langen und kurzen Haaren, hübsch frisiert und strubbelig. Ich würde sagen, sie waren zwischen zwei und zehn Jahren alt. Sie lachten und schrien und füllten den gesamten Trainingsraum. Sie rannten um mich herum. Und ich..." Elisa lachte herzlich, als würde sie die beste Szene einer superlustigen Komödie nacherzählen, „...ich war komplett verdattert und hielt immer noch die alte Frau in meinen Händen und starrte die Kinder an. Ich konnte nichts anderes tun. Der ganze Spuk dauerte vielleicht eine Minute. Dann machte ein blondes Mädchen mit zwei langen Zöpfen die Tür auf und pfiff auf zwei Fingern ihrer linken Hand. Daraufhin strömte die Schar hinaus. Wie auf ein Kommando, dem es nicht zu widersprechen gilt. Sie schrien und lachten weiterhin, aber der Lärmpegel wurde geringer, je weiter sie sich entfernten. Und schlussendlich fiel die Tür zu und es war vollkommen still. Eine Stille, wie es sie eigentlich gar nicht gibt. Höchstens noch in einer Höhle, 100 Meter im Berg drinnen. Ich rührte mich immer noch nicht. Mit der alten Frau in den Armen. Sie war es dann, die die Stille durchbrach. Sie brabbelte. Dieses ungewöhnliche Geräusch holte mich aus meiner Erstarrung und ich sah sie an. Da bemerkte ich, ich hielt ein Kind im Arm."

Elisa hatte jetzt Tränen in den Augen. Marc bekam eine Gänsehaut. „Ein Mädchen von etwa einem Jahr. Mit einem lustigen brünetten Haarschopf und süßen Wangen. Sie sah mich an und tapste mit ihren Händchen in mein Gesicht. Zuerst schien sie ganz konzentriert bei ihren forschen Untersuchungen meiner Nase und meiner Lippen. Dann lächelte die Kleine und ihre ersten Zähnchen kamen zum Vorschein. Sie sagte... Mama!"

Marc brauchte einen Moment, um aus dem Bann dieser Geschichte wieder zurückzufinden. Doch er musste sich nicht beeilen. Elisa wartete nicht auf eine Reaktion oder eine Bewertung.

Im Gegenteil, sie war die erste, die das Wort wieder aufnahm.

„Ich weiß schon was Dr. Wirsing sagen wird, wenn er erst einmal mit seinen Untersuchungen fertig ist. Er wird sagen: Frau Karen, ich darf ihnen ganz herzlich gratulieren…"

Marc Gänsehaut verwandelte sich in eine Schlittschuhbahn, so kalt war der Schauer, der ihn durchlief. Elisa sprach weiter: „Marc, ich spüre es ganz deutlich: Wir bekommen ein Baby!"

Das Eis wurde mit einem Mal abgelöst von wohliger Wärme, die Marc erfüllte. Die salzige Tränenflüssigkeit benetzte seine Augen und bald sein Gesicht. Er umarmte Elisa und konnte nichts mehr sagen. Nur noch weinen vor Freude.

57

Elisa, die so munter war wie schon lange nicht, zerrte Marc aus dem Bett, weil er ihr ein großes Frühstück mit allem Drum und Dran zubereiten sollte. Sie hatte einen Mordshunger. Marc war nach der freudigen Enthüllung nun mindestens ebenso aufgekratzt und das ganz ohne ausreichend Schlaf. Diesen Mangel machte sein Serotonin-Spiegel wieder wett, der sich nach der Nachricht von Elisas Schwangerschaft auf einem High-Level befand. Sie meinte, sie brauche das nicht nachprüfen zu lassen. Die Merkmale in ihrem Körper dafür wären für sie eindeutig genug.

„Ich habe Hunger!“, rief sie, als sie Marc an beiden Händen ins Wohnzimmer zog. Sie schreckten dabei Silberfell auf, die vom Sofa flitzte und sich dann, nach Liebe und Streicheleinheiten und wohl ebenfalls nach einem guten Morgenschmaus suchend, an die Beine des Paares schmiegte. „Ja, wer bist denn du? Du bist ja eine ganz Süße!“, war Elisa überrascht über die Besucherin. Marc klärte sie auf.

„Ja, das ist... eine Katze...“ „Ach, nein!“ „Ich habe keine Ahnung wie sie heißt. Ich nenne sie Silberfell. Sie taucht bei mir in der Wohnung unten regelmäßig auf. Und heute Nacht wollte sie anscheinend auch deine Behausung kennenlernen.“ „Das ist ja voll nett. Sehr geehrte Miss Silberfell, fühlen Sie sich wie zu Hause! Ihr Diener Marcus wird Ihnen zeitgerecht eine Speise nach ihren Wünschen aufwarten.“ Marcus ging in die Küche und sagte: „Das mache ich. Aber zuerst sorge ich dafür, dass du endlich was in den Magen bekommst. Oder besser gesagt: ihr!“ Marc machte vorher noch das Fenster auf. Er wusste, dass die Haus- und Hofkatze es gern hatte, wenn sie gehen und kommen konnte, wann sie mochte. Elisa gesellte sich zu Marc und gemeinsam nahmen sie alles aus dem Kühlschrank, was zu einem anständigen Frühstück dazu gehörte und richteten es an.

Sie ließen sich Zeit beim Essen und genossen es. Langsam, bedächtig, mit Freude an jedem einzelnen Bissen. Dabei besprachen sie, was das freudige Ereignis für ihr weiteres Leben bedeutete. Sie waren sich einig, dass sie ihre beruflichen Pläne so gut es ging weiterverfolgen wollten. Von dem Thema wurde ihre Euphorie etwas gedrückt. Was Sie sich bisher aufgebaut hatten war sicher nicht durch das Baby in Gefahr. Die existenzielle Bedrohung saß ihnen schon jetzt im Nacken. „Was sich ändert", sagte Marc, „ist, dass wir jetzt auch Verantwortung für einen oder eine Dritte haben. Wir zwei können auch einmal auf ein Abendessen verzichten oder Tag und Nacht arbeiten, damit wir uns aus einer finanziellen Not wieder herausziehen." „Das geht aber nicht, wenn wir uns um das Baby kümmern müssen.", beendete Elisa, worauf Marc hinauswollte, „Läuft das dann nicht darauf hinaus, dass wir uns einen fixen Job suchen müssen? Nine to five?"

Marc verschränkte die Arme und lehnte sich auf seinem Sessel zurück. Vor ihm am Tisch standen die leeren Teller und die Reste von dem üppigen Festessen. „Bekommen wir das Seaside nicht wieder flott wird uns nichts anderes übrigbleiben." Es läutete an der Wohnungstür. Marc sah auf die Wanduhr, die aus Zeigern bestand, die auf aufgeklebte kunstvoll gestaltete Ziffern zeigte. Kurvenreich kamen sie einer Script-Schrift am Nächsten, doch zogen sich die Enden noch mindestens 30 Zentimeter weiter und ergaben so ein Kreismuster, das schließlich auch die Rundform einer herkömmlichen Uhr bildete. Elisa warf Marc einen Blick zu, der Ahnungslosigkeit ob der frühen Störung ausdrückte und stand auf, um zur Wohnungstür zu gehen. Marc erhob sich ebenfalls, aus Neugier und einer Wachsamkeit heraus, die wohl jeder automatisch entwickelt, wenn sich ein geliebter Mensch in eine ungewisse Situation begibt. In diesem Fall hätte er aber keine Sorgen haben brauchen.

Elisa kam mit Paul ins Wohnzimmer zurück. Er hatte seinen Laptop unter den rechten Arm geklemmt und ihr wohl gleich an der Tür ein Kompliment gemacht, denn er hatte dieses Grinsen, das viele Männer aufsetzen, wenn sie einer Frau schmeicheln. Auch wenn es sich in diesem Fall um das kumpelhafte Lob handelte, das in einen Scherz verpackt war, damit es nicht zu schmalzig daher kam. Und Elisa lachte keck mit der Botschaft, ihm kein Wort zu glauben.

„Ich hätte alles verwettet, dich niemals in meinem Leben vor Mittag zu Gesicht zu bekommen.", sagte Marc und hob die Hand zum

High Five. Paul schlug ein, setzte sich danach sofort aufs Sofa und klappte seinen Computer auf

„Ich bin froh, überhaupt geschlafen zu haben. Ich war die ganze Nacht so aufgeregt, weil ich euch unbedingt euren neuen Kanal zeigen wollte. Wir sind online!"

Elisa ging in die Wohnküche und rief von dort aus: „Willst du was trinken? Ein paar Reste vom Frühstück sind auch noch da." „Einen Orangensaft, bitte. Und dann schau her, das Video kommt erstklassig!" Marc setzte sich zu Paul und schielte auf das Display: „Echt? Jetzt schon? Ich dachte nicht, dass wir es so rasch ins Netz stellen können. Welches hast du genommen?"

Pauls Pupillen wanderten hektisch hin und her, während er mehrere Seiten aufmachte und herumklickte: „Ich wollte euch gestern noch die Nummer Eins zeigen und mir von euch das Okay geben lassen für die Veröffentlichung. Da das wegen Lisas Schwächeanfall nicht ging, habe ich am Clip noch den einen oder anderen Übergang verfeinert. Draußen hat es geschüttet, als würde der Regen nie ein Ende nehmen... ja, und dann..." „Hast du es losgeschickt.", sagte Elisa, als sie Paul ein Glas Orangensaft brachte und ein Kornweckerl mit Butter, Käse und Paprika dazu. Paul, schleckte sich über die Lippen, als er es sah. Er hatte noch nicht gefrühstückt.

„Wow, danke! Das Video war perfekt. Es gab meiner Meinung nach nichts mehr auszusetzen. Es musste an die Öffentlichkeit! Und was noch ausschlaggebend war: Wie ich schon gesagt habe, der Regen. Das ist perfekt für unseren Start. Die Leute sind zu Hause oder lungern sonstwo herum, ihnen ist langweilig, sie surfen, checken Insta, Facebook und das alles. Super, um den Clip viral gehen zu lassen. Daher habe ich ihn auf YouTube gestellt und dann überall gepostet. Das ist ganz schöne Arbeit. Du musst dir für jede Plattform etwas Eigenes einfallen lassen. Jede App hat ihre eigenen Gesetze." Elisa, die jetzt neben Marc saß, reichte mit der Hand über ihn zu Paul und streichelte ihm zweimal über das rechte Schulterblatt (die gute Seite): „Oh, danke Paul. Das ist echt nett von dir!"

Paul senkte verschämt den Kopf. Aus dieser Haltung heraus sich wieder aufrichtend sagte er: „Das ist noch nicht das Highlight meines frühen Erscheinens." Er lächelte geheimnisvoll. „Ach nicht? Was kommt denn noch?", fragte Marc. Er schielte wieder auf den Laptop, doch Paul hatte den Browser minimiert: „Das Video haben schon ein paar Leute gesehen. Wollt ihr raten, wie viele ungefähr?"

Marc und Elisa sahen sich an und machten ein freudiges aber ratloses Gesicht, wie bei einer schweren Frage in der

„Millionenshow". Elisa riet ins Blaue: „Seit gestern Nachmittag? Wann hast du es online gestellt?" „Das war knapp vor Sechs am Abend." „Dann erwischt man noch die Abendsurfer, ok, dann sage ich Eintausend? Oder Zwei?"

Marc kniff die Augen zusammen und musterte Paul prüfend: „Wenn er uns schon raten lassen will, dann sind es sicher mehr, als wir glauben. Außer du willst uns mit 10 oder 20 einzelnen Views überraschen. Das glaube ich aber doch nicht. Also, es ist zwar unrealistisch, aber ich sage Zehntausend."

Paul nickte anerkennend mit dem Kopf: „Ja, das sind sicher gute Überlegungen. Bei einem Schätzspiel würde ich allerdings nicht auf euch setzen." „Was soll denn das heißen?", fragte Elisa, „Wie viel sind es denn?" Paul machte das vorbereitete Fenster groß, in dem der YouTube Kanal Marc&Elli angewählt war.

„Es sind seit gestern aktuell, ganz genau Zweihundertdreiundvierzigtausendeinhundertvierundneunzig!"

„OMG", entfuhr es Elisa. Silberfell sprang auf Marcs Schoß, als würde sie wissen, dass gerade etwas Bemerkenswertes passiert war. An der Aura, die die Anwesenden umgab, der Spannung, die entstanden war, seit Paul dieses lange Wort gesagt hatte, das Knistern in der Luft durch die Entstehung von etwas Besonderem. Sie schnurrte und schmiegte ihren Kopf an Marcs Fingerknöchel. „Wie geht das?", fragte er und fühlte sich wie damals als Schuljunge, dessen Kopf leer war, weil ihm eine Eigenheit der physikalischen Gesetze unserer Welt präsentiert wurde, die er für Unglaublich hielt. „Hey! Was gut ist verteilt sich blitzschnell. Schaut!", Paul drehte das Display seines Laptops um ein paar Grad, „Mein Post auf FB wurde seit gestern 1.451 Mal geteilt, in den anderen Socials fährt das Teil genauso gut. Es gefällt den Leuten. Sie trainieren mit euch."

Marc streckte die Arme in die Höhe und rief: „Jaaaahaahaaaa!" Was Silberfell natürlich aufschrecken ließ. Sie sprang zum offenen Fenster und wartete dort den weiteren Verlauf der Ereignisse ab. Marc umarmte Elisa. Die lachte und küsste ihn und zwang sich dann die Freude darüber in ein realistisches Licht zu rücken: „Das kann aber auch einfach anfängliche Neugier sein und bald wieder abflauen. Oder Paul?" Paul schüttelte betont den Kopf: „Das glaube ich nicht. Der Neugiereffekt spielt bei Posts eine Rolle, die von einer anderen Motivation ausgehen. Wenn zum Beispiel ein Promi etwas Neues oder eine wichtige Ansage ankündigt. Oder wenn ein Zoo das erste Video des neugeborenen Panda-Babys veröffentlicht. Das geht durch die konventionellen Medien und die Leute suchen danach. Hier aber ist eindeutig, da ihr nicht in aller Welt bekannt seid, dass ihr weiter empfohlen wurdet, die ersten Trainingsteilnehmer begeistert waren und ihren Freunden und Freundinnen davon erzählt haben. Und weil die meisten Sport nicht nur einmal machen und dann nie wieder, sondern jeden Tag oder zumindest mehrmals die Woche, jedenfalls immer wieder mal, wird auch das und die anderen Videos immer wieder angeklickt werden. Ganz sicher.“, Paul wandte seinen Kopf dem Computer zu und aktualisierte die Seite, auf der Elisa und Marc in der Kulisse des Wörthersees ihre Übungen zeigten, „Alleine, während wir uns hier unterhalten, sind beinahe 10.000 Views hinzugekommen.“

Elisa war erstaunt: „Das musst du dir vorstellen: In diesem Moment gibt es Menschen irgendwo da draußen, die unser Video ansehen und jetzt, in dem Augenblick, während wir noch vollgegessen sind mit unserem Frühstück und keine Kniebeuge zusammenbrächten (was übertrieben war), auf der Matte stehen und mit uns turnen.“ Marc stand auf und ging in die Küche: „Ich finde, das müssen wir feiern!“ Er holte aus dem Kühlschrank eine Flasche Hugo Frizzante, „Unter den Umständen sogar am Vormittag!“

Er schenkte drei Gläser ein und ging damit zu seiner Freundin und dem Praktikanten, der schon lange kein Praktikant mehr war. Als er Elisa ein Glas reichen wollte, wehrte sie mit einer Ausrede ab: „Es ist zwar ein besonderer Tag in mehrfacher Hinsicht, mein Schatz, aber den Alkohol lasse ich lieber bleiben. Ich stoße mit euch mit Orangensaft an.“ Da fiel auch Marc ein, dass sich in den letzten drei Stunden ihr Leben komplett verändert hatte. Natürlich wollte Elisa noch niemandem sagen, dass sie ein Kind erwartete. Sie hatten es noch nicht einmal ausgetestet und in den ersten drei Monaten, wusste sie, konnte noch viel passieren. In dieser Zeit behielten auch Freundinnen von ihr, die bereits schwanger waren, das freudige Ereignis für sich. Marc schämte sich dafür, nicht daran gedacht zu haben und wusste für einen Moment nicht, was er tun sollte. Er hielt drei Gläser in der Hand und schien einmal nach links, einmal nach rechts gehen zu wollen und es sich dann wieder anders zu überlegen. Er stammelte: „Na gut... äh... ja klar.“ Elisa lachte, stand auf, umarmte ihn, drückte ihm einen Kuss auf die Wange, flüsterte: „Ist schon gut.“, nahm ein Glas und reichte es Paul. Der war so von den sekündlich neuesten Ergebnissen der Zugriffszahlen fasziniert, dass er die Verwirrung nicht mitbekam.

Elisa setzte sich wieder und Marc folgte ihr. Sie stießen an und rissen so Paul aus seiner Konzentration. Dann wollte Elisa Details erfahren: „Welches Video ist es eigentlich? Und wie geht es jetzt weiter?“ Paul stellte den Laptop auf den Couchtisch und richtete sich auf, als würde er mit einem Vortrag beginnen: „Ich habe für den Start ein 25 Minuten Video genommen. Das war meiner Meinung nach der beste Einstieg, die richtige Zeitspanne. Denn um 40 Minuten mit euch zu trainieren, muss man euch schon besser kennen. Und mit zehn Minuten nimmt man euch vielleicht nicht ernst, wenn man zu euch noch keinen Bezug hat. Wie man sieht, war das die richtige Entscheidung. Jetzt müssen wir zeigen, dass wir kein einmaliges Filmchen gedreht haben über das wir uns die nächsten Jahre freuen, sondern, dass wir ein ernstzunehmender Faktor mit Verlässlichkeit am digitalen Sportmarkt sind." Marc fühlte sich an die Zeit bei Unmatched Solutions erinnert und an die Sitzungen mit seiner Chefin. Er spricht schon wie ein Manager, dachte er, sagte es aber nicht, weil er seinen Redefluss nicht stören wollte. „Dafür werden wir ab jetzt und auf jeden Fall ein Monat lang alle drei Tage ein Video abfeuern. Die da draußen wollen Neues und Abwechslung. Sie müssen mit euch eine Beziehung aufbauen und aus einer breiten Palette wählen können. Dafür haben wir schon unsere Schiff-Videos in petto. Doch wir sollten spätestens übermorgen die nächsten Einheiten drehen. Unbedingt benötigen wir das Warm-Up Video. Das sprecht ihr in einem der fertigen Trainings an. Das können wir zum Schluss uploaden. Doch wenn es online ist, werden eure User auch nach dem Warm-Up-Video suchen."

Elisa, die ausgeruht war und voller Energie klatschte mit den Fingerspitzen: „Fein, fein, dann legen wir gleich los. Zeit genug haben wir ja!" Paul zog seinen Mund zu einem ironischen Grinsen: „Hoffentlich!" „Was meinst du damit?", fragte Marc.

„Ihr seid jetzt bekannt. Euer Comeback hat bereits begonnen."

VIERTER TEIL

Elisa und Marc kamen an diesem Tag ungewöhnlich spät in ihrem Fitnesscenter an. All die Neuigkeiten, die Aufregung um Elisas Umstände, das ausgedehnte Frühstück, Pauls Präsentation ließen den Minutenzeiger den Stundenzeiger mehrmals überrunden. Da sich der Andrang von Kunden seit einiger Zeit in Grenzen hielt, hatten die Eigentümer des Seaside Gym auch keine großen Bedenken, dass sie nicht wie gewohnt schon eine Stunde vor der Öffnung vor Ort waren. Nun fuhr Elisa den Wagen an das Geschäft heran, vor dem bereits rund zwei Dutzend Menschen warteten, die sich in ausgelassener Stimmung unterhielten und die Ankommenden beim Einparken freudig beobachteten. Der Tag glänzte mit Sonnenschein und frischer, durchwaschener Luft. Keine Bedingungen, bei denen die Sportler als erstes ein Indoor-Studio aufsuchen. Es waren hauptsächlich junge Männer und Frauen aus der Gegend, manche von ihnen hatten bereits Trainingsgewand an. Marc erkannte das eine oder andere Gesicht als Seaside-Besucher der letzten Monate. Er hatte sie allerdings schon länger nicht mehr gesehen. Nun waren sie zurückgekehrt.

Als Marc und Elisa aus dem Wagen stiegen, hob ein Stimmengewirr an, Hi, Da seid ihr ja! Und dann fingen tatsächlich zwei Zwillingsschwestern zum Klatschen an. Elisa kannte sie noch aus Velden, beide mit kurzen Haaren, die eine rot, die andere hellblond, fast weiß. Keine Sekunde später setzten die anderen Wartenden ein. „Was ist denn hier los?“, fragte Elisa offen. So viel Zuspruch hatte sie zum letzten Mal vorigen Sommer in den Strandbädern erhalten. Die Rothaarige hielt den Grund für ihr wiedererwachtes Interesse an Stunden mit den Fitnesstrainern nicht zurück.

„Wir haben euch auf YouTube gesehen. Voll krass das Training auf dem Schiff!“ „Ihr seid so cool!“, ergänzte ihre Schwester beherzt. Und wieder setzte Applaus ein. Marc lachte: „Ok, ok, dann sperren wir mal auf den Laden.“ Er drängte sich durch die Begeisterten, die nur in kleinen Maßen zurücktraten damit er ihnen ganz nah kommen musste. Elisa wartete bis die Traube vom Eingang genüsslich verschluckt worden war. Es würde sie in dem Moment nicht wundern, wenn eine Zunge erscheinen würde, die sich zufrieden über die Türrahmen-Lippen leckte. Als sie ebenfalls einen Schritt tat, um zu folgen, blickte sie vorher noch instinktiv die Straße entlang. Ihr war, als würde sich 100 Meter weiter eine Gestalt hinter einen Hausvorsprung drücken. Elisa wunderte sich nicht darüber, dass sie und das Willkommenskomitee vor dem Fitnesscenter von Neugierigen beobachtet würden. Solch eine Menschenversammlung sorgt nun einmal für Interesse. Vor allem in einem kleinen Ort wie Pörtschach.

Richard rieb mit den Zähnen aufeinander, sodass seine Schläfen pulsierten. Er schwitzte, obwohl sogar die Sonne sein Versteck nicht entdeckt hatte. Sein eng anliegendes weißes T-Shirt klebte förmlich auf seiner Haut. Er stand mit dem Rücken an der schmutziggrauen Fassade gelehnt, die eine Nische in der fortlaufenden Hausreihe bildete und an ihrer Rückwand von einem Schaufenster abgelöst wurde. Dahinter rang gut beleuchtet die neueste Mode um Aufmerksamkeit. Er ging daran entlang, ohne einen Blick auf die Sommerkleider zu werfen. Auch die Badeshorts, blaue mit Seemöwen darauf, beachtete er nicht. Richard entfernte sich von der Szenerie, die ihm Kopfzerbrechen bereitete. Und die nächsten Nächte Schlaflosigkeit. Und Wut und Ärger und Zorn.

Er konnte nicht verwinden, dass er mit seiner Macht, seinem Ansehen und seinen Taten den Erfolg seiner Ex-Freundin, der Frau, die in Wahrheit für ihn bestimmt war, ja, ihm gehörte, keinen Riegel vorschieben konnte. Er wollte sie zur Vernunft bringen. Alle Frauen der ganzen Welt hätten ihm gehorcht. Da war er sich sicher. Warum sie nicht? Und jetzt konnte er ihr nicht einmal beweisen, dass sie nur bei ihm und mit ihm glücklich werden konnte.

Am Ende der Nische angekommen, lugte Richard noch einmal die Straße entlang. Sie war wieder leer. So leer, wie sie vor dem Fitnesscenter dieser beiden immer hätte sein sollen. Er trat aus der Deckung und ging weiter. Weg von ihnen. Hin zu dem einzig wahren Sportkompetenzzentrum am Wörthersee, das P-Fit. Doch es erfüllte ihn nicht hinzugehen, die Tür zu öffnen und sein Reich zu betreten. Dort, wo er das Sagen hatte und ihm alle gefallen wollten. Nicht mehr. Er hatte das Video auf YouTube gesehen. Er hatte Strg+F5 gedrückt, um die Seite zu aktualisieren. Er hatte sie nach 20 Sekunden nochmal gedrückt. Und bald darauf wieder. Und wieder. Und wieder, und wieder. Bis er auf die Tasten gehämmert hatte. Die Zugriffszahlen steigerten sich mit jedem Neuladen der Seite.

Als Richard sein Studio betrat dröhnte ihm Smile von Katy Perry entgegen. Er selbst ordnete an, mit positiver Beschallung mehr Stimmung in den Laden zu bringen. Doch jetzt hielt er diese aufdringliche Fröhlichkeit selbst nicht aus. Er machte drei Schritte in den Raum, sah sich um. Der Tag hatte erst begonnen, ja, aber seine Geschäfte waren schon besser besucht. Er konnte nun weder den Anblick seines spärlich gefüllten Fitnesscenters ertragen, noch den Sound, der aus den Boxen kam. Er drehte wieder um und ging stattdessen in die Café-Bar an der Hauptstraße. Die Terrasse, die bei diesem Wetter für die Gäste die einzig logische Sitzplatzwahl darstellte, passte nicht zu seiner Stimmung. Richard suchte sich einen Platz im Inneren. Im Dunkel, allein, er wollte niemanden sehen, niemandem Fitnesstipps geben müssen. Der quadratische Holztisch mit den ungleichen Beinen in einer Ecke, die sogar die Kellnerin nicht leicht im Überblick behalten konnte, war daher genau richtig.

Rund um ihn Bilder von Sonnenunter- und aufgängen am Wörthersee, die Richard allerdings nicht wahrnahm, da er seinen Kopf tendenziell gesenkt hielt. Es dauerte 15 Minuten, bis die streng gelockte Kellnerin, deren Blick ebenso streng war, was aber nur die eng aneinanderliegenden Augenbrauen bewirkten, denn den Stammgästen war sie bekannt für ihre Herzlichkeit, Richard aufgespürt hatte. Ihm war die lange Zeitspanne nicht aufgefallen. Er bestellte ein großes Bier und einen Schnaps dazu. Für die Kellnerin, sie hieß Birgit, war Richard kein Unbekannter. Wie kaum einem, der in dieser Region Kärntens lebte. Sie zog daher eine ihrer strengen Augenbrauen hoch, was an der Bestellung eines ausgewiesenen Sportlers zur Mittagszeit lag. Sie sollte sich die nächsten Stunden noch öfter und dann über nichts mehr wundern. Für sie war nach der fünften derartigen Bestellung klar, dass er eine schlimme Nachricht erhalten haben musste oder von seiner Freundin verlassen wurde. Da fiel ihr ein, dass sie, obwohl sonst gut informiert, nicht wusste, wer seine Freundin war. Diese Sherry? War das noch aktuell? Sie nahm sich vor Erkundungen einzuholen.

Von Richard selbst war trotz Hinterfragens auf unauffällige Art und Weise nichts herauszubekommen. Er war tief in sich verborgen.

Irgendwann verließ er das Lokal und musste unterschiedliche Gelegenheiten, wie Laternenmasten, zur Hilfe nehmen, um seine Richtung beizubehalten. Er ging aber nicht nach Hause. Er setzte sich in ein Taxi und fuhr in seinen Lieblingsclub. Wo man noch wusste, wer er war und seine Leistungen anerkannte. Wo er als VIP so behandelt wurde, wie es ihm gebührte. Und wo er die Pillen bekam, die seine Gefühlslage in die richtigen Bahnen brachte. Gelassen. Ausgelassen. Wieder Herr über alles. König. König Richard. Ohne Sorgen über irgendeine Bitch da draußen. Stattdessen mit Prinzessinnen, die sich an ihn schmiegten. Ganz nah.

Das Bemerkenswerte daran: Richard kam am nächsten Tag spät, aber rechtzeitig zu seiner Fernsehsendung „Stark mit Richard". Doch der TV-Coach war völlig daneben. Er sah schrecklich aus, für die Maske war keine Zeit mehr, die fettigen Haare hingen ins Gesicht, er lallte, sprach unzusammenhängende Sätze. Bei den Kniebeugen fiel er zweimal um, was den Regisseur veranlasste, die Sendung vorzeitig zu beenden und stattdessen Werbung und Teaser auf spätere Sendungen zu spielen. Was dem Produzenten nicht gefiel. Noch weniger, da die Quote schon seit einigen Wochen sank und der heitere, motivierende Trainer vor der Kamera seine Lockerheit mehr und mehr eingebüßt hatte. Was übrigblieb waren eingelernte Sprüche, die gekünstelt wirkten und eine Übungsausführung, die mechanisch ablief, statt Leichtigkeit zu vermitteln.

Mit dem letzten Auftritt des Fitnessgurus war es dem Produzenten daher auch ein Leichtes, ihn abzusetzen. Keiner seiner Fans regte sich darüber auf. Es war zu nachvollziehbar. Und wer nicht mehr am Bildschirm auftaucht, wird meist schnell wieder vergessen. Noch mehr, wenn Ersatz da ist. Der Produzent hatte nicht erst seit dem Fernsehskandal um Richard über Nachfolger nachgedacht. Er fand schlussendlich ein Paar, das den Einzelgänger ersetzen konnte. Ein Paar, das sich beim Training für die Zuschauer perfekt ergänzte, die Übungen kompetent vermittelte und merklich Spaß daran hatte. „Stark in den Tag" hieß das neue Format zur selben Sendezeit. Durch die Sendung führten mit viel Elan Yvonne & Bernd. Ein Duo mit Power und Ausstrahlung.

Das und mehr sagten zumindest die Kritiker, die über den Beginn des runderneuerten TV-Fitnessprogramms in den unterschiedlichsten Medien schrieben.

Dass die erste Wahl des Produzenten eigentlich Elisa Karen und Marc Auen hieß, wussten sie nicht. Die Gespräche verliefen vertraulich und unter Bedacht auf so wenige Mitwissende, wie möglich. Doch die beiden aufstrebenden Internet-Trainer, die mit ihren YouTube-Videos, mit ihren Trainingskonzepten rund um den Wörthersee, in ihrem Fitnesscenter und in bereits 12 Strandbädern (mit Trainern und Trainerinnen, die von M&E gut geschulten wurden) erfolgreich waren, lehnten ab. Sie hatten mit diesen Tätigkeiten mehr als genug zu tun.

Und noch etwas war der Grund, an dem durchaus lukrativen Angebot vorbeizugehen: Sie waren nun Fitness-Influencer in den nicht-linearen, modernen Medien. Das war die neue Welt des Broadcastings, die mit der alten, konservativen nicht gerne vermischt werden wollte.

59

Elisa hätte ohnehin bald wieder Pause von dem Engagement beim Fernsehen machen müssen. Ihr Bauch wuchs und wuchs. Bald hatte sie eine schöne, runde Kugel als hätte sie einen Medizinball verschluckt. Einen kleinen. Im eigenen YouTube Kanal konnte sie ihr Angebot den Verhältnissen entsprechend gestalten. Bald erschienen Schwangerschaftsübungen, angepasst an das jeweilige Stadium der Schwangerschaft. Vorübergehend.

Denn an einem verschneiten Morgen im Jänner, dessen Kälte Eismuster an die Fenster zeichnete, war es so weit. Die Wehen setzten ein. Diesmal fuhr Elisa mit dem Lift. Zum ersten Mal, seit sie in diesem Haus wohnte. Als sie unten angekommen waren, lief Marc voraus, um ihr die Autotür aufzuhalten. Er hielt den Kopf nach unten, damit die dicken Schneeflocken, die ihm der Wind entgegentrieb, nicht in seine Augen schossen. Seit Wochen war alles vorbereitet. Täglich mehrmals schaufelte Marc das Auto von Schnee frei, auch wenn er nicht damit fuhr. Der Beifahrersitz war ohnehin schon ganz nach hinten geschoben, die Tasche mit Wäsche und Kulturbeutel lag ebenso lange bereits im Kofferraum.

Einmal musste Marc noch die Schneeschaufel in die Hand nehmen. In der Nacht wurde aus dem Wolkenlager Nachschub der weißen Pracht geliefert. Trotz Winterreifen konnte er es nicht riskieren schneller als 40 km/h zu fahren.

Neben ihm stöhnte Elisa deren Abstände zwischen den Wehen sich schneller verkürzten, als ihnen lieb war. Es war erst fünf Uhr früh und der Winterräumdienst war auf dieser Strecke noch nicht vorbeikommen. Einen kurzen Augenblick lang machte Marc sich

Vorwürfe, dass er die Landesstraßenverwaltung nicht darauf eingeschworen hatte, den Weg von ihrem Haus ins Klinikum Klagenfurt ständig schneefrei zu halten. Die Scheinwerfer machten aus den nassen Wattebällchen hellleuchtende Punkte, die sich vorgenommen hatten, Marc beim Fahren die Sicht zu nehmen. Er fuhr wie durch eine Lichterwand. Elisa spannte ihren Körper an und atmete hektisch ein und aus: „Sind wir endlich da?"

„Ja, mein Schatz, bald!" „Das stimmt doch gar nicht. Es dauert noch ewig!" „Ja, mein Schatz. Noch ewig. Aber es geht sich aus!" „Woher willst du das wissen. Schaut etwa aus dir beinahe schon ein Baby raus?" „Nein, mein Schatz, nur aus dir, aber ich bin zuversichtlich."

Elisa, legte ihren Kopf in den Nacken und stieß einen kehligen Laut aus. Dann versuchte sie sich zu entspannen und zu atmen. Ruhiger und gleichmäßiger. Marc drückte das Gaspedal um einige Millimeter nach unten. Behutsam, mit Bedacht darauf, niemals die Kontrolle über den Wagen zu verlieren. Als plötzlich vor ihm ein Lichtschein auftauchte, schreckte er zusammen und presste die Hände mit aller Kraft um das Lenkrad. Er musste es gerade halten, komme was wolle! Kein panisches Verreißen! Der Lichtschein stellte keine Bedrohung dar, wenn man davon absah, dass die blendende Helligkeit die Fahrbahn unter dem starken Schneefall für kurze Zeit nicht erkennbar machte. Sie ging von einem LKW aus, der auf der Gegenseite aus welchem Grund auch immer, wegen der Sicht kann es nicht gewesen sein, das Fernlicht aktivierte. Erst als sie bei Velden-West auf die Südautobahn auffuhren, wurde es besser. Zumindest war hier die Fahrbahn nicht mehr ganz so hoch mit Schnee bedeckt. Doch das beruhigte Marc nur in geringem Maße. Die Sicht war weiterhin schlecht und Elisa machte den Eindruck, als könnte das Baby es nicht mehr erwarten.

Stoisch mit hoher Konzentration lenkte er den Wagen Richtung Klinikum. Kilometer für Kilometer. Er konnte es selbst nicht glauben, als das graue, flache Gebäude mit dem beeindruckenden Vordach vor ihnen auftauchte.

Wie eine Bärenmutter, die ihre verspielten Kinder im Schnee aufspürte und sie mit ihren Tatzen an sich presste, um sie aufzuwärmen. Marc parkte seinen Honda Civic halb am Gehsteig vor dem Eingang, rannte zur Beifahrertür, um Elisa aus dem Wagen zu helfen und gemeinsam steuerten sie die Patientenaufnahme an. Elisa mehr gekrümmt als aufrecht. Sie musste nicht mehr lange selbst gehen. Ein Mitarbeiter, der diese

Situation nicht zum ersten Mal erlebte, schob einen Rollstuhl heran und fuhr ihn mitsamt der werdenden Mutter Richtung Kreißsaal.

Es dauerte nicht lange, noch 17 Minuten, um genau zu sein, bis Elisa ihr Mädchen an die nackte Brust halten konnte.

Es hatte ganz feines, helles, gelocktes Haar und für Elisa und Marc, der am Bettrand saß, das lieblichste Gesichtchen und die süßesten Fingerchen, die sie je gesehen hatten.

60

Richard drückte mit seiner Hand gegen die schmiedeeiserne Tür, die für den seltenen Fall, dass einer zu Fuß das Anwesen betreten wollte, zwischen einer langen weißen Mauer und einer weißen Säule mit Relief neben dem großen Zufahrtstor mit Segmentbogen und Speeren als Übertrittshindernis, angebracht war. Das Taxi, mit dem er gekommen war, hatte die Einfahrt schon wieder verlassen. Sein eigenes Auto musste er seit einigen Wochen in der Garage lassen. Führerscheinentzug wegen Alkohol und Drogen am Steuer.

Die Sonne blendete seine empfindlichen Augen, als er den langen Kiesweg entlangging. Es war zwar schon Mittag, er hatte dennoch kaum geschlafen. Es war eine lange Nacht. Abgefahren, wild. Doch als er aufwachte war alles grau und trüb. So allein.

Er griff zum Telefon und wählte Verenas Nummer. Wieder erfolglos. Sie hob nicht ab.

Unbegreiflich für Richard, wo sie so verrückt nach ihm war. Ein Groupie ganz nach seinem Geschmack. Einmal hatte er sie nach der gemeinsamen Nacht noch getroffen. Damals war sie noch überglücklich, dass er sich von sich aus meldete. An das Date selbst in seinem Stammclub konnte er sich allerdings kaum erinnern. Er hatte zu viel eingeworfen. Aber das kann es nicht gewesen sein. Er war immer schon ein Partylöwe und wusste jederzeit für gute Stimmung zu sorgen. Merkwürdig. Weiber. Und dann diese Sherry. Genau das Gleiche. Gibt vor, keine Zeit zu haben. Sie hätte zu viel um die Ohren, um mit ihm eine dieser denkwürdigen Nächte zu wiederholen, von denen sie so viele hatten. Zu der Zeit, als die Studios florierten. Sie hatten so viel Erfolg und so viel Spaß. Und jetzt... zu viel um die Ohren... und in den Klatschblättern taucht Foto um Foto von ihr auf. Von Events, die sie besucht hatte, von Eröffnungen, Promi-Treffs, all diese Dinge, wo sie früher zu zweit für Aufsehen und Blitzlichtgewitter gesorgt hatten.

Aber jetzt war er ja hier. Endlich konnte er sie wieder einmal persönlich aufsuchen. Es hätte ihn nicht gewundert, wenn sie auch diesmal nicht zu Hause war. Was diese verzogenen, reichen Gören schon zu tun haben. Liegen ohnehin den ganzen Tag am Pool und schlürfen Cocktails. Und lassen sich vom Gärtner abtapschen. Richard lächelte ein grimmiges Lächeln bei dem Gedanken. Ihm doch alles egal, solange die Kohle floss.

Doch dieser Geldfluss war ins Stocken geraten. Als hätte ein Biber einen Damm gebaut, durch denn nur noch zwischen den Ritzen der Astkonstruktion etwas durchkam. Das musste Richard aufklären. Deswegen war er hier.

Die Bäume im ersten Teil des Grundstückes wurden von einem Golfrasen ohne Löcher im zweiten Teil abgelöst. Richard kannte auch den hinteren Abschnitt direkt am Ufer des Wörthersees sehr gut. Eigentlich sollte er hier leben. Doch das musste er sich eingestehen, war mit dem Fitnessgeschäft nicht zu machen. Dazu musste man schon Leiterplatten herstellen, die in aller Welt verkauft wurden. Und Sherry war keine Frau, die Lust hatte zu heiraten und sich an einen Mann zu binden. Dann könnte sie aber zumindest ihren Verpflichtungen nachkommen. Das P-Fit brauchte Geld. Richard brauchte Geld. Es lief gerade nicht so, wie es sollte. Doch das war leicht wieder umzudrehen. Ein paar neue Geräte und ein finanzieller Polster für den Chef, damit der wieder sein altes Selbstbewusstsein ausstrahlen, und zeigen konnte, was er noch drauf hatte. Die Sache war leicht in Ordnung zu bringen.

So ein schöner Tag. Richard hatte große Lust gleich am Anwesen zu bleiben, sich in der Bar zu bedienen und wenn ihm danach war, Sherry zu vernaschen. An das letzte Mal konnte er sich schon gar nicht mehr so richtig erinnern. Er ging die sieben Stufen zum Eingang hoch und brauchte nicht zu klopfen, denn Karl, der weißhaarige Angestellte des Hauses machte auf, bevor Richard auf der obersten Stufe angelangt war. Karl arbeitete seit Jahrzehnten hier. Er kümmerte sich um alles, was anfiel. Auch um Sherry, als sie noch ein Kind war, wenn ihre Eltern nicht zu Hause waren – und das war oft. Und irgendwie kümmert er sich auch heute noch um sie. Er deutete mit einer Hand, Richard möge ihm folgen. Ohne ein Wort dabei zu verlieren.

Das war Richard gut bekannt. Karl war in seiner Gegenwart auch sonst nicht sehr gesprächig. Also schritten sie durch die Eingangshalle, die nicht typisch war für eine Villa, wie man sie sich vorstellt. Sie war modern mit vielen futuristischen Elementen versehen, wie mit einem geschwungenen Treppengeländer aus Glas und weißem Handlauf. Zur Beleuchtung reihten sich ellipsenförmige Leuchtkörper rund um den gesamten Raum aneinander und den Boden bildeten weiße und anthrazitfarbene Platten, die in Bahnen verliefen und, wenn man an den Besitzer des Gebäudes dachte, an Leiterplatten erinnerten. Darin eingelassen waren LED-Lampen, in einem strengen symmetrischen Muster angeordnet. An der linken Seite war eine große, weiße Türe offen, die von ihrer Dicke und Ausgestaltung an den schalldichten Eingang erinnerte, den es in manchen Arztpraxen gibt. Als Richard das Zimmer betrat, in dem er vorher noch nie gewesen war und das sich als ein Besprechungsraum herausstellte, standen um einen Tisch mehr Menschen, als er erwartet hätte.

Sherry war da. Aber auch Unbekannte, wie eine weitere Frau im grauen Kostüm und zwei Männer, nicht viel farbenfroher gekleidet als Erstere. „Wenn ihr noch zu tun habt, gehe ich derweilen...", Richard deutete mit seinem Arm um den eigenen Körper herum, hinter sich, zum Ausgang hin. Er fand deren laufende Besprechung eine gute Gelegenheit, sich schon einmal einen ersten Drink zu nehmen und sich beim Pool in den Schatten zu legen. „Nein, nein, wir brauchen dich hier.", antwortete Sherry mit Nachdruck, dem in Richards Ohren die Süße von früher fehlte. Aber immerhin, er wurde gebraucht.

„Na dann! Wo drückt denn der Schuh? Geht es um das P-Fit? Die nächsten Expansionsschritte?" Die drei in den langweiligen Anzügen, wechselten Blicke. Die Frau im Kostüm übernahm das Wort: „Sehr geehrter Herr Jonas, von Expansion kann keine Rede sein. Die Betriebe der Filialkette, wenn man von Kette sprechen kann, dürften einen Zenit überschritten haben und zeigen sinkende Umsatzzahlen bereits seit einigen Monaten." Richard wehrte mit einer Hand ab: „Ach, das ist der Sommer, das holen wir leicht wieder auf. Das ist der normale saisonale Rhythmus in diesem Business. Das verstehen Sie nicht." Einer der Kollegen der Kostümfrau sagte: „Herr Jonas, es ist Juni. Der Sommer beginnt erst. Es konnten über den gesamten Winter keine Umsatzsteigerungen erzielt werden." *Ui, die Zeit vergeht*, dachte Richard.

War tatsächlich wieder ein Jahr rum. Ein Jahr, seit seine Studios zu schwächeln begannen. Seit er seinen Kampf gegen das Seaside Gym aufgeben musste. Seit ihm selbst der Sport und damit sein Job keinen Spaß mehr machten. Er musste zugeben, er hatte dadurch wohl den einen oder anderen Kunden verkrault. Dass er selbst bereits einen respektablen Bauch angesetzt hatte und schon am Kiesweg zur Villa außer Atem kam, half sicher auch nicht beim Anwerben neuer Mitglieder. Dann muss man eben die Jungen machen lassen. Er war schließlich der Chef. Hatte zur Genüge bewiesen, was er konnte, welche Kraft in ihm steckte. Er konnte immer noch mit seiner Erfahrung und seinem Talent als Netzwerker das Geschäft führen.

„Wir brauchen lediglich eine Umgestaltung der Aufgabengebiete. Das ist alles. Ein zwei Reformen und der Laden läuft wieder. Ist er früher schon und wird er wieder."

Sherry rollte mit den Augen: „Ja klar. Läuft wieder. Richard schau dich an. Du bist am Ende. Hast es verbockt. Ich habe keine Lust mich mit Versagern abzugeben." Das graue Kostüm hob die Aussage auf die sachliche Ebene: „Herr Jonas, nach reiflicher Überlegung (was für Standardworte, um den Knüppel aus dem Sack zu lassen) hat Frau Claudia Slabinger..."

Richard konnte sich das Lachen nicht verkneifen: „Echt? So heißt du? Ist ja irre!"

Sherry rollte einmal mehr mit den Augen. Die Frau im Kostüm räusperte sich und setzte fort: „Frau Claudia Slabinger hat sich entschlossen die Klausel im Vertrag mit Ihnen zu ziehen. die besagt, dass bei Zweifeln an der Geschäftstüchtigkeit des ausführenden Geschäftsführers und nachweislicher Verfehlung der Unternehmensziele das Recht auf Vertragskündigung besteht. Es bedarf dieser Kündigung lediglich einer schriftlichen Mitteilung. Frau Slabinger verzichtet auf ihr Recht, die bestehenden Sachwerte anteilig aus dem Unternehmen zu ziehen. Jedoch werden mit dem heutigen Tag auch alle Zuschüsse finanzieller Natur eingestellt."

Der Dritte im Anzug sah sich bemüßigt, auch noch etwas dazu zu sagen: „Damit zieht sich Frau Slabinger auch aus dem weiteren Geschäftsverlauf zurück und aus jeder Verantwortung für künftige Ereignisse."

Nun nochmal der zweite Mann – sie könnten Zwillinge sein: „Alle Rechte und Pflichten gehen damit auf Sie als Alleineigentümer über. Hier die entsprechenden Erklärungen." Richard hatte den unbändigen Drang, sich etwas zu trinken zu besorgen. Er hatte aus der Tirade konkret nur vernommen, dass das hübsche, reiche Girl ihn im Regen stehen ließ. Und das bei strahlendem Sonnenschein.

Er wankte, fing sich und sagte: „So machst du dich also aus dem Staub. Suhlst dich im Ruhm an meiner Seite und wenn es einmal nicht so perfekt abgeht, bist du dahin. Aber so einfach geht das nicht. Wir sind vertraglich aneinander gebunden." Einer der männlichen Anwälte wollte etwas sagen, doch Sherry kam ihm zuvor: „Ich war immer schon Geschäftsfrau. Nur hast du das nicht geschnallt. Du mit deinem eingeschränkten Verständnis von Frauen. Wie es um unsere Verträge bestellt ist hast du gehört. Also, mach die Sache nicht schwieriger, als sie für dich ohnehin schon ist und geh!"

Sie warf Karl einen eindeutigen Blick zu. Der war rasch an Richards Seite und nahm ihn beim Ellbogen: „Kommen Sie!" Richard zog seinen Arm weg und setzte eine jämmerliche, verzerrte Version seines einst strahlenden Siegerlachens auf: „Ich gehe! Liebend gern gehe ich. Hahaha! Ihr werdet schon sehen. Schön blöd schauen werdet ihr. Ihr habt doch keine Ahnung vom Geschäft. Du und deine mickrigen grauen Ratten. Das P-Fit wird groß werden. Größer, als ihr es euch je erdenken könntet!", Richard verließ die Villa und stolperte die Treppe hinunter.

Er verfing sich mit der Vorderkappe seines rechten Schuhs, stürzte die letzten drei Stufen hinunter und landete auf dem Kies. Seine Hände waren aufgeschürft. Er rappelte sich schnell hoch. Auch wenn die Eingangstür schon längst zugegangen war, redete er weiter, als wäre nichts geschehen.

„Der große Richard ist wieder da! Und mit ihm all die Jungen, Hübschen, Starken, die ihn anhimmeln. Ich werde ein Studio nach dem anderen aufbauen." Er öffnete die schmiedeeiserne Tür: „Und bald wird es nur noch mich geben auf dem Markt. Hört ihr?!" Er drehte sich zur Villa und rief: „Nur noch mich!"

Er ging ein paar Schritte Richtung Straße, schaute sich verwirrt um und fingerte dann nach seinem Handy, um sich ein Taxi zu rufen, das ihn ins Seecafé bringen sollte. Sherry schüttelte den Kopf und entfernte sich vom Fenster.

61

Die Kirchenglocken, die in der Ferne zu hören waren, schlugen zwölfmal. Marc trat in die Pedale und genoss den Fahrtwind an diesem herrlichen Tag. Er fuhr den Drauradweg entlang. Auf der linken Seite das klare Wasser des Flusses, durch das man, trotz seiner Geschwindigkeit den steinigen Untergrund sehen konnte, wie durch eine Glasscheibe. Über ihm ein reines Blau, mitten drin, wie von einem modernen Maler als Unterbrechung der Perfektion gezogen, zwei Kondensstreifen eines Verkehrsflugzeuges.

Als er von zu Hause wegfuhr, war Lilly ihm mit dem Laufrad nachgefahren und hatte gerufen: „Lilly mitgommen!" Elisa schnappte sie, kniete sich zur ihr und sagte: „Papa fährt diesmal wieder ganz schnell und ganz weit. Du weißt doch, da kannst du nicht mitkommen."

Marc blieb stehen, stieg vom Rad und kniete sich ebenfalls dazu: „Das stimmt. Aber wir zwei fahren heute auch noch eine Runde, versprochen!" Lilly schaute traurig zu Boden und überlegte. Dann hob sie ihren Kopf und fragte: „Eine lange?" „Eine gaaanz lange, meine süße Maus!" „Gut.", sagte Lilly, sie fuhr los und schrie: „Piiielplatz!!"

Elisa und Marc erhoben sich und lachten. Elisa gab Marc einen Kuss und sagte: „Pielplatz, du hast es gehört, ich muss gehen."

Marc schmunzelte, als er an die Abschiedsszene dachte. Da kam von hinten jemand an ihn heran: „Du hast wohl gedacht, du kannst mich abhängen!", sagte sein Vater und schaltete noch einen Gang höher. „Oh, entschuldige! War ich zu schnell? Ich war gerade total in Gedanken versunken. Da habe ich nicht darauf geachtet, wie schnell ich fahre."

Leopold Auen senkte seinen Kopf und überholte seinen Sohn: „Mir zu schnell? Keine Spur! Ich habe dir bewusst einen Vorsprung gegeben!"

Marc war besorgt: „Übertreibe es nicht, Papa! Auch wenn deine Ärzte gesagt haben, dass du wieder fit bist. Man weiß nie."

„Jaja! Kommst du jetzt?", antwortete er lachend, „Du weißt ja, wir müssen zum Mittagessen wieder zurück sein. Ich hab's deiner Mutter versprochen!"

DANKE

An Edith Nagl für ihre Ermunterungen und ihren Glauben an dieses, für mich so wertvolle Projekt.

Meinem Sohn Luis für seine Neugier und sein Interesse an meiner Arbeit und seinen (oft sehr) direkten Äußerungen über den (erzählten) Inhalt und den Titel des Buches. Nicht zuletzt auch für seine Aufforderungen, dieses Buch endlich zu veröffentlichen.

Meinen Testleser:innen für ihre wertvollen Anregungen und ihre offene, ehrliche Meinung:
Erwin Stacher, Helmut Stacher, Renate Koller, Claudia Schwarzinger-Geistlinger, Sabine Hufnagel, Elisabeth Giesinger, Dorota Riegler, Romy Rischavy, Thomas Knoll, Roland Mölzer, Mile Djuricic, Willi Wolf

ÜBER DEN AUTOR

Peter Stacher, geboren 1974, ist TV-Journalist beim wichtigsten Nachrichtenformat in Österreich, der Zeit im Bild des ORF. Im Ressort der Innenpolitik beleuchtet er unter anderem die Arbeit der Bundesregierung und die Kritik der Oppositionsparteien.

Als Autor hat Peter Stacher bereits zwei erfolgreiche Lebensratgeber beim Verlag Ueberreuter Sachbuch veröffentlicht: 2016 „Das Universum steckt in dir“ und 2017 „Entdecke deine Kraft“.
“Anlauf ins Ungewisse” ist sein Debütroman.

Das Universum steckt in dir
Schluss mit unerfüllten Wünschen
Ueberreuter Sachbuch

176 Seiten

ISBN 978-3-8000-7641-3

Entdecke deine Kraft
Wie es dir sofort besser geht
Ueberreuter Sachbuch

176 Seiten

ISBN 978-3-8000-7667-3

Printed in Germany
by Amazon Distribution
GmbH, Leipzig

26978124R00172